Clariss

Wo der Himmel

Christopher Ross

Clarissa

Wo der Himmel brennt

Alaska-Saga 2

Roman

Weltbild

Besuchen Sie uns im Internet:
www.weltbild.de

Projektleitung: usb bücherbüro, Friedberg/Bay
Redaktion: Ingola Lammers, München
Umschlaggestaltung: zeichenpool, München
Umschlagmotiv: www.shutterstock.com (© leonid_tit; K. Kolygo; Aleshyn_Andrei; Yellowj; Gravicapa; SNEHIT; JKlingebiel; Phase4Photography; Hintau Aliaksei)
Satz: Lydia Kühn
Druck und Bindung: GGP Media GmbH, Pößneck
Printed in the EU
ISBN 978-3-86365-048-3

2016 2015 2014 2013
Die letzte Jahreszahl gibt die aktuelle Ausgabe an.

1

Heya! Heya!«, feuerte Clarissa die Hunde an. »Wollt ihr wohl laufen, ihr müden Gesellen? Ihr wisst doch, was morgen für ein Tag ist! Alex würde es uns nie verzeihen, wenn wir zu spät kommen. Heya, bewegt euch endlich!«

Clarissa stand mit beiden Beinen auf dem Trittbrett ihres Schlittens und strahlte vor Glück. In dem Paket auf der Ladefläche war ihr Brautkleid, ein Traum aus cremefarbener Seide, wie ihn sich sonst nur wohlhabende Ladys aus Vancouver oder Victoria leisten konnten. Die Seide hatte ihr ein japanischer Kapitän geschenkt, den Alex auf einen Jagdausflug mitgenommen hatte, und genäht hatte es ihre indianische Freundin aus Kwinitsa, die einige Jahre bei einem Schneider in die Lehre gegangen war.

Sie hatte es persönlich abgeholt, damit noch ein paar Änderungen vorgenommen werden konnten, und mit kostbaren Pelzen bezahlt. Seit zwei Jahren lebte sie mit Alex schon in der Wildnis, in einer Blockhütte ungefähr zwanzig Meilen nördlich von Port Essington, dem Handelszentrum am Zusammenfluss von Skeena und Ecstall River. Vor einem Friedensrichter hatten sie sich gleich nach ihrer Ankunft das Jawort gegeben, doch morgen würden sie ihren Bund auch vor Gott beschließen und nach dem langen und harten Winter endlich wieder einen Grund zum Feiern haben. Allein bei dem Gedanken an den köstlichen Kuchen, den die Frau des Pastors backen wollte, lief ihr das Wasser im Mund zusammen. Über ihren Beerenkuchen ging nichts!

»Vorwärts, Smoky! Was ist los mit dir? Hast du das Laufen verlernt?« Smoky war ihr Leithund, seit Billy vom Huf eines wütenden Elchs getroffen worden und wenig später gestorben war. Er war nicht mehr so übermütig wie vor etwas mehr als zwei Jahren, als sie zum ersten Mal dabei geholfen hatte, ihn vor einen Schlitten zu spannen, und kräftiger und besonnener. Nur manchmal, wenn sie wie jetzt auf einem ausgetretenen Pfad unterwegs waren, blitzte noch der jugendliche Übermut durch, und er legte sich mit dem jungen Charly an, der direkt hinter ihm lief und sich nur schwer unterordnen konnte.

Sie mochte die Fahrten mit dem Hundeschlitten, auch jetzt im beginnenden Frühjahr, wenn die Tage länger wurden, und der Schnee langsam unter den Kufen schmolz. Hier unter den Bäumen war er noch kalt und fest, und die Hunde brauchten keine Angst zu haben, sich am felsigen Boden die Pfoten aufzureißen. Wie Clarissa erfreuten sie sich an der klaren Luft, die unter den mächtigen und weit ausladenden Douglasfichten noch frischer und würziger war und ihnen das Gefühl gab, wirklich am Leben zu sein. Clarissa genoss jeden Atemzug, sog die Luft tief in die Lungen und konnte nicht verstehen, warum sie Vancouver nicht schon viel früher verlassen hatte und in die Wildnis gezogen war. Das Gefühl, in dieser Einsamkeit mit der Natur zu verschmelzen und nur den Atem der Huskys und das Knarren der Schlittenkufen zu hören, war unvergleichlich und erfüllte sie mit tiefer Zufriedenheit. Fernab der Zivilisation im kanadischen Busch zu leben, noch dazu mit einem aufrichtigen Mann wie Alex Carmack, war mehr, als sie vom Leben erwarten durfte.

Clarissa lenkte den Schlitten aus dem Wald und auf die verschneite Wagenstraße, die nach Port Essington führte. Der frische Abendwind blies ihr ins Gesicht und färbte ihr schmales Gesicht und die hohen Wangen, die ihr ein leicht exotisches Aussehen verliehen. Unter ihrer Pelzmütze flatterten schwarze Haare hervor. Das Leben in der Wildnis bekam ihrer Haut gut, es hatte die ungesunde Blässe vertrieben, die man bei den Frauen in den großen Städten so schätzte. Ihre dunklen Augen strahlten, als würde ein unsichtbares Feuer darin brennen, und wenn sie einen Fuß vom Trittbrett nahm und den Schlitten anschob, verriet sie trotz ihrer schlanken Gestalt eine ungewöhnliche Entschlossenheit, die selbst Fallensteller und Indianer beeindruckte. Kaum noch etwas erinnerte an die Frau, die sich nach dem Tod ihrer Eltern als Haushälterin bei wohlhabenden Familien durchgeschlagen hatte.

»Gleich haben wir es geschafft«, rief sie den Hunden zu. »Was meint ihr? Ob mir das Kleid steht? Ich würde wie eine Prinzessin darin aussehen, sagt meine Freundin in Kwinitsa, aber was wird Alex dazu sagen? Der kennt mich doch nur in langen Hosen oder im Rock. Ich wette, er wird ohnmächtig, wenn er mich im weißen Kleid sieht.« Sie kicherte. »Oder er biegt sich vor Lachen. Ich kann ihn mir auch nicht im Anzug vorstellen.«

Smoky verstand kein Wort, er drehte sich nicht mal um. Er ahnte zwar, dass die Zweibeiner, bei denen er wohnte, etwas Besonderes im Schilde führten, nur dass sie am nächsten Morgen in festlicher Kleidung vor den Altar treten und noch einmal die Ringe tauschen und sich anschließend auf einer riesigen Party vergnügen würden, verriet ihm sein Instinkt nicht. Die Bürger der kleinen Stadt sprachen seit Tagen von nichts anderem. Obwohl Clarissa und Alex noch nicht lange bei Port Essington lebten, schätzten sie den wortkargen Fallensteller, vor allem aber Clarissa, die zu jedem hilfsbereit und freundlich war und sogar als Lehrerin ausgeholfen hatte, als Mrs Pratt krank gewesen war.

Die meisten wussten, dass beide aus dem Süden kamen und Clarissa als Haushälterin in Vancouver gearbeitet hatte. Den wahren Grund dafür, warum sie nach Norden gekommen waren, kannte nicht mal ihre Freundin in Kwinitsa. Sie hätte die abenteuerliche Geschichte sowieso nicht geglaubt.

Manchmal konnte selbst Clarissa nicht glauben, welche Abenteuer sie während der letzten Jahre erlebt hatte. In Vancouver hatte Frank Whittler, der Sohn des reichen Eisenbahnmanagers, für den sie als Haushälterin gearbeitet hatte, sie beinahe vergewaltigt und anschließend behauptet, sie habe ihm Geld gestohlen. Als er die Polizei auf sie gehetzt hatte, war sie in die Wildnis geflohen. Ihr Leben verdankte sie einem geheimnisvollen Wolf, der sie zu Alex' Hütte geführt hatte, als ihr Frank Whittler und die Verfolger zu nahe gekommen waren. Ein Geisterwolf, wie die Indianer behaupteten, der sie beschützte, seitdem sie ihn verarztet und ihm das Leben gerettet und hatte. Eine Reihe von glücklichen Zufällen, behauptete Alex, der nie etwas mit Geistern im Sinn hatte, und stets das Gesicht verzog, wenn sie von dem Wolf erzählte.

Er war auch nicht dabei gewesen, als Bones den von seinem Hass besessenen Frank Whittler mit gefletschten Zähnen vertrieben hatte. Bones ... So hatte sie den Wolf wegen seines knochigen, aber sehr zähen Körpers genannt. Wie eine Furie hatte er sich auf Whittler gestürzt und ihn davongejagt. Wenig später war herausgekommen, dass Whittler gelogen hatte, seine Verlobte war ihm weggelaufen, und er hatte sich nie mehr blicken lassen. Auch Alex, den er wegen Beihilfe zur Flucht vor Gericht bringen wollte, wurde nicht mehr gesucht. Dennoch hielt sie sich bedeckt, wenn ein Fremder in der Stadt auftauchte, aus Angst, Whittler könnte einen seiner Männer geschickt haben.

An diesem Abend hatte sie keinen Grund, ihn zu fürchten. Die Kirche und das Gemeinschaftshaus waren festlich geschmückt, die Frau des Pfarrers und ihre Freundinnen standen in der Küche und backten Kuchen, und alle freuten sich auf die bevorstehende Hochzeit und das anschließende Fest. Noch war Port Essington eine halbe Geisterstadt, und die wenigen Einwohner, die im Winter geblieben waren, fühlten sich als große Familie. Der Großteil der Bürger würde erst im Frühjahr wiederkommen, wenn sich die Lachse in den Flussmündungen versammelten, und die Arbeit in den beiden Konservenfabriken wieder auf Hochtouren lief. Dann fuhren auch die Flussdampfer wieder über den eisfreien Skeena River nach Hazelton, voll beladen mit Handelswaren für die Menschen in dem bedeutenden Handelszentrum.

Die Sonne stand schon weit im Westen und berührte das Wasser der scheinbar endlosen Bucht, als Clarissa den Schlitten über die Hauptstraße lenkte. In den meisten der teilweise auf Pfählen gebauten Häuser brannten bereits die Petroleumlampen, und ihr gelber Lichtschein spiegelte sich im Schnee und im nahen Fluss. Der Schnee auf den Giebeldächern war nach unten gerutscht. »In einer Woche ist der Schnee weg«, rief sie den Hunden zu. »Noch zwei oder drei Touren, dann könnt ihr euch auf die faule Haut legen.«

Sie ließ ihren Blick über die Bucht und den breiten Skeena River gleiten. Einige Indianer paddelten in ihren Kanus über den eisfreien Fluss und suchten mit ihren Speeren nach Beute. Ein Fischadler kreiste weit über ihnen, die dunklen Schwingen weit ausgebreitet. Für einen winzigen Augenblick glaubte sie, die gelben Augen eines Wolfes am Waldrand zu erkennen, und sie fühlte sich bereits an Bones erinnert, doch sie verschwanden sofort wieder, und es wäre wohl auch ein zu großer Zufall gewesen, wenn er ihr nach zwei langen Jahren bis in den Hohen Norden gefolgt wäre. Auch sie wusste mittlerweile, dass Wölfe am liebsten im Rudel umherzogen und ihr angestammtes Revier nur in höchster Not verließen. Vielleicht hatte sie einen Hirsch oder Elch gesehen, oder sie war einer anderen Täuschung erlegen.

Die letzten Jahre waren nicht einfach für Clarissa gewesen. Nachdem Alex zurückgekehrt war, hatte sie die Ranch, auf der sie sich vor Whittler versteckt hatte, verlassen und war mit dem Mann, den sie liebte, von einer Stadt zur anderen gezogen, auf der Suche nach einem Ort, an dem sie in Frieden leben konnten. In der Nähe von Port Essington, wenige Meilen von der Pazifikküste entfernt, waren sie fündig geworden. In den Wäldern, die bisher nur wenige Weiße gesehen hatten, gab es Biber und Hermeline, deren Felle und Pelze sogar im fernen Paris geschätzt wurden, und die

Hudson's Bay Company, die mit einem Handelsposten in Port Essington vertreten war, zahlte besser als die Amerikaner im Süden. Alex konnte sich nicht vorstellen, jemals in einem Büro oder einer Fabrik zu arbeiten. Er brauchte die Wildnis wie die Luft zum Atmen. Selbst eine Siedlung wie Port Essington war für ihn schon zu groß.

Über die breite Hauptstraße fuhr sie im Schritttempo. Der Eigentümer des Eisenwarenladens stand rauchend vor seinem Laden und winkte ihr freundlich zu. Sogar der Schmied unterbrach für einen Augenblick sein Hämmern und grüßte sie lächelnd. Alle mochten sie und freuten sich mit ihr auf eine feierliche Zeremonie und eine fröhliche Party. Im Winter gab es wenig Anlässe zum Feiern in der kleinen Stadt, und man war über jede Abwechslung froh. Einige Kinder rannten neben ihrem Schlitten her und nahmen hastig Reißaus, als Smoky den Kopf wandte und bellte.

Vor der Pension von Mary Redfeather hielt sie den Schlitten an. Sie stieg vom Trittbrett und blickte die Straße zum Flussufer hinab, sah einige Männer lachend die Straße überqueren und im Saloon des Hotels verschwinden. »Treib es bloß nicht zu toll, Alex Carmack«, rief sie lächelnd. »Wenn du morgen früh mit einer Fahne in der Kirche erscheinst, muss ich mir noch mal schwer überlegen, ob ich dir mein Jawort gebe.« Sie lief zu den Hunden vor, ohne den Blick von den Männern zu nehmen. »Und fang bloß nichts mit den bemalten Mädchen an, sonst zieh ich dir die Ohren bis zum Boden runter!«

Sie spannte die Hunde aus und brachte sie zu ihrem Schlafplatz hinter dem Hotel. Dort hatte Mary Redfeather bereits Strohlager hergerichtet. »Wird auch langsam Zeit, dass du kommst«, erklang die Stimme der Wirtin, als Clarissa zum Schlitten zurückkehrte und das Paket mit dem Brautkleid von der Ladefläche nahm. Die rundliche Frau, nach eigener Aussage die Tochter eines Chinesen und einer Indianerin und die Enkelin eines Russen und einer Frau, über die man nichts wusste, stand in der Tür mit einer Pfeife aus Walknochen zwischen den Lippen. Ihre Stimme klang heiser. »Ich dachte schon, du willst dich drücken.«

Clarissa erwiderte ihr Lächeln. »Alex? Den lass ich nicht mehr von der Angel. Es sei denn, er lässt sich von den Mädchen im Saloon verführen.«

»Dazu wird es nicht kommen, meine Liebe. Ich kenne die Mädchen noch von früher und hab ihnen Prügel angedroht, falls sie deinem Alex zu nahekommen. Und dem Wirt hab ich gesagt, dass er ihm nur so viel Whiskey geben soll, dass er morgen vor dem Altar nicht aus den Schuhen kippt. Keine Angst, er wird nicht über die Stränge schlagen, dafür habe ich schon gesorgt.«

Clarissa nickte dankbar, als die Wirtin den Schlitten aufstellte und gegen die Hauswand lehnte. »Wenn ich's mir recht überlege, könnte ich selbst einen Whiskey gebrauchen, so aufgeregt, wie ich bin. Vor dem Friedensrichter war ich die Ruhe selbst, aber morgen in der Kirche, vor den vielen Leuten und in dem langen weißen Kleid ... Mir wird schon übel, wenn ich nur daran denke.«

»Keine Angst«, erwiderte die Wirtin, »ich bin die ganze Zeit bei dir. Dafür sind Trauzeugen doch da.« Sie ging zur Tür. »Und jetzt komm endlich rein, oder willst du hier draußen Wurzeln schlagen? Ich hab getrockneten Lachs und Reis für deine Hunde, und für dich steht Wildeintopf auf dem Herd, den magst du doch so gern. Wenn du willst, braue ich dir frischen Kräutertee nach meinem neuen Geheimrezept.«

Wie immer, wenn sie von einer Fahrt zurückkehrte, kümmerte sich Clarissa zuerst um die Hunde. Sie warteten bereits ungeduldig und jaulten aufgeregt, als sie mit dem Fressen aus dem Haus kam. Als Leithund war Smoky zuerst dran, eine Reihenfolge, die sie strikt einhielt, so wie sie für jeden Husky ein paar freundliche Worte übrig hatte, als sie ihm den Napf und frisches Wasser hinstellte. »Morgen ist ein besonderer Tag für mich«, sagte sie zu Smoky. »Alex und ich heiraten in der Kirche. Da ist die ganze Stadt auf den Beinen, und es gibt eine große Party. Erschrick nicht, wenn es ein bisschen lauter wird, hörst du?«

Im Haus zog Clarissa ihre Winterkleidung aus und schlüpfte in den bequemen Hausmantel, den Mary Redfeather ihr geliehen hatte. Allerdings nur, solange sie sich den Wildeintopf und den Kräutertee schmecken ließ. Nach dem Essen bestand die Wirtin darauf, sie in ihrem neuen Brautkleid zu sehen. Sie zog es in ihrem Zimmer an, betrachtete sich minutenlang im Spiegel und zupfte nervös an dem verzierten Kragen, bevor sie ins Wohnzimmer hinabstieg. Außer ihr wohnten keine Gäste in der Pension, und die Wirtin war nicht verheiratet. »Wenn du lachst, rede ich kein Wort mehr mit dir«, drohte sie schon, bevor sie unten war.

Mary Redfeather dachte nicht daran, sie auszulachen. Im Gegenteil, als Clarissa den Raum betrat, schlug sie beeindruckt die Hände vor den Mund und staunte: »Wunderschön! Du siehst wunderschön aus! Das Kleid ist einfach himmlisch! Die Leute werden hingerissen sein, wenn du morgen in der Kirche erscheinst, und Alex … Er wird dich noch mehr lieben.«

»Meinst du wirklich?« Sie strich nervös die kostbare Seide glatt. »Ist es nicht zu protzig? Weiße Kleider tragen sonst nur Töchter angesehener Familien und Prinzessinnen. Vielleicht hätte man die Spitze am Kragen weglassen sollen? Mit dem Schleier wird es vielleicht ein bisschen viel.«

»Unsinn! Das Kleid ist genau richtig. Alle Frauen werden dich beneiden, wenn sie dich morgen in der Kirche sehen. Du hast dir das Weiß verdient! Wie gern hätte ich in einem solchen Kleid geheiratet, aber mein Jacky glaubte weder an Gott noch an die Geister seines Stammes und wurde schon nervös, wenn er eine Glocke läuten hörte. Er legte mir am Lagerfeuer eine Decke um die Schultern und murmelte irgendwas, und damit hatte es sich. Damit waren wir nach dem Recht unseres Stammes verheiratet. Vielleicht hat ihn Gott deshalb so früh zu sich gerufen. Wahrscheinlich hat er ihn gleich in die Hölle weitergeschickt.«

»Und du meinst wirklich, ich kann so gehen?«, fragte Clarissa.

»Wenn du die Stiefel weglässt und stattdessen die neuen weißen Schuhe anziehst, die mit dem letzten Schiff gekommen sind«, erwiderte sie grinsend.

Obwohl sie müde von der langen Fahrt war, und ihr ein anstrengender Tag bevorstand, lag Clarissa an diesem Abend noch lange wach. Eine Weile las sie in dem Buffalo-Bill-Heftchen, das ebenfalls mit der ersten Post gekommen war, leichte Kost, die ihr sonst immer beim Einschlafen half, doch kaum hatte sie das Licht gelöscht, wälzte sie sich unruhig von einer Seite auf die andere, und versuchte vergeblich, sich in einen Traum zu flüchten. Stattdessen drang der Lärm aus dem Saloon an ihre Ohren, das Hämmern des mechanischen Klaviers, das Lachen der Männer, das Klirren der Gläser. »So ist es bei uns üblich«, hatte ihr Mary Redfeather erklärt, »der Mann tobt sich noch mal richtig aus, bevor er in den Hafen der Ehe einläuft, auch wenn er sein Jawort schon vor einem Friedensrichter gegeben hat.« Ihre Augen blitzten. »Aber keine Bange, wir haben ein Auge auf Alex, und die leichten Mädchen haben strenge Anweisung, einen großen Bogen um ihn zu machen. Mehr als ein Tänzchen ist nicht drin. Und sobald er genug getrunken hat, schließt der Wirt seine Flaschen in einen Schrank und treibt ihn zur Not mit der Schrotflinte auf sein Zimmer.«

Clarissa stand auf und trat ans Fenster. Es waren keine Eisblumen mehr auf den Scheiben, dazu war es nicht mehr kalt genug, und sie konnte auf die Hauptstraße und bis zum Hotel sehen, wo sich im Erdgeschoss der Saloon befand. Vor dem Eingang hingen zahlreiche Lampions und warfen bunte Lichter auf den schmutzigen Schnee, ein sicheres Zeichen dafür, dass ein besonderer Tag bevorstand, denn sonst holte der Chinese, der die andere Hälfte des Hotels besaß, die Lampions nur am chinesischen Neujahrstag aus der Kiste. Die Tür klappte auf, und ein Mann torkelte heraus, lief einige Schritte singend über den Gehsteig und stürzte in den Schnee. In einem der Wohnhäuser ging ein Fenster auf, und eine schrille Frauenstimme rief: »Komm du mir heute Nacht nach Hause! Ich hab die Nase endgültig voll!«

Edward Joscelyn, der Besitzer des Mietstalls, und seine Frau. Die beiden stritten schon seit Monaten, dachten aber gar nicht daran, sich zu trennen. Genauso wenig wie der alte Mann, der nach ihm aus dem Saloon wankte und sich an einem Telegrafenmast festhalten musste, um nicht das Gleichgewicht zu verlieren. Er war mit der Tochter eines Häuptlings verheiratet, die das Ansehen des Stammes in Verruf bringen würde, falls sie sich von ihm trennte. »Ich hoffe, du liegst schon im Bett, Alex«, flüsterte sie. »Wäre doch peinlich, wenn du morgen einen Kater hättest und den Ring nicht finden würdest.«

Aus der Ferne drang das Heulen eines Wolfes herüber. Sie blickte über die Häuser hinweg zu den bewaldeten Hängen des Spokeshut Mountain empor und glaubte wieder, die gelben Augen ihres vierbeinigen Freundes zu erblicken, ihres Schutzgeistes, wie die Indianer behaupteten; allerdings leuchteten sie diesmal weder dankbar noch besonders freundlich in der Dunkelheit. Sie wischte ihren verdunsteten Atem von der Scheibe und blickte genauer hin, bis sie die Umrisse des Wolfes deutlich sehen konnte.

»Bones«, erkannte sie ihn sofort. Er stand oben auf einem Hügelkamm. »Du bist es tatsächlich! Was willst du?«

Der Wolf antwortete mit einem kräftigen Heulen, das wie eine Warnung klang. Er lief einige Schritte, kehrte zurück und entfernte sich erneut. Als wollte er sie auffordern, ihm aus der Stadt zu folgen. Er blieb stehen und starrte sie lange an, schien darauf zu warten, dass sie das Haus verließ, und gebärdete sich plötzlich so nervös, als wäre der Lauf eines Gewehrs auf ihn gerichtet. Wie ein Tier, das man in die Enge getrieben hatte, drehte er sich um die eigene Achse und suchte nach einem Fluchtweg, blieb plötzlich wieder stehen und fixierte sie mit seinem stechenden Blick. »Komm mit mir!«, signalisierte ihr das Funkeln in seinen Augen. »Schnell! Du schwebst in großer Gefahr!«

Sie glaubte sich in einem Albtraum und schloss die Augen, vertrieb den Schwindel, den sie beim Anblick des nervösen Wolfes empfunden hatte, und öffnete sie zögernd wieder. Bones war verschwunden, als wäre er niemals da gewesen. Sie schalt sich eine Närrin, weil sie einem Albtraum aufgesessen war, kehrte erschöpft in ihr Bett zurück und war wenig später eingeschlafen.

2

Noch bevor die ersten Sonnenstrahlen zum Fenster hereinfielen, wachte sie auf. Sie starrte verwirrt zur Decke empor und brauchte eine Weile, um sich von den düsteren Träumen der Nacht zu lösen. Oder hatte sie den Wolf wirklich gesehen? Wollte er sie mit seinem durchdringenden Blick vor einem Unglück warnen?

An diesem Morgen war es ihr unmöglich, zwischen Traum und Wirklichkeit zu unterscheiden, nicht einmal ihre Umgebung erkannte sie auf Anhieb. Erst als sie ihre Decken zurückschob und sich aufsetzte, wurde ihr bewusst, dass sie sich in der Pension von Mary Redfeather befand und mit der aufgehenden Sonne einer der wichtigsten Tage ihres Lebens begann.

Ein zufriedenes Lächeln huschte über ihr Gesicht. Alex und sie hatten den Termin immer wieder verschoben, zuerst aus Angst, Frank Whittler könnte auf sie aufmerksam werden und seine Männer auf sie hetzen, dann wegen des heißen Sommers oder des strengen Winters, oder weil sie einfach noch nicht bereit für die feierliche Zeremonie waren.

Jetzt hatten sie sich endlich dazu entschlossen, und der begeisterte Zuspruch ihrer neuen Freunde und Bekannten in Port Essington zeigte ihnen, dass sie das Richtige getan hatten. Ohne kirchlichen Segen war man auch in der kanadischen Wildnis nur ein halber Mensch.

Dennoch blieb ihre Freude verhalten. Es gelang ihr nicht, die erneute Begegnung mit Bones aus ihren Gedanken zu verbannen, und die Vorstellung, seine Warnung könnte ihrer Hochzeit gegolten haben, einer drohenden Gefahr, die auf sie in der Kirche oder auf der anschließenden Party wartete, ließ sie so nervös werden, dass sie zu zittern begann. Sie schob es auf die Kälte, die sogar durch das geschlossene Fenster in den Raum drang, und schlüpfte in den Hausmantel. Am frühen Morgen war es immer noch empfindlich kalt.

Barfuß trat sie ans Fenster und blickte auf die Hauptstraße hinab. Die Sonne kroch bereits über den Spokeshute Mountain und die vorgelagerten Inseln und tauchte die Häuser in orangefarbenes Zwielicht, das ihren Fassaden zumindest für ein paar Minuten das verwitterte Aussehen nahm und selbst den schmutzigen Schnee verführerisch aussehen ließ. Wie eine Frau, die ihr verhärmtes Gesicht unter der Schminke versteckte, hatte ihre Freundin mal gesagt. Wie viele Indianerinnen hatte sie ein Faible für blumige Vergleiche.

Clarissas erster Blick galt dem Hügelkamm, auf dem Bones verharrt und sie angeblickt hatte. Dort war niemand zu sehen. Sie wäre gern auf den Hügel gestiegen, um Spuren oder einen anderen Beweis dafür zu finden, dass er in der Nacht tatsächlich dort gestanden hatte, aber der Aufstieg würde viel zu lange dauern, und man würde sie wahrscheinlich für verrückt erklären. Selbst Alex hatte ihr nie abgenommen, dass Bones tatsächlich ihr Schutzgeist war.

Wahrscheinlich hatte sie nur schlecht geträumt, und ihre ganze Aufregung war umsonst. Auch wenn sie vor dem Gesetz schon verheiratet waren, stand ihr doch ein wichtiger und einschneidender Moment in ihrem Leben bevor, und es kam nicht von ungefähr, dass sie nervös war, und ihre Fantasie seltsame Blüten trieb. Was sollte schon passieren? Sie waren unter guten Freunden und Bekannten, die sie gegen sämtliche Störenfriede schützen würden, und weder bei Alex noch bei ihr bestand die geringste Gefahr, dass sie die entscheidende Frage des Pfarrers mit »Nein« beantworteten. Es war nur die übliche Nervosität vor dem großen Ereignis, die wohl jede Frau empfand. Sie hatte schon von Frauen gehört, die wenige Stunden vor der Trauung ihre Hochzeit absagen wollten.

Nein, so verrückt war sie nicht. In Alex hatte sie den Mann gefunden, nach dem sie sich ihr ganzes Leben gesehnt hatte, einen rauen Burschen, der auch mal über die Stränge schlagen konnte, wenn er mit anderen Männern zusammen war, sich ihr gegenüber jedoch so sanft und gefühlvoll gab, wie er es wohl selbst nicht für möglich gehalten hätte. Kein Angeber wie viele Männer, die sie in Vancouver kennengelernt hatte, aber auch kein ungehobelter Wilder, der sich eine Indianerin oder ein leichtes Mädchen für den Winter kaufte.

Ein leises Geräusch ließ sie zusammenzucken, als ob jemand einen Kiesel gegen die Hauswand geworfen hätte. Sie trat noch dichter an das Fenster heran und schreckte sofort wieder zurück, als ein Kiesel die Scheibe traf und ein klirrendes Geräusch hinterließ. Verstört schob sie das Fenster nach oben.

In der schmalen Gasse zwischen der Pension und dem Nachbarhaus stand Maggie, ihre indianische Freundin aus Kwinitsa, die Frau, die ihr Hochzeitskleid genäht hatte. »Maggie!«, rief sie mit gedämpfter Stimme nach unten. »Was tust du denn hier? Die Trauung beginnt doch erst um zehn.«

»Ich muss dich dringend sprechen!«, rief Maggie.

»Komm zur Hintertür! Ich mache dir auf.«

Sie schlüpfte in ihre Hausschuhe und stieg leise die Treppe hinunter. Im Haus brannte kein Licht. Es war noch keine sechs, und sie hatte sich erst für acht Uhr mit Mary Redfeather zum Frühstück verabredet. Sie öffnete die Tür. »Maggie! Was ist denn passiert? Bist du mit dem Hundeschlitten hier?«

»Steht vor dem Haus. Darf ich reinkommen?« Sie klang gehetzt.

»Natürlich.« Clarissa zog die Tür auf und machte den Weg zur Treppe frei. »Aber sei leise! Mary schläft noch.« Sie schloss die Tür und folgte Maggie.

In ihrem Zimmer blieben beide stehen.

»Ich bin gekommen, um dich zu warnen«, sagte Maggie. Sie war einige Jahre jünger als Clarissa, trug eine Jacke, die sie aus einer Decke der Hudson's Bay Company geschneidert hatte, Männerhosen und feste Stiefel. Ihre halblangen Haare ragten unter einer Biberfellmütze hervor. »Ein Mann hat in Kwinitsa nach dir gefragt. Er behauptet, du wärst … Du wärst eine gemeine Diebin.«

Clarissa sank entsetzt auf ihr Bett zurück. Das war es also! Sie hatte sich Bones nicht eingebildet, er war ihr tatsächlich gefolgt und hatte sie schon vor Einbruch der Nacht gewarnt. »Frank Whittler?«, fragte sie, nachdem sie sich einigermaßen von ihrem Schrecken erholt hatte. »Hieß er Frank Whittler?«

»Er hat mir seinen Namen nicht gesagt, aber er trägt eine teure Pelzjacke und hat genug Geld dabei, um einen Indianer zu bezahlen, der ihn mit seinem Hundeschlitten durch das Land fährt. Er ist ein reicher und bedeutender Mann. Er behauptet, du hättest ihm mehrere hundert Dollar gestohlen, und er hätte sogar einen glaubhaften Zeugen dafür.«

»Unsinn! Was hast du ihm geantwortet, Maggie?«

Das Gesicht der Freundin heiterte sich etwas auf. »Ich habe ihm gesagt, dass ich eine Frau, auf die seine Beschreibung passt, auf der Wagenstraße nach Williams Lake getroffen hätte. Du hättest mir verraten, dass du in die Vereinigten Staaten unterwegs wärst … über die Grenze. Du hättest es eilig gehabt.«

»Und er hat dir geglaubt?

Ihr Lächeln verstärkte sich. »Wenn es sein muss, bin ich eine gute Lügnerin. Nicht mal der Indianer schöpfte Verdacht. Er kommt aus dem Süden … Er weiß nichts. Frank Whittler hat keine Ahnung, dass du hier bist, Clarissa.«

»Vielleicht doch. Ich bin hier nicht mehr sicher, Maggie.«

»Willst du wegziehen?«

»Wäre vielleicht das Beste«, antwortete sie ihrer Freundin. Die Nachricht von Whittlers Auftauchen hatte sie so aufgewühlt, dass sie jetzt schon darüber nachdachte, die Stadt zu verlassen. Vielleicht hatten sie Whittler unterschätzt und waren nicht weit genug geflohen. Wer wusste schon, was in so einem Mann vorging?

Sie würde mit Alex darüber sprechen, gleich nach der Hochzeitsnacht. Den feierlichsten Augenblick ihres Lebens würde sie sich nicht durch Whittler verderben lassen. Aber später … In drei Tagen ging das Dampfschiff nach Alaska in Port Essington vor Anker. Wenn sie tatsächlich verschwinden mussten, was sie nicht hoffte, wäre das Land im Hohen Norden ein gutes Ziel, so traurig es wäre, sich von Freunden wie Maggie und Mary Redfeather verabschieden zu müssen. »Bist du sicher, dass er umgekehrt ist?«, fragte sie.

»Ganz sicher«, erwiderte Maggie. »Er hat noch ein paar andere Leute gefragt, aber die haben ihm wohl was Ähnliches gesagt. Du hast viele Freunde bei meinem Stamm, Clarissa, und in Kwinitsa wohnen fast nur Indianer.« Sie lächelte. »Meine Brüder verfolgen ihn heimlich. Falls er es sich anders überlegt und umkehrt, sagen sie mir Bescheid. Du kannst dich auf sie verlassen, Clarissa.« Sie zögerte. »Du hast ihn doch nicht bestohlen, Clarissa, oder?«

»Nein, ich habe ihn nicht bestohlen«, antwortete Clarissa leise. Ihr Blick war in das Halbdunkel des Zimmers gerichtet, er wich den Sonnenstrahlen aus, die durch das Fenster fielen und helle Streifen auf den Boden warfen. »Ich habe dir bisher nie von ihm erzählt, weil ich … Ich wollte niemanden damit belästigen. Aber ich habe ihn nicht bestohlen. Das … Das musst du mir glauben, Maggie.«

»Ich glaube dir … Du bist eine ehrliche Frau.«

Clarissa hob den Kopf und sah ihrer Freundin in die Augen. »Zieh deine Jacke aus, und setz dich zu mir. Ich erzähle dir, was in Vancouver passiert ist.« Sie wartete, bis die Indianerin neben ihr saß und schilderte ihr in nüchternen Worten, wie Whittler versucht hatte, sie zu vergewaltigen, und wie sie sich erfolgreich gewehrt hatte und geflohen war. »Sie haben uns gejagt, er und seine Männer, aber wir konnten ihnen entkommen, und als man die Brieftasche fand und sich herausstellte, dass ich unschuldig war, glaubten wir, in Sicherheit zu sein.« Dass ihr ein geheimnisvoller Wolf dabei geholfen hatte, verschwieg sie. »Frank Whittler war sehr wütend auf mich, auf mich und Alex, und ich hatte Angst, dass er uns auch weiterhin folgen würde. Ein eingebildeter Stadtfrack wie er kann es nicht verwinden, wenn man ihn in seine Schranken weist. Schon gar nicht, wenn er gegen eine … eine Haushälterin verliert.«

Sie seufzte bedrückt. »Ich frage mich, warum er plötzlich wieder nach mir sucht … Nach zwei Jahren. Und wer hat ihm verraten, dass Alex und ich nach Norden gezogen sind? Er kennt ja noch nicht mal meinen Namen.«

»Den Nachnamen schon«, erwiderte Maggie lächelnd. »Ich glaube nicht, dass er dich hier oben vermutet hat. Die meisten Weißen denken doch, hier wäre die Welt zu Ende, und hier lebten nur noch Indianer. Die Idee, so weit nördlich nach dir zu suchen, hatte sicher sein Indianer. Whittler dachte wahrscheinlich, du hättest dich in den Bergen versteckt. In einer einsamen Blockhütte.«

»Oder dass ich längst in den Staaten bin.« Clarissa schüttelte den Kopf. »Er muss schon sehr verzweifelt sein, wenn er immer noch nach mir sucht. Oder besessen … Ich glaube, er ist besessen. Ein Adeliger, den ich in seiner Ehre verletzt habe, weil ich mich ihm nicht hingegeben habe.« Bei der Erinnerung daran, wie er in ihr Zimmer gestürmt war und ihr sein Knie zwischen die Beine gedrängt hatte, lief ihr ein

Schauer über den Rücken. Sie verzog angewidert ihr Gesicht. »Und er behauptet einen Zeugen zu haben?«

Maggie nickte. »Ein Mann hätte gesehen, wie du ihm die Brieftasche gestohlen hast. Es wäre so schnell passiert, dass er dich nicht zurückhalten konnte, und du wärst sofort in der Menge verschwunden … in Vancouver.«

»In Vancouver?« Clarissa hätte beinahe gelacht. »Ich war seit über zwei Jahren nicht mehr in Vancouver! Aber was spielt das für eine Rolle, wenn er einen angeblichen Zeugen hat. Sicher ein angesehener Geschäftsmann, der seiner Familie noch was schuldig ist. Wenn es ernst wird, halten diese Bonzen alle zusammen.« Sie zog den Morgenmantel am Kragen zusammen und blinzelte in das helle Sonnenlicht, das jetzt den Raum erhellte. »Danke, dass du hergekommen bist und mich gewarnt hast. Du bist eine echte Freundin.«

Maggie bedankte sich, indem sie ihr eine Hand auf den Unterarm legte. »Ich wollte dir nicht die Freude verderben, Clarissa. Auf den schönsten Tag deines Lebens darf kein Schatten fallen. Hab keine Angst! Meine Brüder passen auf, dass Whittler nicht zurückkommt. Nichts wird deine Freude stören.«

»Und du bist meine Trauzeugin, nicht wahr?«

Maggie entspannte sich. »Natürlich, und ich habe in der Eile nicht mal vergessen, mein gutes Kleid mitzunehmen. Kann ich mich bei dir waschen?«

»Sicher. Mary kommt sicher jeden Augenblick …«

Es klopfte, und auf ihr »Herein!« betrat Mary Redfeather den Raum. »Clarissa! Jetzt wird es aber höchste Zeit, dass du …« Erst jetzt sah sie in dem Sonnenlicht, das sie durchs

Fenster blendete, Maggie auf dem Bett sitzen. »Maggie? Du bist schon hier? Ich wette, du bist genauso aufgeregt wie ich.«

»Ich konnte nicht mehr schlafen.« Ein schneller Blickkontakt mit Clarissa warnte sie davor, Whittler zu erwähnen. »Dabei bin ich nur Trauzeugin.«

»Wie wär's mit einem herzhaften Frühstück? Rühreier mit Speck.«

»Klingt gut. Sie sind sehr freundlich, Mary.«

»Meine Mutter war Indianerin«, antwortete sie fröhlich.

Das Frühstück schmeckte köstlich, doch während die Wirtin und Maggie herzhaft zugriffen, bekam Clarissa nur ein paar Bissen und etwas Kaffee herunter. Vielleicht war es auch die Angst, wieder in die Hände von Frank Whittler zu fallen, die ihr so zusetzte, dass sie kaum ein Lächeln zustande brachte.

Erst nachdem sie sich gewaschen und zurechtgemacht hatte und in ihrem Brautkleid und den neuen Schuhen vor dem Spiegel stand, zeigte sich so etwas wie Zufriedenheit in ihren Augen. Das Kleid saß perfekt, und der Schleier, der mit einigen Nadeln an ihren hochgesteckten Haaren befestigt war, umrahmte ihr Gesicht, das sie mit etwas Puder aufgehellt hatte. Das grelle Make-up, das die Frauen in den großen Städten trugen, gefiel ihr nicht. Um den Hals trug sie eine Kette mit dem Amulett aus Elfenbein, das ihr Alex geschenkt hatte.

»So eine schöne Braut gab es hier noch nie«, sagte Mary Redfeather beeindruckt. »Die Leute werden mächtig Augen machen, wenn du in die Kirche kommst. Ich hoffe nur, Alex vergisst vor lauter Staunen nicht, Ja zu sagen.«

Clarissa lächelte stolz. »Keine Angst, wir haben lange geübt.«

Um kurz vor zehn gingen sie gemeinsam zur Kirche. Mary Redfeather und Maggie, ebenfalls in ihren besten Kleidern, führten sie über die Planken, die man über den Schnee gelegt hatte, zu der kleinen Kirche am Stadtrand. Die Glocke in dem klobigen Erker auf dem Giebeldach läutete hell. Als sie der Kirchendiener, der aufgeregt vor der Tür wartete, entdeckte und hastig in der Kirche verschwand, verstummte die Glocke, und die Frau des Pastors, die auch an diesem Morgen an der Orgel saß, spielte den Hochzeitsmarsch mit solcher Inbrunst, dass die hölzernen Wände zu beben schienen. »Nur Mut!«, flüsterte ihr Mary Redfeather zu, als sie die vollbesetzte Kirche betraten.

Weil weder Clarissa noch Alex lebende Verwandte hatten, übernahmen es die Trauzeugen, die Brautleute zum Altar zu führen. Neben Alex, der bereits vor dem Altar wartete, stand ein befreundeter Fischer, der im Sommer frische Lachse gegen frisches Wild mit ihm tauschte, und Clarissa schritt an der Seite von Maggie über den grauen Teppich. Sie spürte die Blicke der ganzen Gemeinde auf sich gerichtet, alle fröhlich und voller Vorfreude auf die feierliche Zeremonie. Die beleibte Frau des Gemischtwarenhändlers zwinkerte ihr zu.

Doch Clarissas Blick war nur auf Alex gerichtet. Sein dunkler Anzug, den er sich von einem Bekannten geliehen hatte, weil er erst wieder bei seiner Beerdigung so vornehm gekleidet sein wollte, saß etwas zu locker, und die Hose hing über seine polierten Schuhe, und auch seine mit Frisiercreme geglätteten Haare passten nicht besonders zu ihm, aber seine Augen waren immer noch dieselben und strahlten voller Bewunderung, als sie lächelnd neben ihn trat.

»Du siehst wundervoll aus, Clarissa!«, flüsterte er ihr zu.

»Und du erst!«, erwiderte sie.

Er verstand, wie es gemeint war, und griff unwillkürlich nach seiner Krawatte, die ihn mehr noch als der steife Kragen zu behindern schien. »Du glaubst ja nicht, wie lange es gedauert hat, bis der Anzug einigermaßen saß.«

»Liebe Gemeinde ...«, begann der Pastor.

Clarissa vernahm die salbungsvollen Worte des Pastors wie aus weiter Ferne. Bedeutungslos verhallten sie in ihren Ohren. Sie hatte plötzlich das Gefühl, allein mit Alex in der Kirche zu stehen, nur er und sie, und lächelte verliebt, als er verstohlen nach ihrer Hand griff und sie nervös drückte. Es hätte nicht viel gefehlt, und sie hätte ihn schon jetzt vor allen Leuten geküsst und ihm ins Ohr geflüstert, dass sie ihn liebte, und nichts sie jemals trennen könnte. Das hätte ihn wohl noch verlegener gemacht, als er jetzt schon war, ihm vielleicht sogar die Schamesröte ins Gesicht getrieben, weil er seine Zuneigung ungern vor anderen zeigte und wahrscheinlich froh war, wenn die Zeremonie vorüber war und er endlich aus seinem schwarzen Anzug kam.

Die Aufforderung des Pastors kam so plötzlich, dass Clarissa sie beinahe überhört hätte. »Ja ... natürlich«, rief sie so laut und nervös, dass sich selbst der Pastor ein leichtes Schmunzeln nicht verkneifen konnte. Erst dann sprach sie ihm nach: »Ich, Clarissa, nehme dich, Alex, zu meinem angetrauten Mann, will dich von diesem Tage an lieben, in guten wie in schlechten Tagen, bis dass der Tod uns scheidet, so wahr mir Gott helfe.« Sie lächelte aufmunternd, als Alex ihr mit zitternden Fingern den Ring ansteckte und er die feierlichen Worte sprach: »Trage diesen Ring als Zeichen unserer Liebe und Treue!«

»Du darfst die Braut jetzt küssen, Alex«, sagte der Pastor.

Sie küssten sich, sehr zur Freude aller Anwesenden, und strahlten, als sie die Kirche unter dem Beifall ihrer Freunde und Bekannten verließen. Erst als das Heulen eines Wolfes von den Berghängen herabdrang, gefror Clarissas Lächeln, und ihr wurde die große Gefahr bewusst, in der sie beide schwebten.

3

Nach der Trauung brauchte Clarissa ihre ganze Kraft, um Alex die betrübliche Nachricht nicht schon während der Feier zu verraten. Er wirkte so fröhlich und ausgelassen, als er den Hochzeitskuchen anschnitt, dass sie es nicht übers Herz gebracht hätte, ihm in diesem feierlichen Augenblick die Stimmung zu verderben. Wenn sie schon unter den schlechten Neuigkeiten litt, sollte wenigstens er die Hochzeitsfeier genießen. Sie wollte sich alle Mühe geben, ihm den Abend zu versüßen und ihm auch nachts geben, wonach er sich sehnte, so sehr sie das Heulen des geheimnisvollen Wolfes auch zur Eile mahnte. Vorerst waren sie sicher. Maggies Söhne würden sie warnen, falls Whittler auf die Idee kam umzukehren. Was sollte ihnen schon passieren?

Beim Eröffnungswalzer machten sie keine gute Figur. Weder Alex noch sie hatten Tanzen gelernt, schon gar nicht Wiener Walzer, und sie stolperten mehr schlecht als recht über die Tanzfläche. Die Hochzeitsgäste störte es nicht. Sie applaudierten begeistert und schwangen selbst das Tanzbein, als die Kapelle, die aus dem Schmied und seinen drei Söhnen bestand, eine Polka anstimmte, und man nur noch über den Bretterboden zu hüpfen brauchte. Selbst der Mietstallbesitzer und seine Frau, die sich vor wenigen Stunden noch heftig gestritten hatten, machten mit, und zum ersten Mal seit vielen Wochen huschte ein Lächeln über ihre sonst so grimmigen Gesichter. Daran war wohl auch die süffige Pfirsichbowle schuld. Der Inhaber des Gemischtwarenladens hatte seinen gesamten Vorrat an Dosenpfirsichen und der Wirt des Saloons einige Flaschen seines besten Weins und Sekts beigesteuert.

Alex, ansonsten immer für einen kräftigen Schluck zu haben, hielt sich bei der Bowle auffällig zurück. Er flüsterte Clarissa mehrmals ins Ohr, wie wunderschön sie in ihrem Brautkleid aussah und dass er es gar nicht mehr erwarten könnte, endlich mit ihr im Hotel zu verschwinden, wie ein Mann, der seine Liebste zum ersten Mal in ihr Zimmer begleiten darf. Clarissa erwiderte seine Schmeicheleien mit einem bemühten Lächeln, das ihre Stimmung kaum verhehlte. Warum hatte der Wolf nicht später geheult? Warum war Maggie nicht erst am nächsten Morgen mit der schlechten Nachricht gekommen? Wie gern hätte Clarissa mit ihrem angetrauten Mann und ihren Gästen so unbeschwert und ausgelassen gefeiert, wie sie und Alex es verdient hatten.

Gegen Mitternacht, eigentlich keine Zeit für Alex, der nach vielen Wochen in der Wildnis gern über die Stränge schlug, zog er sie nah an sich heran und sagte: »Was hältst du davon, wenn wir uns klammheimlich davonmachen, Lady?« Er begleitete das spöttische »Lady« mit einem breiten Grinsen. »Ich glaube, wir waren lange genug auf unserer Hochzeit. Im Hotel haben sie das schönste Zimmer für uns reserviert. Wäre doch jammerschade, wenn wir das nicht ausnützen würden.«

Normalerweise hätte sie seine Anrede mit einer bissigen Bemerkung kommentiert und ihm spielerisch gegen das Schienbein getreten, aber das ging in dem langen Brautkleid schlecht, und sie war auch zu besorgt und bedrückt und hatte viel zu viel Angst, um sich auf die angenehmen Seiten des Lebens konzentrieren zu können. Die bedrohliche Nähe des rachsüchtigen Millionärssohnes erstickte jegliche Freude in ihr. Wie sollte sie Alex' Küsse mit der Leidenschaft einer frisch getrauten Braut beantworten und sich seiner Liebe uneingeschränkt hingeben, wenn Frank Whittler nur wenige Meilen entfernt durch die Nacht fuhr und vielleicht schon in diesem Augenblick auf die Idee kam, noch einmal umzukehren und in Port Essington nach ihr zu suchen?

Alex runzelte besorgt die Stirn. »Ist dir nicht gut? Du siehst so … so traurig aus. Ist dir die Bowle nicht bekommen?« Er deutete ein Lächeln an. »Wie ich den Wirt kenne, hat er sie mit dem scharfen Zeug verfeinert, das ihm der Händler im letzten Herbst mitgebracht hat.« Sein Lächeln verschwand. »Oder hab ich was Falsches gesagt? Ich hab kaum was getrunken … Ehrlich nicht!«

»Ich weiß, Alex«, erwiderte sie. »Ich bin nur ein bisschen müde. Letzte Nacht hab ich vor lauter Aufregung kaum geschlafen, und dann der Trubel …«

»Wenn du lieber schlafen willst …«

»So hab ich das nicht gemeint, Alex!« Sie legte ihm versöhnlich eine Hand auf den Arm. Sie wollte ihn nicht enttäuschen und ihm erst am nächsten Morgen von Whittler zu erzählen. »Ich lass mich gerne entführen.«

»Wir haben das Zimmer im ersten Stock.«

»Und das große Himmelbett, ich weiß.«

Unter den amüsierten Blicken der Hochzeitsgäste, die meisten schon beschwipst oder erschöpft vom vielen Tanzen, stahlen sie sich davon. Kühler Nachtwind empfing sie, vom nahen Frühling noch keine Spur. Im bunten Schein der Lampions trug Alex sie zum Hotel hinüber, stapfte mit seinen neuen Schuhen durch den schmutzigen Schnee und setzte sie auf dem Gehsteig vorsichtig ab. Ihr langes Kleid und der Schleier rauschten im Wind.

Der Hotelbesitzer und seine Frau vergnügten sich noch auf der Hochzeitsfeier, aber die Tür war offen, und auf der Anrichte neben der Treppe brannte eine Petroleumlampe und wies ihnen den Weg. Hinter Alex stieg Clarissa die Treppe hinauf. Der vierzehnjährige Sohn des Besitzers, der nach dem dritten Stück Kuchen aus dem Gemeinschaftshaus verschwunden war, hatte ein paar Holzscheite in den Ofen geworfen, bevor er zu Bett gegangen war, und die Vorhänge zugezogen, sodass Alex nur noch die Tür verschließen musste, bevor er sie in die Arme nehmen konnte.

Sie küssten sich leidenschaftlich, und als er ihr Kleid öffnete und mit seinen kräftigen Händen unter ihre Unterwäsche fuhr, fühlte sie das vertraute Prickeln, das sie jedes Mal spürte, wenn er sie auf diese Weise berührte, und sie schloss die Augen und vergaß sogar Frank Whittler, gab sich willig seinen Zärtlichkeiten hin und seufzte selbstvergessen, als er ihr das Kleid über den Kopf zog und sie aufs Bett drückte.

Sie erkannte sein Bemühen, ihr in dieser Nacht so viel Vergnügen wie möglich zu bereiten, und bemerkte gleichzeitig sein aufgestautes Verlangen und seine Ungeduld. Seine

Küsse waren fordernd, beinahe gierig, und als er den ungewohnten Anzug endlich abgestreift hatte, drängte er sich so fest gegen sie, dass sie kaum noch Luft bekam. Sie versuchte, mit ihm Schritt zu halten, in dem Strudel der Leidenschaft zu versinken, von dem in den kitschigen Magazinen immer die Rede war, aber ihre Gefühle streikten nach den ersten Berührungen, und als von draußen das lang gezogene Heulen eines Wolfes hereindrang, verkrampfte sie und öffnete die Augen. »Es tut mir leid, Alex!«, flüsterte sie verzweifelt. »Es tut mir so leid. Ich wollte … Es ist nur …«

Er hielt mitten in der Bewegung inne und blickte sie überrascht an. »Was ist mit dir? Hab ich dir wehgetan? Hab ich irgendwas falsch gemacht?« Die Enttäuschung stand ihm ins Gesicht geschrieben. »War ich zu stürmisch?«

»Dich trifft keine Schuld«, erwiderte sie mit Tränen in den Augen. Sie hatten sich so sehr auf diese Nacht gefreut, und jetzt verdarb sie ihm das Vergnügen, demütigte ihn wie eine Ehefrau, die Kopfschmerzen vortäuschte, um sich ihrem Mann nicht hingeben zu müssen. »Es ist nur … Ich wollte es dir eigentlich erst morgen früh sagen. Ich wollte uns den Spaß nicht verderben, aber …« Sie rieb sich die Augen. »Frank Whittler … Er sucht wieder nach mir.«

Der Name ernüchterte ihn.

»Frank Whittler? Ich dachte …«

»Maggie hat ihn in Kwinitsa gesehen.« Sie setzte sich auf und verriet ihm in wenigen Worten, was ihre Freundin gesagt hatte. »Ich wollte nicht, dass der verdammte Kerl unseren Hochzeitstag stört und …« Sie suchte angestrengt nach Worten. »Ich liebe dich, Alex! Ich liebe dich wirklich, aber ich sehe dauernd das Gesicht dieses Schurken vor mir, und wenn ich daran denke, dass er umkehren könnte und … Ich musste es dir einfach jetzt schon sagen, Alex.«

»Du hättest es mir schon viel früher sagen müssen.« Er stieg aus dem Bett und trat ans Fenster. Während er den Vorhang ein wenig zur Seite schob, fragte er: »Und du bist ganz sicher, dass er nach Williams Lake zurückgefahren ist?«

»Sonst wäre er bestimmt nicht umgekehrt. Maggies Söhne sagen uns sofort Bescheid, falls er wieder auftaucht. Heute Nacht sind wir sicher, aber …« Sie rutschte auf den Bettrand. »… Aber irgendwann wird er herausbekommen, wo wir wohnen, und dann kommt er wieder und …« Sie seufzte. »Ich fürchte, wir müssen hier weg. So leichtsinnig wie letztes Mal ist er bestimmt nicht mehr. Wahrscheinlich hat er ein halbes Dutzend Leute bestochen, damit sie vor Gericht gegen mich aussagen. Ich lande im Gefängnis, wenn er mich erwischt.«

Alex ließ den Vorhang los. »Und wo willst du hin? Nach China?«

»In drei Tagen legt der Dampfer nach Alaska an. Dort soll es ähnlich aussehen wie hier, nur im Winter wäre es ein bisschen kälter. Auf die Idee, dass wir uns so weit nach Norden absetzen, kommt Whittler bestimmt nicht. Wir könnten die Hunde verkaufen, außer Smoky natürlich, und verschwinden.«

»Du hast dir alles schon genau überlegt, nicht wahr?«

»Ich habe Angst, Alex. Wenn sich Whittler mit seinem Vater versöhnt hat, haben wir keine Chance. Du weißt doch, wie er ist. Er ist besessen von der Idee, sich an mir zu rächen, und jeden, der sich in meiner Nähe aufhält, will er ebenfalls vernichten. Er ist verrückt, Alex. Ein verwöhnter Bursche, dessen Familie so viel Geld hatte, dass sie jeden fertigmachen kann, der sich ihnen in den Weg stellt. Du hast doch gesehen, was beim Eisenbahnbau passiert ist. Wer nicht an die Canadian Pacific verkaufen wollte, wurde vertrieben. Mich … uns werden sie einsperren.«

»Du hast recht«, erwiderte Alex nach langem Überlegen, »mit einem Burschen wie ihm ist nicht zu spaßen. Mag sein, dass er morgen oder übermorgen noch nicht erfährt, wo wir sind, aber irgendwann wird einer den Mund aufmachen, und dann ist es vielleicht zu spät. Am besten fahren wir gleich nach Hause. Wir bleiben bis übermorgen in der Hütte und kreuzen erst kurz vor der Abfahrt des Schiffes hier auf. Solange niemand ahnt, dass wir an Bord gehen wollen, kann er Whittler auch nichts verraten.« Er schien erst jetzt zu bemerken, dass er vollkommen nackt im Zimmer stand, und griff rasch nach seiner Unterhose. Für einen Mann, der in der Wildnis aufgewachsen war, benahm er sich ungewöhnlich schüchtern. »Die Hunde geben wir Mary Redfeather, die wollte sich sowieso ein neues Gespann zulegen.«

Clarissa stand auf und zog sich an. Maggie hatte den Beutel mit ihrer Alltagskleidung ins Hotel gebracht und einen Zettel dazu gelegt: »Die Hunde und den Schlitten lasse ich bei Mary. Du hast morgen früh sowieso keine Zeit zum Füttern.« Sie seufzte bedrückt, als sie die Zeilen las.

In ihrer langen Hose und der Felljacke fühlte sie sich schon wesentlich wohler, nicht so beengt wie in dem eng anliegenden Brautkleid, und wenn sie ehrlich war, gefiel ihr auch Alex in seiner Winterkleidung viel besser als in seinem dunklen Anzug und der albernen Krawatte. Er trug seine Baumwollhosen und den Anorak aus Karibufell, den er vor vielen Jahren von einem Indianer geschenkt bekommen hatte. Oder war es eine Indianerin gewesen? So genau hatte er ihr das nie verraten, und sie hatte niemals nachgefragt. Über den Kopf und seine widerspenstigen Haare stülpte er eine Pelzmütze mit hochgeklappten Ohrenschützern. »So gefällst du mir schon besser«, sagte sie lächelnd. »In dem Anzug sahst du wie ein Bürovorsteher aus Vancouver aus.«

Er blickte auf den Anzug. »Und ich dachte, ich hätte dir gefallen.«

»Das war gelogen.«

»Aber ich habe nicht gelogen«, erwiderte er. »Du sahst wirklich toll in dem Brautkleid aus. Wenn's nach mir ginge, könnten wir jede Woche heiraten.«

»Und jede Woche einen Eröffnungswalzer tanzen?«

»Du hast recht … War eine dumme Idee.«

Sie verließen das Hotel wie zwei Diebe auf der Flucht. Um nicht von zwei Hochzeitsgästen, die vor der Tür des Gemeinschaftshauses standen, gesehen zu werden, nahmen sie den Hinterausgang. Durch den nassen Schnee stapften sie zur Pension von Mary Redfeather. Alex hatte einen Beutel mit dem Hochzeitskleid und dem Anzug und einige Wolldecken mitgenommen.

Die Hunde empfingen sie aufgeregt. Sie hatten nicht damit gerechnet, in dieser Nacht auf den Trail zu dürfen, und jaulten begeistert, als Clarissa sie an die Führungsleine band. »Hey, Smoky!«, begrüßte sie den tänzelnden Leithund. »Du dachtest wohl, wir legen uns nach der Feier auf die faule Haut. Irrtum, mein Lieber! Alex und ich müssen dringend nach Hause, und frag mich bloß nicht, warum!« Sie kraulte ihn unter dem Kinn, wie er es am liebsten hatte. »Du hast doch nichts dagegen, oder? Wir haben Vollmond und klare Sicht, so wie du es am liebsten hast. Bist du bereit, mein Lieber?«

Und ob Smoky bereit war. Er war so begeistert, dass er am liebsten schon ohne den Schlitten losgerannt wäre. Nur widerwillig wartete er, bis Clarissa die anderen Hunde angespannt hatte, und Alex die Führungsleine mit dem Schlitten verband. Ihr Hochzeitskleid und den Anzug hatte er bereits in dem Vorratsbeutel unter der Haltestange verstaut. Er legte die Wolldecken auf die Ladefläche und bedeutete ihr, sich auf die Ladefläche zu setzen. »Ich fahre.«

Clarissa vermutete, dass er die Bewegung brauchte, um sich nach der enttäuschenden Hochzeitsnacht abzureagieren, und machte es sich bequem. »Schon gut!«, rief sie dem nervösen Charly zu, der es wieder einmal nicht abwarten konnte und beinahe auf Smoky draufhing. »Gleich geht es los!«

Alex brauchte die Hunde nicht anzutreiben. Kaum hatte er den Anker gezogen, rannten sie los, und sein »Giddy-up!« verhallte ungehört im frischen Nachtwind. Das Ende des Winters vor Augen und begierig darauf, noch einmal voller Lust durch den Schnee zu rennen, hetzten sie über die Hauptstraße zum Stadtrand und folgten der Wagenstraße am Ufer des Skeena Rivers. An einigen Stellen, die tagsüber in der Sonne lagen, war der Schnee bereits geschmolzen, und unter den Kufen knirschte felsiger Boden. Über dem Fluss hingen Nebelschwaden und verliehen ihm ein geheimnisvolles Aussehen.

Die Nacht war wie geschaffen für eine Fahrt mit dem Hundeschlitten, und hätte etwas mehr Schnee auf der Straße gelegen, wären die Huskys noch eifriger und begieriger über den Trail gerannt. Erst im Wald, wo der Schnee länger liegen blieb, fanden ihre Pfoten wieder mehr Halt, und die Kufen glitten leiser über den festen Untergrund. Der Vollmond stand hoch am klaren Himmel, und die Baumkronen ließen so viel Licht durch, dass sich der Trail wie eine breite leuchtende Spur durch den Wald zog. Ohne von Alex angefeuert zu werden, zog Smoky das Tempo an, als wollte er noch einmal allen zeigen, was in ihm steckte. Die älteren Hunde wie die sanfte Cloud oder der etwas träge Buffalo hatten Mühe, mit ihm Schritt zu halten.

Das Wolfsgeheul zerriss die Stille, als sie über eine schmale Lichtung fuhren und den Mond als riesige blasse Scheibe über den Bäumen stehen sahen. Als unheilvolles Echo klang es vom ungefähr eine halbe Meile entfernten Fluss herauf, wie ein Warnsignal, das Clarissa noch einmal deutlich machen sollte, in welcher Gefahr sie sich befand. »Bones!«, flüsterte sie erschrocken.

Alex verstand nicht, was sie sagte, konnte es sich aber denken. Er hatte sie oft genug von dem seltsamen Wolf, der angeblich magische Kräfte besaß, erzählen hören. »Bones kann es nicht sein«, rief er, »der würde niemals so weit nach Norden kommen. Der bleibt in seinem Revier. Das sind seine Verwandten in den Bergen … Die sehnen sich nach dem Frühling und frischer Beute.«

»Auf die Ranch ist er mir auch gefolgt.«

»Das war nicht Bones.«

»Ich hab ihn genau erkannt, Alex.«

Alex blieb keine Zeit, etwas zu erwidern. Dicht vor dem Waldrand blieb der Schlitten mit der rechten Kufe in einer Wurzel hängen und kippte nach vorn. Clarissa wurde von der Ladefläche geschleudert und landete mitsamt den Decken, in die sie sich gewickelt hatte, im tiefen Schnee abseits des Trails. Alex hatte weniger Glück, als er versuchte, den Schlitten festzuhalten, zu spät losließ, mit voller Wucht gegen einen Baum geschleudert wurde und benommen zu Boden fiel. Der Schlitten wirbelte durch die Luft, fiel in den Schnee zurück und blieb zwischen den Bäumen abseits des Trails hängen. Die Hunde liefen wie gegen eine Wand, zerrten eine Weile jaulend an ihren Leinen und gaben erschöpft auf. Smoky blieb mit blutiger Schnauze liegen.

»Alex!«, rief Clarissa verzweifelt.

4

Außer ein paar leichten Prellungen hatte Clarissa nichts abbekommen. Sie schob die Decken beiseite und richtete sich auf, wartete ungeduldig, bis der leichte Schwindel verflogen war, und stapfte durch den verharschten Schnee zu Alex, der halb bewusstlos auf dem Boden lag und sie aus leeren Augen anstarrte. »Clarissa«, brachte er hervor, doch als er noch etwas sagen wollte, versagte seine Stimme, und es kam nur ein heiserer Laut über seine Lippen.

»Alex!«, rief sie wieder und ging neben ihm in die Knie. Entsetzt stellte sie fest, dass er aus einer klaffenden Platzwunde an der Stirn und aus der Nase blutete und das Bewusstsein verloren hatte. Sein Atem ging röchelnd. »Halte durch, Alex! Das ist nicht so schlimm, wie es aussieht. Ein paar Schrammen und eine Gehirnerschütterung, weiter nichts. Sobald ich dich verbunden habe, geht's dir wieder besser. Alex?« Sie merkte, dass er kaum noch Luft bekam, und drehte ihn auf die Seite. Jetzt atmete er ruhiger. »Ich bin gleich zurück, Alex.«

Sie rannte zum Schlitten und kramte das Verbandszeug aus dem Vorratsbeutel. Ein Glück, dass sich der Schlitten verkeilt hatte, und die Hunde nicht durchgegangen waren. »Gleich kümmere ich mich um euch!«, rief sie den Huskys zu. Besonders Smoky hatte einiges abbekommen. Er lag mit blutiger Schnauze im Schnee und jaulte erbärmlich. »Ich bin gleich bei dir, Smoky!«

Sie hastete zu Alex zurück und wischte ihm mit einem Fetzen, den sie von einer Mullbinde gerissen hatte, das Blut vom Gesicht. Die blutige Nase und die Schrammen auf seiner Wange reinigte sie mit etwas sauberem Schnee. Beim Anblick des frischen Blutes, das aus seiner Platzwunde quoll, packte sie die Angst. Irgendwie musste sie den Blutfluss stoppen. Sie faltete ein Stück Mull zu einem kleinen Kissen zusammen, drückte es fest auf die offene Wunde und verklebte es mit mehreren Pflastern. Auch jetzt sickerte noch Blut aus seiner Stirn. Er brauchte so schnell wie möglich einen Arzt. Eine flüchtige Untersuchung zeigte ihr, dass er sich nichts gebrochen hatte und nirgendwo sonst blutete, aber sie war keine Ärztin und möglicherweise hatte er bei dem schweren Sturz innere Verletzungen erlitten. Sie stöhnte leise.

»Ich bringe dich zu Doktor Weinbauer nach Port Essington«, sagte sie, obwohl er sie nicht hören konnte. Wie fast alle Einwohner war auch er auf ihrer Feier gewesen. »Er soll dich gründlich untersuchen. Ich weiß, wenn Whittler umkehrt, haben wir kaum eine Chance, und vielleicht verpassen wir sogar das Schiff nach Alaska, aber wenn du irgendwas Ernstes hast, das ich nicht erkennen kann, machen wir uns später Vorwürfe.« Sie breitete die Decken über ihn und strich ihm sanft über die Wange. »Ich muss mich um die Hunde kümmern, Alex. Dauert nicht lange. Zum Glück steckt der Schlitten zwischen zwei Bäumen fest, sonst wären wir jetzt noch schlimmer dran.«

Sie lief zu den Hunden und versorgte zuerst Smoky. Vorsichtig tupfte sie das Blut von seiner Schnauze. Er hatte durch den Aufprall zwei Zähne verloren und litt wahrscheinlich unter großen Schmerzen. Noch schlimmer war allerdings, dass er sich den linken Vorderlauf verstaucht hatte. Als sie die Stelle nur leicht berührte, zuckte er leise jaulend zusammen. Sie zog rasch ihre Hand zurück. »Ich weiß, das tut weh«, sagte sie zu ihm, »aber das kriegen wir wieder hin. In ein paar Tagen bist du wieder ganz der Alte.«

Die anderen Hunde waren unverletzt, hatten sich lediglich in den Leinen verheddert und waren noch geschockt von dem plötzlichen Aufprall. Sie tröstete jeden Einzelnen mit ein paar liebevollen Worten und befreite sie von ihren Fesseln. Der junge Charly zitterte heftig und beruhigte sich erst einigermaßen, als sie ihn fest in die Arme nahm und ihm ins Ohr flüsterte: »Alles halb so schlimm, Charly! Smoky hat sich einen Vorderlauf verstaucht und zwei Zähne verloren. Schlimm genug, aber das wird wieder. Alex bringen wir zum Arzt.« Sie setzte Charly ab und wandte sich an die anderen Hunde. »Aber ihr müsst mir dabei helfen, hört ihr? Wir dürfen keine Zeit verlieren.«

Sie zerrte den Schlitten zwischen den Bäumen hervor und wuchtete ihn auf die Kufen. Zwei Streben waren angeknackst, eine Schlaufe des Vorratsbeutels eingerissen. Alles andere wäre eine Katastrophe gewesen. Ohne einen Schlitten hätte sie es nicht geschafft, Alex zu einem Arzt zu bringen, und er wäre ihr vielleicht unter den Händen gestorben. Der Gedanke erschreckte sie so sehr, dass sie für einen Augenblick innehalten musste. Erst nachdem sie ein paarmal durchgeatmet und ein kurzes Dankgebet zum

Himmel geschickt hatte, legte sie den verletzten Smoky auf die Ladefläche, richtete die restlichen Hunde aus und fuhr zu Alex. Hastig bohrte sie den Anker in den Schnee.

Es kostete sie einige Kraft, Alex auf den Schlitten zu heben. Er war immer noch bewusstlos und so schwer, dass sie zuerst seinen Oberkörper auf die Ladefläche legte und die Beine mühsam nachzog. Sie wickelte ihn in die Wolldecken und band ihn mit einigen Lederriemen aus dem Vorratsbeutel fest. Smoky legte sie zwischen seine Beine. Der Husky drehte verwirrt den Kopf und blickte sie dankbar an, als sie die warmen Decken über ihm ausbreitete.

Als sie um den Schlitten herumlief und bemerkte, dass die sanftmütige Cloud und der junge Charly eher orientierungslos an der Spitze standen, tauschte sie die beiden Hunde gegen den intelligenten Rick und den kräftigen Chilco aus. Sie konnten einen Leithund wie Smoky nicht ersetzen, waren aber erfahren genug, um das Gespann einigermaßen im Zaum zu halten. Cloud und Charly schienen dankbar für die neue Lösung zu sein und wehrten sich nicht, als Clarissa sie vor Buffalo und Waco an die Führungsleine klinkte.

»Giddy-up!«, trieb sie die Hunde an. Auf den Anfeuerungsruf ihres Mannes hörten sie am ehesten. »Ihr seht doch, wie es Alex und Smoky geht. Die beiden brauchen dringend einen Arzt! Zurück in die Stadt … Macht voran!«

Noch bevor sie die Worte ausgesprochen hatte, rannten die Hunde los. Sie spürten instinktiv, was auf dem Spiel stand, und ließen ihre Muskeln spielen, obwohl einige von ihnen leichte Blessuren und Prellungen davongetragen hatten. Als wollten sie Clarissa beweisen, dass auch ohne

Smoky mit ihnen zu rechnen war, liefen sie so schnell sie konnten und folgten dem Weg, den sie gekommen waren.

Sie waren keine Stunde von Port Essington entfernt und glaubten, ein so scharfes Tempo vorlegen zu müssen, dass Clarissa sie an manchen Stellen sogar bremsen musste, um nicht wieder einen Unfall zu bauen. Bei jeder Bodenwelle ging sie tief in die Knie und klammerte sich mit beiden Händen an die Haltestange. »Rick! Chilco!«, rief sie nach vorn. »Übertreibt es nicht! Ich hab keine Lust, wieder gegen einen Baum zu fahren. Noch mal kommen wir nicht so glimpflich davon! Nicht so hitzig!«

Erst auf der breiten Wagenstraße am Ufer des Skeena Rivers ließ sie den Hunden freien Lauf. »Heya! Heya! Hier ist genug Platz!« Ihre Stimme hallte zwischen den hohen Fichten. »Lauft, ihr Lieben, jetzt haben wir es nicht mehr weit!« Die Hunde flogen förmlich über den verharschten Schnee und kümmerten sich nicht um das blanke Eis, das an vielen Stellen durch den Schnee blitzte und ihnen die Pfoten aufriss. Sie mussten Port Essington so schnell wie möglich erreichen. Auf der Wagenstraße gab es kaum Hindernisse, der festgestampfte Schnee lag wie eine Piste vor ihnen, und die aufgeworfenen Schneewälle zu beiden Seiten markierten die Richtung, die sie nehmen mussten. Der trübe Eisnebel, der vom Fluss heraufzog, störte sie nur wenig.

Als die ersten Häuser von Port Essington im morgendlichen Dunst auftauchten, verschärfte Clarissa das Tempo noch einmal. »Giddy-up! Vorwärts! Jetzt haben wir es gleich geschafft!«, trieb sie die Hunde an. Ihr Blick war auf Alex gerichtet, der reglos in seinen Decken lag und nicht einmal stöhnte, wenn sie über eine Bodenwelle holperten oder ins

Schlingern gerieten. Bitte, bitte, lass ihn nicht ernsthaft verletzt sein, schickte sie ein erneutes Stoßgebet zum Himmel, lass ihn keine inneren Verletzungen haben! Sie brauchte ihn, er war der Mann, von dem sie immer geträumt hatte, obwohl er ganz anders aussah als die Prinzen auf ihren weißen Pferden, die in den Geschichten, die ihre Mutter ihr vorgelesen hatte, vor den Prinzessinnen auf die Knie gefallen waren. Er war männlicher, aufrichtiger, ein wenig ungehobelt vielleicht, immerhin hatte er die meiste Zeit seines Lebens unter Indianern, Goldsuchern und Abenteurern verbracht, aber auch sanftmütiger und liebevoller. Ein gütiges Schicksal hatte sie zusammengeführt, und sie würde nicht zulassen, dass ihr Leben ausgerechnet an ihrem Hochzeitstag erneut aus den Fugen geriet.

In der Stadt fuhr sie direkt zum Haus von Doktor Weinbauer. Er wohnte neben der Pension von Mary Redfeather, ein gemütlicher Witwer, der seine Frau vor vielen Jahren auf der Überfahrt verloren und seitdem nicht mehr geheiratet hatte. Sie musste ein paarmal klopfen, bis er endlich die Tür öffnete und sich überrascht die Augen rieb. »Clarissa! Sie sind schon auf den Beinen? Ich dachte, Sie und Alex … Nun ja … Gestern war doch Ihre Hochzeitsnacht!«

Clarissa sparte sich eine Erklärung. »Alex ist verletzt«, sagte sie stattdessen. »Wir hatten einen Unfall. Er ist bewusstlos. Er ist gegen einen Baum geschleudert worden. Sie müssen ihn so schnell wie möglich untersuchen!«

»Okay.« Der Doktor war plötzlich hellwach. »Ich hole die Trage.« Er ließ die Tür offen, hastete mit wehendem Morgenmantel davon und kehrte wenig später mit einer Trage zurück. In seinen zerfledderten Hausschuhen stapfte er durch den nassen Schnee und half ihr, den wieder leise stöhnenden Alex auf die Trage zu legen. »Um den Hund kümmere ich mich später«, sagte er, während sie Alex ins Haus trugen und im Behandlungszimmer aufs Bett legten.

»Meinen Sie … ist es sehr schlimm?«, fragte sie.

»Dazu muss ich ihn mir erst einmal ansehen«, erwiderte der Doktor lächelnd. Auch in Schlafanzug und Hausschuhen war er jetzt ganz in seinem Element. »Sie warten am besten draußen. Zuschauer machen mich nervös.«

Clarissa gehorchte widerwillig und verließ das Zimmer. Als sie nach draußen ging, um Smoky hereinzuholen, sah sie Mary Redfeather vor die Tür des Nachbarhauses treten. »Clarissa! Da bist du ja«, hörte sie die Besitzerin der Pension rufen. »Wir haben uns schon Sorgen gemacht! Wo wart ihr denn die ganze Zeit? Als ich von der Feier nach Hause kam, war euer Schlitten weg.«

»Wir hatten einen Unfall … Alex ist verletzt!«, erwiderte Clarissa. Sie hob den verletzten Husky vom Schlitten und trug ihn zum Haus des Doktors. »Erzähle ich dir alles später. Smoky hat auch was abbekommen.« In der offenen Tür blieb sie kurz stehen. »Kümmerst du dich um die Hunde? Ich hab keine Ahnung, wie lange es dauert.« Ohne auf eine Antwort zu warten, ging sie weiter und legte den in eine Decke gehüllten Hund auf den Teppich im Flur.

Nachdem sie die Tür geschlossen hatte, setzte sie sich auf einen der Stühle im Warteraum. Aus dem Behandlungsraum drangen dumpfe Geräusche. Sie lauschte eine Weile, versuchte herauszufinden, was sie bedeuteten, und gab auf. Außer dem Scharren seiner Hausschuhe, wenn der Doktor seine Füße bewegte, und dem Klirren einiger Instrumente, als er sie in einer Porzellanschale ablegte, war nichts zu hören. Keine Stimmen, kein Stöhnen, nicht einmal ein leises Seufzen. Anscheinend war Alex immer noch bewusstlos. Sie faltete ihre Hände und drückte sie gegen die Lippen. Bitte, bitte lass ihn wieder aufwachen, betete sie in Gedanken, lass ihn nicht ernsthaft verletzt sein!

Die Warterei zerrte an ihren Nerven, und sie war mehrmals versucht, das Behandlungszimmer zu betreten. Doch sie blieb sitzen und blickte nervös auf die Tür, als könnte sie den Doktor durch reine Willenskraft dazu zwingen, herauszukommen und ihr zu sagen, dass alles in Ordnung sei und sie sich keine Sorgen zu machen brauche. Je länger es dauerte, desto unruhiger wurde sie. Einmal stand sie tatsächlich auf und hatte den Türknopf bereits in der Hand, zuckte aber zurück, als sie die Schritte des Doktors hörte und setzte sich schnell wieder. Auf der Wanduhr rückten die Zeiger unablässig vor, und doch war nur eine halbe Stunde vergangen, als Doktor Weinbauer die Tür öffnete.

»Und?«, fragte sie ungeduldig. »Wird er wieder gesund? Die Verletzungen sind nicht so schlimm, oder? Sagen Sie mir, dass alles in Ordnung ist, Doc!«

»Alles in Ordnung? Das wäre wohl ein wenig übertrieben.« Der Doktor lächelte amüsiert. »Aber ich kann Sie beruhigen, ich konnte keine lebensgefährlichen Verletzungen feststellen. Keine inneren Blutungen, auch keine Brüche. Aber eine Gehirnerschütterung, die ihn wohl noch einige Tage behindern wird, und zahlreiche Prellungen im Brustbereich und an den Armen. Die sind meist schmerzhaft. Die Platzwunde an der Stirn habe ich genäht.« Hinter ihm erklang ein leises Stöhnen, und er drehte sich zu seinem Patienten um. »Ich glaube, er kommt zu sich. Wollen Sie mit ihm reden, bevor ich ihm etwas Laudanum gebe? Nur bitte nicht zu lange. Er braucht jetzt viel Ruhe.«

Clarissa drängte sich an ihm vorbei und blieb vor Alex stehen, der immer noch auf der Trage lag. Doktor Weinbauer hatte ihn bis auf die Unterwäsche ausgezogen und bis zur Brust mit einem Leintuch zugedeckt. Über der Platzwunde wölbte sich ein dickes Pflaster, die blutigen Schrammen hatte er mit einer übel riechenden Salbe eingerieben. Er griff sich stöhnend an den Kopf und erkannte sie erst, als sie dicht vor ihm stand. »Clarissa! Bist du … Bist du okay? Was … Was ist mit den … den Hunden? Wie konnte das nur passieren?«

»Keine Ahnung …. Wir haben wohl versucht, einige Bäume mitzunehmen.« Sie beugte sich über ihn und spürte, wie ihre Augen feucht wurden, als sie bemerkte, wie er gegen den Schmerz ankämpfte. Mit einer Hand strich sie ihm zärtlich über die Wange. »Ich bin okay, Alex. Ich hatte Glück, mir ist nichts passiert. Aber viel wichtiger ist, dass du wieder gesund wirst. Du hast eine Gehirnerschütterung und eine Platzwunde an der Stirn.« Sie lächelte zaghaft. »Das wird eine hübsche Beule geben. Die Prellungen an den Armen und der Brust könnten etwas wehtun, sagt der Doc. Ich nehme an, er will dich eine Weile hierbehalten. Tu, was er sagt, Alex! Wir haben noch genug Zeit.«

»Die Hunde? Was … Was ist mit den Hunden?«

»Smoky hat zwei Zähne verloren, und sein rechter Vorderlauf … Ich glaube, er ist verstaucht. Der Doktor kümmert sich um ihn.« Sie griff nach seiner Hand. »Werde wieder gesund, Alex! Werde wieder ganz gesund, hörst du?«

»Ich werde mich anstrengen. So schnell zwingt man mich nicht in die Knie, das weißt du doch.« Seine Gesichtszüge entspannten sich ein wenig und deuteten ein schwaches Lächeln an, bevor er wieder ernst wurde. »Du wirst sehen, spätestens morgen bin ich wieder auf den Beinen. Ich habe schon ganz andere Schläge weggesteckt. Hab ich dir schon von dem Grizzly erzählt, der mich vor ein paar Jahren angegriffen hat? Der Bursche hatte riesige Pranken wie …«

»… wie Bratpfannen, ich weiß«, erwiderte sie erleichtert. Wenn er von seinem Grizzly erzählte, war er schon wieder fast der Alte. »Aber wenn du nicht auf den Doktor hörst, brummt dein Schädel doppelt so lange, und ich muss mir ständig dein Gejammer anhören.« Ihre Augen funkelten. »Ich fahre inzwischen zur Hütte und hole unsere Sachen. Bis spätestens heute Abend bin ich wieder hier, dann sehe ich gleich nach dir. Ich quartiere mich bei Mary ein.«

»Und wenn Whittler inzwischen kommt?«, gab Alex zu bedenken.

»Er darf nicht kommen. Wenn es noch ein bisschen Gerechtigkeit auf dieser Welt gibt, kommt er erst, wenn wir mit dem Schiff nach Alaska abdampfen.«

»Hoffen wir's«, erwiderte er.

Doktor Weinbauer, der sich inzwischen um Smoky gekümmert hatte, kehrte in den Behandlungsraum zurück. »So, das reicht fürs Erste«, sagte er zu ihr. »Ihr Mann braucht dringend etwas Schlaf, wenn er schnell gesund werden soll.« Er goss etwas Laudanum in einen Teelöffel und flößte es Alex ein. »Das lindert die Schmerzen und lässt Sie wie ein Neugeborenes schlafen, glauben Sie mir.

Schmeckt wie der schlechte Wein, den sie im Saloon verkaufen. Ich habe etwas Zimt dazu gemischt, das macht es etwas erträglicher.«

Nachdem der Doktor das Laudanum weggestellt hatte, verließ Clarissa das Zimmer. »Wir sehen uns heute Abend«, rief sie Alex zu, doch der hatte sich bereits umgedreht und die Augen geschlossen. Das Laudanum wirkte schnell.

Smoky wartete im Flur auf sie. Der Doktor hatte seine Wunde versorgt und den verstauchten Vorderlauf mit einem festen Verband stabilisiert, so wie sie es vor zwei Jahren mit Bones gemacht hatte. »Es ist nicht so schlimm, wie es aussieht«, sagte Doktor Weinbauer, »aber ich bezweifle, dass Sie ihn weiterhin als Leithund einsetzen können. Seine Top-Form wird er nie wieder erreichen.« Er zog den Gürtel um seinen Morgenmantel fester und führte sie zur Tür. »So, und jetzt brauche ich dringend etwas Schlaf. Gestern Abend war es spät, wie Sie wissen, und ich bin nicht gerade ein Frühaufsteher. Bis später.«

Sie verabschiedete sich und ging mit dem verletzten Hund auf dem Arm zum Nachbarhaus. Der Doktor hatte ihm etwas gegen die Schmerzen gegeben. In der Stadt war es stiller als sonst, nicht einmal das Hämmern des Schmieds war zu hören, anscheinend war auch er später als gewöhnlich ins Bett gekommen. Vom Ende der Straße drang das Heulen einiger Huskys herauf.

Die Pensionswirtin hatte sie wohl kommen gehört und wartete in der offenen Tür. Im Flur hatte sie ein bequemes Lager für Smoky bereitet. Clarissa legte ihn auf die Decken und streichelte ihn sanft. »Das wird wieder, mein Lieber!«, versuchte sie ihn aufzumuntern. »Du wirst sehen, in ein paar

Tagen tollst du wieder mit den anderen herum. Schlaf dich erst mal richtig aus!«

In der Küche wartete Maggie. »Wie geht es Alex?«, fragte sie besorgt.

Clarissa wiederholte, was der Doktor gesagt hatte. »Alex ist im hart im Nehmen«, erwiderte sie zuversichtlicher, als sie war. »Wie ich ihn kenne, ist er eher auf den Beinen als Smoky.« Sie blickte durchs Fenster zum Haus des Doktors hinüber. »Er hat schon ganz andere Sachen überlebt. Fragt den Grizzly, der ihm vor einigen Jahren über den Weg lief. Der humpelt heute noch.«

Niemand war nach Lachen zumute.

»Ich habe Mary alles erzählt«, gestand Maggie, nachdem sie eine Weile geschwiegen hatten. Sie hielt sich an ihrem Kaffeebecher fest. »Die Leute fragen sich sowieso, warum ihr so früh von der Party verschwunden und mit dem Hundeschlitten durch die Nacht gefahren seid, anstatt eure Hochzeitsnacht zu genießen.« Sie trank einen Schluck. »Du bist mir doch nicht böse?«

»Nein, das spielt sowieso keine Rolle mehr.« Clarissa stützte sich auf eine Stuhllehne. »Alex und ich fahren mit dem nächsten Dampfer nach Alaska.«

»Ihr macht … Was?«, riefen Mary Redfeather und Maggie im Chor.

»Wir gehen nach Alaska.«

Maggie stellte ihren Becher auf den Tisch und starrte sie aus großen Augen an. »Aber du weißt doch noch gar nicht, ob Whittler zurückkommt?«

»Er kommt zurück, Maggie, verlass dich drauf!«

5

Clarissa verlor keine Zeit. Nur wenige Minuten, nachdem sie das Haus betreten hatte, war sie wieder unterwegs. Im trüben Licht der Sonne, die sich hinter einer dünnen Wolkendecke versteckt hatte, trieb sie ihr Gespann am Ufer des Skeena Rivers entlang. Rick und Chilco bemühten sich nach besten Kräften, den verletzten Smoky zu ersetzen, und kamen auf der breiten Wagenstraße zügig voran. Sie taten sich erst im Wald schwer, als der Trail schmaler wurde, und es besonders darauf ankam, in der Spur zu bleiben.

»Ihr schafft das schon!«, rief sie ihnen zu, als der Schlitten nach rechts driftete und gegen die Böschung prallte. Sie stieg vom Trittbrett, rannte hinter dem Schlitten her und drückte ihn auf den Trail zurück. »Hier kann uns doch nichts passieren.«

Obwohl der Trail zu ihrer Hütte kaum benutzt wurde, weil er zu keinem der Indianerdörfer im Nordwesten führte, war auch Clarissa nervös. Allein der Gedanke, dass Frank Whittler bis auf wenige Meilen an sie herangekommen war, und sie es nur Maggie zu verdanken hatte, dass er sie nicht erwischt hatte, steigerte ihre Unruhe. Maggies Söhne konnten die Wagenstraße nicht rund um die Uhr im Auge behalten, und auch bei Indianern ließ die Aufmerksamkeit nach einer langen Nacht nach. Sie waren erst siebzehn und achtzehn und konnten nicht garantieren, dass Alex und sie vor Whittler sicher waren.

Wer so von seiner Rachsucht besessen war wie Whittler und monatelang durch die Wildnis fuhr, um eine Frau, die sich gegen seine Zudringlichkeiten gewehrt hatte, ins Gefängnis zu bringen, ließ sich nicht vertreiben. Irgendwo, vielleicht schon in Williams Lake, würde er erfahren, dass sie in der Nähe von Port Essington lebte, und zurückkehren.

Bones hatte sie gewarnt. Sein Heulen verfolgte sie bis in den Wald hinein und ermahnte sie zu höchster Wachsamkeit. Es war so laut und klagend gewesen, dass ihr selbst die wenigen Tage, die sie auf das Dampfschiff nach Alaska warten musste, noch zu lange vorkamen, um rechtzeitig vor Whittlers Rückkehr das Land zu verlassen. Jeden Augenblick erwartete sie, dass er um die nächste Biegung kam, eine Waffe auf sie richtete, bereit sie zu fesseln.

In ihrem Vorratsbeutel unter der Haltestange lag Alex' Enfield-Revolver, ein Mark 2, wie ihn die Polizisten der North West Mounted Police benutzten, und mit dem auch sie umgehen konnte. Wenn man einem aufgebrachten Elch begegnete, war ein gezielter Schuss oft der letzte Ausweg. Gegen einen zu allem entschlossenen Mann wie Whittler würde er ihr nicht viel helfen. Sie hatte noch nie auf einen Menschen geschossen und würde es auch nicht fertigbringen, wenn er unvermutet vor ihr auftauchte und sie mit einer langen Gefängnisstrafe bedrohte. Noch dazu hatte Whittler einen Indianer angeheuert, der wahrscheinlich gut genug bezahlt wurde, um selbst zur Waffe zu greifen.

Verfolgt von ihren düsteren Gedanken und der Angst vor einer unliebsamen Begegnung, erreichte sie ihre Hütte. Alex und sie hatten das einfache Blockhaus mit ihren eigenen Händen erbaut, ein gemütliches Heim im Schutz einiger überhängender Felsen, die zwischen den Fichten aus dem Boden ragten. Vor der Hütte fiel das Land zu einem schmalen Nebenfluss des Skeena Rivers ab, der sich in zahlreichen Windungen durch das schmale Tal schlängelte. An manchen Stellen lugte bereits braune Erde hervor.

Clarissa hielt vor dem Eingang und rammte den Anker in den Boden. Sie blickte sich forschend um, bevor sie die Hütte betrat, und holte den Hunden etwas von dem Wasser, das sie in einem Eimer neben dem Herd stehen hatte. »Es dauert nicht lange«, sagte sie zu den Hunden, während sie ihre Schüsseln füllte und jeden mit einer Streicheleinheit verwöhnte. »Sobald ich unsere Sachen gepackt habe, fahren wir zu Alex und Smoky zurück. Benehmt euch!«

Sie kehrte ins Haus zurück und holte die lederne Reisetasche unter dem Bett hervor. Beim Anblick der Tasche wurde ihr schmerzlich bewusst, dass sie im Begriff war, ihre neue Heimat für immer zu verlassen und sie vielleicht nie mehr wiedersehen würde. Ihre Blockhütte, die sie im Schweiße ihres Angesichts gebaut und eingerichtet hatten, den Herd und die Möbel, die sie im Sommer mit einem Wagen in die Wildnis gebracht, die Vorhänge an den Fenstern, die sie erst vor wenigen Wochen geschneidert hatten. Nur einen Bruchteil ihres Besitzes konnten sie mitnehmen. Ihre Kleider und ein paar Kleinigkeiten, der Lederbeutel mit ihren bescheidenen Ersparnissen. Nur zögernd stopfte sie das neue Buffalo-Bill-Heft zwischen ihre Blusen.

Bevor sie die Hütte verließ, blickte sie sich noch einmal um. Sie gehörte nicht zu den Frauen, die mit jeder Faser an der heimatlichen Scholle klebten, war dem Neuen immer aufgeschlossen gewesen und auch in die Wildnis gezogen, weil sie sich im tiefsten Herzen danach gesehnt hatte, dennoch fiel es ihr schwer, sich von der vertrauten Umgebung zu trennen und einer neuen Zukunft entgegenzusteuern. Gerade erst hatten sie sich an diesen Teil der Wildnis gewöhnt und zahlreiche Freundschaften in Port Essington und Umgebung geschlossen.

Auch Alex hatte sicher nicht vorgehabt, diese Gegend schon so bald wieder zu verlassen. Hier waren sie mitten in der Wildnis und doch in der Nähe einer einigermaßen großen Stadt gewesen, und die Nähe des Meeres hatte sie an ihre Jugend erinnert, als sie mit ihrem Vater, einem Fischer, in seinem Boot auf den Pazifik hinausgefahren war. Die Erinnerung an diese Fahrten war immer noch ein bedeutsamer Teil ihres Wesens.

Sie verschloss die Tasche und band sie mit einigen Riemen auf die Ladefläche, ging noch einmal zurück und holte das Gewehr, das über zwei Haken neben der Tür lag. Mit der schweren Waffe über den Schultern scheuchte sie die Hunde auf und wendete den Schlitten. »Rick! Chilco! Vorwärts!«, feuerte sie ihre beiden Leithunde an. »Wird Zeit, dass wir umkehren, sonst kommen wir noch in die Dunkelheit!« Sie verriet den Hunden nicht, dass sie die Hütte für immer verließ, hatte aber das Gefühl, dass sie sehr wohl spürten, was in ihr vorging. Viel langsamer als sonst, als könnten sie sich selbst nicht von diesem Tal und der Hütte trennen, zogen sie den Schlitten über den Trail.

»Weiter! Weiter!«, rief Clarissa. »Nur keine Müdigkeit vortäuschen, oder wollt ihr, dass wir in ein Unwetter geraten? Seht euch mal die Wolken an!«

Tatsächlich standen dunkle Wolken über den bewaldeten Hügeln im Westen, und auch der Wind hatte etwas aufgefrischt. Bald würden Schnee oder Regen kommen, wahrscheinlich der besonders unangenehme Schneeregen, den weder die Hunde noch sie mochten. Eher fanden sich die an Schnee und Eis gewöhnten Huskys in einem Blizzard zurecht. Doch Clarissa floh nicht nur vor dem drohenden Unwetter. Sie fuhr auch vor ihrer Vergangenheit davon und wollte so schnell wie möglich in ihrer neuen Zukunft ankommen, obwohl ihr klar war, dass ihr Dampfer nach Alaska keine Minute zu früh die Anker lichten würde. Eher war er in einem heftigen Unwetter zu spät dran.

»Heya! Heya! Vorwärts!«, rief sie und hielt ihr Gesicht in den böigen Fahrtwind. Die frische Luft tat ihr gut, vertrieb etwas von der Beklemmung, die sonst jeden ihrer Gedanken begleitete. Noch drei Tage, dann würde sie mit Alex an Bord eines Dampfschiffes gehen und einem Land entgegenfahren, das zum Mekka für Tausende von Goldsuchern und Glücksrittern geworden war, die an dem großen Goldrausch am Klondike teilhaben wollten. Nur über Alaska kam man zu den Goldfeldern im äußersten Norden von Kanada, nach Dawson City, das innerhalb weniger Wochen zu einer aufstrebenden »Boom Town« herangewachsen war, zu den zahlreichen Nebenflüssen des Yukon, in denen »Goldklumpen so groß wie Hühnereier« gefunden wurden.

Alex und sie hatten sich niemals etwas aus solchem Reichtum gemacht, sie waren zufrieden mit dem, was sie hatten.

In einer Stadt wie Dawson City würden sich beide nicht wohlfühlen. Aber Alaska, so hatten sie gehört, war riesengroß, und es gab ausgedehnte Wälder und Seen wie in Kanada. Dort würden sie ein neues Blockhaus bauen und ein neues Leben beginnen.

Und sie konnten endlich sicher sein, nicht mehr von Frank Whittler verfolgt zu werden. Er mochte besessen von dem Gedanken sein, sich an ihr zu rächen und sie hinter Gitter zu bringen, aber so verrückt, die beschwerliche Fahrt nach Alaska auf sich zu nehmen und in dem scheinbar endlosen Land nach ihnen zu suchen, war er bestimmt nicht. In Alaska wären sie endlich sicher.

Sie war noch ungefähr zwei Meilen von der Wagenstraße entfernt, als der Schneeregen begann. Kein heftiges Unwetter, eher ein lästiger Schauer, der durch den frischen Wind noch unangenehmer wurde und ihr genau ins Gesicht blies. Sie schob ihre Pelzmütze weiter in die Stirn, kniff die Augen zusammen und rief den Hunden zu: »Weiter, Rick! Nur keine Müdigkeit vortäuschen, Chilco! Das bisschen Schneeregen macht euch doch nichts aus, oder?«

Doch keiner ihrer neuen Leithunde hatte die Klasse von Smoky, der selbst in einem starken Blizzard nicht die Orientierung verlor, und ihr blieb gar nichts anderes übrig, als etwas Tempo herauszunehmen und die Huskys langsamer gehen zu lassen. »Nicht nachlassen, Rick! Lass den Kopf nicht hängen, Chilco! Sieh dir den jungen Charly an, der macht doch auch nicht schlapp! In zwei Meilen sind wir auf der Wagenstraße, da wird es etwas gemütlicher.«

Die Hunde wurden unruhig, zuerst die beiden Leithunde, die plötzlich anhielten, dann die anderen. Verängstigt ließen sie die Schweife hängen, und Charly, eben noch voller Tatendrang, brach plötzlich zur Seite aus und hätte sich ohne Geschirr bestimmt in die Büsche geschlagen. »Rick! Chilco!! Charly! Was ist denn mit euch los?«, rief sie verärgert. »Habt ihr plötzlich den Verstand verloren?« Sie sprang vom Trittbrett und zerrte den jaulenden Charly auf den Trail zurück, lief nach vorn zu den Leithunden und redete ihnen ins Gewissen: »Stellt euch nicht so an wegen dem bisschen Regen!«

Sie kniete nieder und tätschelte beide, nahm den empfindlichen Rick sogar in die Arme und redete ihm gut zu. »Ich weiß, dass ihr Smoky vermisst«, sagte sie, »aber der Gute ist krank, und es liegt jetzt an euch, das Gespann zusammenzuhalten. Sind doch nur noch ein paar Meilen. Reiß dich zusammen, Rick! Du bist doch ein schlauer Bursche!« Und so laut, dass es auch die anderen Hunde hören konnten: »Bei Mary gibt's was Leckeres zu fressen! Ich wette, sie hat noch gekochten Lachs und Reis übrig. Also strengt euch an!«

Erst als sie sich aufrichtete, erkannte sie den Grund für die allgemeine Aufregung. Vor dem Schlitten, keine zwanzig Schritte von ihnen entfernt, stand ein Wolf. In dem dichter werdenden Schneeregen war er nur schemenhaft zu erkennen, aber sie erkannte ihn an seiner hageren, aber muskulösen Gestalt, und als sie furchtlos ein paar Schritte auf ihn zuging, auch an seinem hellen, beinahe silbrigen Fell und dem Blitzen in seinen gelben Augen. Es war nichts Feindseliges in seinem Blick, eher Zuneigung, wie bei einem Leithund, mit dem man jahrelang zusammen ist. »Bones!«, flüsterte sie nervös.

Der Wolf gab keine Antwort, ließ nicht mal ein leises Knurren oder Jaulen vernehmen und verriet auch nicht durch seine Körperhaltung, was in ihm vorging. Seine Ohren waren aufgerichtet, sein Schweif hing locker nach unten. Der böige Wind richtete die Haare seines dichten Fells auf und vermittelte den Eindruck, als würde er im düsteren Halbdunkel leuchten. Reglos wie ein Denkmal stand er auf dem Trail, als wartete er auf ein Zeichen von ihr.

»Bones!«, wiederholte sie. »Was willst du mir denn bloß sagen, Bones?«

Bones antwortete ihr auf die gleiche Weise wie in der Nacht vor ihrer Hochzeit, lief ein paar Schritte nach links und kehrte wieder um, orientierte sich nach rechts und vollführte das gleiche Manöver. Dann blieb er stehen und funkelte sie aus seinen gelben Augen an. In seinem Blick lag eine Warnung, die sie deutlich verstand: »Mach, dass du wegkommst! Verschwinde aus dieser Gegend, bevor Whittler auftaucht!« Oder wusste er noch mehr?

Clarissa wollte ihm antworten, doch bevor sie etwas sagen konnte, war er wieder verschwunden, und sie hätte nicht mal beschwören können, dass er ihr tatsächlich den Weg versperrt hätte. Sie suchte den Waldrand mit ihren Augen ab, aber auch dort war er nicht mehr zu sehen. Wenn es Spuren gegeben hatte, war der Wind längst darüber hinweggefegt und hatte sie ausgelöscht.

Verstört kehrte sie zum Schlitten zurück und stieg aufs Trittbrett. »Alles in Ordnung!«, rief sie den Hunden zu. »Ihr braucht keine Angst mehr zu haben!«

Sie trieb die Hunde an und fuhr weiter. Nachdenklich stand sie auf dem Trittbrett und war so in Gedanken vertieft, dass sie beinahe eine Schneewehe übersehen hätte und den Schlitten gerade noch zur Seite lenken konnte. Eine Weile hatte sie das seltsame Gefühl, der Wolf würde ihnen langsam folgen.

Nach der seltsamen Begegnung hatten es die Huskys besonders eilig, nach Port Essington zu kommen, und bemühten sich um eine schnellere Gangart. Auf der Wagenstraße ließen sie sich nicht einmal mehr durch den Schneeregen aus der Ruhe bringen und liefen beinahe so schnell und ruhig wie mit Smoky. »So gefallt ihr mir schon besser«, lobte sie die Hunde. »Rick! Chilco! Wenn ihr so weitermacht, werden noch richtige Leithunde aus euch!«

Sie erreichte die Stadt am späten Nachmittag und hielt vor der Pension an. Die Wirtin schien bereits auf sie gewartet zu haben und kam ihr geduckt durch den Schneeregen entgegen. »Doc Weinbauer war eben hier«, empfing sie Clarissa. »Alex ist aufgewacht, und du könntest jetzt zu ihm.« Sie nahm ihr das Gewehr ab. »Geh nur, ich kümmere mich inzwischen um die Hunde!«

Clarissa bedankte sich und ging zum Haus des Doktors. Sie folgte ihm ins Krankenzimmer, wo Alex inzwischen in einem der beiden Betten lag und langsam die Augen öffnete, als er ihre Schritte hörte. »Hallo, Lady«, begrüßte er sie mit schwacher Stimme. »Ich dachte schon, du hättest mich vergessen.« Sein schwaches Lächeln ließ erkennen, dass er einen Scherz gemacht hatte.

»Wie könnte ich?«, erwiderte sie, zog die Handschuhe aus und hielt ihm die Hand mit dem Ehering entgegen. »Der erinnert mich den ganzen Tag daran … Und nicht nur der.« Sie nahm ihre Mütze ab und öffnete den Knoten an ihrem Hinterkopf, ließ ihre dunklen Haare auf die Schultern fallen, wie er es am liebsten hatte. Lächelnd beugte sie sich zu ihm herunter und küsste ihn. »Wie ich sehe, geht es dir schon besser. Ein Glück, dass es den Doktor gibt.«

»Stimmt«, bestätigte er. »Nur bewegen kann ich mich nicht.« Er musste lachen und verzog schmerzhaft das Gesicht. »Und lachen noch viel weniger. Du glaubst nicht, wie weh diese verdammten Prellungen tun. Dagegen war meine Begegnung mit dem Grizzly das reinste Vergnügen. Ich hab dir doch von ihm erzählt, oder? Das war vor unserer gemeinsamen Zeit, als ich noch allein …«

Clarissa legte ihm rasch einen Finger auf den Mund. »Ich glaube, du hast durch den Sturz dein Gedächtnis verloren! Weißt du, wie oft du mir schon von dem Grizzly erzählt hast? Ich kenne das Biest langsam in- und auswendig.« Sie nahm eine saubere Mullbinde von dem Beistelltisch und tupfte ihm den Schweiß von der Stirn. »Ich habe Bones getroffen«, konnte sie ihre Begegnung mit dem Wolf nicht länger geheim halten. Er hat mir gesagt, dass …«

Jetzt fuhr er ihr über den Mund. »Und du machst dich über meinen Grizzly lustig?«, warf er ihr mit einem breiten Grinsen vor. »Weißt du, wie oft du mir schon von diesem Bones erzählt hast? Ein Wolf, der reden kann und dir kreuz und quer durch das Land folgt?« Er musste lachen und verzog erneut das Gesicht, griff sich mit beiden Händen an die Brust. »Oh verdammt!«, fluchte er leise. »Du glaubst nicht, wie weh das tut.« Er wartete, bis der Schmerz abgeklungen war, und blickte sie fragend an. »Und was sagt dein Geisterwolf?«

»Bones kann nicht sprechen«, stellte sie richtig, »er hat eine andere Art, sich verständlich zu machen. Er will, dass wir so schnell wie möglich von hier verschwinden. Ich befürchte, dass Whittler auf dem Weg hierher ist.«

»Aber Maggies Söhne haben sich nicht gemeldet.«

»Nicht, dass ich wüsste.«

»Ist der Dampfer pünktlich?«

»Wenn kein Unwetter aufzieht.« Sie setzte sich neben ihn auf den Bettrand und umarmte ihn vorsichtig. »Warum macht man es uns so schwer, Alex?«

»Keine Ahnung, Liebes. Aber in Alaska wird alles besser.«

»Hoffentlich, Alex! Hoffentlich!«

»Vielleicht finden wir Gold?«

Sie lachte. »Ich brauche kein Gold.«

»Eine neue Hütte? So wie hier?«

»Eine Blockhütte irgendwo in der Wildnis, ein Platz, an dem wir vor diesem Scheusal Whittler sicher sind, und dich … Mehr brauche ich nicht.«

»Und ich brauche dich, Clarissa. Meinst du, wir könnten …«

Sie blickte ihn entsetzt an. »Hier? In deinem Zustand?«

»War nur so eine Idee«, antwortete er grinsend.

6

Und ihr wollt wirklich nach Alaska?«, fragte Maggie. Man sah ihr an, wie sehr ihr der Entschluss ihrer Freundin zu schaffen machte. »Hast du denn nicht gehört, was da oben los ist? So einen großen Goldrausch soll es noch nie gegeben haben, nicht mal am Fraser damals. Halb Amerika ist zum Klondike unterwegs. Oder seid ihr neuerdings unter die Goldgräber gegangen?«

»Nicht, dass ich wüsste«, antwortete Clarissa. Sie saß mit ihrer Freundin und Mary Redfeather im Wohnzimmer und trank Tee. Die Pensionswirtin kochte den besten Tee der Stadt, versetzte ihn mit Waldbeeren und etwas Rum, den sie bei einem befreundeten Schiffskapitän kaufte. »Aber selbst mit den vielen Goldgräbern leben dort immer noch weniger Menschen als hier. Da ist genug Platz. Wenn wir wollten, könnten wir unser Blockhaus an einer Stelle bauen, die viele Tagesreisen von der nächsten Ortschaft entfernt liegt.«

»Aber hier seid ihr doch sicher! Meine Söhne haben sich nicht gemeldet. Frank Whittler ist nicht umgekehrt. Er ist wahrscheinlich schon auf dem Heimweg nach Vancouver. Ein Mann wie er hat doch sicher was Besseres zu tun, als eine ehemalige Hausangestellte zu jagen. Mit dem vielen Geld, das er auf dem Konto hat, kann er sich die Frauen doch aussuchen. Es gibt genug verrückte Frauen, die sich wegen ein paar Dollar mit so einem einlassen.«

»Er hat es auf mich abgesehen, Maggie, und er wird erst zufrieden sein, wenn er sich an mir gerächt hat. So leicht lässt sich der nicht abschütteln. Alex und ich würden lieber bleiben, das kannst du mir glauben, aber wenn wir es darauf ankommen lassen, landen wir vielleicht beide im Gefängnis. Du weißt nicht, wie rabiat Whittler sein kann. Er ist unberechenbar. Der hätte mich umgebracht, wenn ich nicht rechtzeitig geflohen wäre. Er ist verrückt!«

»Wir werden dich vermissen«, sagte Mary Redfeather.

»Und ich werde euch vermissen«, erwiderte Clarissa. »Glaube mir, es fällt uns bestimmt nicht leicht, von hier wegzugehen. Wir mögen die Gegend und haben hier viele neue Freunde gewonnen. Aber es geht leider nicht anders, zumindest im Augenblick. Vielleicht kommen wir später mal zurück, obwohl ich bezweifele, dass Whittler jemals aufgeben wird.« Sie nippte an ihrem heißen Tee und vermied es, ihren Freundinnen in die Augen zu blicken, weil sie dann sofort losgeheult hätte. »Kümmerst du dich um unsere … um unsere Hütte, Maggie? Vielleicht könnte einer deiner Söhne dort einziehen, dann wüsste ich wenigstens, dass sie in guten Händen ist. Die Möbel sind noch alle drin.«

Maggie war ebenfalls den Tränen nahe. »Natürlich … Vielen Dank.«

»Und du, Mary, kannst die Hunde haben. Alle außer Smoky, den nehmen wir nach Alaska mit. Du wolltest dir doch sowieso einen Schlitten zulegen.«

»Aber nur, wenn ich dafür zahlen darf«, wandte die Pensionswirtin ein. »So ein Neuanfang ist teuer, und ihr braucht wahrscheinlich jeden Dollar.«

Clarissa lachte. »Es sei denn, wir stoßen auf eine Goldmine.«

In dieser Nacht schlief sie sehr unruhig. Immer wieder tauchte das Bild des geheimnisvollen Wolfes vor ihren Augen auf, wie er ihr während der Rückfahrt den Weg versperrt und durch seine Gesten vor Whittlers Rückkehr gewarnt hatte. Ihren Freundinnen hatte sie nichts von Bones erzählt. Sie wussten nichts von der eindringlichen Warnung, die sie in seinen gelben Augen gesehen hatte.

Frank Whittler war umgekehrt, auch wenn Maggies Söhne ihn noch nicht gesehen hatten. Er war nach Port Essington unterwegs und würde sich an ihr rächen, wenn sie nicht rechtzeitig an Bord des Dampfschiffes kamen. Bones hatte sie noch nie belogen. Sie vertraute ihm, mochte Alex ihn auch für eine Fata Morgana halten und sogar Maggie an ihrer Geschichte zweifeln, wenn sie ihr von ihrem vierbeinigen Schutzgeist berichtet hätte. Vielleicht hatte Alex ja recht, und er war tatsächlich eine Fata Morgana und lebte nur in ihrer Vorstellung und ihren Träumen, aber seine Warnungen nahm sie ernst. Wenn er ihr mitteilte, dass Gefahr drohte, glaubte sie ihm.

Sie setzte sich auf und trank von dem kühlen Wasser, das sie neben ihrem Bett stehen hatte. Von Unruhe erfüllt, stand sie auf und trat ans Fenster. Es war bereits weit nach Mitternacht. Der Schneeregen hatte nachgelassen, und sie hatte einigermaßen klare Sicht. Der Hügelkamm, auf dem sie Bones in der vergangenen Nacht gesehen hatte, lag verlassen in der Dunkelheit. Im schwachen Licht des

Mondes, der zwischen zwei Wolken auftauchte, glänzte der Schnee.

In dem Teil der Stadt, den sie überblicken konnte, waren alle Lichter erloschen, nicht mal im Saloon brannte noch Licht. Draußen auf dem Meer, ungefähr eine halbe Meile vor der Küste, zeichneten sich die Umrisse eines großen Frachters gegen das Mondlicht ab, bestimmt eines der Schiffe, die zwischen Vancouver und Asien verkehrten. Mit Japan und China trieben die Kanadier regen Handel. Manchmal ankerten die Schiffe vor der Küste, um heimliche Fracht aus den Indianerdörfern auf die Queen Charlotte Islands aufzunehmen.

Wenn nur das Dampfschiff nach Alaska endlich käme, dann könnten sie schon mal an Bord gehen. Dort wären sie zwar nicht sicherer, denn Whittler würde nicht davor zurückschrecken, auf dem Schiff nach ihnen zu suchen, aber zumindest außer Sichtweite. Noch einen Tag mussten sie überstehen. Maggie hatte ihr versprochen, einen befreundeten Indianer, der einige Meilen außerhalb der Stadt in einer Blockhütte wohnte, nach Hazelton zu schicken. Für alle Fälle, wie sie sagte, und damit du besser schlafen kannst. Wenn er tatsächlich Whittler begegnete, würde er versuchen, ihm weiszumachen, dass Alex und sie nach Nordwesten gezogen waren. »Mach dir keine Sorgen!«, hatte Maggie sie beruhigt. »Wenn es darum geht, einen Mann wie ihn von einer guten Freundin abzuhalten, halten alle Indianer zusammen.«

Besser schlafen konnte sie deswegen nicht, im Gegenteil, sie fühlte sich ihrer Freundin gegenüber schuldig, weil sie ihr so viel abverlangte. Sie würde Maggie vermissen, Maggie und Mary und all die anderen, sogar den Schmied, der sie jeden Morgen mit seinem Hämmern genervt hatte, und Edward und seine Frau Joscelyn, die fast ständig gestritten hatten. Sie würden genauso in ihren Gedanken bleiben wie ihre Eltern, die viel zu früh gestorben waren, und ihre Freunde und Bekannten in Vancouver, meist Fischer wie einst ihr Vater und die gleichaltrigen Männer und Frauen, die sie von der Highschool kannte.

Sie wartete, bis der Mond wieder hinter den Wolken verschwand, und kehrte ins Bett zurück. Mit dem Gedanken an Alex, der keine fünfzig Schritte von ihr entfernt im Krankenzimmer des Doktors lag, schlief sie ein. In ihrem Traum sah sie Alex und sich an der Reling des Dampfschiffes stehen, den Blick auf die zerklüftete Küste von Alaska gerichtet und ein hoffnungsvolles Lächeln im Gesicht. Ein Bild, das ihr Mut machte und sie einigermaßen gut gelaunt aufstehen ließ. Noch ein Tag und eine Nacht, dann würde ihr Dampfschiff vor der Küste ankern. Normalerweise kam es schon am frühen Morgen und fuhr dann gegen neun Uhr weiter nach Norden. Mit den vielen Goldsuchern, die diesmal an Bord sein würden, vielleicht sogar eine Stunde früher.

Noch vor dem Frühstück kümmerte sie sich um Smoky. Der Husky hatte sich etwas erholt und leckte an dem Wasser, das sie ihm hinstellte, doch den Brei lehnte er ab und zog sich gleich wieder auf sein Lager zurück. Clarissa hatte ihm die Medizin, die ihr der Doktor für ihn gegeben hatte, ins Wasser gemischt und nickte zufrieden, als er die Augen schloss und wieder einschlief. Sie hatte selbst mal einen Zahn verloren und erinnerte sich noch gut an die Schmerzen, die sie damals gehabt hatte. Eine Woche lang hatte sie ausschließlich von Hühnerbrühe gelebt. »Keine Angst«, tröstete sie den dösenden Husky, »wir kriegen dich wieder hin. So schlimm ist das alles nicht.«

Die anderen Hunde hatte Mary Redfeather bereits gefüttert. »Wenn du mir die Biester schon verkaufen willst, kann ich mich auch um sie kümmern.« Sie überreichte Clarissa einen kleinen Beutel mit Goldstaub und lehnte scheinbar entrüstet ab, als sie ihn nicht annehmen wollte. »Was soll ich mit dem Gold?«, fragte sie. »Ihr könnt es besser brauchen. Ich hab hier alles, was ich brauche.« Kichernd fügte sie hinzu: »Außer einem anständigen Mann, aber wenn ich ehrlich bin, ist die Auswahl in dieser Stadt nicht besonders groß. Und wer heiratet schon die Tochter eines Chinesen und einer Indianerin?«

Nach dem Frühstück, das aus Pfannkuchen mit Preiselbeermarmelade und Spiegeleiern bestand, eigentlich ein Essen, das Mary Redfeather nur hungrigen Fallenstellern servierte, ging Clarissa zum Haus des Doktors, um Alex zu besuchen. Weil jeder wusste, dass Doktor Weinbauer allein lebte und nicht gerade für seine guten Kochkünste bekannt war, hatte ihr die Pensionswirtin einen Teller mit heißen Pfannkuchen und eine Kanne Kaffee mitgegeben. Der Doktor trug seinen Morgenmantel, als er die Tür öffnete, und gähnte ungeniert. »Mmh, das riecht aber gut«, begrüßte er sie, »sind die etwa für mich?«

Sie lächelte. »Nur wenn Alex was übrig lässt … Was ich kaum glaube.«

»Schade«, erwiderte er.

»Ist er schon wach?«

»Keine Ahnung, ich bin gerade erst aus den Federn gekommen.« Er bat sie herein. »Am besten sehen Sie selbst mal nach. Sie wissen ja, wo er liegt.«

Clarissa ging durch den Flur, stellte das Tablett mit dem Frühstück auf einer Kommode ab und klopfte an die Tür des Krankenzimmers. Sie wartete vergeblich auf ein »Herein!«. Als Alex auch beim zweiten Klopfen nicht antwortete, öffnete sie die Tür, nahm das Tablett und betrat den Raum. »Aufwachen, du Faulpelz!«, rief sie. »Oder willst du den ganzen Tag verschlafen?«

Wieder keine Antwort, sein Bett war leer.

Sie blieb überrascht stehen und blickte sich suchend um, sah ihn weder vor dem Waschtisch noch am Fenster stehen, stellte das Tablett ab und zog die Decken von seinem Bett, aber auch dort war er nicht. Verstört kehrte sie in den Flur zurück. »Doc!«, rief sie. »Doc Weinbauer! Wo stecken Sie denn?«

Der Doktor kam aus dem Wohnzimmer. Er war wohl gerade damit beschäftigt gewesen, das Feuer im Ofen in Gang zu bringen, und rieb die schmutzigen Hände gegeneinander. »Was gibt's denn? Geht's ihm nicht gut?«

»Er ist nicht da.«

»Wie bitte?«

»Alex ist nicht in seinem Zimmer!«

»Aber das ist unmöglich …« Der Doktor schüttelte verständnislos den Kopf. »Ich habe ihm gestern Abend noch gesagt, er solle auf keinen Fall aufstehen und sich lieber noch einen Tag ausruhen, vor allem wegen der Prellungen, die ihm sonst große Schmerzen bereiten würden, aber …« Er blickte sich suchend um. »Vielleicht ist er in einem der anderen Zimmer.« Er sah im Wohnzimmer und im Behandlungsraum nach und kehrte kopfschüttelnd zurück. »Nichts.«

Clarissa blickte die Treppe hoch. »Und oben?«

»Da ist mein Schlafzimmer, da ist er bestimmt nicht.«

»Sehen Sie bitte trotzdem mal nach!«

Doktor Weinbauer stieg achselzuckend die Treppe hinauf und blieb eine ganze Weile im ersten Stock. Seine schlurfenden Schritte waren deutlich zu hören. Clarissa nützte die Zeit und suchte noch einmal alle Zimmer im Erdgeschoss ab, sogar die Küche, und wurde ebenso wenig fündig wie der Doktor.

»Er ist verschwunden«, sagte Doktor Weinbauer.

»Vielleicht ist er draußen .... Er ist sicher draußen! Dieser verrückte Kerl! Wollte sich wahrscheinlich beweisen, was er alles aushält, und ist irgendwo zusammengebrochen. Sie hätten besser auf ihn aufpassen müssen, Doc!«

»Ich? Bin ich vielleicht sein Kindermädchen?«

Clarissa lief aus dem Haus und blickte die Straße hinab. Sie erkannte ein paar vertraute Gesichter, den Besitzer des Eisenwarenladens, der vor seinem Haus auf Kunden wartete und auf einer kalten Zigarre herumkaute, den Schmied, der aus seiner Werkstatt getreten war und ihr freundlich zuwinkte.

»Haben Sie Alex gesehen?«, fragte sie ihn.

»Alex? Ich dachte, der ist krank?«

»Er ist nicht in seinem Zimmer.«

»So sind sie, diese Fallensteller. Wollen der ganzen Welt beweisen, was für tolle Kerle sie sind!« Der Schmied lachte. »Wegen Alex würde ich mir keine Sorgen machen, Ma'am. Der geistert wahrscheinlich durch die Wälder, oder er ist am Wasser unten und lässt sich den Wind um die Nase wehen.«

»Meinen Sie?«

»Ganz sicher, Ma'am. Der geht nicht verloren.«

Clarissa beruhigte sich ein bisschen und lief hinters Haus. Angestrengt und mit zusammengekniffenen Augen suchte sie die verschneiten Hänge nach Alex ab. Auch dort konnte sie ihn nirgendwo entdecken. Sie kehrte enttäuscht auf die Straße zurück und sah den Doktor in der offenen Tür stehen. »Ich kann ihn nicht finden, Doc. Haben Sie denn heute Morgen nichts gehört?«

»Morgens schlafe ich besonders fest, aber …«

»Aber?«

»Einmal hörte ich tatsächlich den Boden knarren, aber wenn es wärmer wird, dehnt sich das Holz, und so ein Knarren ist nichts Ungewöhnliches.«

Clarissa rannte in die Pension zurück und zog ihre Felljacke und ihre Stiefel an. »Alex ist verschwunden!«, rief sie durch den Flur. »War er hier?«

»Alex?« Mary Redfeather kam aus der Küche. »Nein, ich dachte … Verschwunden, sagst du?« Sie begriff jetzt erst, was Clarissa gesagt hatte. »Wie kann denn jemand, der so krank ist wie er, verschwinden? Will er etwa den starken Mann markieren? Mit so einem Brummschädel kann das böse enden.«

»Halt ihn fest, falls er hier auftaucht!«

»Und du?«

»Ich suche nach ihm.«

Clarissa lief aus dem Haus und folgte einem schmalen Pfad, der vor der Stadt von der Wagenstraße abbog und durch dichten Fichtenwald auf den Hügelkamm führte, auf dem sie Bones gesehen hatte. Den Weg hatten Alex und sie oft genommen, wenn sie in der Stadt waren und am frühen Morgen die Sonne über dem Meer aufgehen sehen wollten. Wenn man den Pfad verließ und etwas tiefer in den Wald drang, fand man Kräuter, Pilze und Beeren.

Das Schöne an dem Trail war, dass man schon nach wenigen Schritten das Gefühl hatte, allein in der Wildnis zu sein. Die Stadt und die Wagenstraße schienen meilenweit entfernt. Auch jetzt empfing sie wieder eine beeindruckende Stille, obwohl sie dankbar gewesen wäre, die Schritte eines Mannes zu hören. Alex war nicht zu sehen, nicht eine Spur von ihm, keine frischen Fußabdrücke, keine abgebrochenen Äste oder Zweige. Sie war allein.

Bis auf den schmalen Hügelkamm brauchte sie ungefähr eine halbe Stunde. Sie wusste schon vorher, dass sie ihn dort nicht finden würde, lief aber unbeirrt weiter, denn von dort hatte man einen guten Ausblick auf die Stadt und die Umgebung. Schwer atmend, weil sie in ihrer Panik schneller als gewöhnlich gelaufen war, erreichte sie den Waldrand. Sie blieb stehen und wartete, bis ihr Atem ruhiger ging und sog die frische Morgenluft tief in ihre Lungen.

Unter ihr, am Ende des weiten Schneefeldes, das sich vom Hügelkamm bis zur Wagenstraße zog, lag die Stadt. In dem trüben Licht, das der verhangene Himmel zuließ, wirkte sie noch einsamer und verlassener. In mehreren Häusern und einigen Fischerbooten im Hafen brannten Lichter. Die Hammerschläge des Schmieds drangen als mehrfaches Echo zu ihr herauf. Manchmal fragte sie sich, woran er den ganzen Tag arbeitete. Einige Huskys, vielleicht sogar ihre eigenen, heulten und jaulten so herzzerreißend und lautstark, dass sie sich fragte, ob sie Alex vermissten und nach ihm riefen.

Clarissa beschattete ihre Augen mit einer Hand und suchte die gesamte Gegend nach Alex ab. Den Waldrand, die Hänge, den Trail, der hinter den Häusern an der Stadt vorbeiführte. Den Hafen und die zerklüftete Küste. Sie hätte ihn sofort erkannt, selbst wenn er nur schemenhaft zu sehen gewesen wäre. Sie erkannte ihn an der Art, wie er sich bewegte und seine Fellmütze aus dem Gesicht schob, wenn sie ihm in die Stirn rutschte. An den raumgreifenden, etwas ungelenk wirkenden Schritten und der ständigen Bereitschaft, sofort auf eine Gefahr zu reagieren, die den erfahrenen Fallensteller verriet.

»Verdammt, Alex! Wo bist du?«, fluchte sie laut.

Sie lief in die Stadt zurück und schüttelte nur den Kopf, als sie an der Pension vorbeikam, und die Wirtin aus dem Haus kam und sie fragend anblickte. Von wachsender Unruhe getrieben, lief sie die Straße hinunter, vorbei am Haus der Joscelyns, die wieder lautstark miteinander stritten, und zum Saloon. Sie ging hinein und sah den Wirt hinter dem Tresen stehen. Eines der leichten Mädchen, der Uhrzeit entsprechend mit einem leichten Morgenmantel bekleidet, saß an einem der runden Tische und trank Kaffee. Auf einigen Strohballen in der Ecke schliefen der stadtbekannte Säufer und ein Hund.

»Haben Sie meinen Mann gesehen?«, fragte sie.

»So was sagen sonst nur alte Ehefrauen«, erwiderte der Wirt.

Das leichte Mädchen sah kaum von ihrem Kaffee auf. »Wenn er bei mir wäre, hätten Sie ein Problem, Ma'am. Nee, der hat sich nicht sehen lassen.«

Clarissa verließ den Saloon, erleichtert und besorgt zugleich, und ging zum Hafen, wo sie die Fischer fragte, die aber alle nur den Kopf schüttelten. Niemand hatte ihren Mann gesehen. Er war spurlos verschwunden, als hätte ihn der Erdboden verschluckt. »Alex!«, flüsterte sie verzweifelt. »Wo bist du?«

Sie ging am Hafen entlang und kletterte die Böschung hinauf, die am südlichen Ende neben der Hafenmauer emporstieg. Über die Hügel, die sich dahinter erhoben, führte ein schmaler Pfad, auf dem die Kinder im Sommer ihre Drachen steigen ließen.

Auch als sie auf die Böschung stieg, wehte dort ein böiger Wind und ließ ihren langen Rock flattern. Wenn sie nicht mit dem Hundeschlitten unterwegs war, trug sie immer einen Rock, besonders hier in der Stadt, wo manche Frauen immer noch die Nase rümpften, wenn man eine Hose trug. Auch Alex sah sie gerne in einem Rock, das fand er so »ladylike«.

Ihr Herz begann heftig zu klopfen, als sie dem schmalen Pfad zum Kiesstrand hinunter folgte und einen Stiefel auf dem Boden liegen sah. Je näher sie ihm kam, desto größer wurde ihre Gewissheit. »Alex … Das ist Alex' Stiefel!«, flüsterte sie entsetzt. Sie hob ihn auf und starrte ihn ungläubig an. Sein Stiefel, es bestand kein Zweifel, das war sein Stiefel. Sie hatte nach dem Kauf eigenhändig seine Initialen in das Leder geritzt: »A. C.« für »Alex Carmack«.

Ihr wurde schlecht, und um ihren Hals schien sich ein eiserner Ring zu legen und immer fester zuzuziehen, als sie die Buchstaben sah. Mit dem Stiefel in den Händen sank sie in den nassen Kies und begann laut zu weinen.

7

Clarissa suchte den ganzen Tag nach Alex. Vor Angst beinahe von Sinnen lief sie über den weiten Kiesstrand, kletterte über die Felsen, die weiter südlich in die Bucht ragten, und ließ den Stiefel auch dann nicht fallen, als sie auf dem nassen Fels ausrutschte und sich den linken Arm aufriss. Die salzige Gischt brannte in den blutigen Schrammen.

Sie fand keinen weiteren Hinweis auf Alex. Sein Stiefel blieb der einzige Beweis dafür, dass er sein Krankenzimmer verlassen hatte und an diesem Kiesstrand gewesen war. Aber warum nur? Und wo war er jetzt? Die erste Frage hatte der Doktor bereits beantwortet. Er war ein Fallensteller, ein Mann der Wildnis, der es nicht lange in einem Krankenbett aushielt und die Schmerzen in Kauf nahm, wenn er sich nur frei bewegen konnte. Den Schwindel, der beim zu frühen Aufstehen zurückkehren konnte, unterschätzte er wahrscheinlich. Auf die zweite Frage wusste sie keine Antwort. Hatte er die frische Meeresluft genießen wollen? Wollte er mit der Klettertour beweisen, dass er wieder vollkommen gesund war? Hatte er sich nur versteckt?

An die Möglichkeit, dass er in der Brandung ertrunken war, wollte sie gar nicht denken. Warum auch? Alex würde sich niemals ohne Grund einer Gefahr aussetzen. Oder war er ohnmächtig geworden? Aber warum hatte er dann seinen Stiefel ausgezogen. Das taten doch nur Menschen, die Selbstmord begehen wollten, und er hatte nicht den geringsten Grund dazu. Alles Fragen, die sie bewusst verdrängte, und die ihr auch das Meer nicht beantworten konnte.

Unbeeindruckt von ihrem verzweifelten Stöhnen, das jedes Mal über ihre Lippen kam, wenn sie den Stiefel ansah, brandeten die Wellen gegen die Küste. Ihr ruhiger Rhythmus schien ihr bedeuten zu wollen, wie vergeblich ihre Suche war. Das Meer ließ sich nicht aus der Ruhe bringen, nicht einmal, als sie es wüst beschimpfte und für Alex' Verschwinden verantwortlich machte. »Wenn du ihn mir genommen hast …«, rief sie dem Meer zu und schüttelte drohend eine Faust, weil sie nicht weiterwusste.

Im Hafen fragte sie die Fischer nach Alex. Die Saison hatte noch nicht begonnen, und es waren nur wenige Männer auf ihren Booten. Ein weißhaariger Mann, der trotz des kühlen Wetters damit beschäftigt war, die Kabine seines Bootes zu streichen, ließ die Hand mit dem Pinsel sinken und schüttelte den Kopf. »Nein … Hier war niemand«, antwortete er, ohne lange zu überlegen. »Zumindest nicht, solange ich auf meinem Boot bin. Ich bin nach dem Frühstück raus, so gegen acht.« Er deutete auf einen jungen Mann im Nachbarboot. »Fragen Sie Jimmy, der ist Frühaufsteher und weiß vielleicht mehr.«

Doch Jimmy verneinte ebenfalls. »Ich bin seit sieben hier und hab niemand gesehen. In den Felsen beim Kiesstrand, sagen Sie? Warum sollte sich da jemand herumtreiben? Es sei denn, er will nicht gesehen werden. Viel zu glatt, die Felsen nach dem Schneeregen.« Er blickte auf den Stiefel.

»Seiner?« Und als sie nickte: »Wenn er in dem kalten Wasser baden wollte, ist er ein härterer Bursche, als ich dachte. Tut mir leid, aber mehr kann ich Ihnen nicht sagen.«

In der Stadt suchte Clarissa nach dem Polizisten. Der Constable, ein betagter Mann mit einem respektablen Bauch, der in seiner Jugend ein kühner Draufgänger gewesen sein musste, war morgens meist in dem namenlosen Café am Hafen zu finden. Auch an diesem Morgen saß er an seinem Stammplatz am Fenster. Als Clarissa an seinen Tisch trat, blickte er überrascht von einer drei Monate alten Zeitung auf und sagte: »Guten Morgen, Ma'am. Ich möchte mich noch einmal für die Einladung bedanken. Die Hochzeitsfeier war großartig.« Er bemerkte den Stiefel. »Sind Sie dienstlich hier, Ma'am?«

»Alex … Mein Mann … Er ist verschwunden«, sagte sie. »Das ist einer seiner Stiefel … Ich hab ihn am Kiesstrand gefunden. Ich mache mir Sorgen, Constable. Bis heute Nacht war Alex noch im Krankenzimmer bei Doktor Weinbauer. Niemand hat gesehen, wie er das Zimmer verlassen hat. Ich habe überall nach ihm gesucht, selbst auf dem Hügelkamm … Was soll ich nur tun?«

»Nun setzen Sie sich doch erst mal«, forderte der Constable sie auf. Er drehte einen der leeren Becher um, die auf dem Tisch standen. »Kaffee?«

»Nein, danke.« Sie setzte sich zögernd. »Sie müssen was unternehmen, Constable! Ich habe Angst, dass Alex etwas zugestoßen ist. Allein kann ich ihn unmöglich finden. Stellen Sie ein Aufgebot zusammen, und lassen Sie nach ihm suchen! Wir dürfen keine Zeit verlieren. Tun Sie was, Constable!«

Der Constable legte die Zeitung beiseite und lächelte nachsichtig. Mit seinem buschigen Schnurrbart sah er wie der Buffalo Bill aus ihren Magazinen aus. »Ich würde mir da keine großen Gedanken machen, Ma'am. Sie haben gestern geheiratet, also wird er doch kaum das Weite gesucht haben, und wenn Sie glauben, dass er ins Meer ...« Er winkte ab. »Vergessen Sie es, Ma'am. Alex ist ein lebensfroher Bursche. Ein Fallensteller ... Die kommen manchmal auf seltsame Ideen. Vielleicht wollte er sich nach der Aufregung frischen Wind um die Nase wehen lassen. Ein Tag im Krankenbett ist doch die Hölle für einen Mann wie ihn, das müssten Sie doch am besten wissen. Sie werden sehen, in ein oder zwei Stunden taucht er wieder bei Ihnen auf.«

»Er ist seit dem frühen Morgen verschwunden, Constable! Natürlich weiß ich, wie ...« Sie suchte nach dem passenden Wort. »... wie eigenwillig sich Männer wie er benehmen können, und es würde mich auch nicht wundern, wenn er zu früh aufgestanden wäre und frische Luft geschnappt hätte. Aber er würde doch niemals auf die Uferfelsen klettern und seinen Stiefel ausziehen.«

»Oh, ich hab schon ganz andere Sachen erlebt, Ma'am. Erinnern Sie sich an den alten Trapper, der vor drei Jahren bei uns auftauchte?« Er sah das Unverständnis in ihren Augen und erklärte: »Stimmt, damals waren Sie und Alex ja noch gar nicht hier. Ein Oldtimer, er nannte sich Old Gabe und hatte seit zehn Jahren keine Stadt mehr gesehen. Der rannte mitten in der Nacht aus dem Hotel und floh in die Berge, weil er Angst hatte, die Decke würde ihm auf den Kopf fallen. Ich weiß, so weit würde Alex niemals gehen, aber ...«

»Es muss ihm was passiert sein!«, unterbrach ihn Clarissa. »Alex weiß, dass ich mir Sorgen machen würde, wenn er so lange wegbleibt, und würde so etwas niemals tun! Sie müssen was unternehmen, Constable, jetzt gleich!«

Der Constable überlegte eine Weile. »In Ordnung, ich sehe mich ein wenig um. Wenn er bis morgen früh nicht aufgetaucht ist, starte ich eine Suchaktion. Früher geht es leider nicht. Ich gebe Ihnen Bescheid, sobald ich mehr weiß.« Er griff nach der Zeitung und schlug sie auf. »Nichts für ungut, Ma'am.«

»Bis morgen kann ich nicht warten!«, fauchte Clarissa. Sie stand so plötzlich auf, dass ihr Stuhl umkippte, und verließ mit festen Schritten das Lokal.

Auf dem Gehsteig schnappte sie nach Luft. Sie fühlte sich hilflos, am liebsten hätte sie die Kirchenglocke geläutet und die ganze Stadt zusammengerufen, um nach Alex zu suchen. Wenn alle nach ihm suchten, mussten sie ihn doch finden. Nur widerwillig gestand sie sich ein, dass der Constable auch recht haben konnte, zumindest teilweise, und Alex vielleicht nur »frische Luft schnappen« wollte und irgendwann an diesem Abend zurückkehren würde. Sie musste zugeben, dass auch er seltsame Angewohnheiten hatte. Während er seine Fallen abfuhr, übernachtete er schon mal länger als nötig in der Wildnis, nur um das Gefühl vollkommener Einsamkeit genießen zu können. Wollte er noch einmal allein sein, bevor sie sich zu den zwei- oder dreihundert Goldsuchern an Bord des überfüllten Dampfschiffes nach Alaska gesellten?

Aber wie hatte er seinen Stiefel verloren?

In Gedanken versunken kehrte sie zum Haus des Doktors zurück. Als sie erfuhr, dass er inzwischen nicht aufgetaucht war, ging sie zu Maggie und Mary Redfeather in die Pension, lief wortlos an ihnen vorbei und fand auch keine Zeit, nach dem verletzten Smoky zu sehen. Unfähig, die Freundinnen mit ihrem Schmerz zu belasten, schloss sie sich in ihrem Zimmer ein. Sie stellte den Stiefel so vorsichtig auf die Anrichte, als wäre er aus Porzellan, und legte sich aufs Bett. Dort starrte sie aus leeren Augen zur Decke empor und beobachtete, wie immer dunklere Schatten durch das Fenster krochen und sich unheilvoll im ganzen Raum ausbreiteten. Hinter dem Haus begannen die Huskys zu heulen, immer lauter, bis auch die anderen Hunde in der Stadt einfielen und das perfekte Begleitkonzert zu ihren quälenden Gedanken lieferten.

Als die Pensionswirtin eine Stunde später an die Tür klopfte und sie zum Abendessen rief, antwortete sie nur widerwillig. »Ich hab keinen Hunger!«

»Aber du musst etwas essen! Wie ich dich kenne, hast du den ganzen Tag nichts in den Magen bekommen.« Mary Redfeather traf keine Anstalten, nach unten zu gehen. »Mach dir keine Sorgen, Clarissa! Alex taucht bestimmt wieder auf. Er lässt dich nicht im Stich, dazu liebt er dich viel zu sehr. Du wirst sehen, für sein Verschwinden gibt es eine ganz normale Erklärung. Komm runter, Clarissa! Smoky sehnt sich auch schon nach dir. Versteck dich nicht!«

Sie stand auf und öffnete die Tür. Das aufmunternde Lächeln der Pensionswirtin beantwortete sie mit einer eher bedrückten Miene, sie fügte sich aber und folgte ihr nach unten. Smoky winselte dankbar, als sie sich zu ihm hinabbeugte und ihn vorsichtig in den Arm nahm und sein dichtes Fell streichelte. »Heute geht es dir schon viel besser, nicht wahr?«, sagte sie. »Keine Angst, in ein paar Tagen spürst du kaum noch was von deiner Verletzung.«

In der Küche warteten die Pensionswirtin und Maggie auf sie. Ihre indianische Freundin hatte beim Kochen geholfen und bereits den Tisch gedeckt. Es gab Elcheintopf mit Weißbrot und einen von Mary Redfeathers berühmten Tees. Nachdem sie von dem erfrischenden Tee gekostet hatte, stocherte sie ein wenig in dem Eintopf herum und sagte: »Seid mir nicht böse, aber ich habe wirklich keinen Hunger.« Sie legte seufzend ihr Besteck hin. »Wenn ich nur wüsste, wo er steckt! Ich kann doch nicht ohne ihn nach Alaska fahren.«

»Er kommt zurück«, erwiderte Maggie, »er kommt bestimmt zurück.«

In dieser Nacht war an Schlaf nicht zu denken. Immer noch angezogen, ging Clarissa unruhig in ihrem Zimmer auf und ab, die Sorge um Alex wie eine schwere Last im Nacken, und blieb alle paar Schritte am Fenster stehen und blickte suchend in die Nacht hinaus. Alex war nirgendwo zu sehen. Die Hügel lagen verlassen im blassen Mondlicht, und die vertraute Stimme, nach der sie sich so sehnte, blieb im Verborgenen. Selbst in der Stadt war es in dieser Nacht ungewöhnlich ruhig, nicht einmal das mechanische Klavier im Saloon erklang, als wollte man ihre angespannte Ruhe selbst dort nicht stören. Das Meer zog sich scheinbar endlos und blass schimmernd bis zum Horizont.

Es war schon nach Mitternacht, als sie endlich Ruhe fand und zumindest für ein paar Minuten die Augen schließen konnte, doch schon wenig später riss sie ein dumpfes Tuten aus dem Schlaf, das Signal des Dampfschiffes, das sie nach

Alaska bringen sollte und ungefähr eine halbe Meile vor der Küste den Anker warf. Direkt vor der Küste war das Wasser zu flach und zwang alle größeren Schiffe, weiter entfernt zu ankern. Die Passagiere und die Fracht wurden in flachen Booten transportiert, in Port Essington stiegen jedoch selten Passagiere aus, vor allem jetzt nicht, wo alles zu den Goldfeldern wollte.

Clarissa war sofort hellwach und ging zum Fenster. Sie sah die Positionslampen des Dampfers in der Ferne schimmern. Im Mondlicht waren der dunkle Rumpf und der Schlot und die beiden Masten zu erkennen. Die Lichter eines kleinen Bootes bewegten sich auf den Hafen zu. Auch im Hafen waren einige Lichter zu erkennen, dort nahmen Männer die Fracht und die Post in Empfang. Den Passagieren und der Besatzung der Alaska-Dampfer war es nicht gestattet, in Port Essington an Land zu gehen, und nach der viertägigen Reise von Vancouver hatte auch kaum einer das Bedürfnis dazu, sehr zum Unwillen der Kneipenbesitzer und der leichten Mädchen, die von den Männern der Schiffe, die länger vor Port Essington hielten, stark profitierten.

Ihr Blick wanderte zum Mond empor, der zwischen zwei Wolken hing und teilnahmslos auf die Erde herabsah. Sie besaß keine Uhr, aber Mitternacht war sicher schon lange vorüber, und es würde nur noch wenige Stunden dauern, bis das Dampfschiff ablegte. Acht, neun, höchstens zehn Stunden. Mit dem Fahrplan nahmen es die Schiffe der Pacific Coast Steamship Company nicht so genau. Manchmal fuhren sie früher, manchmal später als neun Uhr. Bis dahin musste Alex wieder aufgetaucht sein, sonst mussten sie weitere vier Wochen auf die Ankunft des nächsten Schiffes warten, und die Wahrscheinlichkeit, dass Whittler zurückkehrte und sie festnahm, wuchs beträchtlich.

Der Stiefel, den sie an der Küste gefunden hatte, verhieß nichts Gutes. Sie konnte sich nicht erklären, warum er ihn ausgezogen haben sollte, und klammerte sich an den Gedanken, dass es einen guten Grund dafür gab, und Alex gesund und munter war. Gegen den Gedanken, er könnte tot sein, wehrte sie sich mit jeder Faser ihres Herzens. Ihm durfte nichts zugestoßen sein. Alex war ihr Mann, jetzt auch vor Gott, und sie hatten eine gemeinsame Zukunft verdient.

Oder sollte er zu den wenigen Menschen gehören, die auf geheimnisvolle Weise und ohne ersichtlichen Grund vom Erdboden verschwanden und nie wieder auftauchten? So wie der Trapper, der vor einigen Jahren nicht von der Jagd zurückgekehrt war, und von dem man keine einzige Spur gefunden hatte. Die meisten vermuteten, er sei einem Grizzly zum Opfer gefallen oder von hungrigen Wölfen zerrissen worden, aber auch dann hätte man zumindest seine Kleider oder seine Waffe finden müssen.

Einem plötzlichen Entschluss folgend, trat Clarissa vor die Waschschüssel und spritzte sich frisches Wasser ins Gesicht. Solange Alex irgendwo dort draußen war, durfte sie nicht schlafen. Sie musste ihn suchen, ihre ganze Kraft einsetzen, um ihn rechtzeitig vor der Abfahrt des Schiffes zu finden. Sie durften nicht länger hierbleiben, das Risiko, von Whittler erwischt zu werden, war viel zu groß.

Vielleicht war er verletzt und lag irgendwo zwischen den Felsen, oder er litt unter seiner Verletzung und war ohnmächtig geworden. Sie zog sich hastig an, diesmal die bequeme Hose und band ihre Haare zu einem festen Knoten, bevor sie ihre Pelzmütze aufsetzte. Noch war es draußen sehr frisch, die Frühlingssonne hatte den Winter nicht vollständig vertrieben.

Unten klopfte jemand heftig an die Haustür. Sie hielt erschrocken inne und starrte auf die Tür. Sekundenlang geschah gar nichts, dann klopfte es wieder, diesmal heftiger. Dumpfe Schritte hallten durch den Flur. Eine Stimme erklang: »He, was soll das? Wissen Sie, wie spät es ist?« Und von draußen antwortete jemand: »Hier ist Joe, einer von Maggies Söhnen! Machen Sie auf!«

Mary Redfeather öffnete, und der junge Mann trat in den Flur. Gleichzeitig klappte eine weitere Tür, und Maggie rief: »Joe … Was tust du denn hier?«

»Whittler!«, antwortete er. »Frank Whittler kommt!«

Clarissa spürte, wie die Angst ihre Kehle zuschnürte. Jeder Muskel in ihrem Körper schien zu erstarren, und obwohl ihr Verstand weiter arbeitete, war sie für einen Augenblick zu keiner Regung fähig. Ihr Blut schien zu gefrieren. Obwohl sie mit der bedrohlichen Nachricht gerechnet hatte, stand sie unter Schock und löste sich nur langsam aus ihrer Erstarrung. Wie in Trance griff sie nach dem Revolver, den sie aus dem Vorratsbeutel ihres Schlittens auf ihr Zimmer mitgenommen hatte, und dem kleinen Lederbeutel mit ihren Ersparnissen. Beides verstaute sie in ihrer Jackentasche. Ein Reflex, den sie auf der monatelangen Flucht vor Whittler gelernt hatte: Kleider und anderen persönlichen Besitz konnte man kaufen, doch man brauchte eine Waffe und Geld.

Sie öffnete die Tür und ging in den Flur hinunter. Mary Redfeather und Maggie, die Wirtin im gemusterten Morgenmantel, die Indianerin im Nachthemd, standen bei dem jungen Mann und blickten erstaunt hoch, als sie die Treppe herunterkam. Die Wirtin hielt eine flackernde Öllampe in den Händen.

»Clarissa!« Maggie flüsterte beinahe. »Hast du gehört?«

»Whittler«, sagte Clarissa nur.

»Ich hab leider nur einen kleinen Vorsprung«, erklärte Maggies Sohn aufgeregt, »er muss jeden Augenblick hier auftauchen! Ich musste einen Umweg nehmen, sonst hätte er mich gesehen. Ich habe Whittler sofort erkannt. Er hat den Indianer dabei und sah sehr wütend aus, als er an mir vorbeifuhr.« Er schob nervös seine Mütze in den Nacken. »Ich konnte nicht eher kommen.«

»Schon gut«, erwiderte seine Mutter, »das hast du gut gemacht.« Sie wandte sich an Clarissa. »Du musst sofort hier weg! Fahr mit Joe nach Kwinitsa und versteck dich in unserem Haus. Dort vermutet er dich bestimmt nicht.«

»Und wenn er mich doch bei dir findet, kommst du wegen Beihilfe ins Gefängnis.« Sie schüttelte den Kopf. »Ich muss mich irgendwo anders verstecken, auf keinen Fall hier in der Stadt. Wie ich ihn kenne, wird er die ganze Stadt nach mir absuchen lassen und mit seinen Lügen vielleicht sogar die Polizei auf seine Seite ziehen.« Sie zog den Lederbeutel aus der Tasche und schüttete ungefähr die Hälfte der Goldkörner auf die Anrichte. »Gebt Alex das Gold, falls er hier auftaucht, und sagt ihm, dass ich auf ihn warte.«

»Wo denn? Wo willst du hin, Clarissa?«, fragte Maggie nervös.

»Alex findet mich … Oder ich finde ihn.«

»Aber das ist viel zu gefährlich, Clarissa! Du kannst doch nicht …« Draußen erklangen die Anfeuerungsrufe eines Mannes, und ein anderer Mann rief: »Nun halt endlich den verdammten Schlitten an! In der Pension brennt Licht.«

Joe blickte aus dem Fenster neben der Tür. »Das ist er!«

»Die Hintertür«, reagierte Mary Redfeather am schnellsten. Sie deutete den Flur hinab. »Aber sei vorsichtig! Nimm den schmalen Pfad, der hinter dem Haus des Doktors zu den Bäumen führt, da hast du am meisten Deckung.«

Clarissa drückte ihre Freundinnen, flüsterte beiden ein »Danke!« und »Das werde ich euch nie vergessen!« ins Ohr und verschwand. Noch während sie die Hintertür öffnete, klopfte jemand vorn an die Haustür, und Frank Whittlers Stimme erklang. Sie zog leise die Tür zu und schlich in die Nacht hinaus.

8

Nur wenige Schritte von der Hintertür entfernt blieb sie stehen. Die verhasste Stimme ihres Verfolgers, so arrogant wie beim letzten Mal, als sie ihm begegnet war, hielt sie gegen ihren Willen im Schatten des Hauses fest. »Frank Whittler«, stellte er sich vor, »ich bin im Auftrag der Canadian Pacific hier.« Anscheinend hatte ihn sein Vater, ein führender Manager der Eisenbahngesellschaft, wieder aufgenommen. »Wir suchen nach einer gefährlichen Diebin, die sich hier in Port Essington versteckt haben soll. Clarissa Howe ... das heißt, inzwischen wird sie wohl Carmack heißen. Sie soll diesen Fallensteller geheiratet haben. Sie wissen nicht zufällig, wo ich sie finden kann, Ma'am?«

»Nein, Sir. Und einem Mann, der sich nicht einmal dafür entschuldigt, dass er mitten in der Nacht an meine Tür klopft, gebe ich sowieso keine Auskunft, und wenn er mit der Königin persönlich verwandt wäre. Gute Nacht!«

»Tut mir furchtbar leid, Ma'am, aber diese Frau ist sehr gefährlich, und ich darf keine Zeit verlieren. Wir suchen schon sehr lange nach ihr. Also sagen Sie mir jetzt bitte, wo ich sie finden kann. Ich weiß, dass sie in der Stadt ist.«

»Ach ja? Und woher, wenn ich fragen darf?«

Clarissa war klar, dass Mary Redfeather mit ihrem Geplapper nur Zeit für sie gewinnen wollte, und machte, dass sie weiterkam. Sie war keine drei Schritte gegangen, als die Hintertür aufklappte und vom Wind wieder zugeworfen wurde. In der Eile hatte sie versäumt, sie fest ins Schloss zu drücken.

»So ist das also! Sie war hier!«, hörte sie Whittler sagen. Er schien sich seiner Sache sehr sicher zu sein. »Das wird ein Nachspiel haben, Ma'am!« Noch während er es sagte, polterten seine Schritte durch den Flur. »John!«, rief er seinem Indianer noch zu. »Du bleibst auf der Straße! Wenn du sie erwischst, hältst du sie fest!« Dann ging die Hintertür auf, und er kam heraus.

Sie war bereits drei Häuser weiter und zwängte sich rasch in eine schmale Gasse. Ein kleines Tier, das sie in der Dunkelheit nicht erkennen konnte, huschte lautlos davon. Vergeblich suchte sie nach einer Tonne oder irgendeiner anderen Deckung, presste sich stattdessen fest gegen die Hauswand und hoffte, die Dunkelheit würde sie vor einer Entdeckung bewahren. Mit der rechten Hand griff sie in ihre Jackentasche und umklammerte den Revolver. Obwohl ihr bewusst war, dass sie ihn niemals abfeuern würde, gab er ihr ein sicheres Gefühl, als wäre er ein magisches Totem, das ihre Feinde abhielt.

Ihr Atem stockte, als sich Schritte näherten und sie ihren Verfolger am Ende der Gasse auftauchen sah. Als dunkler Schatten hob er sich gegen das trübe Mondlicht ab. Auch er hielt einen Revolver in der Hand, aber nicht, um sich zu beruhigen, sondern um damit auf sie zu schießen, falls er sie entdeckte und sie ihm davonlaufen wollte. Er fuchtelte damit herum und rief: »Ich weiß, dass du hier irgendwo bist, Clarissa! Sei vernünftig und gib auf! Du hast keine Chance! Nicht mal dein verrückter Wolf kann dir diesmal helfen.«

Clarissa rührte sich nicht. Starr wie eine Statue stand sie an die Hauswand gepresst und wagte kaum zu atmen. Wie gerne hätte sie ihm geantwortet, ihn angeschrien und gerufen: Sie verdammter Betrüger! Ich bin keine Diebin! Sie wollten mich vergewaltigen und sind wütend, weil ich es gewagt habe, mich zu wehren! Sie wollen sich an mir rächen, das ist alles. Sie sind besessen von der Idee, mich hinter Gitter zu bringen, weil Sie nicht ertragen können, dass es auch Frauen gibt, die auf Ihre arrogante und schleimige Art nicht hereinfallen. Schande über Sie, Frank Whittler! Sie sollte man einsperren! Sie sind ein gemeiner und dreckiger Lügner! Doch sie schwieg natürlich und wünschte sich lediglich, dass er endlich weiterging und sie ein besseres Versteck fand.

Im Augenblick dachte er nicht daran. »Hier ist dein Weg zu Ende, du Miststück! Du hast mich lange genug an der Nase herumgeführt! Zeig dich endlich, oder du verbringst den Rest deines Lebens hinter Gittern! Wenn du dich freiwillig stellst, kommst du mit ein paar Jahren davon. Wo steckst du?«

Clarissa hütete sich, einen Laut von sich zu geben. Sie wusste nicht, was stärker war: ihre Angst, von ihm entdeckt und unschuldig ins Gefängnis geworfen zu werden, oder ihre Wut auf ihn, weil er seine Niederlage nicht verwinden konnte und sie mit der Besessenheit eines Killers verfolgte. Wie verrückt musste man sein, um eine Frau quer durch den Kontinent zu verfolgen?

Sie beobachtete erleichtert, wie Whittler langsam weiterging. Seine Stiefel knirschten im schmutzigen Schnee vor den Häusern. Sie entspannte sich ein wenig, doch in Sicherheit war sie noch lange nicht. Wo sollte sie hin? Hinter den Häusern war Whittler, und auf der Hauptstraße trieb sich der Indianer herum. Einem der beiden würde sie in die Arme laufen.

Whittler hatte recht, sie hatte keine Chance. Selbst wenn sie in ihrem Versteck blieb, würde er sie früher oder später finden, und wenn sie zur Pension zurücklief, um den Schlitten anzuspannen und in die Wälder zu fliehen, würde sie schon das Bellen und Jaulen der Huskys verraten. Sie seufzte verzweifelt. Wäre doch Alex bei ihr, dann hätten sie wenigstens eine kleine Chance gegen Frank Whittler.

Vielleicht, weil der Indianer weniger daran interessiert sein könnte, sie zu fassen, wandte sie sich zur Hauptstraße. Äußerst langsam und vorsichtig und ständig darauf bedacht, kein Geräusch zu verursachen, tastete sie sich durch die dunkle Gasse. Im letzten Augenblick sah sie eine zerbeulte Ölkanne im Schnee liegen und stieg rechtzeitig darüber hinweg. Wieder huschte ein kleines Tier, das wie eine Ratte oder eine Maus aussah, vor ihr davon und verschwand in einem Spalt unter der Hauswand. Sie blieb abwartend stehen, unsicher, ob der Indianer das leise Geräusch gehört hatte, und ging erst nach einer längeren Pause weiter. Vor dem Gehsteig blieb sie stehen und lauschte.

Von der Hauptstraße drang kein Laut in die Gasse. Entweder ging der Indianer so leise, dass man ihn nicht hörte, oder er war schon vor einiger Zeit an der Gasse vorbeigekommen. Erfahrene Krieger, die man selbst dann nicht hörte, wenn sie direkt hinter einem standen, gab es nur in Buffalo-Bill-Magazinen. Sie schob vorsichtig den Kopf nach vorn und sah ihn auf halber Strecke zum Saloon den überdachten Gehsteig betreten. Er hielt keine Waffe in der Hand, sondern wirkte eher lustlos und wäre wohl lieber in den Saloon gegangen und hätte ein Bier bestellt. Wie sie Whittler kannte, zahlte er ihm einen Hungerlohn.

Als er ungefähr zwei Häuser vor dem Saloon in eine Gasse abbog und Whittler vermutlich sagen wollte, dass er sie nicht finden konnte, nützte sie die Gelegenheit und rannte auf die andere Straßenseite. Durch eine schmale Seitenstraße erreichte sie die Rückseite der Häuser. Die Schneewehen, die der Wind im Schatten der Hauswände angehäuft hatte, zwangen sie zu einigen Umwegen und erhöhten die Gefahr, dass sich ihre Gestalt gegen die verschneiten Hügel im Norden abzeichnete, doch auf dieser Seite vermutete sie niemand, und sie schaffte es ungesehen bis zum Haus der Joscelyns. Statt wüsten Beschimpfungen und Flüchen drang diesmal nur ihr lautes Schnarchen nach draußen.

Von der Hauptstraße meldete sich Whittler: »Clarissa Carmack, ich fordere dich zum letzten Mal auf, dich zu stellen! So machst du alles nur noch schlimmer! Ich habe einen Haftbefehl der Polizei in Vancouver dabei und das Recht, dich in Gewahrsam zu nehmen. Komm endlich aus deinem Versteck, oder ich muss andere Saiten aufziehen! Komm raus, verdammtes Miststück!«

Die Entschiedenheit, vor allem aber die Lautstärke, mit der er zu dieser späten Stunde auf der Hauptstraße herumbrüllte, zeigten Clarissa, wie entschlossen er war, sie diesmal festzunehmen und zu bestrafen. Sein Rachedurst war ungestillt und machte ihn unberechenbar. Ein Grund mehr, möglichst schnell ein besseres Versteck zu finden. Sie blickte sich verzweifelt um. Vielleicht im Hafen, in einem der Fischerboote. Dort würde man sie am wenigsten vermuten. Wenn es einem befreundeten Fischer gehörte, nahm er sie am frühen Morgen vielleicht mit aufs Meer. Nur eine vage Hoffnung, aber der einzige Strohhalm, an den sie sich in diesem Augenblick klammern konnte.

Sie ging ein paar Schritte und blieb sofort stehen, als im Haus des Constables eine Lampe aufflammte und wenig später die Tür aufging. »Was soll das Geschrei? Wissen Sie, wie spät es ist, Mister?« Sie spähte vorsichtig an dem Haus, hinter dem sie sich versteckt hatte, vorbei auf die Hauptstraße und sah den Constable vor der Tür stehen. Er hatte seinen Wintermantel über die Unterwäsche gezogen und hielt ihn mit beiden Händen zusammen. »Wenn Sie weiter so herumschreien, sperre ich Sie ein. Haben Sie mich verstanden?«

Frank Whittler trat in ihr Blickfeld und baute sich in seiner arroganten Art vor dem Constable auf. Auf der anderen Straßenseite war der Indianer zu sehen. »Ich nehme an, Sie sind der Constable in diesem gottverlassenen Nest.«

»Ganz recht, Mister. Und wenn Sie nicht sofort Ruhe geben …«

»Sir«, schnitt ihm Whittler das Wort ab. »Und bitte Sir … nicht Mister. Ich lege höchsten Wert auf eine respektvolle Anrede. Mein Name ist Frank Whittler. Ich bin Manager der Canadian Pacific in Vancouver und arbeite eng mit der dortigen Polizei zusammen. Ich bin hier, um eine gewisse Clarissa Carmack, ehemals Howe, zu verhaften. Sie hat sich des schweren Diebstahls und der versuchten Körperverletzung schuldig gemacht. Ich weiß aus sicherer Quelle, dass sie sich in dieser Stadt aufhält. Sie hält sich irgendwo versteckt.«

»Clarissa Carmack? Eine Diebin? Versuchte Körperverletzung?« Der Constable konnte es nicht glauben. »Das kann nicht stimmen, Mister ... Sir. Sie müssen sich irren. Mrs Carmack ist eine von allen Einwohnern respektierte Frau. Sie hat sich nie etwas zuschulden kommen lassen. Sie können jeden in dieser Stadt fragen. Clarissa Carmack ist über jeden Tadel erhaben.«

»Tut mir leid, wenn ich Sie enttäuschen muss, Constable, aber ich weiß es leider besser, denn ich bin selbst der Betroffene. Clarissa Carmack hat mir fünfhundert Dollar gestohlen und zweimal auf mich geschossen, als ich ihr auf die Schliche kam, dafür habe ich zwei verlässliche Zeugen. Sie kann von Glück sagen, dass sie nicht getroffen hat. Ich habe einen Haftbefehl dabei.«

Der Constable war verwirrt. »Und warum sollte sie so etwas getan haben, Sir? Clarissa Carmack hat hier alles, was sie braucht. Sie ist glücklich verheiratet, und aus Geld haben sie und ihr Mann sich meines Wissens noch nie viel gemacht. Warum sollte sie nach Vancouver fahren und Ihnen dort fünfhundert Dollar stehlen? Und warum sollte sie auf einen Mann wie Sie schießen?«

»Sie ist besessen von der Idee, mir Schaden zuzufügen, Constable. Dafür würde sie quer durchs Land fahren, wenn es sein muss. Sie gehört zu den Frauen, die es nicht vertragen können, wenn man sie zurückweist. Vielleicht hatte sie es auch auf unser Geld abgesehen und war neidisch, weil sie selbst in ärmlichen Verhältnissen lebte. Ihr Motiv ist mir, ehrlich gesagt, auch egal.«

»Und Sie sind persönlich gekommen, um sie zu verhaften?«

Whittler wurde ungeduldig. »Wenn die örtliche Polizei nicht dazu in der Lage ist, bleibt mir ja nichts anderes übrig. Ziehen Sie sich an, und helfen Sie mir, oder wollen Sie in diesem albernen Aufzug herumlaufen? Sie ist aus der Pension am Ortseingang weggelaufen und hat sich hier irgendwo versteckt. Sie ist mir schon ein paarmal entwischt, und ich habe keine Lust, ihr noch einmal hinterher zu laufen. Dieses Theater muss endlich ein Ende haben.«

Clarissa hatte ihr Versteck bereits verlassen und schlich am Haus des Constable vorbei. Wenn Whittler tatsächlich einen Haftbefehl besaß, und daran zweifelte sie nicht, blieb ihm nichts anderes übrig, als ihm zu helfen. Geduckt lief sie im Schatten der Häuser zum Hafen hinab. Ihre Wut auf Whittler war so groß, dass sie darüber beinahe ihre Vorsicht vergaß und auf dem vereisten Boden hinter einem der Häuser beinahe ausrutschte. Was fiel diesem verdammten Betrüger ein? Reichte es denn nicht, dass er vor zwei Jahren schon einmal versucht hatte, sie auf diese Weise ins Gefängnis zu bringen?

Damals war sein Schwindel aufgeflogen, sein Vater hatte ihn aufs Abstellgleis geschoben, und sogar seine Verlobte war ihm weggelaufen. Wie hatte er es geschafft, mit derselben Lügengeschichte einen Haftbefehl zu erwirken? Und warum hatte ihn sein Vater wieder aufgenommen? Quälende Fragen, die sie im Augenblick nur ablenkten. Wenn Whittler sie erwischte, landete sie im Gefängnis, und es konnte ihr ziemlich egal sein, wie er vorgegangen war. Solange er seinen Vater hinter sich wusste, hatte sie überhaupt keine Chance, einer strengen Strafe zu entgehen. Ein Mann wie er hatte Verbindungen, ihm fraß selbst die North West Mounted Police aus der Hand.

Sie erreichte den Hafen und blickte sich suchend um. Dichte Nebelschwaden waberten über dem Wasser und hingen an den Masten der Fischerboote, die vom schwachen Mondlicht beleuchtet wurden. Die Berge auf der anderen Seite der Bucht warfen unheilvolle Schatten in der Nacht, und das Dampfschiff, das am frühen Morgen nach Alaska weiterfahren würde, war nur an den Positionslampen zu erkennen. Der böige Wind rührte in den Nebelschwaden und ließ die Brandung gegen die steilen Uferfelsen schwappen.

Von der Hauptstraße drang die laute Stimme von Whittler zu ihr herab. »Beeilen Sie sich gefälligst, Constable!«, rief er. »Und nehmen Sie Ihre Pistole mit! Die Frau ist gefährlich!« Doch der Polizist ließ sich Zeit und schien alles zu tun, um ihr einen Vorsprung zu verschaffen, ein Zeichen dafür, wie viel Vertrauen sie und Alex in Port Essington genossen. Aber wie sollte sie die Zeit nützen? Reichte es, sich in einem der Fischerboote zu verstecken?

Sie lief auf eines der Boote zu und stieg hinein, doch kaum hatte sie eine Plane angehoben, um sich darunter zu verkriechen, erklang Whittlers Stimme erneut. »Sie muss im Hafen sein! Lassen Sie uns in den Booten nachsehen!«

Jetzt blieb ihr keine große Wahl mehr. Ohne lange zu überlegen, kletterte sie aus dem Boot und rannte an der Anlegestelle entlang. Sie fand ein Ruderboot und stieg hinein, löste das Seil, mit dem es angebunden war, und ruderte mit wuchtigen Schlägen aus dem Hafen. Nur den dichten Nebelschwaden hatte sie es zu verdanken, dass Whittler, der nur ein paar Minuten später mit dem Constable und dem Indianer auftauchte, sie nicht sehen konnte. Ihre Stimmen hallten dumpf durch den Nebel und verstummten nach einer Weile ganz. Dennoch ruderte sie weiter, immer weiter, auf die Positionslampen des Alaska-Dampfers zu, dem einzigen sichtbaren Ziel in ihrer unmittelbaren Nähe.

Das Dampfschiff war ein perfekter Zufluchtsort. Wenn sie es schaffte, ungesehen an Bord zu kommen und sich so lange zu verstecken, bis es die Anker lichtete, würde Frank Whittler sie niemals finden. Eine Idee, die nur aus purer Verzweiflung geboren werden konnte, denn wie kam man ungesehen auf ein solches Schiff? Und was war mit Alex? Sollte sie ihn zurücklassen?

Viel Zeit zum Überlegen blieb ihr nicht. Die Gefahr, dass Whittler ihre Absicht erriet, war groß, und sie konnte nicht ewig durch den Nebel rudern. Sobald es hell wurde, würde er sich verflüchtigen, und man würde sie sofort entdecken. Auf die andere Seite der Bucht zu rudern, war gefährlich, weil die Brandung dort besonders heftig war, und sie wäre auf der Halbinsel vollkommen auf sich allein gestellt. Mit Alex hätte sie es vielleicht geschafft, dort einige Tage auszuhalten und dann aufs Festland zurückzukehren, aber allein hatte sie kaum eine Chance. Ihre einzige Chance blieb das Dampfschiff. Nur dort war sie einigermaßen sicher.

Fest entschlossen ruderte sie weiter auf die Positionslampen zu. Alex würde sie finden. Er hatte einen siebten Sinn dafür, was sie vorhatte, und würde sie auf jeden Fall aufspüren. Wenn alles gut lief, noch vor Abfahrt des Schiffes. Das Schicksal, das ihnen schon einmal geholfen hatte, würde sie wieder zusammenführen. Wenn es noch Gerechtigkeit auf dieser Welt gab, würde Gott auf ihrer Seite bleiben und ihnen eine neue Zukunft ermöglichen. Sie betete angestrengt.

Als sie keine Viertelmeile mehr von dem Dampfschiff entfernt war, beschlich sie plötzlich das Gefühl, Bones würde an einem unsichtbaren Ufer auftauchen und so laut heulen, dass es ihr beinahe die Ohren zerriss. Doch es war nur das Nebelhorn des Schiffes, das unheilvoll durch die Nacht drang.

9

Als sie sich umdrehte, tauchte der Bug der *S. S. California* so plötzlich aus dem Nebel, dass sie die Ruder sinken ließ und erschrocken an dem Schiff emporblickte. Der dunkle Rumpf und die weißen Aufbauten ragten hoch über ihr auf, nur der bauchige Schlot und die beiden Masten waren noch höher. Sie war dem Schiff so nahe, dass ihr Ruder die Ankerkette streifte.

Sie hielt sich mit einer Hand an der armdicken Kette fest und starrte auf das Schiff, das im schwachen Licht der Positionslampen und der wenigen Lampen, die an Bord brannten, beinahe bedrohlich aussah. Nebelschwaden zogen über die Aufbauten und hüllten die Brücke ein. Nur der dunkle Rauch, der aus dem Schornstein quoll, verriet ihr, dass Menschen an Bord waren, ansonsten kam ihr die *S. S. California* wie ein Geisterschiff vor.

Zweifelnd blickte sie in Richtung Festland. Wie eine bedrohliche Wand, die immer zäher und undurchdringlicher wurde, schob sich der Nebel zwischen sie und den Hafen, trennte sie von der Stadt und den Wäldern, die zu ihrer neuen Heimat geworden waren, und dem Mann, den sie liebte, und mit dem sie gestern die Ringe getauscht hatte.

Erst jetzt wurde ihr das ganze Ausmaß ihres Handelns bewusst. Sie war im Begriff, den einzigen Mann, an dem ihr etwas lag, seinem Schicksal zu überlassen. Ohne zu ahnen, welches Geheimnis sich hinter seinem rätselhaften Verschwinden verbarg, ob er noch am Leben war und es tatsächlich schaffen würde, Whittler zu entkommen und sie im fernen Alaska aufzuspüren. Ich darf ihn nicht im Stich lassen, schoss es ihr durch den Kopf, ich bin verrückt, überhaupt an so etwas zu denken. Ich muss zurück zum Hafen!

Sie ließ die Ankerkette los und schaffte nicht mal einen Ruderschlag. Durch den Nebel drangen laute Stimmen zu ihr, die hektischen Befehle von Whittler, der ihr wohl auf die Schliche gekommen war und sie daran hindern wollte, sich an Bord der *S. S. California* zu verstecken, und die Stimme eines Mannes, wahrscheinlich eines Fischers, den er gezwungen hatte, ihr durch den Nebel zu folgen. Jetzt blieb ihr keine Wahl mehr. Wenn sie nicht die nächsten Jahre im Gefängnis verbringen wollte, musste sie an Bord gehen, auch wenn sie nicht die geringste Ahnung hatte, wie sie das anstellen sollte.

Getrieben von den Stimmen ruderte sie am Rumpf des Schiffes entlang. Hier draußen gab es keine Gangway, über die man an Bord spazieren konnte, und eine andere Möglichkeit, auf eines der Decks zu klettern, bot sich ihr nicht. Wenn sie um Hilfe rief, würde Frank Whittler sie hören und festnehmen, bevor ihr ein Matrose zu Hilfe eilen konnte. Und schaffte sie es, an Bord zu kommen, würde ihr das beste Versteck nichts nützen, weil Whittler auf ihrer Auslieferung bestehen würde und es unwahrscheinlich war, dass sich der Kapitän weigerte. Frank Whittler hielt alle Trümpfe in der Hand.

So endet es also, dachte sie, während sie aus purer Verzweiflung weiterruderte. Nur einen Tag nach ihrer feierlichen Hochzeit verschleppte Whittler sie nach Vancouver und sorgte dafür, dass sie für vier oder fünf Jahre hinter Gittern blieb, vielleicht sogar noch länger, und nur Gott allein wusste, was mit Alex geschah, und ob sie ihn jemals wiedersehen würde.

Ihr Blick glitt am dunklen Rumpf des Dampfschiffes entlang. Noch war ein Funken Hoffnung in ihr und verhinderte, dass sie entkräftet die Ruder sinken ließ und darauf wartete, dass Whittler aus dem Nebel auftauchte. Schon als junges Mädchen hatte sie gelernt, niemals aufzugeben, wenn die vollen Netze, die sie mit ihrem Vater ins Boot zog, zu schwer wurden, und nach dem Tod ihrer Eltern, als sie nur ein paar Dollar besessen hatte und gezwungen war, ein vollkommen neues Leben zu beginnen. Selbst in der verschneiten Wildnis, als sie mit dem Hundeschlitten verunglückt und Bones ihr den Weg gewiesen hatte, war die Rettung nicht von selbst gekommen. Nur ihrer Bereitschaft zu kämpfen und niemals aufzugeben, auch nicht in scheinbar auswegloser Situation, hatte sie ihr Leben zu verdanken. Es gab immer einen Weg, wenn man nur daran glaubte.

Ihr Glaube an das scheinbar Unmögliche wurde belohnt. Im Schein einer Positionslampe entdeckte sie eine Strickleiter über der Reling hängen, weit genug vom Bug entfernt und außerhalb des Blickfeldes der Männer auf der Brücke.

Von neuer Hoffnung erfüllt, ruderte sie mit kräftigen Schlägen näher an das Schiff heran. Ihr Boot prallte gegen den eisernen Rumpf und wurde zurückgeschleudert. Sie ließ die Ruder los und hielt sich mit beiden Händen fest, um nicht über Bord geschleudert zu werden, griff erneut danach und steuerte das Boot unter die Strickleiter. Eine Welle trieb sie darunter hinweg, sie ruderte zurück und streckte die Hände nach der untersten Sprosse aus … Vergeblich.

Durch den Nebel drangen die Stimmen ihrer Verfolger immer lauter zu ihr. Weit konnten sie nicht mehr entfernt sein. Sie zwang sich zur Ruhe und versuchte es erneut, steuerte das Boot unter die Strickleiter, wartete geduldig, bis es von einer Welle nach oben getragen wurde, und bekam die Leiter mit beiden Händen zu fassen. Sie schaffte es mit ihrem linken Fuß auf die unterste Sprosse, zog den rechten nach und beobachtete erleichtert, wie ihr leeres Boot von der Strömung davongetragen wurde und im Nebel verschwand. Mit etwas Glück war es außer Sichtweite, wenn ihre Verfolger das Dampfschiff erreichten.

Ohne lange zu zögern, kletterte sie die Strickleiter hinauf. Als Tochter eines Fischers war sie daran gewöhnt, und auch auf einem Hundeschlitten war man ständig bemüht, sein Gleichgewicht zu halten. Dennoch atmete sie angestrengt, als sie die Reling erreichte. Die Stimmen im Nebel waren inzwischen so laut und nahe, dass sie nicht wagte, sich umzudrehen, und rasch an Deck kletterte.

Im Schatten einer dicken Taurolle verharrte sie. Das Deck war leer. Alle Passagiere schienen zu schlafen, und selbst auf der Brücke brannte nur eine flackernde Laterne. Rechts von ihr zog sich ein überdachter Gang zum Heck, von dem die Klapptüren der größeren und teuren Kabinen abgingen.

Die preiswerten Unterkünfte lagen auf den Decks unter ihr, dort hielten sich wohl die vielen Glücksritter auf, die am Klondike nach Gold suchen wollten.

Ihre Dankbarkeit, auf das richtige Deck geklettert zu sein, wo die Gefahr, dass man sie erwischte, wesentlich geringer war als auf dem überfüllten Zwischendeck, währte nur kurz. Vom Wasser schallte Whittlers Stimme herauf: »Ich gehe jede Wette ein, dass sie sich ein Boot geschnappt hat. Das Miststück ist mit allen Wassern gewaschen. Sie hat eines der Ruderboote gestohlen und denkt wohl, sie könnte mich reinlegen.« Ein kurzer Augenblick, in dem man nur das Plätschern der Wellen hörte, und dann wieder seine Stimme, diesmal laut und fordernd: »Hey … Ist da jemand? Wo steckt der Kapitän?«

Eine andere männliche Stimme war trotz des teilweise böigen Windes zu verstehen, sie gehörte wohl dem Fischer, der ihn zum Dampfschiff gebracht hatte: »Clarissa Carmack soll mit einem Ruderboot hier rausgefahren sein? Mitten in der Nacht und bei dem Nebel? Glaube ich nicht. Oder sehen Sie ein Ruderboot? Die kann vielleicht mit einem Hundeschlitten umgehen, aber dafür ist sie nicht gebaut. Wie ich sie kenne, ist sie mit dem Schlitten geflohen.«

»Unsinn!«, erwiderte Whittler. »Ihr Vater war Fischer, die weiß, wie man rudert. Sehen Sie die Strickleiter? Da ist sie hoch. Die hat schon ganz andere Sachen gemacht, oder was meinen Sie, warum ich so darauf versessen bin, sie zu fangen? Diese Frau schreckt vor nichts zurück! Solange die nicht hinter Gittern sitzt, haben wir keine Ruhe.« Und dann wieder lauter: »Hey … Warum meldet sich niemand?

Sollen wir vielleicht ewig hier unten warten? Ich bin Frank Whittler von der Canadian Pacific und komme im Auftrag der Polizei!«

Clarissa erkannte, dass ihr keine Zeit mehr blieb. Sie rannte zu dem Gang, der auf das oberste Deck führte, und lief zu einem der Rettungsboote, die an stabilen Auslegern hingen und mit Planen abgedeckt waren. Sie öffnete die Plane und kletterte hinein. Zum wiederholten Male in dieser Nacht war sie froh, ihre Hose und nicht den Rock angezogen zu haben, sonst hätte sie sich auf der Strickleiter und auch jetzt unweigerlich verheddert. So schaffte sie es mühsam, in das schwankende Boot zu kommen und zog rasch die Plane über sich zu. Nur einen schmalen Spalt, damit sie etwas sehen konnte, ließ sie offen.

Kaum hörte das Boot auf zu schaukeln, sah sie einen Matrosen zur Brücke hinaufsteigen. Gleich hinter ihm folgte der Kapitän, ein korpulenter Mann mit einem weißen Vollbart, und trat an die Reling. Selbst aus der Ferne sah sie ihm an, wie wenig erfreut er über die nächtliche Ruhestörung war. »Ich bin Kapitän James W. Hall. Ich hoffe, Sie haben einen guten Grund, um hier mitten in der Nacht aufzutauchen. Wenn Sie uns nur was verkaufen wollen …«

»Ich verfolge eine gefährliche Straftäterin«, drang Whittlers Antwort nach oben, »und habe den begründeten Verdacht, dass sie an Bord Ihres Schiffes ist. Und jetzt helfen Sie mir endlich an Bord, sonst muss ich Sie leider wegen Behinderung der Justiz in einem dringenden Fall verantwortlich machen.«

Der Kapitän rief zwei Matrosen herbei, die ein Seil über die Reling warfen und Whittler an Bord halfen. Er hatte sich in den vergangenen zwei Jahren kaum verändert, wirkte immer noch so ernst und unnahbar wie damals und verriet allein durch seine arrogante Haltung, dass er sich für etwas Besseres hielt. In seinem vornehmen Mantel passte er eher auf einen der neuen und luxuriösen Transatlantik-Dampfer als auf dieses betagte Dampfschiff.

Nachdem er sich mit knappen Worten vorgestellt und den Grund für sein Kommen geschildert hatte, sagte er: »Clarissa Carmack ist eine sehr gerissene Straftäterin. Sie muss hier sein und sich irgendwo an Bord versteckt haben.«

»Ausgeschlossen, Sir.« Der Kapitän wusste, wie ein Angeber wie Whittler angeredet werden wollte, scheute sich aber nicht, seine Meinung zu sagen. »Eine Frau schafft es nicht ohne Hilfe über die Strickleiter, und wenn sie an Bord geklettert wäre, hätte sie einer meiner Männer gesehen. Sie ist nicht hier. Ich befürchte, Sie haben die Fahrt umsonst gemacht. Gute Nacht, Sir.«

Whittler verzog die Lippen. Er gehörte zu den Männern, die nur mit dem Mund lächelten. »Nicht so voreilig, Kapitän! Ich kenne diese Frau wesentlich besser als Sie und muss Ihnen leider mitteilen, dass ich ihr alles zutraue. Ich bin sicher, dass sie an Bord ist. Werden Sie mir helfen, nach ihr zu suchen?«

»Wie stellen Sie sich das vor?«, erwiderte Hall, immer noch bemüht, den ungebetenen Gast so schnell wie möglich wieder loszuwerden. »Wissen Sie, wie groß dieses Schiff ist? Selbst wenn ich die gesamte Nachtwache zusammenrufen würde, bräuchten wir mehrere Stunden, um in jedem dunklen Winkel nachzusehen, und ich brauche Ihnen wohl nicht zu sagen, dass die Kabinen und Quartiere unserer Passagiere dabei tabu bleiben müssen. Es ist drei Uhr nachts. Wie kommt ein Manager der Canadian Pacific überhaupt dazu, nach einer Diebin zu suchen? Hat die Eisenbahn nichts anderes zu tun? Oder trauen Sie der North West Mounted Police diese Arbeit nicht mehr zu?«

Whittlers angedeutetes Lächeln verschwand. »Ich verbitte mir diese unqualifizierte Kritik, Kapitän! Aber wenn Sie's genau wissen wollen: Ich bin der Geschädigte. Clarissa Carmack hat mir nicht nur Geld gestohlen, sondern mich auch auf heimtückische Weise angegriffen, und ich habe deshalb niemals aufgegeben, nach ihr zu suchen. Wie Sie vielleicht wissen, hat die North West Mounted Police mit dem Goldrausch im Augenblick genug zu tun, und die Polizei in Vancouver ist mit einem Mörder beschäftigt, der sich im Rotlichtbezirk herumtreibt. Ich habe ihr deshalb zugesichert, sie tatkräftig zu unterstützen.« Er zog ein Blatt Papier aus seiner Manteltasche und hielt es ihm hin. »Der Haftbefehl«, erklärte er süffisant, »noch Fragen?«

Clarissa verkrampfte in ihrem Versteck. Wenn Frank Whittler auch einen oder mehrere Zeugen für einen tätlichen Angriff aufbieten konnte, so lächerlich das auch klang, war ihre Lage noch viel gefährlicher, als sie angenommen hatte. Dann drohten ihr nicht drei oder vier, sondern zehn oder mehr Jahre. Und wenn alles gegen sie lief, wanderte Alex wegen Beihilfe zum versuchten Mord ins Gefängnis. Wie konnte man nur so abgrundtief böse sein und sich so eine Anklage aus den Fingern saugen? Und wie gerecht war eine Welt, in der ein Mann wie er nur mit ein paar Geldscheinen winken musste, um einen angeblichen Zeugen zu einer Falschaussage zu bewegen? Wer gab sich dafür her, sie für eine Tat, die sie nicht begangen hatte, ins Gefängnis zu schicken?

Whittler beschrieb sie dem Kapitän. Zum Glück existierte keine Fotografie von ihr, und er konnte sich höchstens auf eine Zeichnung verlassen, die er aber ebenfalls nicht dabeihatte. Die einzige Fotografie, die es von ihr gab, zeigte sie als Baby in den Armen ihrer Mutter, und selbst die war verschollen.

»Also meinetwegen«, gab der Kapitän nach, »es soll mir niemand nachsagen, dass ich der Polizei meine Hilfe verweigere.« Er gab den Matrosen, die Whittler an Bord geholfen hatten, den Befehl, das Schiff zu durchsuchen und rief ihnen nach: »Die anderen Männer der Nachtwache sollen euch helfen.«

Zu Whittler sagte er: »Aber die Kabinen auf dem Saloondeck bleiben verschlossen. Die Passagiere dort haben viel Geld für die Passage bezahlt und ein Recht darauf, in ihrer Nachtruhe nicht gestört zu werden. Falls Sie recht hätten, und sie wäre tatsächlich an Bord, käme sie dort sowieso nicht rein.«

Whittler zeigte sich seltsamerweise einverstanden und nickte schwach. »Sie haben doch nichts dagegen, wenn ich mich selbst ein wenig umsehe?«

»Solange Sie nicht an die Kabinentüren klopfen?«

Aus ihrem Versteck beobachtete Clarissa, wie Frank Whittler den Niedergang hinabstieg und in dem überdachten Gang mit den Kabinen verschwand. Ob er sich an die Anweisung des Kapitäns hielt, war nicht zu hören. Sie sah nur, wie der Kapitän kopfschüttelnd an die Reling trat und missmutig aufs Wasser hinabblickte. Er hatte sich diese Nacht wohl auch ruhiger vorgestellt.

Sie spähte schräg nach unten und sah Whittler aus dem überdachten Gang mit den Kabinen herauskommen. Er blickte zu ihr herauf, und sie hatte für einen Moment das Gefühl, entdeckt worden zu sein. Ihre rechte Hand umklammerte den Revolver in ihrer Jackentasche. Doch Whittler wandte sich sofort wieder nach vorn und kam gar nicht auf die Idee, in den Booten nachzusehen. Wenn er jemals erfuhr, wo sie sich versteckt hatte, würde er wohl einen Tobsuchtsanfall bekommen. Er kehrte zum Kapitän zurück und zuckte die Achseln. »Wer hat denn die teuren Kabinen gebucht?« ließ er nicht locker.

»Respektable Bürger aus Vancouver und Victoria«, antwortete der Kapitän, sichtlich verärgert, sich mit Whittler und dessen Problemen beschäftigen zu müssen. »Ein Geschäftsmann mit seiner Familie, der mehrere Konservenfabriken in Juneau und Sitka besitzt. Ein Goldgräber, der am Klondike reich wurde und sich in Dawson City niederlassen will. Ein Gentleman aus Chicago, der im Hohen Norden in Grundstücke investieren will. Alles Leute, die sicher auch Aktien der Canadian Pacific besitzen und nicht gerade erfreut darüber wären, wenn man sie nachts aus dem Schlaf reißt.«

Clarissa spürte, wie sich ihr linkes Bein verkrampfte, und massierte es vorsichtig mit einer Hand. Jede unbedachte Bewegung hätte das Boot zum Schaukeln bringen und sie verraten können. Mit zusammengepressten Lippen ertrug sie den Schmerz. Als er endlich nachließ, atmete sie erleichtert auf.

Die Zeit, bis die Matrosen von ihrer Suche zurückkehrten, schien ewig zu dauern. Whittler stieg abermals auf eines der unteren Decks, wo er mit einem Glücksritter aneinandergeriet, der in dem überfüllten Schlafraum des Zwischendecks wohl keine Ruhe fand und an die Reling getreten war. Anscheinend machte er sich über die vornehme Kleidung von Whittler lustig und forderte ihn auf, bei seinesgleichen zu bleiben, denn Whittler reagierte ausgesprochen ungehalten und erwiderte: »An Ihrer Stelle wäre ich still, Mister. Ich bin im Auftrag der Polizei hier und kann Sie jederzeit verhaften, falls Sie glauben, einen Gentleman beleidigen zu müssen.«

Whittler kehrte zurück und machte dem Kapitän gegenüber eine leise Bemerkung, die sie nicht verstand, dann lehnte er sich mit dem Rücken an die Reling und wartete stumm. Sein Gesicht war zu einer ausdruckslosen Maske erstarrt und ließ nicht erkennen, wie sehr er sich darüber ärgerte, sie nicht in der Stadt erwischt zu haben. Wäre Clarissa nicht in einer so verzweifelten Lage gewesen, hätte sie vielleicht sogar gelächelt. Reiche und mächtige Männer wie er waren es einfach nicht gewöhnt, in die Enge getrieben zu werden.

Nach einer geraumen Zeit, die ihr wie eine halbe Ewigkeit vorkam, kehrten die Matrosen zurück. »Tut mir leid, Kapitän«, antwortete einer für alle. »Wir haben keine blinde Passagierin gefunden. Wir haben alles abgesucht.«

»Auch den Maschinenraum?«, fragte Whittler.

»Selbst den«, bestätigte der Matrose.

»In Ordnung«, zeigte sich der Kapitän zufrieden. Er wartete, bis die Matrosen verschwunden waren, und wandte sich an Whittler. »Sie müssen sich geirrt haben, Sir.« Diesmal klang das »Sir« etwas spöttischer. »Die Straftäterin, nach der Sie suchen, hat sich wohl doch an Land versteckt. Gute Nacht, Sir.«

Whittler fügte sich nur widerwillig, erkannte aber wohl, dass er alle Möglichkeiten ausgereizt hatte. »Gute Nacht, Kapitän. Ich erwarte, dass Sie mir sofort Bescheid geben, falls die gesuchte Frau sich doch an Bord befindet.«

»Aye, Sir«, sagte der Kapitän.

Clarissa fielen tausend Steine vom Herzen, als Whittler über die Strickleiter verschwand, und der Kapitän auf die Brücke zurückkehrte. Sie war ihrem Verfolger noch einmal entkommen und vorerst in Sicherheit. Aber wie lange?

10

Die Stunden vergingen quälend langsam. Obwohl das Rettungsboot groß genug war, lag sie äußerst unbequem und spürte alle Knochen. Der kühle Nachtwind drang durch die Lücken zwischen der Plane und dem Bootsrand und drang bis auf ihre Haut. Auf dem Boden stand eine Wasserlache. Doch solange die *S. S. California* vor Anker lag, durfte sie ihr Versteck auf keinen Fall verlassen. Die Gefahr, vom Captain oder einem Matrosen entdeckt und an Land zurückgeschickt und Whittler ausgeliefert zu werden, war zu groß.

Noch immer saß ihr der Schreck in allen Gliedern. Frank Whittler war für sie der Inbegriff des Bösen, arrogant und selbstherrlich und von einer fanatischen Rachsucht beseelt. Seine Nähe hatte ihr so zugesetzt, dass sie erst nach einer ganzen Weile wieder einigermaßen ruhig atmen konnte.

Sie schob die Plane am Bug ein wenig nach oben, um mehr Luft zu bekommen, und sog sie gierig in die Lungen. Erwartungsvoll blickte sie zum östlichen Horizont, wo sich der erste helle Schimmer zeigte und sich wie fernes Wetterleuchten mit dem Nebel vermischte. Auf dem Wasser der Bucht zeigten sich die ersten hellen Flecken, und sie hatte den Eindruck, als wäre die Sonne schon dabei, den lästigen

Nebel aus ihrer Nähe zu vertreiben. Noch immer war es still auf dem Schiff, und das Plätschern der Wellen, die in unregelmäßigen Abständen gegen den Schiffsrumpf wogten, war deutlich zu hören.

Nach Alex hielt sie vergeblich Ausschau. Ihre Hoffnung, er würde noch vor der Abfahrt des Schiffes wieder auftauchen und an Bord kommen, erfüllte sich nicht. Er blieb spurlos verschwunden, und sie konnte nur hoffen, dass er sich an Land vor Whittler versteckt hatte und nachkommen würde, sobald Whittler nach Vancouver zurückgekehrt war.

Oder folgte ihr Frank Whittler nach Alaska? Auch wenn er von seiner Idee, sie ins Gefängnis zu bringen, besessen war, konnte sie sich das nicht vorstellen. So lange konnte er seine Geschäfte nicht im Stich lassen, wenn er es sich nicht wieder mit seinem Vater verderben wollte. Sein letzter Versuch, ihrer habhaft zu werden, würde wohl darin bestehen, Alex festzunehmen und sie auf diese Weise zur Rückkehr zu zwingen. Ein schrecklicher Gedanke, wusste sie doch sehr genau, dass sie nach diesem Köder schnappen und Alex auf keinen Fall allein lassen würde.

Ihr einziger Trost war, dass Alex sein ganzes Leben in der Wildnis verbracht hatte und dort jedem Städter überlegen war, selbst wenn der einen indianischen Führer verpflichtet hatte. So leicht würde er sich nicht einfangen lassen. Wie sie ihn kannte, verbarg er sich irgendwo in einer versteckten Hütte, oder er wartete in der freien Natur, bis Whittler die Gegend verlassen hatte. Sobald der Frühling endgültig die Macht über das Land ergriffen hatte, kam Whittler mit dem Hundeschlitten sowieso nicht mehr weit. Dann musste er auf ein Pferd umsteigen, und diese Art der Fortbewegung war für einen verwöhnten Städter wesentlich anstrengender als in Decken gehüllt auf einem Schlitten zu sitzen, auch wenn er mit seinen vornehmen Freunden in Vancouver gerne ausritt.

Sie machte sich natürlich etwas vor. Der Stiefel, den sie auf den Klippen gefunden hatte, ließ eigentlich darauf schließen, dass Alex etwas passiert war, er vielleicht sogar den Tod gefunden hatte und in der Brandung ertrunken war, auch wenn ihr kein vernünftiger Grund dafür in den Sinn kam. Auch die Möglichkeit, dass Whittler so fanatisch war, dass er ihr mit dem nächsten Schiff folgte, musste sie in Betracht ziehen. Oder der Kapitän lieferte sie im nächsten Hafen der Polizei aus. Selbst wenn sie jetzt in Sicherheit war, konnte ihre Flucht noch ein tragisches Ende nehmen.

Sie veränderte ihre Lage, achtete so gut wie möglich darauf, nicht in der Wasserlache zu landen, und hielt sich an einer der Sitzbänke fest. Durch den schmalen Spalt zwischen der Plane und dem Bootsrand beobachtete sie, wie die Nebelschwaden dünner und durchlässiger wurden, und sich die Sonne zwischen die Wolken drängte. Orangefarbenes Licht flammte am Himmel auf und ergoss sich auf das Meer, das seine bleifarbenen Schatten verlor und auf einmal freundlich und einladend wirkte. Als Tochter eines Fischers liebte sie das Meer genauso sehr wie die Berge.

An diesem Morgen verriet ihr die Farbe des Meeres lediglich, dass es nun nicht mehr lange bis zur Abfahrt des Schiffes dauern würde. Auf dem Saloondeck standen bereits die ersten Passagiere an der Reling, vor allem Männer aller Schattierungen, junge und alte, schüchterne und draufgängerische, teuer und nachlässig gekleidete, und alle waren von dieser nervösen Unruhe ergriffen, die die Glücksritter und Goldsucher auszeichnete. Auch ein Jahr, nachdem der Goldrausch am Klondike begonnen hatte, zog es noch so viele Männer nach Norden, dass sämtliche Schiffe nach Alaska restlos ausgebucht waren und die Pacific Coast Steamship Company sogar mehrere Dampfer auf dieser Route einsetzte.

Auf dem obersten Deck waren nur Matrosen zu sehen. Einer säuberte den nassen Boden mit einem Schrubber, zwei andere wickelten eine Taurolle auf, und wieder andere überprüften die Takelage an einem der Masten. Nur an der erwartungsvollen Haltung des Kapitäns, der für einige Minuten an die Reling getreten war, erkannte sie, dass ein Boot längsseits anlegte, vor allem mit Fracht und Post, aber auch Vorräten für die Bordküche. Der Kapitän trug einem Maat lautstark auf, für die Verteilung zu sorgen. Er blickte noch einige Minuten auf das Boot hinab und zog sich anschließend auf die Brücke zurück. Kein einziger Passagier war mit dem Boot gekommen, und schon gar nicht Alex.

Die Morgensonne tauchte das Vorderdeck in helles Licht, als die Maschinen im Bauch des Schiffes zu arbeiten begannen, und ein dumpfes Rumoren ihr Rettungsboot zum Zittern brachte. Aufgeregte Befehle hallten über die Decks. Vom Bug drang das Rasseln der schweren Ankerkette herüber, aus dem Schlot drang schwarzer Qualm. Er zog über das Oberdeck und drang unter ihre Plane, bis sie kaum noch Luft bekam. Ihr verzweifeltes Husten ging in dem lauten Tuten unter, mit dem der Kapitän die Abfahrt des Schiffes ankündigte. Das dumpfe Grollen der Maschinen schwoll zu einem lauten Dröhnen an, und die *S. S. California* ging auf Kurs.

Clarissas Blick war nicht nach vorn gerichtet. Sie blickte wehmütig zur Küste zurück, als das Schiff drehte, und verabschiedete sich von der Stadt und den Wäldern, die während der letzten beiden Jahre ihre Heimat gewesen waren. Von Mary Redfeather, der freundlichen Pensionswirtin, und Maggie, ihrer indianischen Freundin, vom Schmied, dem Besitzer des Gemischtwarenladens und dem Polizisten. Von den vielen Menschen, die sie kennengelernt und lieb gewonnen hatte, obwohl sie und Alex weit draußen gewohnt hatten und nur alle paar Wochen in die Stadt gekommen waren. Vermutlich sah sie diese Menschen niemals wieder. Sie würden genauso aus ihrem Leben verschwinden wie ihre Freunde und Bekannten in Vancouver und ihren Platz für die neuen Menschen räumen, die sie im fernen Alaska treffen würde.

Nur Alex würde sie niemals verlassen. Wenn er lebte, und eine innere Stimme sagte ihr, dass der verlorene Stiefel nichts zu bedeuten hatte und er tatsächlich am Leben war, würde sie eine Möglichkeit finden, sich wieder mit ihm zu vereinen. Er würde nach ihr suchen und sie finden, so wie vor zwei Jahren, oder sie würde ihm telegrafieren oder einen Brief schreiben und ihm sagen, wo er sie treffen konnte. Wenn sie den Brief an Mary Redfeather richtete, würde ihr auch Whittler nicht auf die Spur kommen. Sobald sie mit Alex vereinigt war, würden sie für immer aus seinem Dunstkreis verschwinden und den rachsüchtigen Millionärssohn endgültig aus ihren Gedanken verbannen.

Clarissa wartete ungefähr eine Stunde, bis sie es wagte, ihr Versteck zu verlassen. Zwischen den vielen Passagieren auf den unteren Decks fiel sie vielleicht gar nicht auf, auch wenn die meisten Männer waren, und abends fand sie vielleicht ein freies Bett in dem großen Schlafraum für Frauen auf dem Zwischendeck. Falls jemand nach ihrem Billett fragte, würde sie behaupten, an Bord gedrängt worden zu sein, und mit einigen Goldkörnern aus ihrem Lederbeutel bezahlen. Mit Gold bezahlten die meisten Passagiere, die schon einmal am Klondike gewesen waren, den Winter im Süden verbracht hatten und jetzt im Frühling wieder zurückkehrten, das war nichts Besonderes. Oder sie wartete, bis das Schiff in einem Hafen anlegte, und kaufte sich dort eins.

Mit klopfendem Herzen kletterte sie aus dem Rettungsboot. Sie schaffte es, ungesehen auf das Oberdeck zu kommen und stieg rasch über den Niedergang auf das Saloondeck hinab. Sie wollte möglichst schnell wieder unter Menschen kommen und in der Masse untertauchen. Leider vergaß sie dabei, wie seltsam sie angezogen war, zumindest für den Geschmack der weiblichen Passagiere. Keine Frau, die einigermaßen etwas auf sich hielt, würde es wagen, an Bord eine Hose zu tragen, schon gar nicht eine schmutzige Wollhose. Und statt ihrer Stiefel trugen die meisten Schnürschuhe und statt der Pelzmütze züchtige Hüte, selbst die Ärmsten der Armen auf dem Zwischendeck. In ihrem Aufzug sah sie eher wie ein Fallensteller aus, der nach einigen Monaten in der Wildnis an Bord gekommen war, und sich schwertat, wieder in die Zivilisation zurückzufinden. Ein Mädchen, das zufällig am Niedergang vorbeikam, als sie hinunterstieg, blieb stehen und starrte sie verwundert an.

Auf einem Schiff wie der *S. S. California* machte man keine Unterschiede wie auf einem Ozeandampfer, und niemand scherte sich darum, auf welchen Decks sich die Passagiere tagsüber aufhielten. Auch in diesem Frühling waren wieder so viele Menschen nach Alaska unterwegs, dass sie sich sogar verteilen mussten, um sich nicht im Weg zu stehen. Clarissa glaubte, dadurch einen Vorteil zu haben, und mischte sich unter einige schäbiger gekleidete Passagiere aus dem Zwischendeck, fiel aber dort genauso auf. Die wenigen Frauen starrten sie wegen der Hosen an, und die vielen Männer wurden von ihrer weiblichen Erscheinung angezogen, ihrem hübschen Gesicht, ihren ausdrucksvollen Augen und ihrer schlanken Figur, die sie selbst unter ihrer Felljacke und den Wollhosen nicht verbergen konnte. Ein besonders dreister junger Mann pfiff anerkennend durch die Zähne, als er ihr begegnete. Es schien an Bord dieses Dampfers keinen sicheren Platz für sie zu geben.

Noch bevor sie zum Zwischendeck hinabklettern konnte, weil sie hoffte, dort weniger Aufsehen zu erregen, lief sie dem Kapitän in die Arme. Er war genauso überrascht wie die meisten anderen Passagiere und blickte sie forschend an. »Guten Morgen, Ma'am. Sind wir uns schon einmal begegnet?«

»Ich glaube nicht«, erwiderte sie. Sie hoffte, dass Whittler sie nicht so genau beschrieben hatte, dass man sie gleich erkannte. »Bei so vielen Passagieren wäre das auch unwahrscheinlich.« Sie überlegte, ob sie ihm einen falschen Namen nennen sollte, und entschloss sich, gar keinen zu nennen. Ihr Lächeln wirkte bemüht. »Sie wundern sich bestimmt über meine Kleidung.«

»Unter anderem, Ma'am.«

Sie verstärkte ihr Lächeln. »Ich friere sehr leicht, Kapitän, und heute Morgen war es besonders frisch. Ich war schon in aller Herrgottsfrühe auf den Beinen und habe in der Eile wohl vergessen, dass ich nicht allein an Bord bin. Wenn ich zu Hause friere, laufe ich auch in diesen Wollhosen rum. Sie sehen nicht besonders gut aus, halten aber warm. Normalerweise würde ich natürlich niemals wagen, in diesem Aufzug … Ein Versehen, Kapitän. Wenn mich die Leute nicht so komisch angesehen hätten, wäre es mir gar nicht aufgefallen. Ich will mir gleich einen Rock anziehen … Sie entschuldigen mich …«

»Dürfte ich mal Ihr Billett sehen, Ma'am?«, fragte er unbeeindruckt.

Clarissa hatte diese Frage befürchtet. »Das habe ich leider nicht bei mir«, begann sie und verbesserte sich nervös. »Das heißt …« Sie errötete gegen ihren Willen. »Auf dem Pier war so ein Gedränge, dass ich nicht dazu kam …« Sie zögerte, erkannte plötzlich, wie unglaubhaft ihre Ausrede klang.

»Ah, da bist du ja, mein Schatz!«, unterbrach sie eine vertraute männliche Stimme. »Ich habe gar nicht mitbekommen, wie du unsere Kabine verlassen hast.«

Aus einer der teuren Kabinen trat ein vornehm gekleideter Gentleman und zündete sich in aller Ruhe einen Zigarillo an. Er trug einen dunklen Maßanzug und eine seidene Krawatte mit goldener Nadel, und seine Stiefel blitzten, als wäre er in einem Salon in San Francisco und nicht an Bord eines Alaska-Dampfers. Sein Haar war sorgfältig gescheitelt und duftete selbst im Freien.

Sam Ralston, sie erkannte ihn sofort. Der Glücksspieler, der genauso schlecht wie sie auf die Whittlers zu sprechen war und ihr vor zwei Jahren geholfen hatte, Frank Whittler zu entkommen. Obwohl er seine Feinde nicht gerade mit Glacéhandschuhen anfasste und ein sehr unbequemer Charakter war, hatte er sich stets wie ein Gentleman benommen und war ihr nie zu nahegetreten. Auch ihr klares Nein, als man Alex für tot erklärt, und er ihr angeboten hatte, seine Stelle anzunehmen und sie später vielleicht sogar zu heiraten, hatte er widerwillig, aber wie ein Gentleman respektiert. Inzwischen wusste er sicher, dass Alex noch am Leben war. Sie blickte ihn sprachlos an.

»Und du hast wieder vergessen, dass wir nicht in unserem Haus in San Francisco, sondern an Bord eines Dampfschiffes sind«, fuhr er fort. Sein Lächeln hatte etwas Spöttisches an sich. »Ich glaube manchmal, du schlafwandelst. Kaum ist Vollmond, scheinst du nicht mehr zu wissen, was du tust.«

Sie ging auf sein Spiel ein. »Du weißt doch, wie nervös ich an Bord eines Schiffes bin, Schatz. Ich hab in der Eile vollkommen vergessen, wo ich bin.« Sie blickte an sich hinunter. »Die Hosen sind wirklich nicht sehr schick.«

Ralston lachte ungeniert. »Habe ich nicht eine wunderbare Frau, Kapitän? Ich warte auf den Tag, an dem sie in diesem Aufzug in der Oper erscheint.«

»Die Dame ist Ihre Gattin, Mister Montgomery?« Anscheinend hatte Sam Ralston einen Decknamen angenommen. »Ich dachte, Sie wären in San Francisco allein an Bord gekommen. Eine so bezaubernde Dame wäre mir doch aufgefallen.« Er glaubte wohl, Punkte bei Ralston gutmachen zu müssen.

»Das stimmt«, bestätigte der Spieler. »Carla war noch bei ihrer Schwester auf Vancouver Island zu Besuch. Sie kam in Victoria an Bord. Tut mir leid, dass ich sie Ihnen noch nicht vorgestellt habe.« Er stutzte. »Bin ich Ihnen noch etwas schuldig, Kapitän?« Er gab vor, nach seiner Brieftasche zu greifen. »Ich glaube, ich habe bei der Buchung ihren Namen nicht angegeben.«

Der Kapitän winkte ab. »Nein, nein, lassen mal stecken. Sie haben für eine Kabine auf dem Saloondeck bezahlt, das gilt ohnehin für zwei Personen.« Er wandte sich mit leicht gerötetem Gesicht an Clarissa. »Tut mir leid, wenn ich Sie mit meinen Worten verärgert habe, Mrs Montgomery. Ich hatte auf keinen Fall vor, Sie zu beleidigen. Diese Hosen sind sicher sehr praktisch bei diesem kühlen Wetter. Ich wollte auf keinen Fall damit sagen …« Er merkte, dass er sich mit seinen Worten in Teufels Küche manövrierte, und unterbrach sich. »Wenn Sie etwas brauchen, melden Sie sich bitte bei mir, Ma'am.«

Der Kapitän entfernte sich und ließ Clarissa allein mit dem Spieler zurück. Ralston bot Clarissa lächelnd seinen Arm. »Mrs Montgomery? Ich glaube, wir haben einiges zu besprechen. Darf ich Sie in unsere Kabine einladen?«

Sie hängte sich zögernd bei ihm ein. »Montgomery?«

»Gefällt Ihnen der Name? So hieß der aufdringliche Bursche, den meine Großmutter zum Teufel jagte, weil er im Bürgerkrieg auf der falschen Seite kämpfte. Woher sollte sie auch wissen, dass er auf der Seite der Sieger stehen und so viel Gold erbeutet haben würde, dass er damit eine ganze Stadt kaufen konnte. Ich hielt den Namen für durchaus passend für meine Camouflage.«

»Woher wussten Sie, dass ich an Bord bin, Sam?«

Er führte sie in seine Kabine und schloss die Tür. »Ich hatte keine Ahnung. Anscheinend bin ich immer in der Nähe, wenn Sie in höchster Not sind.« Er löste sich von ihr und drückte seinen Zigarillo in den Aschenbecher auf der kleinen Kommode. »Wer ist denn diesmal hinter Ihnen her? Frank Whittler?«

»Woher wissen Sie das?«

»Sie werden staunen, was ich noch alles weiß«, antwortete er. »Setzen Sie sich doch.« Er deutete auf einen der beiden Sessel, die zu beiden Seiten eines Tischchens standen, und deren Lehnen mit weißen Spitzendeckchen verziert waren. »Ich lasse uns frischen Tee kommen. Einverstanden, mein Schatz?«

Sie fluchte innerlich, sagte aber nichts.

11

Nachdem ein Steward den Tee und etwas Gebäck gebracht hatte, gratis natürlich und mit den besten Wünschen des Kapitäns, setzte sich Ralston in den anderen Sessel und hielt fragend einen Zigarillo hoch, bevor er ihn sich ansteckte. Hinter ihm bullerte ein kleiner Ofen und verbreitete wohlige Wärme.

»Vielen Dank für Ihre Hilfe«, bedankte sich Clarissa. »Ohne Sie würden mich wohl die Mounties im nächsten Hafen festnehmen.« Sie wärmte ihre Hände an der warmen Tasse. »Whittler hatte mich in Port Essington aufgespürt und war mir dicht auf den Fersen. Mir blieb gar nichts anderes übrig, als mich an Bord zu schleichen. Hier war ich wenigstens einigermaßen sicher.«

»Und wie sind Sie an Bord gekommen?«

Sie lächelte, obwohl ihr gar nicht danach war. »Über eine Strickleiter. Ich habe mich in einem der Rettungsboote versteckt. Nicht gerade gemütlich.«

»Sie sind eine bemerkenswerte Frau, Clarissa.« Ralston zog an seinem Zigarillo und blies den Rauch an ihr vorbei. Diesmal erreichte das Lächeln sogar seine Augen. »Und wo ist Alex? Ich nehme an, Sie haben diesen Naturburschen inzwischen geheiratet. Sie haben ihn doch nicht zurückgelassen?«

Clarissa erzählte ihm, was passiert war, und ließ nur ihre Begegnung mit Bones aus. Obwohl sie dem Spieler zutraute, seine Karten zu markieren und sich mit allen Tricks einen Vorteil zu verschaffen, vertraute sie ihm. Bis jetzt hatte er sich stets wie ein Gentleman benommen, auch wenn er aus seiner Zuneigung für sie kein Hehl machte. »Alex lebt … Das weiß ich. Ich werde ihm einen Brief schreiben und in Skaguay auf ihn warten. Er lässt mich nicht im Stich.«

»Dann wäre er auch schön dumm.« Sein Lächeln blieb an den Lippen hängen und ließ ihn bei dieser Antwort nicht so selbstsicher wie sonst aussehen. »Sie wissen, dass ich immer für Sie da wäre, sollte er … Nun, sollten Sie aus irgendeinem Grund gezwungen sein, das Leben wieder allein zu meistern.«

»Das wird nicht passieren, Sam.« Sie bemühte sich, in ihrer Antwort nicht den geringsten Zweifel mitschwingen zu lassen. »Sie wollten mir sagen, warum Whittler wieder hinter mir her ist, Sam. Wissen Sie wirklich mehr? Ich dachte, wir hätten ihn vor zwei Jahren in die Knie gezwungen, und sein Vater hätte ihn enterbt.«

Er ließ die Hand mit dem Zigarillo sinken. »Das stimmt auch. Frank Whittler war vollkommen am Boden. Man hatte ihn als Schwindler entlarvt. Seine Verlobte, immerhin die Tochter eines angesehenen Geschäftspartners, war ihm weggelaufen, und sein Vater hatte ihn auf ein geschäftliches Abstellgleis geschoben, wo er kein Unheil anrichten konnte. Alles Geld bis auf seinen Pflichtteil hatte er ihm genommen. Was aber nicht bedeutete, dass er sich verkroch. Sein großes Mundwerk ließ er sich von keinem verbieten, und er machte immer noch genug Geld, um sich in zweifelhaften Kaschemmen mit ebenso zweifelhaften Damen herumzutreiben. Aus zuverlässiger Quelle weiß ich, dass er ausgerechnet seinen Vater mit einem leichten Mädchen erwischte. Es wird sogar gemunkelt, dass er die Dame gezielt auf ihn ansetzte, um ein wirksames Druckmittel gegen ihn zu haben.«

»Thomas Whittler? Einer der mächtigsten Männer des Landes, ein Millionär mit einem leichten Mädchen?«

»Auch Millionäre sind nur Menschen und können sehr anfällig für die Reize einer Dame sein, wenn sie es geschickt genug anstellt. Und die Dame, die ihn aufs Glatteis lockte, soll eine der besten ihres Faches sein. Ich bin sicher, Whittler musste ihr ein halbes Vermögen für diesen Liebesdienst bezahlen.«

Clarissa vergaß vor lauter Überraschung, von ihrem Tee zu trinken. »Sie meinen, Frank Whittler hat seinen eigenen Vater in eine Falle gelockt und erpresst ihn?«

»Ich bin mir sogar sicher, dass es so ist. Thomas Whittler hat einen Großteil seines Vermögens seiner Frau überschrieben, aus steuerlichen Gründen, und würde sehr viel Geld verlieren, wenn sich seine Frau von ihm trennen würde, ganz zu schweigen von der Rufschädigung. Die Canadian Pacific würde ihm wohl ebenfalls ihr Vertrauen entziehen, wenn sich so was herumspräche, das dürfte wohl klar sein. Und glauben Sie nicht, dass Mrs Whittler vor einer Scheidung zurückschrecken würde.«

»Ich weiß«, sagte Clarissa, »ich kenne Mrs Whittler gut. Ich habe lange für sie gearbeitet.«

Ralston paffte an seinem Zigarillo. »Wenn es wirklich so

war, blieb Thomas Whittler gar nichts anderes übrig, als auf die Erpressung seines Sohnes einzugehen. Auf alle Fälle gab er ihm wieder einen verantwortungsvollen Posten und überwies ihm mehr Geld, und als Whittler Junior auf die Idee kam, sich an einer gewissen Clarissa zu rächen, half er ihm wohl, einen neuen Fall zu konstruieren und einen glaubhaften Zeugen aufzutreiben. Ein normaler Vorgang in solchen Familien. Die Fassade muss stimmen, und wie es dahinter aussieht, geht keinen etwas an.« Er seufzte. »Und dass dabei Unschuldige wie Sie geopfert werden, interessiert keinen dieser Männer.«

»Ich bin kein Opfer«, protestierte sie sofort, auch wenn sie noch lange nicht sicher war, Frank Whittler entkommen zu sein. »So ungerecht kann die Welt nicht sein, dass er mit so einer Lügengeschichte durchkommt. Wir haben ihn das erste Mal in die Knie gezwungen und werden es auch diesmal schaffen.« Es klang nicht sehr überzeugend. »Woher wissen Sie das überhaupt alles? Sind Sie sicher, dass man Sie nicht zum Narren hält?«

»Ganz sicher, Ma'am. Wer so oft in der Unterwelt verkehrt wie ich, bekommt ein Gespür dafür, und außerdem ... Ich scheue mich ein wenig, dies zuzugeben. Nun ... Ich hatte ... sagen wir, geschäftlich mit der Dame zu tun, die angeblich mit Thomas Whittler ... Sie wissen schon ... und habe dabei aus erster Hand erfahren, dass sie sich tatsächlich mit ihm eingelassen hatte.«

Clarissa blickte ihn überrascht an. »Sie hat es Ihnen erzählt?«

»Nein ... Natürlich nicht.« Ralston verzog den Mund. »Aber ich habe eine Krawattennadel mit seinen Initialen in ihrer Handtasche gesehen … Eine Nadel, die ich selbst schon an ihm gesehen hatte. Anscheinend eine Rückversicherung, um etwas gegen ihn in der Hand zu haben. Oder ein Druckmittel, um ihn vielleicht jetzt schon zu erpressen. Würde dem Ausbeuter recht geschehen. Seine Gesellschaft hat genug Menschen über den Tisch gezogen.«

»So ist das also«, sagte sie. Sie konnte es beinahe nicht fassen.

»Hüten Sie sich vor ihm«, warnte Ralston. Er stand auf, holte den Aschenbecher von der Kommode und drückte seinen Zigarillo aus. »In ganz Vancouver redet man davon, wie besessen Frank Whittler von der Idee ist, Sie endlich hinter Gitter zu bringen. In den Kreisen, in denen ich verkehre, macht man sich sogar schon darüber lustig, obwohl ihm das natürlich niemals jemand ins Gesicht sagen würde. Ich bin sogar davon überzeugt, dass er Ihnen nach Alaska nachfahren würde, falls er jemals herausbekommt, wohin Sie geflohen sind.« Als er ihre besorgte Miene sah, fügte er rasch hinzu: »Obwohl es kein besseres Land gibt, um sich vor jemand zu verstecken. Alaska ist riesengroß, und die Zivilisation ist noch lange nicht so verbreitet wie in Kanada. Aber bleiben Sie wachsam. Ein gemeiner Betrüger wie er ist zu allem fähig!«

Clarissa hatte bisher geglaubt, in Alaska sicher zu sein und konnte sich auch jetzt noch nicht vorstellen, dass Whittler ihr bis in dieses ferne Land folgen würde. Sie musste aber zugeben, dass einem Mann, der seinen eigenen Vater erpresste, alles zuzutrauen war. »Und wer ist der Zeuge, der angeblich gesehen hat, wie ich Whittler die Brieftasche gestohlen und ihn angegriffen habe?«

»Ein Rechtsanwalt, der seinem Vater etwas schuldig ist. Ein scheinbar ehrenwerter Mann. Ich nehme an, auch er wird fürstlich für seine Dienste entlohnt.« Er trank seinen Tee, als wäre es Whiskey. »Ich bin, weiß Gott, nicht der ehrenwerte Gentleman, für den ich mich manchmal ausgebe, aber gegen diese Männer bin ich ein unbeschriebenes Blatt. Möchten Sie noch Tee?«

»Nein, danke.« Sie lauschte eine Weile dem Stampfen der Maschinen. »Was haben Sie die letzten beiden Jahre gemacht, Sam? Immer noch rastlos?«

Er setzte sich und nickte schwach.

»Mal hier, mal dort. Ich glaube, länger als ein paar Tage halte ich es gar nicht an einem Ort aus. Ich war immer wieder in Vancouver, aber auch in den Staaten unten … Seattle, San Francisco.«

»Und haben immer gewonnen?« Sie blickte sich in der teuren Kabine um.

»Ganz im Gegenteil«, erwiderte er in seinem spöttischen Tonfall. »Ich war nicht gerade vom Glück verfolgt. Vor drei Wochen in San Francisco hatte ich die besten Karten seit Langem, ein Full House mit zwei Assen und drei Zehnen, und ich hatte meine Hände schon über dem Pott, einer Summe, die mich über die nächsten zwei Jahre gebracht hätte, und dann legt dieser …« Er hielt nur mühsam einen Fluch zurück. »… dieser Bursche doch einen Royal Flush auf den Tisch … Ein Blatt, das man nur alle paar Jahrzehnte mal erwischt. Ich war restlos pleite und konnte von Glück sagen, dass mir am nächsten Abend ein gieriger Banker gegenübersaß. Er hatte keine Ahnung vom Pokern und dachte schon, er hätte gewonnen, wenn er ein Ass erwischte.

Ich nahm ihm zweihundert Dollar und das Billett für die Doppelkabine nach Alaska ab.«

»Sie haben das Ticket gewonnen?«

Ralston fuhr sich mit dem Zeigefinger unter den Kragen, anscheinend hatte er seine Krawatte zu eng gebunden. »Ein Fingerzeig des Schicksals. Ich wäre sonst vielleicht nie auf die Idee gekommen, in diesem fernen Land mein Glück zu versuchen, und ich wäre natürlich auch nicht zur Stelle gewesen, um Sie aus Ihrer Bredouille zu befreien. In Alaska könnte ein neues Leben für mich beginnen. Sehen Sie sich doch an, wie viele Goldsucher und Glücksritter sich allein an Bord dieses Schiffes befinden. Die haben alle von den riesigen Goldfunden am Klondike gehört und Haus und Hof im Stich gelassen, um ebenfalls reich zu werden. Als ob das Gold dort auf der Straße läge.«

»Und Sie? Was wollen Sie?«, fragte Clarissa.

Der Spieler ließ sich erneut zu einem Lächeln hinreißen. »Ich pflege einen teuren Lebensstil und hätte ebenfalls nichts dagegen, ein Vermögen anzuhäufen. Aber mit dem Gold ist das so eine Sache, es macht nur einige wenige reich. Die anderen erwischen ein paar Körner und kehren enttäuscht zurück.«

»Dann wollen Sie nicht nach Gold graben?«

»Ich bin für schwere körperliche Arbeit nicht geschaffen, und glauben Sie mir, wer zumindest die Chance haben will, auf eine Goldader zu stoßen, schuftet von frühmorgens bis spät in die Nacht. Nein, Ma'am, dafür bin ich nicht der richtige Mann. Ich bleibe bei meinen Karten. Nicht wer in der Erde buddelt oder den ganzen Tag im kalten Wasser steht, wird bei einem Goldrausch reich, sondern die Leute, die von den Goldgräbern leben, die Ladenbesitzer und Outfitter, die Schmiede und die Wagenbauer, die leichten Mädchen und Männer wie ich, die sich auf ihr Glück verlassen und den Glücksrittern mit einem Straight Flush oder einem Full House ihr Gold aus der Tasche ziehen.«

»Alex und ich wollen mit diesem ganzen Rummel nichts zu tun haben«, erwiderte Clarissa. »Sobald er nachgekommen ist, ziehen wir in die Wildnis und leben dort so, wie wir in Kanada gelebt haben. Wir brauchen kein Gold.«

Der Gedanke an Alex ließ sie für einen Moment die Augen schließen. Ihr wurde wieder bewusst, dass Alex spurlos verschwunden war, und ihre Hoffnung auf ein Wiedersehen lediglich darin begründet war, dass sich ein Mann wie er nicht so leicht überrumpeln ließ. Bisher hatte sie nicht an seiner Rückkehr gezweifelt, doch je weiter sie sich von Port Essington entfernte, desto unsicherer und nervöser wurde sie. Wie sollte sie weiterleben, wenn er tatsächlich verschwunden war? Was passierte, wenn seine Leiche gefunden wurde? Ein schrecklicher Gedanke.

Sie stand auf und lief zur Tür. »Entschuldigen Sie mich«, bat sie mit Tränen in den Augen. »Ich brauche etwas frische Luft. Es ist wahnsinnig stickig hier drin.«

Sie verließ die Kabine und schloss die Tür hinter sich. Für einen Augenblick lehnte sie sich mit dem Rücken dagegen und atmete die frische Luft, die vom Meer herüberwehte. Noch immer von ihren Gedanken gequält, lief sie zur Reling und hielt sich mit beiden Händen daran fest. Sie achtete nicht auf die neugierigen Blicke der anderen Passagiere, die sie mit ihrer für eine junge Frau so ungewöhnlichen

Kleidung immer noch auf sich zog. Von Traurigkeit und plötzlicher Angst überwältigt, hielt sie ihr Gesicht in den Wind.

»Alex!«, flüsterte sie. »Komm mir bloß nicht auf die Idee und mach dich aus dem Staub! Ich hab dir nicht das Jawort gegeben, um dich gleich wieder zu verlieren!«

»Entschuldigen Sie die Frage, Ma'am.« Ein Mann war unbemerkt neben sie getreten, etwas kleiner, aber zäher und kräftiger und mit einem angegrauten Vollbart, der seinen Mund kaum erkennen ließ. Unter der breiten Krempe seines unförmigen Filzhutes blitzten dunkle Augen. »Haben Sie Kummer?«

Sie wandte erschrocken den Kopf. »Das geht Sie gar nichts an!«, antwortete sie ungewohnt barsch.

Der Mann, der in seiner speckigen Lederjacke eher wie ein Landstreicher aussah, wusste sich zumindest zu benehmen. »Oh, ich wollte nicht neugierig sein, Ma'am. Ich dachte nur, Sie hätten vielleicht etwas Trost nötig. Sie werden doch vor einem alten Mann wie mir keine Angst haben?« Er kicherte leise in sich hinein. »Ich weiß den Anblick einer hübschen Frau sehr zu schätzen, Ma'am, aber es liegt mir fern, Sie zu belästigen oder Ihnen sonst wie zu nahezutreten. Schon gar nicht, wenn sie einen Ring trägt.« Er deutete auf ihre linke Hand. »Dafür bin ich runde zwanzig Jahre zu spät dran.« Er griff an seinen Hut und deutete eine Verbeugung an. »Tom Fitzpatrick … Nennen Sie mich Fitz.«

Clarissa wischte sich die Tränen aus den Augen und erwiderte sein Lächeln. »Tut mir leid, Fitz. Ich wollte Sie nicht beleidigen. Ich reise ohne meinen Mann, wissen Sie? Er kommt mit einem der nächsten Dampfer nach.«

»Ein mutiger Mann.« Er kicherte wieder. »Ich an seiner Stelle würde eine so hübsche Frau wie Sie nicht allein durch die Gegend fahren lassen. So, wie Sie angezogen sind, fahren Sie sicher weit nach Norden. Alaska? Skaguay?«

»Skaguay«, antwortete sie.

Seine Miene wurde ernst. »Dort würde ich mich besonders vorsehen, Ma'am. Skaguay ist ein heißes Pflaster. Ich bin zum zweiten Mal zum Klondike unterwegs. War letztes Jahr schon dort und hab ein paar Nuggets aus dem Fluss geholt. Nicht viel, aber genug, um mir ein paar schöne Tage in San Francisco zu machen. Jetzt brauche ich Nachschub, und ich kann Ihnen sagen … In Skaguay ist der Teufel los.«

»Ist die Stadt so schlimm?«

»Ich will Ihnen keine Angst machen, Ma'am, aber häuslich niederlassen würde ich mich dort nicht. Ziehen Sie weiter, sobald Ihr Mann nachkommt, und lassen Sie sich auf keinen Fall auf irgendeinen Handel ein, den man Ihnen in Skaguay anbietet. In dem Nest gibt es nur Schurken, und die stehen alle unter der Fuchtel eines Mannes: Soapy Smith. Selbst der US Deputy Marshal soll auf seiner Lohnliste stehen. So was gibt's nicht mal in Dawson.«

»Soapy Smith … Den Namen hab ich schon mal gehört.«

»Würde mich nicht wundern, Ma'am.« Der Goldsucher lehnte sich gegen die Reling. »Der Bursche soll schon in Denver sein Unwesen getrieben haben. Dort hat man ihm wohl auch seinen Spitznamen verpasst. Soapy Smith … Seifen-Smith. Er verkaufte Kernseife. Als die Geschäfte nicht in Gang kommen wollten, wickelte er alle Seifen in Zeitungspapier und versteckte in einem der Päckchen einen

Hundert-Dollar-Schein. Klar, dass alle das Geld wollten, nur leider hatte der gerissene Bursche das Päckchen mit dem Schein vorher verschwinden lassen. Der Einzige, der angeblich einen Hunderter fand, war ein Vertrauter von Soapy Smith, der spielte den Lockvogel und heizte den Verkauf durch seinen angeblichen Fund nur an.« Er kicherte wieder. »Woher ich das alles weiß? Soapy Smith macht kein Geheimnis daraus und ist sogar stolz darauf, die Leute reingelegt zu haben. Ihm kann keiner was beweisen. Schon gar nicht die Betrügereien, die er jetzt in Skaguay begeht.«

»Und was sind das für Betrügereien?«

»Sie bringen auf jeden Fall mehr Geld ein als die paar Stück Seife in Denver. Überall dort, wo ein Goldsucher sein Gold, sein Geld oder seine Ausrüstung verliert, hat er seine Hand im Spiel. Gehen Sie lieber nach Dawson, Ma'am, da haben die Mounties das Sagen. Die greifen hart durch, wenn einer solche Tricks versucht.« Er blickte sie an. »Will Ihr Mann auch nach Gold graben?«

Sie schüttelte den Kopf. »Wertvolle Pelze sind ihm lieber. Er ist Fallensteller. Mit Gold hat er nie was anfangen können. Das bringt nur Ärger, sagt er.«

»Ein kluger Mann. Halten Sie ihn fest, Ma'am.«

»Keine Angst, das werde ich«, versprach sie.

Fitz verabschiedete sich und stieg ein Deck tiefer. Clarissa beobachtete, wie er zum Bug schlenderte und dabei eine kleine Pfeife und einen Tabakbeutel aus der Tasche zog. Sie sah ihm eine Weile beim Rauchen zu, verlor ihn aus den Augen und ließ ihren Blick über das Wasser und die nahe Küste einer vorgelagerten Insel wandern. Die Sonne stand hoch über dem Schiff und spiegelte sich im dunklen Wasser.

Einige Delfine begleiteten das Schiff, sprangen hoch aus dem Wasser und schwammen um die Wette.

Clarissa sah den Delfinen zu, fand aber keine Muße, sich über ihre Kunststücke zu freuen. Die Worte des Goldsuchers hatten sie nachdenklich gemacht. Wenn in Skaguay tatsächlich das Verbrechen regierte, war es vielleicht ratsamer, in Juneau oder Sitka an Land zu gehen. Sie verwarf den Gedanken allerdings gleich wieder. Die beiden Städte lagen in der Zivilisation, waren beinahe schon so groß wie Vancouver, und in den Wäldern ringsum gab es kaum noch Pelztiere. Ein Fallensteller wie Alex fuhr besser nach Skaguay und wanderte abseits der Goldfelder in die Wildnis.

Alaska war ein menschenleeres Land, das wie geschaffen für ein einsames und abgeschiedenes Leben war. Sie konnte doch kein besseres Versteck als diese wilde Hafenstadt finden, wenn sie Frank Whittler von sich fernhalten wollte. Wenn Soapy Smith wirklich so gefährlich war, wie Fitz behauptete, traute er sich bestimmt nicht nach Skaguay.

Das Heulen eines Wolfes stahl sich in ihre Gedanken. Sie blickte zum Waldrand hinüber und glaubte die vertraute Gestalt von Bones zu erkennen, der in weiten Sprüngen am Wasser entlanghetzte, als hätte er nicht den geringsten Zweifel daran, in welche Richtung er laufen musste. Nur einmal blickte er kurz zu ihr herüber, als wollte er ihr gut zureden, nicht von ihrem Ziel abzulassen und auf keinen Fall die Hoffnung aufzugeben. Mit einem entschlossenen Satz sprang er über die Uferfelsen und tauchte im Wald unter.

Auch als er schon längst verschwunden war, blickte sie noch in seine Richtung. Sie war sich plötzlich gar nicht mehr so sicher, ob sie ihn wirklich gesehen hatte oder ob er nur in ihrer Fantasie erschienen war. Im Grunde war es auch egal. Allein der Gedanke an seine kraftvollen Sprünge und das Blitzen in seinen Augen gaben ihr neue Kraft. Sie würde sich von Soapy Smith nicht aus der Bahn werfen lassen. In Skaguay wollte sie auf Alex warten, und er würde kommen. Ohne ihn war ihr Leben nicht vollkommen.

12

An Ihrer Stelle würde ich lieber in der Kabine bleiben«, sagte der Spieler, als sie zurückkehrte. »In der Kleidung fallen Sie viel zu sehr auf.« Er musterte ihre Wollhosen und die dicke Felljacke. »In der Wildnis mögen die Hosen ja praktisch sein, aber selbst auf dem Zwischendeck habe ich nur Frauen in Kleidern oder Röcken gesehen, und Sie wollen doch nicht, dass sich die Leute das Maul über Sie zerreißen.« Sein Blick blieb an ihren Stiefeln haften. »In Alaska hat Whittler zwar kaum Einfluss, aber mit Geld lässt sich vieles regeln, und wenn er eine Suchmeldung über den Telegrafen ausgesandt hat, und zu viele Leute wissen, dass eine Frau, auf die seine Beschreibung passt, an Bord ist, kommt noch jemand auf die Idee, Sie an die Polizei zu verraten.«

Die Wahrscheinlichkeit, dass sich die Polizei des amerikanischen Territoriums während des Trubels, in dem sich das Land während des Goldrausches befand, um eine angebliche Diebin aus Kanada kümmerte, war zwar gering, aber Ralston hatte recht. Frank Whittler war alles zuzutrauen. Wenn er nur den leisesten Verdacht hatte, dass sie mit dem Schiff nach Alaska geflohen war, würde er auch vor der Grenze nicht haltmachen.

Sie ging lieber auf Nummer sicher. »Sie haben recht, Sam. In dem Aufzug könnte ich auch ein Schild mit meinem Namen um den Hals tragen.« Sie blickte sich in der Kabine um. »Und wo soll ich Ihrer Meinung nach schlafen? Für ein unverheiratetes Paar ist sogar in dieser luxuriösen Kabine zu wenig Platz.«

Sie errötete wieder. »Sie glauben doch nicht im Ernst, dass ich …«

Er schien Gefallen an ihrer Verlegenheit zu finden und ließ den Halbsatz eine Weile in der Luft hängen, bevor er antwortete: »Keine Angst, Ma'am. Ich mag zuweilen in wenig respektablen Kreisen verkehren, aber ich weiß mich wie ein Gentleman zu benehmen.« Er verzog seinen Mund zu einem angedeuteten Lächeln, wie er es wohl am Spieltisch zeigte, wenn er ein besonders gutes Blatt aufgedeckt hatte. »Ich schlafe natürlich auf dem Sofa. Glücklicherweise gibt es ein solches Möbelstück in dieser Kabine, sonst würde ich wohl mit dem Boden vorliebnehmen müssen. Und um Ihnen die notwendige Privatsphäre zu verschaffen, werde ich die spanische Wand ausziehen.« Er deutete auf die stoffbezogene Klappwand, die vor dem Waschtisch stand. »Das Essen lasse ich vom Steward bringen. Wenn mich jemand auf Sie anspricht, sage ich ihm, dass Ihnen die Seekrankheit zu schaffen macht. Wenn ich ehrlich bin, war mir im offenen Gewässer vor Vancouver Island selbst ein wenig übel, und einigen anderen Passagieren erging es nicht viel besser. Wie wäre es mit einer kräftigen Hühnerbrühe und etwas Brot zum Mittagessen?«

»Wenn Sie einen Elchbraten bestellen und mir ein großes Stück davon abgeben …« Sie konnte schon wieder lachen.

»Sie sind ein raffinierter Betrüger, Sam, wissen Sie das? Ich hoffe, beim Pokern sind Sie etwas ehrlicher.«

»Wenn nicht, würde ich öfter gewinnen«, erwiderte er scheinbar ernst.

Ralston bestellte zwar keinen Elchbraten, aber eine Terrine mit kräftigem Eintopf, den er brüderlich mit ihr teilte. Sie war hungrig nach der langen Nacht und den unbequemen Stunden im Rettungsboot und aß schneller, als es für eine Dame schicklich war. »Was erwarten Sie von einer Frau, die so gekleidet ist wie ich?«, beantwortete sie seinen fragenden Blick lächelnd. Die Hühnerbrühe, Standardkost für eine Seekranke, ließ sie unberührt stehen.

Als der Steward kam und das Geschirr abräumte, lag sie scheinbar krank auf dem Sofa und stöhnte schmerzerfüllt, als er sich nach ihrem Wohlergehen erkundigte. »Sie müssen ordentlich essen, wenn Sie wieder zu Kräften kommen wollen«, sagte er mit einem Blick auf die Hühnerbrühe. »Wenn Sie wollen, lasse ich sie Ihnen noch einmal aufkochen.« Er deutete ihr leises Stöhnen als Zustimmung und räumte ihren Teller ab. Sein mitfühlendes Lächeln ließ erkennen, dass sie nicht die erste Seekranke war, die er betreute. »Bis Alaska bleiben wir zwischen den Inseln, da ist der Seegang ruhiger«, tröstete er sie.

Nach dem Essen bat sie Ralston, ihr Briefpapier, einen Umschlag und Schreibzeug zu bringen, und schrieb einen Brief an Alex. Ohne auf den Spieler zu achten, der in einem Sessel saß, einen Zigarillo rauchte und einen Satz Spielkarten mischte, vertiefte sie sich in ihre Gedanken. »Liebster Alex«, begann sie, »zuerst möchte ich dir sagen, dass ich gesund und in Sicherheit bin. Du weißt, dass ich dich niemals im Stich lassen würde, aber Frank Whittler tauchte so plötzlich in der Stadt auf, dass ich keine andere Wahl hatte, als mich auf der *S. S. California* zu verstecken. Als Whittler auch dort nach mir suchte, verkroch ich mich in einem Rettungsboot und konnte von Glück sagen, dass Sam Ralston auf dem Schiff ist und den Captain überzeugen konnte, mich an Bord zu behalten.« Sie hütete sich, Alex zu verraten, dass Ralston sie als seine Frau ausgegeben hatte, und sie in seiner Kabine schlief. »Vom Captain und den Leuten auf dem Schiff droht mir keine Gefahr, obwohl Whittler natürlich an die Polizei in einem der Häfen, die wir anlaufen, telegrafiert haben könnte. Ich glaube jedoch eher, dass er uns irgendwo in der Wildnis vermutet. Viel größere Sorgen mache ich mir um dich. Ich habe dich überall gesucht und nur deinen Stiefel bei den Klippen gefunden. Wo steckst du, Alex? Ich befürchte, du warst auch vor Whittler auf der Flucht, und hoffe sehr, dass du inzwischen in Sicherheit bist. So leicht lässt du dich nicht unterkriegen, schon gar nicht von diesem verwöhnten Millionärssohn. Ich warte in Skaguay auf dich, Alex. Nur wenn es dort zu gefährlich für mich werden sollte, werde ich nach Dawson City weiterreisen und mir dort ein Quartier suchen. Ich habe die Hälfte unserer Ersparnisse mitgenommen. Den Rest des Goldes habe ich Mary Redfeather zur Aufbewahrung gegeben. An sie habe ich auch diesen Brief geschickt, weil du bei ihr sicher zuerst nach mir fragen wirst. Nimm den nächsten Dampfer nach Norden, und komm bloß nicht auf die Idee, mich hier länger als nötig sitzen zu lassen.« Ein Schmunzeln begleitete das Kratzen ihrer Feder. »Du weißt, dass ich dich über alles liebe und mir ein Leben ohne dich nicht mehr vorstellen kann. Also pack deine Sachen, und gehe an Bord!« Sie überlegte eine Weile und beendete den Brief mit den Worten: »Oder soll ich vielleicht allein auf Hochzeitsreise gehen? In großer Liebe, Clarissa.«

Sie las den Brief noch einmal durch, bevor sie ihn zusammenfaltete und in den Umschlag schob, und fügte eine Notiz für Mary Redfeather hinzu: »Liebe Mary, gib den beiliegenden Brief bitte Alex, wenn er bei dir auftaucht. Ich bin nach Alaska unterwegs. Tut mir leid, dass ich mich nicht von dir und Maggie verabschieden konnte, aber ich wollte Frank Whittler auf keinen Fall in die Hände fallen. Alles, was er sagt, ist gelogen! Ich wünsche dir und Maggie alles Gute und freue mich auf ein baldiges Wiedersehen. Herzlichst, Clarissa.«

Auf den Umschlag schrieb sie »An Mary Redfeather, Port Essington, Canada«, klebte ihn zu und steckte ihn in ihre Jackentasche. In Skaguay würde sie ihn dem Kapitän übergeben und ihn bitten, ihn nach Port Essington mitzunehmen. Sie wandte sich an den Spieler, der inzwischen dabei war, eine Patience zu legen und sich über ein fehlerhaftes Blatt ärgerte. »In welcher Stadt legen wir als Nächstes an?«

Ralston steckte die Karten weg. »Fort Wrangel … ein ehemaliger Militärposten. Gegen Abend sind wir da.«

Sie kramte den Lederbeutel aus ihrer Jackentasche und schüttete einige Goldkörner in ihre Hand. »Sie würden mir einen großen Gefallen tun, wenn Sie mir dort eine neue Garderobe besorgen könnten. Eine ungewöhnliche Bitte, ich weiß, aber in einer Stadt würde ich noch mehr auffallen als hier an Bord. Nichts Besonderes … Ein Kleid, einen dunklen Rock, Unterwäsche, Strümpfe, und was eine Frau sonst noch braucht. Ich nehme an, Sie kennen sich mit Ladys aus.« Sie errötete leicht, eine Regung, die sie sich auch in der Wildnis nicht abgewöhnt hatte. »Und eine Reisetasche. Ich weiß nicht, ob es ein Kaufhaus mit Büchern und Zeitschriften in Fort Wrangel gibt, aber vielleicht könnten Sie nach dem neusten Buffalo Bill's Wild West fragen, das lesen Alex und ich besonders gern.« Sie gab ihm das Gold. »Ich hoffe, ich verlange nicht zu viel von Ihnen?«

Durch das einzige Bullauge der Kabine beobachtete Clarissa, wie die *S. S. California* an einigen kleinen Inseln vorbei in den Hafen von Fort Wrangel lief und am Pier anlegte. Dahinter reichten die Häuser bis zu den Hängen eines steilen Berges hinauf. Seit die Soldaten aus dem ehemaligen Militärposten abgezogen waren, hatte sich Fort Wrangel zu einer betriebsamen Siedlung entwickelt. Clarissa konnte keine Telegrafenmasten entdecken, nahm aber an, dass es eine Leitung zwischen der Stadt und Juneau oder Sitka gab.

Das Schiff würde die ganze Nacht im Hafen bleiben, auch um neue Fracht, einige zusätzliche Passagiere und Brennmaterial aufzunehmen, doch obwohl die meisten Leute und sogar einige Besatzungsmitglieder von Bord gingen, blieb sie in ihrer Kabine und blätterte in einem Harper's Weekly vom letzten Herbst, das wohl ein früherer Passagier liegen gelassen hatte. Ein seitenlanger Bericht war dem Goldrausch am Klondike gewidmet und erzählte von den ungeheuren Strapazen, die Goldsucher und Glücksritter aus ganz Amerika auf sich nahmen, um im Hohen Norden ihr Glück zu machen. Die meisten fuhren mit dem Schiff nach Skaguay und zogen entweder von dort über den White Pass oder von der Nachbarstadt Dyea über den Chilkoot Pass zum Lake Bennett, einem riesigen See, über den sie in teilweise abenteuerlichen Booten die Goldfelder bei Dawson City erreichten. Die Holzstiche zeigten die beschwerliche Wanderung der Männer über den steilen Chilkoot Pass, schwer beladen mit Ausrüstung und Gepäck, und den gefährlichen Ritt über den White Pass Trail, von dem Magazin als »Pfad der toten Pferde« betitelt. Der Anblick der detailgetreuen Abbildungen ließ ihr Herz in die Hose sinken und schien ihr erst jetzt bewusst zu machen, auf welches Abenteuer sie sich eingelassen hatte.

Auch Alex und sie konnten nicht in Skaguay bleiben, niemand konnte sich dort häuslich niederlassen außer ein paar Händlern und Soapy Smith, der von der Dummheit und dem Leichtsinn der durchziehenden Goldsucher lebte. Sobald der Goldrausch vorüber war, würden auch sie die Stadt verlassen, und Skaguay fiel wieder in die Lethargie der früheren Jahre zurück. Jetzt diente der Ort als Basiscamp für die vielen tausend Goldsucher, die am Klondike ihr Glück versuchten, und für Alex und sie, bevor sie über einen der Pässe in die Wildnis vordrangen und möglichst abseits der Zivilisation eine neue Zukunft fanden. Am Yukon River gab es zahlreiche Handelsposten der Hudson's Bay Company, wo man Pelze eintauschen konnte. Von Dawson City, das als »Paris des Nordens« und »Außenposten der Zivilisation« verherrlicht wurde, würden sie sich fernhalten. Selbst Alex hatte inzwischen die Lust daran verloren, in der Stadt auf die Pauke zu hauen, wie er es nannte, und den Whisky, den er manchmal brauchte, gab es bei der Hudson's Bay zu kaufen. Auch der Holzstich eines solchen Handelspostens war in dem Magazin abgedruckt. Am Tresen stand ein bärtiger Mann mit einer gestreiften Wollmütze und deutete auf die vollen Regale, und darunter stand: »In den einsam gelegenen Handelsposten der Hudson's Bay Company gibt es alles, was man in der Wildnis zum Leben braucht – und mehr.«

Clarissa schlief bereits, als Sam Ralston spätnachts mit einer vollgepackten Reisetasche aus Fort Wrangel zurückkehrte. Sie blinzelte in das flackernde Licht der Öllampe, die er angezündet hatte, und sah ihn zufrieden lächeln. »Sam!«, rief sie erstaunt. »Wo bleiben Sie denn? Es ist nach Mitternacht!«

»Ich habe Ihre Sachen«, erwiderte er, ohne auf ihre Frage einzugehen. Er stellte die Reisetasche auf einen Sessel und nahm seinen Zylinder ab. »Ich habe dem Verkäufer gesagt, meiner Frau wäre der Koffer ins Wasser gefallen, und sie bräuchte dringend neue Kleidung. Sie wäre seekrank geworden und könnte leider nicht selbst kommen. Er wünscht Ihnen gute Besserung. Die Frau des Verkäufers hatte ungefähr Ihre Statur und hat mir bei der Auswahl geholfen.« Er zog einen dunkelgrünen Rock, ein graues Kleid mit weißem Kragen, einen flachkronigen Hut, eine Bluse, Handschuhe sowie einige Utensilien, von denen er wohl annahm, dass eine Frau sie brauchte, aus der Reisetasche. Die Handschuhe wären selbst in einer Stadt wie Skaguay wichtig.

Sie verzog sich hinter die spanische Wand und probierte die neuen Sachen an. Das Kleid war ein wenig zu groß, ließ sich aber tragen, und der Rock und die Bluse saßen perfekt, auch die Handschuhe ließen sich leicht überziehen. Vor mehr als zwei Jahren in Vancouver hatte sie zum letzten Mal welche getragen. »Und Sie haben acht Stunden gebraucht, um das alles zu kaufen?«

»Nun«, antwortete er scheinbar reuevoll, »ich habe mir ein leichtes Abendessen in Henry's Café gegönnt und war anschließend auf ein Bierchen im Saloon. Ein außerordentlich elegantes Etablissement für eine Stadt dieser Größe übrigens. Und … nun … die restliche Zeit habe ich am Spieltisch verbracht.«

Sie blickte hinter der spanischen Wand hervor. »Mit meinem Gold?«

»So viel war nicht mehr übrig, und ein wenig Bargeld habe ich auch einstecken, wie Sie wissen.« Er klang ein wenig beleidigt, fing sich aber gleich wieder. »Aber Sie können froh sein, dass ich auch ein paar Goldkörner aus Ihrer Barschaft in den Pott geworfen habe. Ich hatte eine Glückssträhne, müssen Sie wissen, zwei Mal Full House und einen Straight Flush innerhalb von drei Stunden, und konnte Ihren Einsatz sogar vervielfachen.« Er reichte ihr einen Beutel mit Goldkörnern. »Jetzt haben Sie mehr Gold als vorher.« Er lächelte. »Ich glaube nicht, dass man mir deshalb einen Vorwurf machen kann.«

»Sie haben für mich gepokert?« Sie griff ungläubig nach dem kleinen Lederbeutel. »Und gewonnen?« Ihre Miene verfinsterte sich. »Tun Sie das nie mehr wieder, Sam!«

Am nächsten Morgen wagte sie sich zum ersten Mal in Rock und Bluse aus ihrer Kabine und genoss die frische Luft, die ihr an Deck entgegenwehte. Sie hatten bereits abgelegt und nahmen Kurs auf Sitka, die ehemalige Hauptstadt von Russisch-Amerika, wie sie dem Prospekt der Pacific Coast Steamship Company entnommen hatte. Während des frühen 19. Jahrhunderts war die Stadt mit ihren farbenprächtigen orthodoxen Kirchen ein wichtiger Außenposten des russischen Zarenreiches gewesen, und in den Schlössern und Prachtvillen hatten Zaren und Grafen genächtigt. Die Sonne war hinter einigen Wolken verschwunden, und es nieselte ein wenig, eine willkommene Abwechslung zu der stickigen Luft in der Kabine. Sie hatte nicht gewagt, dem Spieler das Rauchen zu verbieten, immerhin hatte er ihr zwei Mal das Leben gerettet, und ohne ihn würde sie noch viel ungesündere Luft atmen.

Sie blieb an der Reling stehen und ließ die dichten Wälder auf unzähligen kleinen Inseln an sich vorüberziehen. Der Kapitän hatte sicher alle Hände voll zu tun, sein Schiff durch diese engen Kanäle zu steuern. Vor der felsigen Küste tauchten zwei Buckelwale aus dem Wasser, die ersten Rückkehrer aus den warmen Gewässern vor Hawaii, ihrem bevorzugten Winterquartier. Auch das wusste Clarissa aus dem Prospekt der Schifffahrtsgesellschaft. Sie sah den Walen zu, wie sie schnaubend das Wasser aus ihren Stirnöffnungen stießen und beim Untertauchen ihre mächtigen Schwanzflossen aus dem Wasser reckten. Ein erhebender Anblick, den sie auch in den Gewässern vor Vancouver oftmals genossen hatte. Die Indianer behaupteten, in den Walen würden die Seelen besonders geschätzter Mitmenschen weiterleben, und sie fragte sich, ob ihre Eltern zurückgekommen waren, um ihr Mut zuzusprechen, so wie der geheimnisvolle Wolf, der ihr seit über zwei Jahren zur Seite stand.

Vom Zwischendeck klang Musik herauf, sie konnte die beiden Wale aber nicht vertreiben. Die mächtigen Tiere blieben vor der Küste, tauchten öfter auf als nötig und schienen es sogar den Delfinen gleichtun zu wollen, die dem Dampfschiff oft meilenweit folgten und ihre Kunststücke zeigten. Clarissa wartete, bis die Wale im leichten Morgennebel verschwanden, wischte sich einige Tränen aus den Augen und stieg die Niedergänge zum Zwischendeck hinunter. Obwohl die immer fröhlicher und ausgelassener klingende Musik so gar nicht zu der melancholischen Stimmung vor der nebligen Küste und in ihrem Herzen passte, zogen sie die Klänge auf beinahe magische Weise an.

Auf eine Hochzeit war sie jedoch nicht vorbereitet. In dem großen Speisesaal schienen sich die Passagiere aller Klassen versammelt zu haben und feierten ein junges Brautpaar, das auf einem der langen Tische eine stilechte Polka hinlegte und den Takt für die anderen Passagiere vorgab, die zwischen den Tischen tanzten, mit Männern und den wenigen Frauen, und sich diebisch über die Abwechslung an Bord zu freuen schienen. Die Kapelle bestand aus zwei bärtigen Männern mit Ziehharmonikas und einer stämmigen Frau, die mit beiden Händen auf einen hölzernen Waschzuber trommelte. Ein spindeldürrer Mann in der Kleidung eines Pastors dirigierte sie mit einem Bierkrug.

Bevor Clarissa sich versah, packte sie ein junger Mann mit feuerroten Haaren und wirbelte sie zu den wilden Klängen zwischen den Tischen hindurch. Sie verlor beinahe ihren neuen Hut und verhinderte nur durch einen gewagten Seitenschritt, dass sie nicht stolperte, während sie dachte: Das können nur Iren sein!

13

Die Polka schien kein Ende zu nehmen. Kaum steuerte die Melodie auf einen schwungvollen Höhepunkt zu, begann eine neue, und die Musiker steigerten sich in einen so schwungvollen Rhythmus hinein, dass sie es nur mühsam schaffte, auf den Beinen zu bleiben. Sie wurde von einem Tänzer zum nächsten gereicht, schreckte jedes Mal zusammen, wenn die Männer ihre Schritte mit lauten Jubelschreien begleiteten, und landete mit den letzten Takten in den Armen des Bräutigams, der vor Begeisterung strahlte und jauchzte und in seinem seltsamen Dialekt lauthals prahlte: »Ob Sie's glauben oder nicht, Ma'am, ich bin der glücklichste Mann auf der Welt! Oder haben Sie schon mal eine so schöne Braut gesehen?« Er strahlte seine junge Frau an, die in den Armen seines Bruders an ihm vorbeiwirbelte. »Dabei ist sie Engländerin, und ich hab noch nie gehört, dass ein Ire und eine Engländerin geheiratet haben.«

In einer der seltenen Tanzpausen saß Clarissa am Tisch des Brautpaares. Sie erfuhr, dass der Bräutigam aus dem irischen Viertel von San Francisco stammte und Luther Kinkaid hieß, und seine Frau am liebsten Dolly gerufen wurde, obwohl sie eigentlich Dorothy oder Margaret hieß. Beide waren ungefähr fünf Jahre jünger als sie, er ein kräftiger Bursche mit starken Armen und riesengroßen Händen, der jahrelang im Hafen gearbeitet hatte, sie eine starke Frau mit aufgesteckten blonden Haaren und großen blauen Augen, die als Küchenhilfe in einem Restaurant angestellt gewesen und ebenfalls nicht auf den Mund gefallen war. »Ich habe lange überlegt, ob ich ihn nehmen soll«, sagte sie, »mit den Iren ist das nämlich so eine Sache: Die arbeiten sechs Tage wie die Wahnsinnigen, schaffen es am Sonntag mühsam in die Kirche und lassen sich anschließend mit Whisky volllaufen.« Ihr Lachen war so ansteckend, dass alle mitlachten. »Wie soll man da eine Familie gründen?«

»Dafür hab ich schon noch Zeit«, erwiderte der Bräutigam fröhlich.

Obwohl es noch nicht einmal Mittag war, floss das Bier in Strömen, und auch Clarissa musste mit einem vollen Krug anstoßen. Sie zwang sich zu einem kleinen Schluck von dem bitteren Dünnbier, das der Bräutigam in Fort Wrangel aufgetrieben und an Bord gebracht hatte, und spülte rasch mit heißem Tee nach, allerdings war auch der viel zu bitter und erst mit mehreren Löffeln Zucker genießbar. Dankbar griff sie nach einem der leckeren Sandwiches, das ihr einer der anderen Hochzeitsgäste reichte.

»Eigentlich bräuchten wir gar nicht mehr nach Gold zu suchen«, sagte Luther nach einem kräftigen Schluck Bier, »ich hab ja meinen Nugget schon gefunden!« Er blickte seine Braut an. »Und was für einen wertvollen Nugget!«

Dolly legte einen Arm um seine Schultern. »Und jetzt suchen wir nach einer Goldmine, die uns so reich macht, dass wir nie wieder arbeiten müssen, das haben wir uns redlich verdient.« Sie schien es ernst zu meinen, obwohl weder sie noch ihr Bräutigam zu dem Typ gehörten, der sich durch unerwarteten Reichtum vom Arbeiten abbringen ließ. »Wir kommen beide aus armen Familien, wissen Sie? Unsere Großeltern flohen vor der Kartoffelfäule nach Amerika und lebten in New York, eine schlimme Zeit, hab ich mir sagen lassen, und meine Eltern waren beim Bau der Union Pacific dabei, mein Vater als Schwellenleger und meine Mutter als Wäscherin. Bei Luthers Eltern war es nicht viel anders. Wir sollten es mal besser haben, aber wenn du aus Irland kommst, hast du auch in Amerika wenig Chancen. Luther hat sein Leben lang für die Eisenbahn geschuftet, Schwellen gelegt und so, obwohl er mehr kann, und ich hab Wäsche gewaschen und Teller gespült. Aber damit ist jetzt Schluss, stimmt's, Luther?« Sie blickte ihren Mann an.

»Darauf kannst du wetten, mein Schatz!«

Dolly redete gern und viel. »Luther ist ein schlauer Bursche, müssen Sie wissen. Für einen Iren, meine ich.« Sie wich seinem spielerischen Knuff aus. »Er weiß, dass die Nuggets auch am Klondike nicht wie Kieselsteine in den Bächen rumliegen, und man nur genug Gold aus der Erde holen kann, wenn man die richtige Ausrüstung besitzt. Und die ist teuer.« Sie senkte ihre Stimme zu einem Flüstern. »Ihnen kann ich's ja sagen … Wir haben ein paar hundert Dollar dabei, unsere ganzen Ersparnisse, dafür kaufen wir die beste Ausrüstung, die man in Skaguay bekommen kann, und ich wette, dafür können wir uns auch einen oder zwei Indianer leisten, die uns beim Tragen helfen.«

An dem begeisterten Funkeln in den Augen der jungen Frau erkannte Clarissa Dollys Entschlossenheit, in Alaska ihr Glück zu machen. Nicht ihr Mann, sondern sie war die treibende Kraft, die ihnen in dem fernen Land zu einem neuen Start verhelfen sollte. Mit der Hochzeit hatte sie den Anfang gemacht. Wer als Engländerin einen Iren heiratete, musste einiges ertragen können, so erzählte man es sich auch bei den Fischern in Vancouver, und wer die Ringe auf einem Schiff mit über zweihundert Goldsuchern und Glücksrittern aus aller Herren Länder tauschte, musste so stark sein, dass ihm selbst im wilden Alaska alles zuzutrauen war.

Wie oft hatte Clarissa von Männern gehört, die voller Hoffnung und Zuversicht in die Wildnis gezogen waren, um dort ihr Glück zu machen, und schon nach wenigen Tagen oder Wochen gescheitert waren. Auch sie hatte teures Lehrgeld bezahlt und es nur Alex zu verdanken, dass sie in der Wildnis nicht gescheitert war. Luther und Dolly waren anscheinend gut vorbereitet und machten nicht den Eindruck, als würden sie sich auf ihrem Weg von irgendetwas aufhalten lassen.

Dolly betrachtete ihren Ehering, einen einfachen Stein, der selbst im trüben Licht des Zwischendecks wie ein Diamant glitzerte, und lächelte versonnen. »Nur wer alles wagt, kann auch alles gewinnen«, sagte Dolly. »Ein Spruch meines Großvaters. Ohne ihn wäre meine Großmutter bestimmt nicht nach Amerika ausgewandert. Was das bedeutet hätte, steht in den Briefen, die meine Großeltern aus Irland bekamen. Die Leute starben wie die Fliegen.«

»Amen«, kommentierte der spindeldürre Pastor, der Dolly und Luther getraut hatte, ihre Antwort. Er erhob den Zeigefinger. »Doch selbst wenn wir zu einem hohen

Einsatz gezwungen sind, sollten wir noch ein paar Dollar für den Allmächtigen übrig haben.« Er ließ nicht erkennen, ob er Dolly länger zugehört hatte, und ihr Erspartes meinte, oder sie nur daran erinnern wollte, bei allem, was sie tat, nicht Gott zu vergessen. »Dürfte ich Sie zum Tanz bitten?«

Der Pastor, zu dem Clarissa in Vancouver in die Kirche gegangen war, hatte nie getanzt, nicht mal bei einer Hochzeit, und sie fand es eher komisch, wie der Mann, dessen Namen sie nicht kannte, in seinem langen Talar über die Tanzfläche hüpfte. Sie nützte die Unterbrechung, um sich vom Zwischendeck zu stehlen und auf das Saloondeck zurückzukehren, wo es etwas ruhiger und gesitteter zuging. Der wahre Grund, den sie sich selbst gegenüber nicht eingestehen wollte, war jedoch, dass sie es unpassend fand, sich auf der Hochzeitsparty eines fremden Paares zu amüsieren, während sie ihr eigenes Fest vorzeitig verlassen hatte, und ihr Ehemann noch immer nicht bei ihr war.

Sie trat an die Reling und blickte in den Dunst, der über den nahen Inseln hing. Noch immer trieb der Wind leichten Nieselregen über das Meer, und über der felsigen, mit knorrigen Zedern bewachsenen Steilküste hingen feuchte Dunstschwaden. Kein Wetter, um sich an Deck zu erholen, schon gar nicht für eine Dame, die lediglich einen leichten Mantel über ihrem Rock und ihrer Bluse trug, doch Clarissa wollte nach dem Trubel auf dem Zwischendeck allein sein und Alex allein durch die Kraft ihrer Gedanken wissen lassen, dass sie ihn nicht vergessen hatte. Wenn sie dem Schamanen, den sie in einem entlegenen Indianerdorf im kanadischen Busch getroffen hatte, glauben konnte, trug der Wind einem geliebten Menschen eine Botschaft zu, wenn man nur fest daran glaubte und sich mit allen Sinnen darauf konzentrierte.

Sie schloss die Augen und blickte so angestrengt in den trüben Dunst, dass Tränen über ihre Wangen rannen. »Alex«, flüsterte sie, »lass mich nicht zu lange warten! Skaguay scheint noch rauer zu sein, als wir angenommen haben. Schon hier an Bord denken alle Menschen nur daran, wie sie so schnell wie möglich reich werden können. Ich hab nichts gegen Gold, und ich weiß, dass du genauso wie ich denkst, aber wenn Skaguay wirklich so schlimm ist, wie alle sagen, sollten wir uns so schnell wie möglich aus dem Staub machen.« Sie öffnete die Augen und setzte mit einem Anflug von Wut hinzu: »Also krieg deinen hübschen Hintern hoch, und setz dich endlich in Bewegung, oder willst du dich ewig vor mir verstecken? Ich brauche dich, Alex!«

Sie erreichten Sitka am späten Nachmittag und bekamen die Stadt kaum zu Gesicht. Dichte Nebelschwaden hingen wie verirrte Wolken über der Küste, und nur der Zwiebelturm der russischen Kirche und einige wenige Holzhäuser ragten daraus hervor. Die Küstenberge, bei schönem Wetter eine eindrucksvolle Kulisse, wie Clarissa später erfuhr, blieben ihr verborgen. Die *S. S. California* blieb gerade so lange, um zwei Passagiere, raue Burschen, die wie Fallensteller gekleidet waren, und einige Fracht aufzunehmen und fuhr nach Juneau weiter, wo sie länger blieb. Dort war das Wetter aber so schlecht, dass keiner der Passagiere daran dachte, an Land zu gehen. Alle wollten so schnell wie möglich nach Skaguay, und einer der ungeduldigen Goldsucher sprach für alle, als er rief: »Worauf warten Sie, Captain? Bringen Sie uns endlich nach Skaguay, oder sollen wir den ganzen Sommer auf See verbringen?«

Selbst Ralston ließ sich von der allgemeinen Unruhe anstecken, obwohl er nur zu den Mahlzeiten seine Kabine verließ, und spielte nervös mit seinen Spielkarten, während einige Hafenarbeiter schwere Kisten und Säcke an Bord wuchteten. Als er ein Pik-Ass zog, stöhnte er leise, die Karte brachte angeblich Unglück, und er atmete erst wieder auf, als der Steward ihm einen doppelten Brandy gebracht hatte, und er nach einem kräftigen Schluck das wesentlich sympathischere Herz-Ass auf den Tisch legte. »Ich hoffe, Sie haben in Skaguay ebenso gute Karten«, sagte sie mit einem Blick auf das Herz-Ass. »Ich hab mir sagen lassen, Soapy Smith beschäftigt einige der raffiniertesten Falschspieler des Hohen Nordens. Sind Sie sicher, dass Sie nach Skaguay wollen?«

Das Herz-Ass verlieh dem Spieler neue Zuversicht und ließ ihn seine Lippen zu einem zufriedenen Lächeln bewegen. »Nach Skaguay und weiter nach Dawson City«, antwortete er, »und ich kann ja nicht immer so ein Pech haben wie in Seattle und San Francisco. Das Pik-Ass war ein Ausrutscher, ist mir unglücklich aus der Hand gerutscht, eigentlich hatte ich schon beim ersten Mal das Herz-Ass in der Hand. Ich stehe am Beginn einer langen Glückssträhne, Ma'am, und nicht einmal dieser Soapy Smith kann mich daran hindern.«

»Ich würde es Ihnen wünschen, Sam. Sie haben sich mir gegenüber wie ein Gentleman benommen, und das kann ich nicht von allen Männern sagen.«

Er mischte das Herz-Ass unter die restlichen Karten, mischte erneut und zog eine Herz-Dame. Sein Lächeln verstärkte sich. »Beim Pokern lernt man, seine Gefühle zu beherrschen. Aber wie gesagt, falls es Ihrem Fallensteller jemals einfallen sollte, Sie im Stich zu lassen, was ich Ihnen keinesfalls wünsche, wäre ich natürlich gern bereit, seine Rolle einzunehmen.« Er ließ die Karten von einer Hand in die andere flattern und zog eine Pik-Dame. Diesmal quittierte er seine bescheidene Wahl lediglich mit einem schiefen Lächeln.

Spät am nächsten Morgen fuhr die *S. S. California* in den schmalen Lynn Channel und nahm Kurs auf Skaguay. Zu beiden Seiten des Schiffes waren die zerklüfteten Inseln so nahe, dass man die überhängenden Äste der Zedern beinahe mit den Händen berühren konnte. Noch immer hingen dichte Nebelschwaden über dem Wasser und machten es dem Kapitän schwer, den sichersten Kurs zu finden. Das dumpfe Tuten des Nebelhorns zerteilte den Dunst.

In Erwartung der baldigen Ankunft waren fast alle Passagiere an Deck gekommen und blickten hoffnungsvoll nach Nordosten. Die meisten Männer hatten bereits ihr Gepäck dabei, um möglichst schnell an Land und auf die Goldfelder zu kommen, nicht ahnend, dass der schwerste Teil der Reise noch vor ihnen lag. Clarissa lehnte auf dem Saloondeck an der Reling und blickte verwundert auf die Goldgräber und Glücksritter hinab, erkannte das Brautpaar in der Menge und winkte ihnen zu. Beide trugen leichte Rucksäcke auf ihren Schultern. Sie hatten wohl nur das Nötigste mitgenommen und wollten ihre Vorräte in Skaguay ergänzen. Dort verlangten die Händler sicher höhere Preise, dafür wussten sie aber sicher auch, was man wirklich für die lange Reise brauchte.

Ihr Blick wanderte über die wartenden Passagiere und blieb an den beiden bärtigen Burschen hängen, die in Sitka an Bord gekommen waren. Sie hatten überhaupt kein Gepäck dabei, sondern hielten lediglich ihre Gewehre in den Händen, als wären sie nur an Bord gekommen, um die anderen Passagiere zu bewachen. Sie machten sich nicht viel aus der Umgebung, sie schienen sie bereits zu kennen und lehnten mit dem Rücken an der Reling. Sie waren wohl mehr an den Männern interessiert, die in Skaguay von Bord gingen. Fast hatte es den Eindruck, als würden sie jeden Einzelnen neugierig mustern.

Seltsamerweise stand der Pastor, der Luther und Dolly getraut hatte, direkt neben ihnen und unterhielt sich mit ihnen. Er kannte die Männer anscheinend, es wirkte sogar, als wäre er näher mit ihnen bekannt. Wenn sie es recht überlegte, sah er auch nicht wie ein Prediger aus, eher wie ein ungehobelter Bursche, der sich als Pastor verkleidet hatte.

»Reverend Ike«, erklang eine vertraute Stimme neben ihr. Sie blickte nach rechts und erkannte Fitz, den alten Goldsucher. »Wenn der Pastor ist, verspeise ich einen Grizzly mit Haut und Haaren. Angeblich soll er ein paar Jahre in Colorado gepredigt haben, bevor er nach Skaguay ging. Wenn Sie mich fragen, gehört er zu Soapy Smith' Leuten, so wie die beiden Burschen da unten.« Er deutete mit dem Kopf auf die bärtigen Männer, die bei dem Reverend standen. »Sie glauben gar nicht, wie viele Leute für Soapy Smith arbeiten.«

Clarissa blickte ihn erstaunt an. »Aber wenn er kein richtiger Reverend ist, hätte er Luther und Dolly doch gar nicht trauen dürfen! Dann ist die Hochzeit ungültig, und die beiden leben ihr ganzes Leben in Sünde.« Sie suchte das Brautpaar in der Menge, konnte es aber nicht mehr entdecken und machte Anstalten, ein Deck tiefer zu steigen. »Ich muss es ihnen sofort sagen. Sie müssen die Hochzeit in Skaguay wiederholen. Ohne einen richtigen Pastor …«

»Nicht nötig, Ma'am.« Der Goldsucher winkte ab. »Das Dokument, das der Pastor unterschrieben hat, ist bestimmt echt. Soapy Smith hat überall seine Verbindungen, und es würde mich nicht wundern, wenn auch der Präsident auf seiner Lohnliste stehen würde. Und wen stört es hier oben schon, wenn die Unterschrift von einem falschen Pastor kommt? Niemand kann ihm das Gegenteil beweisen, und niemand würde wagen, gegen ihn auszusagen.«

»So mächtig ist dieser Soapy Smith?«

Der Goldsucher nickte nachdenklich. »Aber der Tag wird kommen, an dem auch er für seine Missetaten bezahlen muss. So dreist wie er geht man nicht ungestraft gegen die Leute vor. Wenn ich ein Spieler wäre, würde ich eine große Summe darauf setzen, dass er noch dieses, spätestens aber nächstes Jahr an einer Kugel stirbt oder am Ende eines Stricks sein Leben aushaucht. Auch Jesse James war angeblich unsterblich, und wo ist er jetzt?«

Mit einem lauten Tuten der Dampfpfeife kündigte der Kapitän die baldige Ankunft in Skaguay an. Die Passagiere drängten noch dichter an die Reling und starrten ungeduldig in den Nebel, bis er sich plötzlich vor ihnen zu teilen schien und das Ziel ihrer Reise vor ihnen auftauchte. Die

Stadt lag am Ufer einer halbmondförmigen Bucht, umgeben von verschneiten Bergen, deren Gipfel in den Nebelschwaden verborgen lagen. Kühler Wind wehte ihnen über das Wasser entgegen und ließ die Fahnen an den hohen Masten knattern.

Die *S. S. California* ging in respektvoller Entfernung von der Stadt vor Anker und kündigte mit einem mehrfachen Tuten ihre Ankunft an. Laute Befehle schallten über das Schiff. Matrosen hasteten über die Decks und postierten sich an den Luken. Mit rasselnder Kette sauste der Anker in die Tiefe.

Die Passagiere, die erwartet hatten, gleich an Land gehen zu dürfen, murrten ungeduldig, und die Matrosen informierten sie darüber, dass das Wasser zu flach für ein großes Dampfschiff wie die *S. S. California* war, um direkt an dem langen Pier anzulegen. Sie brauchten allerdings nicht lange zu warten. Schon beim ersten Tuten hatten die ersten Boote abgelegt, um die Passagiere und die sehnsüchtige Fracht abzuholen. »Willkommen in Skaguay! Willkommen in Skaguay!«, riefen die Männer schon von Weitem und meinten damit wohl eher das Geld, das die Passagiere in die Stadt bringen würden.

»Passen Sie gut auf sich auf!«, wünschte ihr Fitz. Der alte Goldsucher hatte sich eine Pfeife angesteckt und schien es überhaupt nicht eilig zu haben. »Und sehen Sie zu, dass Ihr Mann bald nachkommt. Wie gesagt, diese Stadt ist nichts für Frauen, selbst dann nicht, wenn sie so furchtlos sind wie Sie!«

Clarissa schüttelte seine Hand. »Danke für den guten Rat. Ich bin sicher, Alex kommt mit dem nächsten Schiff. Länger als ein paar Tage lässt er mich sicher nicht allein.« Sie lächelte. »Das würde ihm auch nicht gut bekommen.«

»Davon bin ich überzeugt, Ma'am. Leben Sie wohl!«

Der Goldsucher ging zum Niedergang und stieg zum Zwischendeck hinab, und sie kehrte in ihre Kabine zurück, um ihr Gepäck zu holen. Bevor sie mit Sam Ralston in eines der Boote stieg und sich an Land bringen ließ, überreichte sie dem Kapitän den Brief, den sie an Alex geschrieben und an Mary Redfeather adressiert hatte, und bat ihn, das Schreiben auf der Rückfahrt in Port Essington abzugeben. »Eine wichtige Nachricht für eine gute Bekannte.«

»Dann wollen wir die Dame nicht warten lassen«, versprach der Kapitän freundlich und steckte den Brief in seine Jackentasche. »Es war mir ein Vergnügen, Ma'am. Ich würde mich freuen, Sie und Ihren Gatten bald wieder an Bord begrüßen zu können. Vielleicht mit einer Reisetasche voll Gold?«

»Vielleicht«, antwortete sie und kehrte zu Sam Ralston zurück.

14

Clarissa ließ sich von Ralston aus dem Boot helfen und stieg die Böschung zum Hafen hinauf. Schon als junges Mädchen war sie zu oft mit ihrem Vater zur See gefahren, um nach einer langen Schiffsreise noch das Gleichgewicht zu verlieren. Einige der anderen Passagiere brauchten etwas Zeit, um wieder sicher auf festem Boden stehen zu können. Einer der Goldsucher stürzte und landete im Uferschlamm, und seine Begleiter lachten schadenfroh.

Abseits des hölzernen Piers blieb Clarissa stehen. Sie hatte Ralston beim Aussteigen aus den Augen verloren und auch kein großes Interesse daran, im selben Hotel wie er abzusteigen, so gentlemanlike er sich bisher auch benommen hatte. Sie blickte den Broadway hinauf. So hatte man die Hauptstraße von Skaguay großspurig getauft. Die Stadt machte nicht viel her, sie wirkte eher wie eines der wilden Camps, die während des Eisenbahnbaus am Ende der Schienen entstanden waren und Glücksritter, Abenteurer und leichte Mädchen angelockt hatten. Ein buntes Sammelsurium von einigen wenigen doppelstöckigen Häusern, vor allem aber hastig errichteten Bretterbuden und Zelten, das zu beiden Seiten des Broadways und einiger Nebenstraßen für ein heilloses Durcheinander sorgte. Über den knöcheltiefen

Schlamm hatte man Planken gelegt, nur an den zweistöckigen Gebäuden zog sich ein überdachter Bürgersteig entlang. Zahlreiche Fuhrwerke kämpften sich durch den Schlamm, angetrieben von ungeduldigen und meist schlecht gelaunten Männern, die auf den dichten Verkehr und den lästigen Nieselregen schimpften und wütend ihre langen Peitschen knallen ließen.

In der Stadt wimmelte es von Menschen. Nicht einmal in der Innenstadt von Vancouver hatte Clarissa jemals einen solchen Trubel erlebt. Auf den Plankenwegen drängten sich die Männer, die mit der *S. S. California* gekommen waren, die meisten schwer beladen und fest entschlossen, so schnell wie möglich zu den Goldfeldern weiterzukommen. Einige Ungeduldige stapften durch den Schlamm, als könnten sie dadurch wertvolle Zeit gewinnen. Vor der Schmiede, aus der rhythmische Hammerschläge drangen, schneller und heftiger als in Port Essington, warteten Männer, die ihre Pferde für den beschwerlichen Trail über den White Pass beschlagen lassen wollten. Goldsucher mühten sich vor den zahlreichen Läden, die Ausrüstung verkauften, mit schweren Rucksäcken ab oder luden ihre neue Habe auf bereitstehende Wagen. Ein Betrunkener torkelte aus einem der Saloons, rutschte auf einer nassen Planke aus und stürzte unter den schadenfrohen Blicken der Umstehenden in den Schlamm. Vor einigen Zelten, die mit obszönen Aufforderungen beschmiert waren, boten zwei übergewichtige Frauen in knappen Kleidern ihre Reize dar. Durch den Lärm und das Geschrei drang das Bellen von Hunden.

»Einen wunderschönen guten Tag«, begrüßte sie ein junger Mann. Er war keine zwanzig, ungewöhnlich adrett gekleidet und lächelte freundlich. »Dürfte ich Ihnen behilflich sein, Ma'am?« Er griff nach ihrer Reisetasche. »Ich kenne ein sauberes Hotel, in dem sich eine Lady wie Sie bestimmt wohlfühlt.« Er benahm sich wie ein College-Junge, sprach gepflegtes Englisch und ließ nicht den geringsten Verdacht aufkommen, ein falsches Spiel zu betreiben.

Clarissa war angenehm überrascht und wollte bereits dankend zustimmen, als Fitz neben ihr auftauchte und dem jungen Mann die Reisetasche aus der Hand nahm. »Der Letzte, der sich auf diese Weise an eine hübsche Lady rangemacht hat, war mein Bruder, und der hatte nichts anderes im Sinn, als sie in sein Bett zu locken und anschließend wie einen alten Koffer in die Ecke zu stellen«, bremste er ihn ungewohnt resolut. »Die Lady braucht keine Hilfe, schon gar nicht von einem falschen Fünfziger wie dir, also such dir gefälligst ein anderes Opfer, bevor ich dir deine abstehenden Ohren langziehen muss!«

»Wo denken Sie hin, Mister?« Der junge Mann spielte den Entrüsteten. »Ich möchte der Lady doch nur helfen. Ich hatte nicht der geringsten Hintergedanken und schon gar nicht wollte … Für so was bin ich doch viel zu jung!«

Der alte Goldsucher kicherte. »Mag sein, aber du warst schon hier, als ich das erste Mal nach Skaguay kam, und siehst mir nicht wie der geborene Kavalier aus. Du führst irgendeine Gemeinheit im Schilde, und wenn ich wüsste, was du vorhast, würde ich dich übers Knie legen und dir ordentlich den Hintern versohlen. Also lass gefälligst die Lady in Ruhe und troll dich!«

Der Junge zeigte keine Lust, sich weiter mit dem alten Goldsucher auseinanderzusetzen, und verschwand wortlos in der Menge. Clarissa beobachtete, wie er Luther und Dolly ansprach und auf ein Hotel schräg gegenüber deutete. Sicher bekam er eine Belohnung, wenn er ihnen neue Gäste brachte.

»Haben Sie eine Ahnung«, erwiderte Fitz, als sie ihren Verdacht äußerte, »ich glaube eher, der Bengel arbeitet für Soapy Smith. Er treibt die zahlungskräftigen Kunden in die Hotels, die seinem Boss gehören, und überredet sie wahrscheinlich auch, ihre Ausrüstung bei ihm zu kaufen … zu stark überhöhten Preisen, versteht sich. Ich hab sogar den Verdacht, dass er sie beklaut.«

»Aber …« Clarissa suchte verzweifelt nach Luther und Dolly in der Menge, konnte sie aber nicht mehr entdecken. Zu dicht war der Menschenstrom, der von der *S. S. California* an Land strömte. »Aber Luther und Dolly haben ihre ganzen Ersparnisse bei sich. Wenn er ihnen das Geld stiehlt, haben sie gar nichts mehr. Sie wollten ihre Ausrüstung in Skaguay kaufen. Wir müssen zur Polizei! Ich hab gehört, hier gibt es einen US Marshal. Wir müssen zu ihm!«

»Deputy J. M. Tanner?« Fitz schüttelte den Kopf. Wäre er nicht in Gegenwart einer Lady gewesen, hätte er wohl verächtlich ausgespuckt. »Der steckt doch selbst mit Soapy Smith unter einer Decke. Fast jeder in dieser Stadt macht gemeinsame Sache mit ihm. Hier dürfen Sie keinem trauen.«

Sie nahm ihm die Tasche aus der Hand und blickte ihn ungeduldig an. »Worauf warten Sie dann noch? Wenn der Marshal schon nichts tut, müssen Sie die beiden zurückhalten! Gehen Sie ihnen nach, und verjagen Sie den Bengel, bevor er sie Soapy Smith und seinen Männern in die Arme treibt! Luther und Dolly ... Der Ire und die Engländerin, die an Bord geheiratet haben.«

»Ich erinnere mich«, antwortete er grinsend. »Hab gesehen, wie sie sich an Deck geküsst haben. Wie ich den Jungen kenne, bringt er die beiden ins Skaguay Hotel, das ist der vornehmste und teuerste Laden in diesem Nest. Aber zuerst begleite ich Sie zu Mrs Buchanan.« Er grinste wieder. »Keine Angst, ich kriege keine Prozente von ihr, aber ich kenne die Dame von früher. Genauer gesagt, seit dreißig Jahren. Wir sahen damals noch passabel aus, wir beide, und wenn sie diesen Buchanan nicht getroffen hätte, wären wir vielleicht sogar verheiratet. Aber er kam jeden Tag mit frischen Wildblumen ...«

»Die Geschichte können Sie mir später erzählen«, unterbrach sie ihn. Sie schob ihn mit einer Hand von sich weg. »Kümmern Sie sich um Luther und Dolly, bevor sie diesem Betrüger auf den Leim gehen. Beeilen Sie sich!«

Clarissa wartete, bis Fitz in der Menge verschwunden war, und bahnte sich einen Weg zu der Pension. Auf den schmalen Plankenwegen standen sich die Menschen gegenseitig im Weg, und es fiel ihr mit ihrer vollen Tasche schwer, das Gleichgewicht zu halten. Die Passagiere, die mit ihr von Bord gegangen waren, nahmen wenig Rücksicht und schreckten auch nicht davor zurück, eine Frau in den Schlamm zu stoßen, um möglichst schnell einen Ausrüster zu erreichen oder ein Dach über den Kopf zu bekommen. Als Clarissa genauer hinsah, erkannte sie noch zwei andere junge Männer, die sich an die Neuankömmlinge heranmachten und wohl ein ähnlich falsches Spiel betrieben. So höflich waren junge Männer nur, wenn sie etwas wollten.

Die Pension, die Fitz ihr empfohlen hatte, machte keinen besonders vertrauenswürdigen Eindruck. Ein windschiefes Gebäude, dem man ansah, wie hastig es zusammengebaut war. Nicht mal für einen Anstrich hatte es gereicht, und die Stufen der steilen Außentreppe waren unterschiedlich groß und schief genagelt. Die falsche Fassade des einstöckigen Holzhauses täuschte ein zweites Stockwerk vor und trug die Aufschrift »Mrs Buchanan's Boarding House«. Die Buchstaben des letzten Wortes standen besonders eng beisammen, anscheinend hatte der Maler den Platz falsch berechnet.

Beim näheren Hinsehen fielen ihr jedoch die karierten Vorhänge hinter den Fenstern und die ungewöhnlich sauberen Scheiben auf. Als sie klopfte, öffnete ihr eine stämmige Frau mit weißen Haaren, die sie nach Indianerart zu zwei langen Zöpfen geflochten hatte. Das Leuchten in ihren blauen Augen schien angeboren zu sein. »Clarissa Carmack«, stellte Clarissa sich vor, bevor die Wirtin etwas sagen konnte. »Fitz schickt mich. Ich suche ein Zimmer.«

Das Gesicht der Wirtin verzog sich zu einem breiten Lächeln. »Fitz ist also wieder im Lande! Dachte mir doch gleich, dass er es nicht lange in der Stadt aushält. Es geht ihm nicht ums Gold, wissen Sie … Er braucht das Abenteuer, und das kann er hier zur Genüge haben. Wenigstens das haben wir gemeinsam.« Sie zog die Tür auf. »Aber ich vergesse meine Kinderstube, wenn ich jemals eine hatte. Kommen Sie doch rein. Wie wär's mit einer Tasse heißem Tee? Das Mittagessen ist auch bald fertig. Elcheintopf mit braunen Bohnen.«

»Klingt verlockend«, erwiderte Clarissa. Sie hätte sich die gewichtige Wirtin gut als Fitz' Ehefrau vorstellen können. »Was bin ich Ihnen schuldig?«

Mrs Buchanan winkte ab. »Das klären wir später«, sagte sie, während sie die Tür schloss, »aber keine Angst, ich haue Sie bestimmt nicht übers Ohr. Solche Methoden überlasse ich Soapy Smith und seinen Handlangern.« Sie öffnete die Tür zu einem kleinen Zimmer neben der Küche. »Hier können Sie schlafen. Das beste Zimmer, das ich habe. Eigentlich viel zu klein, ich weiß, aber ich kann mir leider kein größeres Haus leisten. Außer Ihnen schlafen noch zwei Männer im Haus, ein Rechtsanwalt und ein Bürovorsteher aus Chicago. Komische Burschen. Haben dort alles stehen und liegen lassen, um am Klondike eine Goldader zu finden, dabei haben sie sich schon in Chicago dumm und dämlich verdient. Sie wollen morgen oder übermorgen über den Pass, aber ich halte jede Wette, dass sie in ein paar Tagen wieder zurückkommen. Sie taugen nicht für die Wildnis.« Sie wartete, bis Clarissa ihre Tasche auf das Bett gestellt hatte. »Wollen Sie länger bei mir bleiben, Clarissa?«

»Ein paar Tage«, antwortete sie. Sie wusste, wie optimistisch das klang. »Ich warte auf meinen Ehemann. Alex und ich haben gerade erst geheiratet und wollen uns hier eine neue Existenz aufbauen. Er ist Fallensteller.« Sie folgte der Wirtin in den Flur. »Mit Gold haben wir nichts im Sinn. Wir gehen in die Wildnis, so wie wir es in Kanada getan haben. Hier soll es noch wertvolle Pelztiere geben … Polarfüchse, Hermeline …«

Mrs Buchanan führte sie ins Esszimmer und brachte Tee und Kekse an den großen Tisch. »Sie sehen gar nicht wie die Frau eines Fallenstellers aus«, wunderte sie sich, »eher wie eine … eine Lady. So was haben wir selten hier.«

Clarissa musste lachen. »Das täuscht. Ich musste mir unterwegs neue Kleidung kaufen, und in Fort Wrangel gab es leider nichts anderes.« Warum sie sich neue Kleider hatte besorgen müssen, verriet sie der Wirtin nicht. Und weil sie glaubte, ihre Gedanken lesen zu können, tischte sie ihr gleich noch eine Lüge auf: »Alex, mein Mann, hat noch was Dringendes zu erledigen. Er müsste morgen oder übermorgen nachkommen. Ich soll hier auf ihn warten.«

»Dann wussten Sie bestimmt nicht, was Sie in Skaguay erwartet«, erwiderte die Wirtin. Sie biss in einen Keks und kaute genüsslich. »Ich hatte auch keine Ahnung, sonst hätte ich meine Pension bestimmt nicht hier aufgemacht. Mein Mann … Gott hab ihn selig, den alten Joe Buchanan … Mein Mann war Bibelverkäufer, wissen Sie, und hatte in solchen Städten wenig zu tun. In Skaguay hätte er wahrscheinlich keine einzige Bibel verkauft. Obwohl … Hier kreuzt alle paar Wochen ein Pastor auf, ein seltsamer Bursche, der jeden, der ihm nicht passt, ins ewige Höllenfeuer verbannen will, aber der sieht mir nicht so aus, als würde er seine Abende beim Bibelstudium verbringen. Ich hab eher den Eindruck, der hängt heimlich an der Flasche und ist auch den leichten Mädchen nicht abgeneigt. Aber sagen Sie so was in der Öffentlichkeit, und Sie können froh sein, wenn Ihnen keine blauen Bohnen um die Ohren fliegen. Ich glaube fast, der steckt auch mit Soapy Smith unter einer Decke. Ich bin wohl die Einzige, die noch nicht klein beigegeben hat.«

Clarissa nippte an ihrem heißen Tee. Sie fand Gefallen an der kräftigen Frau, anscheinend ließ sie sich auch von einem Schurken wie Soapy Smith nicht unterkriegen. »Und Ihnen fliegen keine blauen Bohnen um die Ohren?«

»So weit, dass er eine Frau erschießt, ist selbst dieser Blender noch nicht. Aber er hat mir schon mal das Haus überm Kopf angezündet, um mich einzuschüchtern und auf seine Seite zu zwingen. Zum Glück hatten sich gerade einige starke Burschen bei mir einquartiert, die hatten das Feuer in Nullkommanichts wieder aus. Ein widerlicher Bursche, dieser Soapy Smith, so schmierig wie sein Name. Wird höchste Zeit, dass er von hier verschwindet!«

»Und wie wollen Sie das anstellen?«

Darauf antwortete Mrs Buchanan lediglich mit einem Achselzucken. »Wo ist eigentlich Fitz hin?«, fragte sie nach einem kräftigen Schluck. Sie blickte aus dem Fenster, als hätte sie ihn in Verdacht, sie heimlich zu beobachten. »Ich dachte, der alte Bursche wäre immer noch hinter mir her.« Sie kicherte amüsiert. »Seit mein Joe das Zeitliche gesegnet hat, wittert er wieder Morgenluft. Oder hat er's neuerdings auf die leichten Mädchen abgesehen?« Sie kicherte wieder. »Ich glaube kaum, dass er die bezahlen kann. Es sei denn, er hat inzwischen beim Pokern gewonnen, aber mit den Karten konnte er noch nie umgehen. Der arme Kerl wird wohl immer ein armer Schlucker bleiben.«

Clarissa glaubte zu spüren, dass Mrs Buchanan den »armen Schlucker«, wie sie ihn nannte, immer noch liebte, ging aber nicht darauf ein. Stattdessen erklärte sie ihr, warum Fitz noch nicht bei ihr aufgetaucht war. »Ich habe Angst, dass der junge Mann meinen Freunden ein teures Hotel aufschwatzt.«

»Wenn's nur dabei bliebe.« Mrs Buchanan wirkte plötzlich besorgt. »Von den Passagieren, die mit dem letzten

Schiff gekommen sind, wurden einige um ihr gesamtes Hab und Gut gebracht, und einen der Männer hat man sogar umgebracht. Die Leute vermuten, dass Soapy Smith dahintersteckt. Natürlich macht er sich die Hände nicht selbst schmutzig. Er behauptet, dass irgendwelche Verbrecher die Leute beraubt und den Mann ermordet haben und hilft den Geschädigten sogar mit einem Kredit aus. Ihm kann niemand etwas anhaben, und wenn doch, würde der Marshal nichts unternehmen. Er …«

»… steckt auch mit Soapy Smith unter einer Decke, das habe ich schon gehört. Wie schafft es ein einzelner Mann, solche Macht auszuüben?«

Mrs Buchanan griff nach einem weiteren Keks und zuckte die Achseln. »Skaguay ist eine gesetzlose Stadt. Die Mounties haben hier nichts zu melden, und den amerikanischen Behörden ist es egal, dass ihr Marshal mit Soapy Smith gemeinsame Sache macht. Oder glauben Sie, wir hätten nicht alles versucht? Ich habe selbst einen Brief an die Regierung geschrieben und um die Ablösung von Marshal Tanner gebeten, aber entweder ist der Brief nie angekommen, oder den Behörden ist es egal, was in dem abgelegenen Territorium geschieht.« Sie spülte den Keks mit inzwischen lauwarmem Tee hinunter. »Gegen Soapy Smith muss man wohl mit anderen Methoden vorgehen.«

»Und wie?«, wollte Clarissa wissen. »Wollen Sie ihn etwa …«

Sie kam nicht dazu, ihren Satz zu Ende sprechen, denn im selben Augenblick sprang die Haustür auf, und Fitz torkelte ins Wohnzimmer. Er hatte seinen Hut verloren und blutete aus einer Platzwunde am Kopf. Blut rann über sein

Gesicht, verfing sich in seinem langen Bart und tropfte auf den Boden.

»Fitz!«, erschrak Mrs Buchanan. »Was ist denn mit dir passiert?«

Clarissa sprang auf und schob ihm rasch einen Stuhl hin. Er sackte darauf und blieb leise stöhnend sitzen, stützte sich mit beiden Händen am Tisch ab.

»Fitz! Du hast dich doch nicht geprügelt?«

»Typisch«, brachte der Goldgräber mühsam hervor. Clarissa glaubte sogar, ein leichtes Grinsen auf seinem Gesicht zu erkennen. »Ich werde von den Handlangern dieses verdammten Mistkerls fast halb totgeschlagen, und du fragst mich, ob ich mich geprügelt habe. Hast du keinen Verband im Haus?«

»Ein Verband wird nicht reichen. Ich hole den Doc.«

Clarissa zog inzwischen einen sauberen Lappen von dem Trockengestell über dem Herd, tauchte ihn in frisches Wasser und begann die Wunde und das Gesicht des Goldgräbers zu säubern. »Zwei, drei Nadelstiche, und Sie sind wieder wie neu«, machte sie ihm Mut. Und nachdem sein Gesicht wieder einigermaßen sauber war: »Was ist passiert? Wo sind Luther und Dolly?«

»Keine Ahnung«, erwiderte der Goldgräber. Er griff sich an den Kopf und schnitt eine Grimasse. »Ich hab gerade noch gesehen, wie sie mit dem jungen Bengel im Skaguay Hotel verschwanden, und als ich nach ihnen rief, zog mir ein Mann irgendwas Hartes über den Kopf, und ich sank bewusstlos zu Boden.« Er stöhnte unterdrückt. »Als ich wieder aufwachte, lag ich in einer dunklen Gasse. Den Mann, der mich zusammengeschlagen hat, würde ich jederzeit wiedererkennen, aber das …« Er fluchte leise. »… aber das würde mir wohl wenig nützen. Soapy Smith würde ihm ein todsicheres Alibi verschaffen, und ich könnte wahrscheinlich froh sein, wenn man mich nicht wegen Verleumdung einsperrt.« Er griff sich erneut an den Kopf. »Verflucht, tut das weh! Wo bleibt sie nur? Die paar Stiche hätte sie doch selbst nähen können!«

Wenige Augenblicke später tauchte Mrs Buchanan mit dem Doc auf. Der Arzt, ein dünner Mann mit Nickelbrille, betrachtete die Wunde und öffnete seine Tasche. »Das haben wir gleich, Mister«, sagte er und kramte Nadel und Faden hervor. »Für die paar Stiche brauchen wir nicht mal eine Betäubung …«

15

Wo ist das Hotel, in dem Luther und Dolly wohnen?«, fragte Clarissa, als der Arzt das frische Blut von der Wunde tupfte und sich an die Arbeit machte. »Das Skaguay Hotel, nicht wahr? Ich muss sie dort rausholen, sonst war Ihre ganze Anstrengung umsonst.« Sie griff nach ihrem Mantel und blickte die Wirtin fragend an. »Sie haben doch ein Zimmer für die beiden frei?«

»Natürlich«, antwortete Mrs Buchanan, »aber die Leute im Skaguay stehen alle auf Soapy Smith' Lohnliste, und wie ich ihn kenne, lungern einige seiner Schläger vor dem Hotel herum. Sie können dort nicht hin, Ma'am, das ist viel zu gefährlich. Gegen Soapy Smith und seine Leute kommt keiner an.«

»Clarissa«, verbesserte sie, »ich bin keine Ma'am. Und ich lasse nicht zu, dass rechtschaffene Leute wie Luther und Dolly übers Ohr gehauen werden!«

»Wollen Sie sich auch so eine Beule einfangen?« Fitz zuckte zusammen, als sich die Nadel in seine Kopfhaut bohrte. »Soapy und seine Handlanger sind nicht gerade zimperlich, wenn es darum geht, unerwünschte Störenfriede mundtot zu machen oder aus der Stadt zu vertreiben.« Die Nadel stach ein zweites Mal in seine Haut und ließ ihn laut fluchen. »Passen Sie doch auf«, fuhr er den Arzt an, »sonst reißen Sie mir noch den Skalp vom Kopf!«

Clarissa verzichtete auf Hut und Handschuhe, sie war viel zu aufgeregt, um auf angemessene Kleidung zu achten, schon gar nicht in einer Stadt wie Skaguay, in der sich überhaupt niemand an Vorschriften zu halten schien. In der Tür drehte sie sich noch einmal zur Wirtin um. »Haben Sie nicht gesagt, einer Frau würden Soapy Smith und seine Männer nichts tun? So gesetzlos kann eine Stadt doch gar nicht sein, dass sich eine Frau nicht mehr auf die Straße wagen darf.«

»Ich hab gesagt, dass er eine Frau nicht erschießen würde«, widersprach Mrs Buchanan, »aber meines Wissens gibt es noch viel schlimmere Dinge, die man einer Frau antun kann, und dafür würde ich meine Hand nicht ins Feuer legen. Fragen Sie Fitz, der weiß, was sich hier nachts alles abspielt.«

»Aber doch nicht am helllichten Tag!« Clarissa wollte sich nicht belehren lassen und öffnete die Tür. Während der Arzt den Goldsucher mit einem weiteren Stich quälte und erneut dazu brachte, in Gegenwart von anständigen Damen lauthals zu fluchen, verabschiedete sie sich mit einem bekümmerten Lächeln. »Ich kann nicht anders«, entschuldigte sie sich bei Mrs Buchanan.

Sie trat auf die Straße hinaus und kniff die Augen gegen den kühlen Wind zusammen, der von den nahen Bergen herunterwehte. Inzwischen hatte sich der Dunst verflüchtigt, und man konnte die zerklüfteten Gipfel des Chilkoot und des White Pass hinter der Stadt aufragen sehen. Auch jetzt im Frühjahr sahen sie wenig einladend aus. Zwischen den Fichten leuchteten weite Schneefelder in der blassen Mittagssonne, und den steilen Hängen war anzusehen, wie beschwerlich die Reise zu den Goldfeldern war. Ein Weg, den auch Alex und sie gehen mussten, wenn sie vor Frank Whittler sicher sein wollten. Erst hinter der kanadischen Grenze, die sich über die Passhöhen erstreckte und von strengen Mounties bewacht wurde, begann die unergründliche Wildnis des riesigen Territoriums.

Sie hatte den Mann, der sie schon seit über zwei Jahren verfolgte und von seinem Rachedurst besessen zu sein schien, nicht vergessen, auch wenn ihm dieser Soapy Smith durchaus ebenbürtig und vielleicht sogar überlegen zu sein schien. Welches seltsame Schicksal bewog sie dazu, sich nun schon zum zweiten Mal mit so einem Schurken einzulassen? Reichte es denn nicht, wenn sie den Sohn eines der reichsten Männer des Landes gegen sich aufgebracht hatte? Musste sie den »König von Skaguay« herausfordern, den Herrscher über eine Stadt und über hundert oder mehr Männer, nur um einem jungen Brautpaar, das sie kaum kannte, ein billigeres Hotelzimmer zu verschaffen?

Die Antwort lautete ja, ja und nochmals ja! Sie hatte Luther und besonders Dolly in ihr Herz geschlossen, vielleicht, weil sie das ungetrübte Glück verkörperten, das sie sich auch mit Alex in Alaska erhoffte, und sie konnte nicht zulassen, dass ihnen irgendjemand einen Knüppel zwischen die Beine warf. Ein überteuertes Hotel wäre noch zu ertragen gewesen, aber die Gefahr, dass die beiden auch beim Kauf ihrer Ausrüstung hereingelegt oder, noch schlimmer, um ihr gesamtes Hab und Gut gebracht wurden, war groß. Was passierte, wenn Luthers irisches Blut in Wallung geriet und er auf Soapy Smith' bewaffnete Männer losging, wagte sie sich gar nicht vorzustellen.

Der Verkehr auf der Hauptstraße von Skaguay hatte sich etwas beruhigt. Es widerstrebte ihr, sie »Broadway« zu nennen, denn unter diesem Namen hatte sie sich immer die Prachtstraße in New York mit ihren Kaufhäusern und vornehmen Läden vorgestellt, und dieser »Broadway« war eher eine schmutzige »Main Street«, wie man sie in jedem Wildnisdorf fand. Selbst die Hauptstraße von Port Essington sah ansprechender aus, rühmte sich durchgehender und meist überdachter Gehsteige, und die Planken, die man dort über den Schlamm gelegt hatte, waren wesentlich rutschfester und breiter. In Skaguay konnte man sich glücklich schätzen, wenigstens einigermaßen sauber sein Ziel zu erreichen. Es regnete viel, wie sie vor allem während der nächsten Tage noch feststellen würde, und selbst jetzt im Frühjahr schien die Sonne selten so stark, dass der Schnee und die Wasserlachen aus den tiefen Furchen verschwanden.

Obwohl Clarissa nicht wusste, wo das Skaguay Hotel lag, brauchte sie nicht lange danach zu suchen. Der zweistöckige Bau, eines der wenigen echten zweistöckigen Häuser der Stadt, ragte an der Ecke Broadway und Holly Street zwischen zwei unscheinbaren Gebäuden empor, eines ein Wohnhaus, das andere ein Eisenwarenladen. In großen roten Lettern, schwarz umrandet, um sie deutlicher hervorstehen zu lassen, leuchtete der Name des Hotels über dem Vorbaudach und an dem großen Fenster neben der Eingangstür.

Links und rechts vom Eingang saßen zwei bewaffnete Männer, der eine in einem Schaukelstuhl, der andere auf einem gewöhnlichen Stuhl und mit übereinandergeschlagenen Beinen. Die beiden Männer, die in Sitka an Bord der *S. S. California* gekommen waren, fiel ihr sofort ein, nicht gerade Vertrauen erweckende Gestalten. Es hatte fast den Anschein, als würden sie das Hotel bewachen.

Clarissa verlangsamte ihre Schritte und starrte unschlüssig auf die beiden Männer. Beide hatten ihre Gewehre über den Knien liegen, als wären sie auf der Jagd, und erinnerten sie an die Schurken aus ihren Buffalo-Bill-Geschichten. Männer aus einer anderen Zeit, die sich in die Gegenwart verirrt hatten und immer noch glaubten, alle Probleme mit Gewalt lösen zu können.

Aber die Zeit des Wilden Westens war vorbei, auch hier im fernen Alaska, und niemand würde sie daran hindern können, ein Hotel zu betreten. Oder würden diese Männer ihre Gewehre auf sie richten, wenn sie ihnen zu nahe kam?

Nur für einen Augenblick kam ihr in den Sinn, klein beizugeben und in die Pension zurückzukehren, aber dann fasste sie sich ein Herz und ging weiter. Nein, keinesfalls würde sie vor diesen Burschen in die Knie gehen. Sie durfte Luther und Dolly nicht im Stich lassen.

Gerade wollte sie die Straße überqueren, als ihr der Pastor, der die beiden getraut hatte, in den Weg trat und sagte: »Ah, die hübsche Lady vom Schiff! Hab ich Sie nicht auf der Hochzeitsfeier gesehen?«

Ihr blieb nichts anderes übrig, als stehen zu bleiben. Widerwillig antwortete sie: »Ja, das stimmt …«

»Oh, ich habe mich noch gar nicht vorgestellt«, warf er ein. Er lüftete seinen Hut und deutete eine Verbeugung an.

»Reverend Isaac M. Bannister … Der Name steht zumindest auf meiner Geburtsurkunde. Hier kennen mich alle als Reverend Ike.« Er verzog sein Gesicht zu einem Lächeln, ohne dass seine Augen ihren forschenden, beinahe misstrauischen Ausdruck verloren. »Und Sie sind mit Ihrem Gatten nach Skaguay gekommen, wenn ich mich recht erinnere. Ein Glücksspieler. Nun, solange er ehrlich spielt, hat Gott sicher nichts dagegen. Sam Ralston, nicht wahr?

»Sam Ralston, ganz recht.« Sie fühlte sich in die Enge getrieben und hatte das Gefühl, dass der Pastor ihr längst auf die Schliche gekommen war und genau wusste, dass sie und Ralston nicht verheiratet waren. »Er ist gerade geschäftlich unterwegs, und ich habe es furchtbar eilig. Nichts für ungut, Reverend.« Sie raffte ihren Mantel. »Wenn Sie mich jetzt bitte entschuldigen wollen …«

Sie wollte an ihm vorbei und die Straße überqueren, doch der Reverend hatte bereits an ihrem Blick erkannt, wohin sie wollte, und stellte sich ihr in den Weg. Sie blickte ihn fragend an. »Was hat das zu bedeuten, Reverend?«

»Oh …« Der Pastor tat so, als hätte er ihr zufällig den Weg versperrt, machte aber keine Anstalten, sie durchzulassen. Sein Lächeln erinnerte sie an die hinterhältige Miene einer Hyäne, die sie als Kind auf einer Tierschau in Vancouver gesehen hatte. Sie hatte damals furchtbare Angst gehabt. »Ich nehme an, Sie wollen zum Skaguay Hotel. Sind Sie auch dort abgestiegen, Ma'am?«

Sie verlor langsam die Geduld. »Ich habe es wirklich eilig, Reverend.«

»Ich weiß«, erwiderte er immer noch lächelnd, »und ich möchte Ihnen auch wirklich nicht zu nahetreten, aber wenn ich recht informiert bin, sind Sie in der Pension von Mrs Buchanan abgestiegen, und für ein Zimmer im Skaguay Hotel sind Sie leider zu spät dran. Ich komme gerade von dort. Sie sind restlos ausgebucht, auf Wochen schon, soweit ich weiß, und es hat gar keinen Zweck, nach einem Zimmer zu fragen.« Sein Lächeln verstärkte sich, ohne dass sich in seinen Augen irgendetwas davon widerspiegelte. »Ich dachte, ich sage es Ihnen lieber gleich, bevor Sie den beschwerlichen Weg umsonst machen. Warum sollten Sie das Risiko eingehen, auf den schmutzigen Planken auszurutschen, wenn Sie dort doch nur eine Absage bekommen? Ich würde Ihnen raten, sofort zu Mrs Buchanan in die Pension zurückzukehren.«

Wenn es noch eines Beweises bedurft hätte, dass der Reverend mit Soapy Smith unter einer Decke stand, so hatte sie ihn jetzt. Er wusste ganz genau, dass sie im Skaguay Hotel nicht nach einem Zimmer fragen wollte, und war auch nicht daran interessiert, ihr den Weg ins Hotel zu ersparen. Mit seiner langen Ansprache wollte er ihr lediglich klarmachen, dass sie dort nicht erwünscht war. Anscheinend wusste er ganz genau, was sie im Sinn hatte. Und wenn er herausbekommen hatte, dass sie bei Mrs Buchanan wohnte, war ihm sicher auch klar, dass Sam Ralston und sie nicht verheiratet waren. Auch ohne einen Telegrafen schienen sich Nachrichten in dieser Stadt schnell zu verbreiten.

Sie blickte zum Hotel hinüber und beobachtete, wie einer der beiden Männer vor dem Eingang aufstand, das Gewehr in beiden Händen, und misstrauisch zu ihnen herübersah. Hatte er den alten Fitz bewusstlos geschlagen?

»Es sieht ganz so aus, als hätte Gott vergessen, seine schützende Hand über diese Stadt zu legen«, schien der Pastor ihre Gedanken zu lesen, »und ich bin zu schwach, um mich allein gegen das Böse stellen zu können. Seien Sie vernünftig, Ma'am, und gehen Sie in die Pension zurück! Hier treibt sich einiges Gesindel herum.« Er blickte zu den Männern vor dem Hotel hinüber. »Ich kenne die Männer. Sie sind Abschaum, Ma'am ... Und sie sind gefährlich!«

Sie erinnerte sich daran, wie der Pastor mit den beiden auf dem Schiff gesprochen hatte, und erkannte, wie sinnlos ihr Unternehmen war. Fitz hatte recht. Auch vor einer Frau machten Soapy Smith und seine Männer nicht Halt. Man würde sie mit allen Mitteln daran hindern, das Hotel zu betreten, notfalls auch mit Gewalt, und niemand würde ihr beistehen. Dies war die gesetzloseste Stadt, die sie jemals kennengelernt hatte, und sie hatte auf ihrem Weg nach Norden einiges gesehen. Skaguay war ein Sündenpfuhl, in dem sich selbst der Pastor mit dem Teufel verbündet hatte. Wenn sie das gewusst hätte, wäre sie niemals auf die Idee gekommen, ausgerechnet hier auf Alex zu warten.

Doch so ganz ohne Widerrede wollte sie auch nicht klein beigeben. »Sagen Sie Soapy Smith, er soll Luther und Dolly in Ruhe lassen. Sie haben die beiden getraut, also sorgen Sie gefälligst dafür, dass sie unbeschadet bleiben.«

»Meinen Segen haben die beiden, Ma'am.« Wieder dieses Lächeln.

»Und ich weiß nicht, ob ich mich darüber freuen soll«, erwiderte Clarissa verächtlich. »Haben Sie in letzter Zeit mal in der Bibel gelesen, Reverend?«

»Ich lese jeden Tag in der Bibel, Ma'am.«

»Die Bergpredigt ... Ich glaube, die sollten Sie sich mal wieder zu Gemüte führen.«

Sie ließ den Pastor stehen und kehrte auf den Gehsteig zurück. Sie war wütend auf Soapy Smith, der sich zum Alleinherrscher über Skaguay aufgeschwungen hatte und die Neuankömmlinge reihenweise übervorteilte und bestahl, auf die Männer der Stadt, die sich seine Willkür gefallen ließen und nichts gegen ihn unternahmen, und auf sich selbst, weil sie keinen Weg fand, Luther und Dolly zu warnen und gezwungen war, klein beizugeben.

Mit festen Schritten lief sie über den Gehsteig zur Pension zurück. Ihre Absätze hämmerten über die Planken, die selbst unter den Vorbaudächern feucht und rutschig waren. Sie bahnte sich einen Weg durch die vielen Goldgräber, die vor dem Laden eines Ausrüsters warteten, und verzog angewidert das Gesicht, als sie die Stimme des Besitzers hörte: »Einer nach dem anderen, meine Herren, und ich muss Ihnen leider sagen, dass sich der Preis für Goldwaschpfannen und Pickel gerade um zwei Dollar erhöht hat. Tut mir leid, aber auch in Skaguay richten sich die Preise nach Angebot und Nachfrage.«

Clarissa war so wütend, dass sie am liebsten etwas erwidert hätte, und drehte sich schon um, als sie auf den feuchten Planken ausrutschte und im letzten Augenblick von zwei starken Armen aufgehalten wurde. »Ich hoffe, Ihnen ist nichts passiert?«, fragte eine Stimme mit ungewöhnlichem Akzent.

Sie richtete sich auf und sah sich einem hochgewachsenen Gentleman gegenüber. Er war ungefähr zehn Jahre älter als sie, trug einen flachkronigen Hut nach der neusten Mode und wirkte in seinem langen Prince-Albert-Rock und der weinroten Weste noch vornehmer und gepflegter als Sam Ralston. Sein Vollbart war sauber gestutzt, die Haare kurz geschnitten und gescheitelt, und seine Augenbrauen schien er mit einem Stift nachgezogen zu haben. Ein Spieler, kam es ihr sofort in den Sinn, ein Berufsspieler wie Sam Ralston.

»Nein, mir ist nichts passiert … Vielen Dank«, antwortete sie.

Das Lächeln des Mannes wirkte aufrichtiger als bei dem Pastor, wenn sie auch in seinen blauen Augen etwas Kaltes und Unberechenbares zu erkennen glaubte. »Ich bin überrascht, eine so hübsche und gut angezogene Frau in unserer Stadt zu treffen. Darf ich fragen, was Sie nach Skaguay führt, Ma'am?«

»Ich warte auf meinen Mann«, antwortete sie, ohne lange zu überlegen. Wenn selbst der Reverend wusste, dass Sam Ralston nicht ihr Ehemann war, brauchte sie die Wahrheit nicht länger zu verschweigen. Es gab keinen Telegrafen in Skaguay, und es war unwahrscheinlich, dass Frank Whittler mit seinem Haftbefehl bereits nach Alaska durchgedrungen war. Bis es so weit war, wären Alex und sie längst über alle Berge. »Wir wollen …« Sie überlegte angestrengt. »Wir wollen ein Geschäft eröffnen. Mein Mann ist … Pelzhändler.«

Der Fremde schien ihre Lüge zu schlucken. »Einen Pelzhändler können wir hier gut gebrauchen. Bisher handeln die Indianer der Gegend direkt mit uns, und die meisten haben zu wenig Ahnung, um den Wert der Pelze wirklich einschätzen zu können.« Er lächelte sie wie ein Mann an, der mehr von einer Frau erwartet als nur ein flüchtiges Gespräch. »Obwohl ich mir gewünscht hätte, dass Sie noch nicht in festen Händen sind. Sie sind wirklich eine ungewöhnlich hübsche Frau, Ma'am. Ich bin sicher, Sie haben bereits allen Männern, denen Sie bisher in Skaguay begegnet sind, den Kopf verdreht.«

Wenn sie an den Reverend dachte, vermutete sie eher das Gegenteil, nahm das Kompliment aber lächelnd an. Selbst in Vancouver hatten sich die Männer nach ihr umgedreht, und manche Fischer hatten ihr sogar nachgepfiffen, obwohl sie nichts Außergewöhnliches entdecken konnte, wenn sie in den Spiegel sah. Vielleicht lag es an ihren indianischen Vorfahren. Ihr Urgroßvater war angeblich ein berühmter Medizinmann gewesen. »Du hast mich verzaubert«, hatte Alex mal zu ihr gesagt, nur im Spaß natürlich.

»Vielen Dank, Mister.«

»Ich würde Ihnen gern meinen Schutz anbieten, solange Ihr Mann noch verhindert ist«, sagte er. Nach Sam Ralston war er schon der zweite Mann, der ihr das anbot. »Würden Sie mir die Ehre erweisen, heute Abend mit mir essen zu gehen, Ma'am? Es gibt erstaunlich gute Restaurants in Skaguay.«

Clarissa war sichtlich angetan von dem Fremden, seiner gepflegten Sprache, die sie an einen Besucher aus den amerikanischen Südstaaten erinnerte, der bei den Whittlers zu Besuch gewesen war, als sie dort als Haushälterin gearbeitet hatte, war aber weit davon entfernt, sein Angebot anzunehmen. »Ihr Angebot ehrt mich, Sir, aber ich bin verheiratet, wie Sie wissen. Nein, das möchte ich lieber nicht tun. Wenn Sie mich jetzt entschuldigen wollen …«

»Sagen Sie mir Bescheid, wenn Sie es sich anders überlegen«, sagte er, immer noch lächelnd. »Übrigens, mein Name ist Smith. Jefferson Randolph Smith. Die Leute nennen mich Soapy. Ein furchtbarer Name, nicht wahr?«

»Soapy Smith«, wiederholte sie flüsternd, nachdem er gegangen war.

16

Während des Essens war Clarissa allein mit der Wirtin. Der Rechtsanwalt und der Bürovorsteher waren bereits zum Klondike unterwegs, und Fitz traf sich mit einigen Freunden in Dyea, dem unscheinbaren Nachbarort, von dem aus die Goldsucher über den Chilkoot Pass zum Yukon River zogen. Er würde erst am nächsten Morgen wiederkommen, wenn überhaupt.

»Bei Fitz weiß man nie«, sagte Mrs Buchanan, als sie den Eintopf auftrug, »der Bursche ist unberechenbar. »Anfangs dachte ich noch, er wäre genauso goldgierig wie alle anderen, und jetzt scheint er sich überhaupt nichts mehr aus Gold zu machen. Der tut plötzlich so, als wollte er für alle Zeiten in diesem Drecksnest bleiben.«

Trotz der gedrückten Stimmung, in die sie Soapy Smith und der Reverend versetzt hatten, brachte sie ein Lächeln zustande. »Solange Sie hier sind, wird sich das auch nicht ändern. Sie sind ihm wichtiger als Gold. Er ärgert sich immer noch, dass Mr Buchanan Sie damals mit Wildblumen erobert hat.«

»Das hat er Ihnen erzählt?« Mrs Buchanan überspielte ihre Verlegenheit mit einem Kichern. »Nun ja, es waren nicht nur die Blumen. Er war ein stattlicher Bursche und hatte so was Seriöses an sich, nicht nur wegen der Bibeln, die er verkaufte. Er war sehr …« Sie ließ die Hand mit der Schöpfkelle ruhen und überlegte. »… gewissenhaft. Ob Sie's glauben oder nicht, er hing jeden Abend seine Kleider über einen Stuhl, und das tun beileibe nicht alle Männer, hab ich mir sagen lassen. Fitz …« Sie überlegte wieder. »Fitz ist ein rastloser Bursche. Ein Abenteurer, der ständig von einem Ort zum anderen zieht und wissen will, wie es auf der anderen Seite der Berge aussieht. Zum Heiraten taugt der nicht, obwohl ich zugeben muss …«

Sie brach mitten im Satz ab und errötete. Verlegen wie ein Schulmädchen legte sie die Schöpfkelle beiseite und setzte sich Clarissa gegenüber. Sie hatte bereits gegessen und begnügte sich mit heißem Tee. »Dann steckt dieser Reverend Ike also tatsächlich mit Soapy Smith unter einer Decke«, wechselte sie rasch das Thema. Clarissa hatte ihr von ihren Begegnungen mit dem Reverend und Soapy Smith erzählt. »Ein ekelhafter Bursche, nicht wahr? Soapy Smith hat wenigstens Manieren.«

Das musste auch Clarissa zugeben. Wenn man ihr nicht gesagt hätte, was für ein Verbrecher er war, hätte sie ihn wahrscheinlich für einen seriösen Geschäftsmann gehalten. Ein Gentleman der alten Schule, der es verstand, eine Frau mit seinem Lächeln und übertriebenen Komplimenten in seinen Bann zu ziehen. Vielleicht war er deshalb so gefährlich. »Den Anführer einer Verbrecherbande habe ich mir ganz anders vorgestellt.«

Die Wirtin nickte betrübt. »Ich frage mich manchmal, ob Soapy Smith und seine Bande jemals genug haben werden, und was noch alles passieren muss, bevor die amerikanische

Regierung einen unbestechlichen US Marshal oder die Armee nach Skaguay schickt, um hier endlich aufzuräumen. Oder wie lange es dauert, bis sich die anständigen Männer dieser Stadt zusammenraufen und ihm endlich Paroli bieten.« Sie trank einen Schluck und setzte die Tasse so heftig ab, dass sie beinahe zersprang. »Halten Sie sich von Soapy Smith und seinen Leuten fern, Clarissa!«

An diesem Abend verzichtete Clarissa auf ihr Essen, auch weil sich ein neuer Gast bei Mrs Buchanan eingetragen hatte, ein Quacksalber, der mit selbst gebrauter Medizin durch die Lande reiste und seinen in kleinen Flaschen abgebrühten Sud als wirkungsvolles Mittel gegen Schmerzen aller Art anpries. Sie hatte keine Lust, sich die blumigen Worte dieses selbst ernannten Wunderheilers anzuhören und war auch viel zu verwirrt, um sich in der Gesellschaft anderer Menschen zu zeigen. Mit einer Kanne heißem Tee zog sie sich in ihr Zimmer zurück und dachte über die seltsame Wendung nach, die ihr Leben ausgerechnet am Tag ihrer kirchlichen Trauung genommen hatte.

Noch bedrückter als vor etwas mehr als zwei Jahren, als sie Hals über Kopf aus Vancouver geflohen war und sich wenige Tage später in der unwirtlichen Wildnis wiedergefunden hatte, blickte sie aus dem Fenster. Der Ausblick war so trübe wie ihre Gedanken. Ihr Zimmer ging nach hinten raus, und vor ihren Augen erstreckte sich lediglich ein gerodeter Streifen flacher Erde, die immer noch mit Schnee bedeckt war, und dahinter ragte dunkler Fichtenwald empor. Die Sonne, die im Frühling schon am frühen Abend unterging, war bereits hinter den Bergen verschwunden, und düstere Schatten krochen über den Boden und an den Bäumen empor. Das Wrack eines ausgebrannten Planwagens lag wie das zerstörte Skelett eines Ungeheuers am Waldrand.

Wie schnell sich das Schicksal eines Menschen doch ändern konnte. Bis zum plötzlichen Tod ihrer Eltern hatte sie ein nicht immer sorgenfreies, aber erträgliches Leben geführt, hatte ihrer Mutter im Haushalt geholfen und war mit ihrem Vater zur See gefahren. Ihre Netze waren während der letzten Jahre selten voll gewesen, doch zum Leben hatte es immer gereicht, dann war ihr Vater von einer Fahrt nicht zurückgekehrt und ihre Mutter kurz darauf gestorben, und sie hatte selbst nach dem Verkauf des Fischkutters ohne einen Penny auf der Straße gestanden. Als Haushälterin bei wohlhabenden Leuten wie den Whittlers hatte sie sich über Wasser gehalten und eine neue Zukunft aufgebaut, doch schon während dieser Zeit das Bedürfnis gespürt, etwas vollkommen Neues zu beginnen und in eine neue Zukunft aufzubrechen. Ihr Blick war in die Ferne gegangen, zu den schneebedeckten Coast Mountains, und sie hatte die stille Sehnsucht gespürt, auch diese Wildnis kennenzulernen.

Die Umstände, die sie nach Norden und in eine neue Zukunft trieben, hätte sie sich gern erspart. Selbst zwei Jahre, nachdem Frank Whittler versucht hatte, sie zu vergewaltigen, schreckte sie nachts noch manchmal aus einem bösen Traum hoch, in dem sie das Gesicht ihres Peinigers dicht vor sich sah. Als Bones, der geheimnisvolle Wolf, ihn mit gefletschten Zähnen vertrieben hatte, war sie in dem Glauben gewesen, ihn für immer und ewig aus ihrem Leben vertrieben zu haben, und nicht einmal in ihren schrecklichsten Albträumen hätte sie vermutet, dass er so von seiner Rache besessen sein könnte, um sich bei seinem Vater einzuschmeicheln und erneut mit einem Haftbefehl nach ihr zu suchen. Solange er den mächtigen Manager der Canadian Pacific auf seiner Seite hatte, würde die Polizei alles tun, um sie festzunehmen, und mit dem gekauften Zeugen hätte sie auch keine Chance vor Gericht. Man würde sie und wahrscheinlich auch Alex zu einer langen Gefängnisstrafe verurteilen.

Die Warnung ihrer indianischen Freundin war gerade noch rechtzeitig gekommen, und sie wären inzwischen wahrscheinlich aller Sorgen ledig gewesen, wenn sie das Schicksal nicht erneut herausgefordert hätte. Alex war verschwunden, spurlos verschwunden, und der Stiefel, den sie bei den Klippen gefunden hatte, war nicht gerade ein Zeichen dafür, dass sich alles zum Besseren wenden würde. Auch wenn er am Leben war, wovon sie fest ausging, war die Gefahr groß, dass Frank Whittler zurückkehrte und ihn festnahm. Mit dem Haftbefehl, den der rachsüchtige Millionärssohn vorweisen konnte, würde sich auch der Constable in Port Essington auf seine Seite stellen und alle Hebel in Bewegung setzen müssen, um ihn zu finden. Alex müsste sich einen Unterschlupf suchen und Skaguay nie erreichen.

Sie schenkte sich einen Tee ein und setzte sich auf den Bettrand. Nachdenklich trank sie einen Schluck. Was hatte sie bloß getan, um auf diese Weise bestraft zu werden? War es nicht schon schlimm genug, dass Frank Whittler wieder in ihrer Nähe aufgetaucht war? Hätte das Schiff nicht eher anlegen und sie nach Skaguay mitnehmen können, bevor ihr Verfolger in Port Essington aufgetaucht war? Und warum wurde sie nach ihrer geglückten Flucht erneut auf die Probe gestellt, indem man sie über Alex' Schicksal auch weiterhin im Ungewissen ließ und ihr so gefährliche Männer wie Soapy Smith und Reverend Ike auf den Leib rückten? Warum geriet sie ständig mit Betrügern und Lügnern aneinander, und warum konnte Skaguay nicht eine gewöhnliche Boomtown wie damals Barkerville beim Fraser-Goldrausch sein? Wie war es möglich, dass ein Verbrecher wie Soapy Smith die ganze Stadt beherrschte?

Ihr war klar, dass diese Gedanken zu nichts führten und sie nur unnötig aufwühlten. Alex würde bestimmt kommen, in ein paar Tagen schon. Ihm durfte einfach nichts passiert sein, und er hatte sicher einen plausiblen Grund für sein seltsames Verschwinden. Er war ein verlässlicher Mann, der seine Frau niemals im Stich lassen würde, auch wenn er manchmal leichtsinnig und immer für eine Überraschung gut war. Er lebte zu lange in der Wildnis und würde niemals der häusliche und brave Gatte sein, den sich manche Frauen wünschten. Doch er war ihr treu, und nichts, aber auch gar nichts, konnte ihn dazu bewegen, sich klammheimlich aus ihrem Leben zu stehlen. Er liebte sie, wie nur ein Mann eine Frau lieben konnte, das hatte er ihr während der letzten zwei Jahre oft genug bewiesen. Es musste irgendetwas Unvorhergesehenes geschehen sein, das ihn gezwungen hatte, auf diese Weise zu verschwinden.

Sie stellte die Tasse auf den Nachttisch und zog sich aus. In Unterwäsche legte sie sich ins Bett, noch immer aufgewühlt von ihren Gedanken. Es war bereits dunkel, als sie das Licht löschte und ihren Kopf auf das feste Kissen bettete.

Der beinahe volle Mond war aufgegangen und schien durchs Fenster herein, er ließ sich auch nicht verdrängen, als sie noch einmal aufstand und die Vorhänge zuzog.

Einen Augenblick hatte sie das Gefühl, einen Wolf neben dem ausgebrannten Wagen stehen zu sehen, aber bei genauerem Hinsehen entpuppte er sich als gewöhnlicher Hund. Ein Husky, der seinem Herrn davongelaufen war und auf Entdeckungsreise ging. »Hier könnte ich dich gut brauchen, Bones!«, richtete sie ihre Worte an den geheimnisvollen Wolf, der ihr schon so manches Mal geholfen hatte, aber es war natürlich vermessen zu glauben, er könnte ihr den weiten Weg bis nach Alaska nachgelaufen sein.

Vom Anblick des vermeintlichen Wolfes verstört, kroch sie unter ihre Decken und schloss die Augen. Dankbarerweise schlief sie sofort ein, doch im Schlaf überraschte sie ein quälender Albtraum, der sie dazu brachte, laut zu stöhnen und Alex' Namen zu rufen. Sie streckte beide Arme aus, als wollte sie nach etwas greifen, und richtete sich verstört auf.

Als sie die Augen öffnete, sah sie Alex im Zimmer stehen. Nur wenige Schritte vor ihrem Bett verharrte er in der Dunkelheit, in derselben Kleidung, in der sie ihn zum letzten Mal gesehen hatte, nur dass einer seiner Stiefel fehlte und sein großer Zeh aus einem Loch in dem entblößten Socken ragte. Sie war viel zu erschrocken, um zu lachen, blickte Alex ungläubig an und begann plötzlich zu weinen. Sie stand auf und schlich langsam wie eine Schlafwandlerin auf Alex zu, immer noch mit ausgestreckten Armen, und flüsterte: »Alex! Mein Gott, Alex, bist du es wirklich?«

Alex blieb stumm und ließ mit keiner Regung erkennen, was er dachte oder fühlte. Fast unbeweglich stand er in der Mitte des Raumes, das Gesicht im Halbdunkel, sodass man es kaum erkennen konnte, und einen hellen Streifen auf der Brust, wo das Mondlicht ihn berührte. Der Streifen wurde breiter, als er sich bewegte und von ihr abrückte, gerade so schnell, dass sie ihn nicht berühren konnte. Sein Stiefel hinterließ kein Geräusch auf dem Holzboden, der sonst schon bei der leisesten Berührung knarrte und daran erinnerte, in welcher Eile das Haus errichtet worden war.

Clarissa musste hilflos mit ansehen, wie Alex aus dem Fenster stieg und vor ihren Augen verschwand, sich in Luft aufzulösen schien und erst wieder zu sehen war, als sie an das Fenster kam und die Vorhänge zur Seite schob. Beim Wrack des ausgebrannten Planwagens stand er, zusammen mit Bones, der diesmal wirklich ein Wolf war und sich mit ihm verbündet zu haben schien. Zusammen liefen sie aus ihrem Leben, an dem Planwagen vorbei und in die dunkle Nacht, ohne sich nach ihr umzudrehen oder ihr einen Abschiedsgruß zuzurufen. »Alex!«, rief sie in panischer Angst. »Alex! Lass mich nicht im Stich! Alex, wo willst du denn hin?«

Noch während sie sprach, klopfte es laut an ihre Zimmertür, und sie schreckte schweißgebadet aus ihrem Traum. »Alex!«, rief sie verstört. »Bist du das, Alex?«

Die Tür ging auf, und Mrs Buchanan betrat den Raum. Sie hielt eine Öllampe in der Hand, in deren flackerndem Lichtschein eine zweite Gestalt sichtbar wurde. Eine junge Frau, die dunkelblonden Haare offen und zerzaust, die Augen entzündet vom vielen Weinen. Ihr langer Mantel stand offen.

»Dolly!« Clarissa vergaß ihren Traum und rieb sich erstaunt die Augen. »Mein Gott, Dolly! Was ist passiert?« Sie blickte zum mondhellen Fenster. »Es ist doch sicher schon nach Mitternacht! Was tust du um diese Zeit hier?«

»Es ist zwei Uhr früh«, antwortete die Wirtin, »und ich hätte Sie normalerweise nicht geweckt. Aber Dolly hat alle Hotels und Pensionen nach Ihnen abgeklappert und ausdrücklich nach Ihnen verlangt. Und weil Sie doch gestern Nachmittag versucht haben, sie im Hotel zu treffen …«

»Luther ist verschwunden!«, stieß Dolly hervor und begann sofort wieder zu weinen. Sie lief auf Clarissa zu und sank neben ihr aufs Bett, legte ihren Kopf auf ihre Brust und umarmte sie fest. »Er ist nicht zurückgekommen!«

Clarissa spürte die Tränen der Engländerin auf ihrem Körper und blickte hilfesuchend auf Mrs Buchanan. Die zuckte nur mit den Schultern. »Was soll das heißen, er ist verschwunden? Wovon ist er nicht zurückgekommen, Dolly?«

»Vom Ausrüster … dem Laden …« Dolly wurde von einem heftigen Weinkrampf geschüttelt und drängte sich noch dichter an Clarissa. Sie klammerte sich so fest an sie, als hätte sie nicht vor, sich jemals wieder von ihr zu lösen.

»Beruhige dich erst mal«, sagte Clarissa. Sie strich ihr über das zerzauste Haar und wischte ihr mit dem Handrücken einige Tränen von den Wangen. »Du regst dich bestimmt grundlos auf.« Sie wartete geduldig, bis Dolly sich ausgeweint hatte, und zog ein Taschentuch unter dem Kopfkissen hervor. Dolly richtete sich auf und blickte sie aus verweinten Augen an. Im Schein der Nachttischlampe, die Mrs Buchanan angezündet hatte, sah sie noch trauriger und bemitleidenswerter aus. »Also, was ist passiert?«

Dolly wischte sich die Augen trocken und schnäuzte sich lautstark. »Luther ist verschwunden! Gestern Nachmittag kam der Pastor vorbei, der uns getraut hat, ein wirklich netter Mann. Er sagte uns, dass wir uns wegen der hohen Übernachtungspreise keine Sorgen zu machen bräuchten, selbst in einer Pension wie der hier würden sie ordentlich hinlangen. Luther hatte sich wegen des hohen Hotelpreises beschwert. Aber er, der Pastor, würde dafür einen preiswerten Ausrüster kennen, bei dem wir unseren Verlust wieder ausgleichen könnten. Ein guter Freund von ihm, der uns einen großzügigen Rabatt geben würde … als Hochzeitsgeschenk sozusagen. Bei anderen Kunden wäre er nicht so großzügig. Er, der Pastor, würde Luther abholen, sobald die Sonne untergegangen wäre, und ihn zu seinem Freund begleiten. Er wohnt in einer Hütte außerhalb der Stadt … Seinen Namen hat er uns nicht verraten.«

»Und seitdem hast du nichts mehr von ihm gehört?« Clarissa wechselte einen besorgten Blick mit der Wirtin, sie dachte das Gleiche wie sie. »Dann ist er schon über sechs Stunden weg? Und den Pastor hast du auch nicht gesehen?«

»Keinen … Keinen von beiden.« Ihr schossen erneut die Tränen in die Augen. Sie schnäuzte sich rasch, schluchzte ein paar Mal und sagte: »Wir sind keine Dummköpfe, Clarissa. Luther schon gar nicht. Der hat es faustdick hinter den Ohren.« Zum ersten Mal war der Anflug eines Lächelns auf ihrem Gesicht, verschwand aber gleich wieder. »Wir wissen, dass es in Städten wie Skaguay viele Betrüger gibt, die nur darauf warten, ahnungslose Leute übers Ohr zu hauen. Aber ein Pastor … Ich hab schon zu Luther gesagt, dem

Pastor kannst du vertrauen. Der hat uns schließlich verheiratet und würde uns niemals reinlegen. Ein Reverend ...«

Clarissa hatte sich ebenfalls aufgesetzt, tauschte wieder einen Blick mit der Wirtin und legte einen Arm um Dollys Schultern. »Leider doch, Dolly. Mrs Buchanan kennt den Reverend. Er gehört zur Bande von Soapy Smith, einem Verbrecherkönig, der hier in Skaguay so ziemlich alles und jeden kontrolliert und die Neuankömmlinge reihenweise ausnimmt. Auch der junge Mann, der euch ins Skaguay Hotel geführt hat, steckt mit ihm unter einer Decke. Als ich euch heute Nachmittag vor der Bande warnen wollte, kam mir der Reverend in die Quere und hinderte mich daran, euer Hotel zu betreten. Vor dem Eingang saßen zwei bärtige Burschen mit Gewehren. Ihr seid einem Verbrecher auf den Leim gegangen, Dolly!«

Sie ließ die Worte wirken und fügte rasch hinzu: »Wenn es ganz schlimm kommt, haben sie Luther bewusstlos geschlagen und ihm das Geld abgenommen. Ich glaube aber eher, dass sie ihn betrunken gemacht und ihm einen unverschämt hohen Preis gemacht haben. Soapy Smith ist kein Dummkopf. Er geht immer nur so weit, dass man ihm nichts nachweisen kann.«

»Das stimmt«, sagte die Wirtin leise.

Dolly brauchte eine Weile, um die schlechte Nachricht zu verdauen, doch sie hatte an diesem Abend schon genug geweint und entdeckte ihren angeborenen Kampfgeist wieder. »Wir müssen ihn suchen!«, entschied sie. Sie warf das Taschentuch aufs Bett und stand auf. »Wenn er irgendwo bewusstlos in einer Ecke liegt, müssen wir ihn suchen. Ihm kann sonst was passiert sein!« Ihre Verzweiflung verwandelte sich in wilde Entschlossenheit. »Außerdem lasse ich nicht zu, dass man Luther und mich so schäbig behandelt! Wenn dieser Pastor uns betrogen hat, soll er uns das Geld zurückgeben!«

Bevor Clarissa und Mrs Buchanan sie zurückhalten konnten, war sie aus dem Zimmer und unterwegs zur Tür. Clarissa zog sich in Windeseile an und folgte ihr. Mrs Buchanan blieb sprachlos zurück und schüttelte den Kopf.

17

Clarissa lief aus dem Haus und sah gerade noch, wie Dolly im Schatten eines Vorbaudaches verschwand. Auch spätnachts war in Skaguay noch einiges los, besonders in den Kneipen und Saloons, in denen so mancher Goldsucher seine Ersparnisse verlor, noch bevor er im Laden eines Ausrüsters gewesen war. Das Klimpern der Walzenklaviere und die lauten Stimmen der Männer und leichten Mädchen waren bis auf die Straße zu hören. Dort herrschte weniger Verkehr als tagsüber, nur einige Unentwegte und die Goldsucher, die so wenig Zeit wie möglich verlieren wollten, waren im trüben Schein der Gaslaternen unterwegs. Aus der Ferne drang das vielstimmige Heulen einiger Huskys.

Im Laufen knöpfte Clarissa ihren Mantel zu. Mit hastigen Schritten folgte sie Dolly über den Gehsteig, rief »Dolly! Warte!« und fing sich das schadenfrohe Gelächter einiger leichter Mädchen ein, die selbst im kalten Nachtwind ihre Beine mit den Strumpfbändern zeigten, um so noch einige der eiligen Goldsucher in ihr Zelt zu locken. »Steht es schon so schlimm um dich, dass du hinter Weibern herlaufen musst?«, lästerte eine von ihnen. Sie war höchstens fünfzehn oder sechzehn. »Hier gibt's doch genug Männer!«

Clarissa ignorierte sie. Sie überquerte eine Querstraße mit gerafftem Rock und Mantel und beobachtete aus der Ferne, wie Dolly von zwei Betrunkenen vor einem Saloon belästigt wurde, sie aber abschütteln konnte und hastig weiterlief. Bei ihr versuchten es die Männer erst gar nicht. Wahrscheinlich wirkte sie so ernst und entschlossen, dass kein Mann es gewagt hätte, sie in diesem Augenblick auch nur anzusprechen.

»Dolly!«, rief sie wieder. »Warte auf mich, Dolly! Das bringt doch nichts! Bleib stehen!«

Aber Dolly war viel zu aufgebracht, um ihr zu gehorchen, und hörte sie vielleicht auch gar nicht. Aus einem der Saloons schallte »The Yellow Rose of Texas« mit solcher Lautstärke, dass man nicht einmal die Schritte auf dem hölzernen Gehsteig hörte. Wahrscheinlich ein Texaner, der sich in den Hohen Norden verirrt hatte. Clarissa erinnerte sich an einen texanischen Fischer aus Galveston, der seiner Verlobten nach Vancouver gefolgt und sie nach wenigen Tagen im Stich gelassen hatte, weil sein Heimweh zu groß gewesen war.

Sie hastete mit raschen Schritten an dem Saloon vorbei und war nur noch wenige Schritte hinter Dolly, die von einem unbändigen Zorn beseelt war, seitdem sie gehört hatte, was in Skaguay vor sich ging und welche schrecklichen Verbrechen in der Stadt ungesühnt blieben. Aus der verzweifelten Braut, die um ihren frisch angetrauten Mann geweint hatte, war eine zu allem entschlossene Frau geworden, die auf keinen Fall zulassen wollte, dass man ihn auf schäbige Weise hereingelegt und vielleicht sogar verletzt und um ihre ganzen Ersparnisse gebracht hatte. Allein an ihren festen

Schritten und ihrer entschlossenen Haltung war zu sehen, welche Wandlung in ihr vorgegangen war.

Ganz ähnlich hatte sich Clarissa in Port Essington verhalten, als sie nach Alex gesucht hatte. Es war schon komisch. Innerhalb weniger Tage suchte sie zum zweiten Mal nach einem verschwundenen Ehemann, nur dass es diesmal nicht ihr eigener war, und die Chance, ihn unverletzt zu finden, sehr viel geringer erschien. Oder machte sie sich etwas vor? Gab es für Alex ebenfalls keine Hoffnung mehr? Würde Mary Redfeather den Brief, den sie an Alex geschrieben hatte, selbst beantworten und ihr mitteilen, dass man ihn tot in der Wildnis oder an der Küste gefunden hatte? War sie schlimmer dran als Dolly, die vielleicht ihre Ersparnisse, aber nicht ihren Mann verloren hatte?

Sie folgte der Engländerin über die Straße und spürte den kalten Nachtwind im Gesicht und an den bloßen Händen. Um besser geschützt zu sein, hielt sie den Mantel am Kragen zu und steckte eine Hand in die Tasche. Als sie den kalten Stahl des Enfield-Revolvers berührte, zuckte ihre Hand unwillkürlich zurück. Sie hatte die Waffe ganz vergessen. Doch gegen Soapy Smith und seine Bande würde sie ihr nichts nützen. Selbst eine starke Frau wie sie, die lange in der Wildnis gelebt hatte und mit einem Revolver umgehen konnte, kam gegen eine organisierte Bande wie die von Soapy Smith nicht an. Am besten war es, sich ruhig zu verhalten, auf Alex zu warten und dann so schnell wie möglich aus der Stadt zu verschwinden. Aber wie sollte sie das bewerkstelligen, solange Dollys Mann verschwunden war?

Nur wenige Schritte vor dem Büro des US Marshals holte

Clarissa die Engländerin ein. Sie packte sie am Ärmel und rief: »Warte doch! Du kannst da nicht rein. Der US Marshal macht gemeinsame Sache mit Soapy Smith.«

»Ein United States Marshal?« Dolly blieb abrupt stehen. In ihren Augen flackerte unverminderter Zorn. »Ein Marshal der amerikanischen Regierung? Aber das ist unmöglich. Dem hätte die Regierung doch längst sein Abzeichen abgenommen, wenn es so wäre. Man hätte ihn vors Bundesgericht gestellt …«

»Alaska ist weit, Dolly. Glaubst du, die Regierung interessiert sich dafür, was in einem unbedeutenden Nest in diesem Territorium geschieht? Solange Alaska kein Staat ist, spielt das doch gar keine Rolle. Hauptsache, der Handel floriert und die Kassen sind voll. Wie früher im Wilden Westen.« Sie erinnerte sich an eine Geschichte aus Buffalo Bill's Wild West, in der ein rücksichtsloser Rancher eine ganze Stadt ausgenommen hatte. »Sei vernünftig und geh da nicht rein. Tanner hilft dir auf keinen Fall. Im Gegenteil, du kriegst wahrscheinlich eine Menge Ärger, wenn du dich gegen ihn stellst.«

»Ich hab keine Angst. Als US Marshal hat er einen Eid geleistet und sich gefälligst daran zu halten.« Sie riss sich von Clarissa los und marschierte auf die Tür des Marshal-Büros zu. Durch das Fenster des zweistöckigen Gebäudes fiel ein breiter Lichtstreifen nach draußen. Sie klopfte heftig an die Tür.

»Dolly! Das gibt nur Ärger!«

Dolly klopfte noch einmal, diesmal stärker, und rief: »Machen Sie auf, Marshal! Hier ist Dolly Kinkaid. Ich muss dringend mit Ihnen sprechen.«

Die Tür öffnete sich knarrend, und die Gestalt eines halbwüchsigen Jungen wurde im Schein einer Öllampe sichtbar. Er rieb sich verschlafen die Augen und fragte: »Was gibt's denn, Ma'am? Kann das nicht bis morgen warten?«

»Den Teufel kann es, bloody idiot!« In ihrer Aufregung war Dolly in ihren britischen Dialekt verfallen, der dem Jungen nur ein Stirnrunzeln entlockte.

Die Engländerin drängte sich an ihm vorbei in das beheizte Büro, gefolgt von Clarissa, die keine Möglichkeit mehr sah, Dolly aufzuhalten. Sie schloss die Tür und hielt ihre Hände über den bullernden Ofen. Dolly war so aufgeregt, dass ihr der kalte Nachtwind nichts ausgemacht hatte. »Wo ist der Marshal? Ich muss unbedingt mit ihm sprechen! Wer bist du überhaupt?«

Der Junge, keine vierzehn und sichtlich verwirrt, zog seine Hosenträger über die Schultern. Anscheinend hatte er fest geschlafen. »Ich bin Matt«, erwiderte er. Er fühlte sich sichtlich unwohl in der Gesellschaft von zwei Frauen. »Marshal Tanner ist mein Onkel. Ich soll hier die Stellung halten, solange er schläft. Warum kommen Sie nicht morgen früh wieder, wenn er wach ist?«

»Weil die Sache dringend ist. Wo wohnt dein Onkel?

»Im ersten Stock.«

»Dann weck ihn gefälligst! Er soll sofort runterkommen!«

»Das geht nicht, Ma'am.« Der Junge machte keinen besonders glücklichen Eindruck. »Ich soll ihn nur wecken, wenn es irgendwo brennt … Das hat er gesagt, Ma'am. Nicht mal, wenn es eine Schießerei gibt, darf ich ihn stören.«

»Das hat er gesagt?« Dolly funkelte den Jungen wütend an. Clarissa merkte an ihrer übertrieben forschen und ungeduldigen Art, wie besorgt sie um ihren Mann war. »Mein Mann ist verschwunden, du ungezogener Bengel, und wenn du nicht gleich deine Beine bewegst und deinen Onkel weckst, erlebst du was!«

Der Junge weinte fast, anscheinend hatte er große Angst. »Ich kann nicht, Ma'am. Sie kennen meinen Onkel nicht. Wenn dem was gegen den Strich geht, stellt er sonst was an. Vor ein paar Tagen hat er mich mit seinem Gürtel verprügelt, weil ich den Kaffee zu spät aufgesetzt hatte.«

»Auch gut«, erwiderte Dolly, »dann wecke ich ihn eben selbst!« Sie schob den Jungen zur Seite und stieg die Treppe zum ersten Stock hinauf, dicht gefolgt von Clarissa, die vergeblich versuchte, sie zurückzuhalten. Die morsche Treppe knarrte und ächzte unter jedem ihrer Schritte. »Marshal Tanner!«, rief Dolly. »Wachen Sie auf, Marshal! Ich muss dringend mit Ihnen sprechen!«

Sie öffnete die falsche Tür, versuchte es mit der nächsten und sah den Marshal entsetzt in seinem Bett hochfahren. In einem feinen Anzug und mit sorgfältig gekämmten Haaren war er bestimmt ein stattlicher Mann, in seinem gemusterten Nachthemd und aus dem Tiefschlaf gerissen, sah er eher wie eine Witzfigur aus. Er starrte seinen nächtlichen Besuch aus schreckgeweiteten Augen an und zog seine Decke bis zum Kinn hinauf, als er erkannte, dass es sich um zwei Frauen handelte. »Was … Was hat das zu … zu bedeuten?«

»Deputy US Marshal Tanner?«, fragte Dolly. Ihre Stimme klang fest.

Der Marshal kam langsam zu sich und blickte die Engländerin wütend an. Man sah deutlich, wie ihm das Blut ins Gesicht schoss. »Ganz recht, Ma'am. Und Sie haben besser einen triftigen Grund, um mich mitten in der Nacht aus dem Schlaf zu reißen. Erzählen Sie mir jetzt nicht, dass Ihr Mann verschwunden ist! Das höre ich nämlich jeden Tag mindestens zwanzig Mal.«

»Genau so ist es aber«, erwiderte Dolly. Sie schilderte in wenigen Worten, was passiert war, und schloss: »Und wenn Sie Ihr Abzeichen zu Recht tragen und Ihren Eid ernst nehmen, ziehen Sie sich jetzt was über und helfen mir, ihn zu suchen. Reverend Ike, derselbe Pastor, der uns auf dem Schiff getraut hat, soll ein falscher Fuffziger sein und mit diesem Verbrecherkönig, diesem Soapy Smith, unter einer Decke stecken, und es sieht ganz so aus, als hätte er ihn in eine Falle gelockt und ihm unsere Ersparnisse abgenommen. Ich wage gar nicht daran zu denken, was noch passiert sein könnte. Helfen Sie mir, meinen Mann zu finden, Marshal, und legen Sie diesem falschen Pastor das Handwerk! Wenn er der Schurke ist, für den ihn die meisten Leute in dieser Stadt halten, gehört er ins Gefängnis! Worauf warten Sie noch, Marshal?«

Clarissa hielt unwillkürlich den Atem an. So respektlos hatte sicher noch keiner mit dem Marshal gesprochen, schon gar nicht eine Frau, und es hätte sie nicht gewundert, wenn Tanner aus der Haut gefahren wäre und die Engländerin scharf zurechtgewiesen hätte. Doch ihre Worte hatten ihn anscheinend so beeindruckt, dass er eine Weile schwieg und erst dann antwortete: »Reverend Ike ist kein Betrüger. Wenn jemand so etwas behauptet, ist er ein Lügner. Er mag kein Pastor sein, wie Sie ihn aus Vancouver oder Port Essington kennen …« Die Erwähnung der Stadt, aus der sie kam, und in der sich vielleicht noch ihr Mann aufhielt, ließ

Clarissa erschaudern, aber der Name war anscheinend nur zufällig gefallen, denn er würdigte sie keines einzigen Blickes. »… Aber er ist ein absolut honoriger Mann. Glauben Sie nicht alles, was Ihnen die Männer in Skaguay erzählen, das Gold verdreht vielen den Kopf hier.«

Dolly ließ sich nicht beirren. »Ich weiß nur, dass Reverend Ike meinen Mann zu einem besonders günstigen Ausrüster führen wollte. Das war gestern Abend, und bis jetzt habe ich keinen von beiden mehr gesehen, weder meinen Mann noch diesen … diesen Pastor. Und jetzt steigen Sie endlich aus Ihrem Bett und helfen Sie uns, meinen Mann zu suchen, oder wollen Sie das auch Ihrem halbwüchsigen Enkel überlassen? Worauf warten Sie noch, Marshal?«

»Ihrem Mann ist bestimmt nichts passiert«, erwiderte Marshal Tanner, ohne sich von der Stelle zu rühren. Und dann musste sich Clarissa ungefähr die gleichen Worte anhören, die ihr der Constable in Port Essington gesagt hatte: »Vielleicht hat er sich zu einem Spielchen hinreißen lassen oder einen über den Durst getrunken … Was meinen Sie, wie viele Männer hier verschwinden und nach einigen Tagen wieder auftauchen. Machen Sie sich keine Sorgen, Ma'am, und lassen Sie mich endlich schlafen, sonst muss ich Sie noch wegen Ruhestörung und Erregung öffentlichen Ärgernisses einsperren lassen.«

Clarissa wollte die Engländerin aus dem Zimmer ziehen, scheiterte jedoch an ihrer Hartnäckigkeit. Wahrscheinlich würde ich genauso handeln, gestand sie sich innerlich ein. »Mein Mann liegt vielleicht irgendwo bewusstlos in einer Gasse«, sagte Dolly. Ihr Ton war schärfer geworden. »Also bewegen Sie endlich Ihren müden Hintern und kommen

Sie! Oder muss ich annehmen, dass Sie tatsächlich mit diesem Soapy Smith unter einer Decke stecken?«

»Wer sagt das?«, erwiderte er streng.

»Kommen Sie jetzt?«

Der Marshal hatte sichtlich Mühe, sein Temperament im Zaum zu halten. »Ich will diesen ungeheuerlichen Vorwurf überhören, weil Sie eine Frau und wahrscheinlich sehr nervös sind, aber es wäre besser, Sie verschwinden jetzt und lassen mich endlich in Ruhe.« Er erkannte wohl, dass Dolly keine Ruhe geben würde, und rief: »Matt! Bist du da unten?« Und als der Junge mir einem leisen »Ja« antwortete: »Hilf der Lady, nach ihrem Mann zu suchen!«

Dolly zog die Tür zu und stieg wütend nach unten. Clarissa folgte ihr, erstaunt über die Hartnäckigkeit und das Temperament der Engländerin, die sich auch von einer Autoritätsperson, die Marshal Tanner zweifelsfrei war, selbst wenn er gemeinsame Sache mit Soapy Smith machte, nicht einschüchtern ließ und alles daransetzte, ihren Mann zu finden. Irgendwie waren sie seelenverwandt, die unerschrockene und etwas derbe und sehr direkte Engländerin und sie, auch wenn sie wesentlich ruhiger und bedachter als Dolly vorging, eine Kunst, die sie von Alex gelernt hatte. »In der Wildnis darfst du nichts überstürzen«, hatte er ihr geraten, »sonst bist du schneller am Ende, als du denken kannst. Hier draußen hast du es mit mächtigen Feinden zu tun, vor allem mit Naturgewalten und wilden Tieren, und gegen die kommst du nur an, wenn du genau abwägst, was du tust.« So wie sie es damals gemacht hatte, als sie mit ihrem Hundeschlitten vor Frank Whittler in die Wildnis geflohen war.

Auf dem Gehsteig vor dem Marshal-Büro wandte sich Dolly an den immer noch verstörten Jungen. Sie erklärte ihm in ein paar Worten, was geschehen war, und fragte: »Welchen Ausrüster kann der Reverend gemeint haben? Einen befreundeten Händler, der meinem Mann die Sachen billiger geben würde.«

Der Junge schien sie nicht zu verstehen und blickte ratlos in die Dunkelheit. Clarissa hatte den Eindruck, dass er mehr wusste, als es den Anschein hatte, und nur aus Furcht schwieg. Der vorsichtige Blick, den er nach oben zum Fenster des Zimmers warf, in dem sein Onkel schlief, bestätigte diesen Eindruck. »Ich … Ich weiß nicht. Es gibt so … so viele Händler in der Stadt …«

»Er soll etwas außerhalb der Stadt wohnen«, schaltete sich Clarissa ein. Sie zwang sich zu einem Lächeln. »Du brauchst keine Angst zu haben. Dein Onkel hat dir doch gesagt, dass du uns beim Suchen helfen sollst. Also überleg mal … Wer könnte dieser Händler sein? Sag uns nur seinen Namen, und zeige uns, wo er wohnt, dann kannst du meinetwegen hier bleiben.« Sie wechselte einen raschen Blick mit Dolly, um zu verhindern, dass sie sich einmischte.

Der Junge zögerte immer noch.

»Es passiert wohl nicht zum ersten Mal in Skaguay, dass ein Mann verschwindet?« Clarissa blickte ihn misstrauisch an. »Nun sag schon, Matt …«

»Nein … nein …«, antwortete er leise und mit einem erneuten Blick zum Fenster im ersten Stock. »Und wenn ich Sie wäre, Ma'am …« Sein Blick richtete sich auf Dolly. »Ich würde mir große Sorgen machen. Der letzte Tote, den wir in Skaguay hatten, sollte seine Ausrüstung auch billiger bekommen ... Beim selben Händler, nehme ich an. Willie Dunn ... ein Engländer wie Sie, Ma'am ... hat eine Hütte ungefähr zwei Meilen westlich von hier ...«

Die wenig einfühlsamen Worte des Jungen ließen Dollys Selbstbewusstsein und Entschlossenheit schwinden, und ihre Wut wich wieder der großen Sorge um ihren Mann. »Vielleicht haben sich Luther und dieser Willie geprügelt. Ein Ire und ein Engländer, das geht selten gut. Ich wäre die große Ausnahme, sagte Luther immer.« Sie lächelte schwach. »Vielleicht liegen die beiden bewusstlos vor der Hütte, und es ist weiter gar nichts passiert. Der Engländer, den er auf dem Schiff verprügelt hat, war einer unserer Trauzeugen.«

Clarissa merkte, dass sie mit diesen Bemerkungen nur ihre große Angst überspielen wollte, und nahm das Heft in die Hand. »Geh ins Büro und schlaf weiter«, sagte sie zu dem Jungen. Und zu Dolly: »Dann lass uns nachsehen.«

Über die Planken, die geschäftstüchtige Händler über die schmale Holly Street gelegt hatten, liefen Clarissa und Dolly nach Westen. Auch Clarissa fror jetzt nicht mehr, zu groß waren ihre Unruhe und die Ungewissheit über das Schicksal des Iren. Sie war lange nicht so optimistisch wie ihre neue Freundin, hatte große Angst, wie sie reagieren würde, wenn ihrem Mann tatsächlich etwas passiert war. So heftig, wie sie manchmal reagierte, konnte es leicht zu einem Kurzschluss kommen, der auch sie in große Gefahr bringen würde.

Einige Huskys rissen jaulend an ihren Ketten, als sie die letzten Häuser der Straße passierten, zogen sich aber rasch wieder zurück, als ein doppelt so großer Hund in ihrer Nähe auftauchte und ärgerlich zu bellen begann. In einem der

Häuser flammte eine Lampe auf, und eine ältere Frau, die anscheinend nicht schlafen konnte, lehnte sich aus dem Fenster, blickte neugierig auf die beiden Frauen hinab und verschwand wieder. Gleich darauf erlosch auch das Licht. Ein Betrunkener lehnte an einer Hauswand und sang vor sich hin.

Hinter der Stadt versank die Straße in fast vollkommener Dunkelheit. Der Mond war hinter den Wolken verschwunden, und nur noch ein Bruchteil des trüben Lichtes erreichte die Erde und legte sich wie ein blasser Schleier über die Straße. Der Schnee, der sie fast vollständig bedeckte und im Schatten der Bäume noch immer hohe Wehen bildete, war verharscht und schmutzig.

»Wir hätten Lampen oder Fackeln mitnehmen sollen«, sagte Clarissa.

Dolly hörte gar nicht hin. Sie war ihr in der Sorge um ihren Mann weit vorausgeeilt, drehte sich alle paar Schritte nach ihr um und forderte sie mit ungeduldigen Blicken auf, doch schneller zu gehen. Sie konnte es gar nicht abwarten, mit dem Händler zu reden. Wahrscheinlich hoffte sie, dort zwei lallende Männer zu treffen, die heftig aufeinander eingedroschen und sich anschließend bei einer Flasche Scotch versöhnt hatten.

Doch bis zum Haus des Händlers kamen sie gar nicht. Sie hatten noch nicht einmal die Lichtung mit seiner Hütte erreicht, als Dolly plötzlich auf etwas Dunkles am Straßenrand zulief. Ihr Schrei klang so laut und verzweifelt, dass Clarissa sofort ahnte, was sie gefunden hatte. »Luther!«, flüsterte sie entsetzt.

18

Von der plötzlichen Angst getrieben, bei der reglosen Gestalt könnte es sich um Alex handeln, rannte Clarissa auf die Engländerin zu. »Alex! Alex!«, rief sie in ihrer Panik. »Du darfst nicht tot sein!«

Als hätte sie völlig vergessen, dass sie in Alaska waren und nach Luther gesucht hatten. In Gedanken war sie wieder in Port Essington und sah sich zu den Klippen hinabsteigen, den Stiefel in der Hand, auf der verzweifelten Suche nach Alex' Leiche. Wie in einem Albtraum verharrte sie in der Dunkelheit. Erst die verzweifelten Schreie der Engländerin lösten sie aus ihrer Erstarrung und holten sie in die Wirklichkeit zurück.

Dolly schrie so laut und herzzerreißend, dass man glauben konnte, sie hätte den Verstand verloren. Ihr gerechter Zorn und ihre wilde Entschlossenheit fielen wie eine Maske von ihr und legten ihre zutiefst verletzte Seele bloß. In ihrem Schmerz hatte sie sich über ihren Mann geworfen, das Gesicht auf seiner Brust, ungeachtet des geronnenen Blutes, das seinen ganzen Oberkörper bedeckte. Ihre Worte waren kaum zu verstehen, nur das verzweifelte »Luther! Luther!«, und bei jedem unartikulierten Schrei hämmerte sie mit einer Faust auf den Schnee, als läge der Schuldige am gewaltsamen Tod ihres Mannes darunter. »Er ist tot! Sie haben ihn ermordet!«, rief sie verzweifelt.

Clarissa ging neben ihr in die Knie und legte einen Arm um ihre Schultern. Unter ihrer Berührung zitterte Dolly, ansonsten eher kräftig und jedem Ansturm gewachsen, wie ein neugeborenes Fohlen. »Luther! Luther!« Immer wieder rief sie den Namen ihres Mannes, noch immer in der Hoffnung, sie könnte ihn mit ihren Rufen ins Leben zurückholen, doch sein Körper blieb kalt und steif, er lag schon zu lange im schmutzigen Schnee neben der Straße.

Man hatte ihn übel zugerichtet. Aus mehreren Platzwunden am Kopf war Blut über sein Gesicht und seinen Oberkörper geströmt, seine Lippen waren aufgeplatzt, und mehrere Zähne fehlten. Seine Nase schien gebrochen zu sein, ein Auge stand offen, das andere war so stark geschwollen, dass man es kaum sah. Sie hatten ihn zu Tode geprügelt, mit einer Eisenstange oder einem Holzscheit, und wie lästigen Abfall am Straßenrand liegen lassen. Selbst mit einem verendeten Tier wäre jeder normale Mensch sorgsamer umgegangen.

Clarissa spürte ein starkes Würgen im Hals, aber sie lebte schon zu lange in der Wildnis, um beim Anblick des übel zugerichteten Toten vollkommen die Kontrolle zu verlieren. Sie empfand sogar heimliche Erleichterung, nicht vor ihrem eigenen Mann knien zu müssen. Stattdessen richtete sie ihre ganze Energie darauf, Dolly zu beruhigen. Mit sanften Worten, eigentlich nur belanglosen Floskeln, redete sie auf die schluchzende Engländerin ein, strich ihr immer wieder über den Kopf, bis die Tränen langsam versiegten und sie sich beruhigte. Immer noch schniefend, die Augen gerötet vom Weinen und das Blut ihres Mannes auf den Wangen, richtete sich Dolly auf und stammelte mit erstickter Stimme: »Er … Luther ist tot! Sie haben … haben ihn … ihn ermordet! Er … Er ist tot …«

Doch anstatt sich erneut auf ihren Mann zu werfen und ihrem Schmerz und ihrer Verzweiflung nachzugeben, wie es jede andere Frau getan hätte, richtete sich Dolly auf und blickte Clarissa entschlossen an. Wie schon am Nachmittag, als sie aus der Pension gestürmt war, schien ein Ruck durch ihren Körper zu gehen. Sie wischte sich die Tränen aus den Augen, hieb noch einmal die Faust in den Schnee und rief: »Das werden sie mir büßen, diese feigen Mörder! Der Reverend und dieser … dieser Soapy Smith, ich werde sie vor Gericht bringen, und dann werden sie hängen … Alle beide!«

»Wir können ihnen nichts nachweisen«, erwiderte Clarissa. »Sie werden den Mord anderen in die Schuhe schieben, so wie sie es bei allen anderen Morden getan haben. Fitz, der alte Goldsucher, den ich auf dem Schiff kennengelernt habe … Er hat mich rechtzeitig vor Soapy Smith und seiner Bande gewarnt. Wenn er nicht gewesen wäre, hätte mich der junge Mann am Hafen ebenfalls ins teure Skaguay Hotel geführt. Wer weiß, ob ich dann meine Ersparnisse noch hätte. Fitz wollte euch warnen, als er euch mit dem Jungen in der Menge verschwinden sah, aber er war zu spät dran und konnte nichts mehr tun. Hätten wir euch doch nur früher gesehen!«

Dolly wollte widersprechen, aber sie brachte vor Schmerz nur einen heiseren Laut über die Lippen und schüttelte den Kopf. Einige Tränen, die unkontrolliert über ihre Wangen rannen, wischte sie mit einer heftigen Handbewegung weg.

»Soapy Smith und seine Bande sind zu raffiniert«, fuhr Clarissa fort. »Nicht mal die Männer kommen gegen diese Verbrecher an. Entweder machen sie gemeinsame Sache mit ihm, oder sie ziehen zum Klondike weiter.«

Dolly starrte auf ihren toten Mann, die umgedrehten Taschen, die eindeutig bewiesen, dass man ihm sein ganzes Geld genommen hatte, anscheinend noch, bevor sie den Händler erreicht hatten. Ein Zeichen dafür, wie wenig sie sich darum kümmerten, was nach dem Tod ihres Opfers geschah. Sollte doch jeder wissen, dass man ihn wegen seines Geldes umgebracht hatte. Es würde sowieso niemand was dagegen unternehmen, nicht einmal der US Marshal.

»Was soll ich nur tun?« Dolly, eben noch entschlossen, den Tod ihres Mannes zu rächen, sah wohl ein, dass sie gegen Soapy Smith machtlos war. »Die Mörder haben mir alles genommen ... meinen Mann und unser Geld! Wovon soll ich jetzt leben? Wie soll ich die Beerdigung bezahlen? Ich habe kein Zuhause mehr. Ich hab niemand mehr, keinen Mann, keine Verwandten, keine Freunde.«

»Wir müssen ihn in die Stadt zurückbringen«, übernahm Clarissa die Initiative. »Ich hole einen Wagen. Du wartest hier auf mich. Bist du okay, Dolly?«

Natürlich war sie nicht okay, aber stark genug, um eine Weile ohne Clarissa auszukommen. Sie würde die Zeit nützen, um ein paar letzte Worte mit ihrem Mann zu sprechen und sich von ihm zu verabschieden. »Es geht schon.«

Clarissa lief in die Stadt zurück. Inzwischen hatte es leicht zu regnen begonnen, eine Mischung aus Regen und

Schnee, die wohl daran erinnern sollte, dass man in diesen Breiten auch im Frühjahr noch mit schlechtem Wetter rechnen musste. Der Schneeregen kam ihr gerade recht, um nach dem schrecklichen Fund wieder einigermaßen klar denken zu können. Den Kragen ihres Mantels nach oben geklappt, den Hut in der Stirn, und beide Hände tief in den Taschen, marschierte sie in die Stadt zurück. Aus der Ferne drang das Gejaule der Huskys an ihre Ohren, und irgendwo in den Wäldern heulte ein Wolf. »Bones«, flüsterte sie, »heute hätten wir dich gebraucht! Wo steckst du die ganze Zeit?«

Von Alex wusste sie, dass ein Wolf ungefähr fünfzehn Meilen am Tag zurücklegte, wenn er es eilig hatte, und Bones gar nicht in Alaska sein konnte, selbst wenn er auf die absurde Idee gekommen wäre, ihr in den Hohen Norden zu folgen. »Vielleicht hilfst du Alex. Braucht er deine Hilfe, Bones?« Wie gerne hätte sie eine Antwort von dem geheimnisvollen Wolf bekommen, doch es kam nichts, selbst das ferne Heulen war verstummt. Es war wohl doch so, wie Alex schon vor langer Zeit behauptet hatte: In der Wildnis war man ganz auf sich allein gestellt. Nur wenn man stark genug war, um den Gefahren zu trotzen, blieb man am Leben. Alex war stark genug, und doch blieb die Angst ihr ständiger Begleiter. Würde er für immer verschollen bleiben, und würde sie einmal Dolly beneiden, weil die wenigstens wusste, wo ihr Mann begraben lag? »Lass mich nicht im Stich, Alex!«

In der Stadt war selbst in einigen Saloons und Kneipen das Licht ausgegangen, und auf den Straßen trieben sich vor allem Betrunkene herum. Sie kümmerte sich nicht um die anzüglichen Bemerkungen, die einige der Männer bei ihrem Anblick lallten, und hielt geradewegs auf das Marshal-Büro zu.

Ohne anzuklopfen, trat sie ein. Zu ihrer Überraschung stand Marshal Tanner mit einem Kaffeebecher neben dem Ofen, vollständig angezogen, aber unrasiert und mit wirren Haaren. Er brummte missmutig. Sein junger Neffe saß am Schreibtisch und blinzelte nervös, als er Clarissa erkannte.

»Da sehen Sie, was Sie und Ihre Freundin angerichtet haben«, sagte Tanner. »Nachdem Sie gegangen waren, konnte ich nicht mehr einschlafen. Kommen Sie das nächste Mal tagsüber, wenn Sie eine Beschwerde haben.«

Clarissa ließ die Tür offen und scherte sich nicht darum, dass der Wind den Schneeregen ins Büro trieb. »Luther Kinkaid ist tot!«, sagte sie. »Der Mann, nach dem meine Bekannte gesucht hat. Ihr Mann wurde ermordet! Zu Tode geprügelt! Er liegt am Straßenrand, ungefähr eine halbe Meile westlich der Stadt. Wollen Sie sich jetzt um die Angelegenheit kümmern, Marshal? Oder behaupten Sie immer noch, der Mann würde irgendwann wieder auftauchen?«

»Das habe ich nicht gesagt, Ma'am.« Den Marshal schien die Meldung nicht besonders aufzuregen. »Ich habe nur gesagt, dass es in den meisten Fällen so ist.« Er betonte den letzten Satz. »Tut mir leid, was passiert ist, aber so ein Mord ist keine Seltenheit in unserer Stadt. Leider kriegen wir die Täter in den seltensten Fällen zu fassen. Die kanadische Grenze ist nahe, und bevor wir ihnen auf die Spur kommen, sind sie meist schon über alle Berge.«

»Soll das heißen, Sie wollen hierbleiben und Däumchen drehen?«

»Mir sind die Hände gebunden, Ma'am. Bis ich an den Tatort komme, sind die Mörder längst in Kanada. Ein besseres Versteck als unter den vielen Goldsuchern auf dem Chilkoot oder dem White Pass Trail gibt es doch kaum. Sobald sie ein Verbrechen begangen haben, setzen sich die Täter nach Kanada ab, das kennen wir schon, und brauchbare Spuren hinterlassen die meisten auch nicht. Selbst wenn wir die Täter fassen würden, könnten wir ihnen nicht das Geringste beweisen. Tut mir furchtbar leid, Ma'am, aber so ist es nun mal. Wir können froh sein, wenn wir hier in Skaguay einigermaßen Ordnung halten. Um die Gesetzlosen, die nach Kanada fliehen, muss sich die North West Mounted Police kümmern.«

Clarissa glaubte, einen spöttischen Unterton in der Stimme des Marshals auszumachen. »Ist das Ihre Art, mit Gesetzlosen umzugehen, Marshal? Sie versuchen nicht mal, sie zu fangen? Ich glaube kaum, dass die amerikanische Regierung mit diesem Vorgehen einverstanden ist.« Sie hätte gern noch mehr gesagt, ahnte aber, dass ihre Vorwürfe ohnehin zu nichts führen würden, und wollte Dolly nicht zu lange allein bei ihrem toten Mann lassen. »Dann leihen Sie mir wenigstens einen Wagen, damit wir den Toten in die Stadt bringen können. Und kommen Sie mir nicht mit irgendwelchen Ausreden … Also?«

»Schon gut«, willigte er ein. »Sie können den Pritschenwagen neben dem Haus nehmen.« Er blickte seinen Neffen an. »Matt wird Ihnen dabei helfen.«

Der Junge war nicht gerade begeistert, hatte aber nichts zu sagen und erhob sich widerwillig. Er zog rasch seinen Mantel und die Handschuhe an und stülpte sich eine dicke Wollmütze über den Kopf. Leise vor sich hin murmelnd führte er Clarissa zu dem Wagen. Er spannte ein Pferd aus dem angrenzenden Stall davor und half ihr auf den Kutschbock. Als er neben ihr saß, rief er: »Hüüaah! Hüüaah!«, doch sein Anfeuerungsruf klang alles andere als begeistert.

Ihr Weg führte an »Jeff Smith's Parlor« vorbei, dem größten Saloon des Verbrecherkönigs, der auch in der Öffentlichkeit nur auf seinen richtigen Namen reagierte. »Mein Name ist Jefferson Randolph Smith«, pflegte er zu sagen, wenn ihn jemand mit »Soapy« ansprach, »und wenn Sie diesen hässlichen Namen noch einmal aussprechen, kann ich leider für nichts garantieren.« In Denver hatte man einen Mann, der sich nicht an diese Drohung gehalten hatte, tot aufgefunden, und die Polizei war heute noch überzeugt, dass Soapy Smith ihn erschossen hatte – mit einer fremden Waffe, um nicht verdächtigt zu werden. Natürlich hatte man ihm nicht das Geringste nachweisen können.

Vielleicht war es nur Zufall, dass Soapy Smith ausgerechnet in diesem Augenblick aus seinem Saloon trat und scheinbar interessiert in den Schneeregen blickte. Clarissa vermutete allerdings, dass er sie durchs Fenster beobachtet hatte und von vornherein vorgehabt hatte, sie abzupassen. Anscheinend kam er mit wenig Schlaf aus. Wie aus dem Ei gepellt stand er unter dem Vorbaudach und blickte ihnen erwartungsvoll entgegen, einen kalten Zigarillo in der rechten Hand. Die linke hatte er hinter seinen ledernen Gürtel gehakt.

Auf ein Zeichen des Verbrecherkönigs hielt der Junge den Wagen an. Nicht im Traum hätte er daran gedacht, die Aufforderung zu missachten und einfach weiterzufahren. Sich Soapy zu widersetzen, hatte meist böse Folgen.

»So spät noch auf, Ma'am?« Er ließ den kalten Zigarillo in seiner Brusttasche verschwinden und bedachte sie mit einem Lächeln. »Ist was passiert?«

»Das wissen Sie doch ganz genau«, erwiderte sie. War es ihr bei dem Marshal noch gelungen, ihre Wut im Zaum zu halten, fühlte sie sich durch das falsche Lächeln des Verbrecherkönigs so herausgefordert, dass sie nicht mehr an sich halten konnte. »Luther Kinkaid ist ermordet worden! Der Ire, den Ihr falscher Reverend auf dem Schiff getraut hat. Zuerst hindert mich dieser hässliche Pfaffe daran, ihn und seine Braut im Skaguay Hotel zu besuchen, und ein paar Stunden später holt er den armen Mann ab, um ihn zu einem besonders preisgünstigen Ausrüster vor der Stadt zu führen. Von dieser Fahrt ist er nicht mehr zurückgekehrt. Hätten Dolly und ich nicht nach ihm gesucht, hätten ihn jetzt vielleicht schon die Wölfe oder Kojoten gefressen.«

Das Lächeln des Verbrecherkönigs gefror lange genug, um ihr die Gewissheit zu geben, dass er tatsächlich etwas mit der Sache zu tun hatte. »Und was werfen Sie mir vor, Ma'am?«, spielte er auch weiterhin den Unschuldigen. »Glauben Sie etwa, ich hätte den armen Mann umgebracht? Ich war den ganzen Nachmittag und Abend in der Stadt und habe meinen Saloon nur verlassen, um mir neue Zigarillos zu besorgen. Das kann Ihnen die halbe Stadt bestätigen. Und Reverend Ike ist Angehöriger einer angesehenen Gemeinde. Ich kenne ihn seit meiner Zeit in Denver und würde die Hand für ihn ins Feuer legen. Er ist überzeugter Christ und würde keiner Fliege etwas zuleide tun. Außerdem war er die meiste Zeit in meiner Nähe oder auf seinem Zimmer. Auch dafür könnte ich Ihnen zahlreiche Zeugen bringen.«

»Reverend Ike hat den Engländer am späten Nachmittag im Hotel abgeholt«, widersprach Clarissa, »dafür kann ich Ihnen Zeugen bringen. Er wollte Luther Kinkaid persönlich zu dem Ausrüster bringen, einem gewissen Willie Dunn.«

Soapy Smith zuckte bei der Erwähnung des Namens, ließ sich aber ansonsten nichts anmerken. Sein falsches Lächeln blieb. »Das kann nicht sein, Ma'am. Wenn er diesen … wie war sein Name? Luther Kinkaid, nicht wahr? Wenn er ihn tatsächlich abgeholt hat, dann sicher nur, um ihm den Weg zu zeigen. Ich bin sicher, er hat die Stadt nicht verlassen. Sie irren sich, Ma'am.«

»Sie spielen ein falsches Spiel, Soapy Smith! Wenn ich jemals herauskriegen sollte, dass Sie etwas mit diesem gemeinen Mord zu tun haben, werde ich …« Sie wusste nicht, wie sie ihm drohen konnte, und fluchte stattdessen.

Der Verbrecherkönig gewann seine Selbstsicherheit wieder. »Hören Sie, Ma'am«, sagte er in jener jovialen Tonlage, die er wohl für aufgebrachte Frauen reserviert hatte, »ich verstehe Ihre Aufregung und Ihren Ärger. Der Mann Ihrer Freundin ist ermordet worden, da ist es ganz natürlich, dass man die Nerven verliert und auch mal ehrenwerte Gentlemen mit falschen Anschuldigungen belastet. Ich kann Ihnen jedenfalls versichern, dass weder ich noch Reverend Ike etwas mit dem Mord zu tun haben. Um Ihnen meinen guten Willen zu zeigen, bin ich sogar bereit, die Beerdigungskosten für den armen Mann zu übernehmen und der Witwe mit einem großzügigen Kredit auszuhelfen. Sagen Sie ihr das bitte, und richten Sie ihr mein herzliches Beileid aus. In einer Stadt wie Skaguay bleibt es leider nicht aus, dass sich neben ehrenwerten Goldsuchern und Kaufleuten auch allerhand Gesindel breitmacht. Und US Marshal Tanner hat Ihnen sicher auch schon erklärt, dass wir trotz größter Bemühungen meist nicht in der Lage sind, dem Treiben dieser Halunken Einhalt zu gebieten. Aber ich kann Ihnen versichern, dass wir alles tun werden, um die Täter zu fassen. Ich werde gleich morgen früh einen Brief an die kanadische Polizei schicken. Vielleicht kommen die Mounties der Mörderbande auf die Spur.«

»Sehr verbunden«, imitierte Clarissa den Südstaaten-Slang des Verbrecherkönigs und trieb die Pferde mit einem lauten »Hüüaah!« an. Dem verschreckten Jungen blieb nichts anderes übrig, als die Zügel aufzunehmen und den Wagen an Soapy Smith vorbeizulenken. Er machte sich so klein wie möglich, als hätte er Angst, von seinen strengen Blicken getroffen zu werden.

Clarissa machte etwas ganz anderes zu schaffen. Als sie den Saloon passierte, glaubte sie, ein bekanntes Gesicht im Schein einer Öllampe zu erkennen. Sam Ralston. Der Spieler hatte bei dem Verbrecherkönig angeheuert!

»In dieser Stadt ist wirklich alles möglich«, schimpfte sie leise.

19

Schon von Weitem sah Clarissa, dass Dolly verschwunden war. Weder bei ihrem toten Mann noch auf der Straße war sie zu sehen. Sie stand auf, um einen besseren Überblick zu haben, und versuchte krampfhaft, eine Bewegung auf der verschneiten Ebene vor dem Waldrand auszumachen, konnte sie aber auch dort nirgendwo entdecken. Wie erstarrt lag die verschneite Straße vor ihr, bleich und trostlos wie die Kulisse in einem unheimlichen Theaterstück. »Schneller! Warum fährst du nicht schneller?«, fuhr sie den Jungen an.

Matt war viel zu verstört, um sofort zu reagieren, und auch der lahme Ackergaul machte wenig Anstalten, sich zu beeilen. Ungeduldig riss Clarissa dem Jungen die Zügel aus der Hand. Sie stand auf und trieb damit das Zugpferd an. »Vorwärts! Nun heb endlich die Hufe, verdammt!« Der Junge, erschrocken darüber, eine Frau fluchen zu hören, blickte sie ängstlich von der Seite an.

Neben dem Toten hielt Clarissa an und sprang vom Kutschbock. Der Wind hatte noch einmal aufgefrischt. Sie beugte sich über den leblosen Iren und kniff die Lippen zusammen, als sie das verunstaltete Gesicht des einst so fröhlichen Mannes sah. Kein Wunder, dass Dolly die

Nerven verloren hatte und davongelaufen war. Sie hätte die Engländerin niemals allein lassen dürfen. »Nun hilf mir schon!«, rief sie dem Jungen zu. Er saß wie versteinert auf dem Kutschbock und starrte auf den Toten. »Hilf mir, ihn auf den Wagen zu legen! Komm schon, ich hab nicht ewig Zeit!«

Wie in Trance stieg der Junge vom Wagen. Sein Blick war ständig auf den toten Iren gerichtet, als er ihn unter den Armen packte und zusammen mit ihr auf die Ladefläche des Wagens wuchtete. Er warf rasch eine mitgebrachte Decke über den Toten und hielt sich mit beiden Händen am Wagen fest, bis das Würgen in seinem Hals nachließ und er wieder einigermaßen befreit atmen konnte. Sein Gesicht war blass.

»Bring ihn zum Doktor!«, trug ihm Clarissa auf. »Er soll den Totenschein ausstellen und dem Bestatter sagen, dass Mister Smith die Kosten für die Beerdigung übernimmt. Ich würde mich dann melden, sobald ich Dolly … die Witwe des Toten gefunden habe. Schlaf unterwegs nicht ein, hörst du?«

»Sie … Sie kommen nicht mit?«

»Ich hab dir doch gesagt … Ich muss die Witwe suchen.«

»Mitten … mitten in der Nacht?«

»Soll ich sie vielleicht da draußen herumirren lassen?« Clarissa reagierte barscher als beabsichtigt. Sie war nervös … und wütend auf sich selbst, weil sie Dolly allein bei ihrem toten Mann zurückgelassen hatte. »Und sag deinem Onkel, dass Dolly Kinkaid spurlos verschwunden ist und ich nach ihr suche. Wenn ihm sein Abzeichen irgendwas bedeuten würde, könnte er ja ein Aufgebot zusammenstellen und ebenfalls nach der armen Frau suchen.« Sie lächelte flüchtig. »Nein, lass den letzten Satz lieber weg, sonst bekommst du noch Prügel. »Aber sag ihm Bescheid, hörst du? Dolly kommt aus der Stadt und kennt sich in der Wildnis nicht aus. Ich will nicht, dass ihr was passiert.«

Er kletterte auf den Kutschbock und griff nach den Zügeln. Anscheinend stand er immer noch unter Schock. »Und Sie … Sie kennen sich in der Wildnis aus?«

»Ich bin mit einem Fallensteller verheiratet. Fahr endlich!«

Clarissa wartete, bis der Junge den Wagen gewendet hatte, und marschierte los. Vielleicht hatte Willie Dunn, der Ausrüster, der seine Waren angeblich preiswerter als andere Händler verkaufte, etwas gesehen. Wenn Dolly weiter der Straße gefolgt war, musste sie an seinem Haus vorbeigekommen sein. Oder wollte sie sich an ihm rächen, weil er an dem Verbrechen beteiligt war?

In ihrer Panik war die arme Frau sicher zu allem fähig. Der gewaltsame Tod ihres Mannes hatte sie in ein tiefes Tal der Tränen gestürzt, aus dem auch eine Frau wie sie nur mühsam herauskommen würde. Solange der Schmerz noch übermächtig war, würde sie ziellos in diesem Tal herumirren und in Kauf nehmen, dabei zu verhungern oder zu verdursten, sich in der unwegsamen Wildnis zu verirren oder von einem wilden Tier angefallen und getötet zu werden. Sie würde sich nicht einmal wehren, wenn sie einem Bären gegenüberstand, wahrscheinlich sogar froh sein, bald ihren Mann wiedersehen zu können.

Clarissa kannte dieses Gefühl. Vor zwei Jahren hatte Frank Whittler die Meldung verbreitet, seine Männer hätten Alex erschossen und in einen reißenden Fluss fallen sehen, und sie war lange Zeit in dem Bewusstsein durch die Wälder geirrt, ihren Mann für immer verloren zu haben. Auch sie war damals nahe daran gewesen, einfach aufzugeben und ihm zu folgen. Nur ihrem eisernen Willen und der Hoffnung, die niemals in ihr versiegt war, hatte sie es zu verdanken, dass sie gestärkt aus dieser Zeit hervorgegangen war. Sie würde Alex nicht aufgeben. Sie war immer noch fest davon überzeugt, dass er am Leben war und innerhalb der nächsten Tage in Skaguay auftauchen würde.

Wie tief Dolly in ihr Tal der Tränen hinabsteigen würde, wusste Clarissa nicht. Doch die Gefahr, dass sie in ihrer Panik ziellos in die Wildnis rannte und dabei ihr Leben riskierte, war groß, und Clarissa erkannte, dass sie die Engländerin so schnell wie möglich finden musste, wenn sie ein Unglück vermeiden wollte. Beide Hände in den Manteltaschen und den Kopf gegen den treibenden Schneeregen gesenkt, folgte sie der morastigen Straße nach Westen, dem nahen Waldrand entgegen. Um sie herum wirkte das Land einsam und verlassen. Obwohl die Lichter von Skaguay noch immer zu sehen waren und man sogar das Klimpern eines Walzenklaviers hören konnte, kam sie sich wie in der tiefsten Wildnis vor, meilenweit von der Zivilisation entfernt.

Zwischen den Bäumen verblassten die Lichter, und die schrägen Töne des Walzenklaviers blieben in der Dunkelheit zurück. Ihre Schritte auf dem verharschten Schnee waren wieder deutlich zu hören, und im nächtlichen Wind rauschten die Fichten. Gerade, als sie sich fragte, ob sie auf dem richtigen Weg war, sah sie eine Lichtung durch die Bäume schimmern, und nur wenige Minuten später tauchten die Umrisse eines Blockhauses im Schneeregen auf. Sie zögerte kurz, ging dann entschlossen weiter und umklammerte den Revolver in ihrer Tasche, als ein Hund vor dem Haus anschlug.

Hinter einem der Fenster flackerte eine Lampe auf. Die Haustür knarrte, und eine aufgebrachte Stimme rief: »Was wollen Sie? Ich hab geschlossen, verdammt! Außerdem verkaufe ich nur an gute Freunde. Also hauen Sie ab, Mister, oder ich blase Ihnen die Ladung meiner Schrotflinte in den Bauch!«

»Ich bin kein Mister und habe auch nicht die Absicht, etwas zu kaufen«, antwortete Clarissa und staunte über ihren Mut. Der Händler, der sicherheitshalber in der Deckung seiner Hütte blieb, machte nicht den Eindruck, als ließe sich vernünftig mit ihm reden. »Und ich glaube nicht, dass Sie eine Frau einfach über den Haufen knallen. Oder irre ich mich etwa, Mister?«

»Ein Weibsbild?« Der Händler trat aus dem Haus, eine Flinte in den Händen, und blickte sie verwundert an. In seiner Unterwäsche und der zerfledderten Wolldecke, die er sich über die Schultern geworfen hatte, sah er wie ein Landstreicher aus. Seine Glatze leuchtete in dem schwachen Licht, das aus der Hütte drang. »Mitten in der Nacht? Was wollen Sie, verdammt?«

»Nur eine Frage«, erwiderte Clarissa. Sie blieb in respektvoller Entfernung vor dem Händler stehen und warf einen Blick auf den Hund, der sich inzwischen beruhigt hatte, aber immer noch mit gespannter Kette neben der Tür stand. »Ich suche eine gewisse Dolly Kinkaid. Eine Engländerin. Dunkelblond, etwas kräftiger als ich. Sie ist spurlos verschwunden. Haben Sie die Frau gesehen? Ist sie vor ungefähr einer Stunde bei Ihnen vorbeigekommen?«

Der Händler ließ die Flinte sinken. »Vor einer Stunde? Da hab ich fest geschlafen, verdammt.« Er fluchte anscheinend gern und viel. »Und ein Weibsbild ist schon seit vielen Jahren nicht mehr bei mir aufgetaucht. Sie sind die Erste und hoffentlich auch die Letzte. Und jetzt verschwinden Sie endlich!«

»Ihr Mann ist ermordet worden.« Clarissa ließ nicht locker. »Reverend Ike hatte ihm versprochen, ihn zu einem befreundeten Ausrüster zu bringen. Zu Ihnen, Mister Dunn. Sie würden ihm einen Sonderpreis machen.« Ihre Hände waren immer noch in den Manteltaschen. »Er war nicht zufällig bei Ihnen?«

»Bei mir?«, erwiderte er scheinbar überrascht. »Bei mir war gestern niemand. Ich sag Ihnen doch, verdammt, ich verkaufe nur an gute Freunde.«

»An zahlungskräftige Kunden, die man ausnehmen und den Diebstahl irgendwelchen Verbrechern in die Schuhe schieben kann, die es gar nicht gibt!« Sie konnte nicht länger an sich halten, auch wenn sie wusste, wie dumm und leichtsinnig es war, so etwas zu behaupten. »Ich weiß, dass Reverend Ike mit Soapy Smith unter einer Decke steckt … dass die halbe Stadt mit ihm gemeinsame Sache macht … Und ich habe den starken Verdacht, dass einer seiner Männer den armen Mann umgebracht hat. Warum machen Sie bei so was mit? Haben Sie eine Vorstellung davon, was man der Frau angetan hat?«

Clarissa sah den Händler nach seiner Flinte greifen und erkannte, dass sie in ihrer Erregung einen Fehler gemacht hatte. Um den Revolver aus der Tasche zu ziehen und auf ihn zu richten, fehlte ihr der Mut. Stattdessen beeilte sie sich zu sagen: »Aber deswegen bin ich nicht hier, Mister. Ich will nur wissen, ob Sie die Frau gesehen haben. Sie muss hier vorbeigekommen sein.«

Der Händler gehörte wohl nicht zu den Schurken, die eine wehrlose Frau erschossen, und konnte sich ja auch sicher sein, für sein falsches Spiel nicht belangt zu werden. Wohl auch, um die lästige Frau endlich loszuwerden, sagte er: »Mag sein, dass mein Hund vor einer Weile angeschlagen hat. Das tut er immer, wenn jemand in der Nähe ist. Kann die Frau gewesen sein … oder ein verdammter Bär, der aus dem Winterschlaf erwacht ist, was weiß ich?«

Clarissa deutete nach vorn. »Wo führt die Straße hin?«

»Nach Dyea … einem armseligen Nest mit ein paar Häusern … und dann zum Chilkoot Pass.« Er grinste einfältig. »Aber da wollen Sie nicht hin. Nur Verrückte klettern den verdammten Pass hinauf. Ist Ihre Freundin verrückt?«

Clarissa überlegte kurz. Wenn Dolly nach Menschen zumute gewesen wäre, hätte sie wohl den Händler geweckt und ihn für den Tod ihres Mannes verantwortlich gemacht. In ihrer Panik hätte sie ihn vielleicht sogar mit bloßen Fäusten angegriffen, um den Namen des Mörders zu erfahren. Sie schien jedoch eher die Einsamkeit gesucht zu haben, um irgendwo in den nahen Bergen ihre Wunden zu lecken. Bis ihr Mut und ihre Entschlossenheit zurückkehrten, zogen sicher noch einige Wochen oder Monate ins Land.

Sie deutete auf den schmalen Pfad, der sich auf der anderen Seite der Lichtung zwischen den Bäumen verlor. In dem

Schneetreiben war er kaum zu erkennen. »Und wo geht es dort drüben hin? Das ist doch ein Wildpfad, oder?«

»Da wollen Sie erst recht nicht hin«, antwortete der Händler. »Der Trail führt zum Skaguay River, und falls Sie jemals das Ufer erreichen, was ich nicht glaube, bleiben Sie entweder in den Felsen hängen oder stürzen in eine Schlucht. Dahinter gibt's nur Gletscher und steile Berghänge. Da treiben sich nicht mal Indianer rum.«

Clarissa dachte nach. Sie hatte keine Vorstellung davon, zu welchen Anstrengungen eine Frau, die gerade ihren Mann verloren hatte, fähig war. Würde sie vor lauter Verzweiflung nicht einfach drauflosmarschieren, möglichst weit weg von den Menschen, egal, welche Berge und Gletscher es zu überwinden galt?

»Danke, Mister«, sagte sie. »Sorry, dass ich Sie geweckt habe.«

»Weibsbilder«, brummte der Händler.

Clarissa wandte ihm den Rücken zu und überquerte die Lichtung. Sie spürte seinen forschenden Blick im Rücken, widerstand aber der Versuchung, sich nach ihm umzudrehen und sich eine Blöße geben. Nach einer Zeit, die ihr unendlich lange vorkam, hörte sie endlich, wie die Tür ins Schloss fiel.

Im Nachhinein erschrak sie bei dem Gedanken, wie direkt sie den Händler angegangen war und mit welchen derben Worten sie ihn beschuldigt hatte. Mrs Buchanan würde wahrscheinlich die Hände über dem Kopf zusammenschlagen, falls sie ihr jemals davon erzählte. Aber die Arroganz, mit der Soapy Smith und seine Leute vorgingen, ging ihr so gegen den Strich, dass sie froh sein konnte, nicht noch schärfere Worte gebraucht zu haben. Willie Dunn trug eine Mitschuld an dem Mord, auch wenn er nicht selbst zugeschlagen hatte.

Schon nach wenigen Schritten auf dem schmalen Wildpfad merkte Clarissa, dass der Händler noch untertrieben hatte. In dem Mischwald aus Kiefern, Birken und Cottonwoods, der nur einen Bruchteil des ohnehin nur trüben Lichts durchließ, war der Pfad kaum noch zu erkennen. Gleich beim ersten Hindernis blieb sie mit dem Rock hängen und konnte froh sein, dass der scharfkantige Felsen nur ein faustgroßes Loch in ihren Rock riss. Wie die Bauklötze eines Riesen türmten sich die Felsbrocken vor ihr auf, mächtige Quader aus grauem Stein, die den Pfad fast vollkommen unter sich begruben und sie zu gewagten Kletterpartien zwangen. Der Stein war nass und glitschig, und das Moos und die Flechten erschwerten ihr den Halt. Ihr einziger Trost bestand darin, dass die dichten Baumkronen den Schneeregen abhielten.

Auf einem flachen Felsen, der wie ein Tisch aus dem steinernen Labyrinth ragte, verschnaufte sie schwer atmend. Unmöglich, sagte sie sich, diesen beschwerlichen Pfad konnte Dolly auf keinen Fall genommen haben. Nicht einmal die schlimmste Panik ließ eine Frau ein derartiges Wagnis eingehen. Der Händler hatte recht, in dieser Wildnis würden sich sogar Fallensteller und Indianer schwertun.

Sie nahm ihren Hut ab und fuhr sich mit gespreizten Fingern durch die nassen Haare. War Dolly doch nach Dyea gelaufen, um dort nach einem Polizisten zu suchen, der etwas gegen die Mörder ihres Mannes unternahm? Wusste sie denn nicht, dass US Marshal Tanner für den ganzen Bezirk zuständig war? Oder war sie tatsächlich verrückt geworden, wie der Händler behauptete, und wollte über den Chilkoot Pass nach Norden fliehen?

Clarissa stieg langsam weiter, ohne zu wissen, warum sie nicht gleich umkehrte und in Dyea oder am Aufstieg zum Chilkoot Pass nach Dolly suchte. Nur noch die paar Schritte bis zu dem Felsen, der wie ein mächtiger Keil aus dem Labyrinth ragte, überlegte sie, von dort habe ich den besten Überblick. Wenn ich sie dann nicht sehe, kehre ich um.

Sie klammerte sich mit beiden Händen an den armdicken Ast einer Kiefer, die zwischen den Felsen aus dem dunklen Boden wuchs, und zog sich angestrengt nach oben. Schwer atmend erreichte sie das nächste Hindernis, einen schräg stehenden Felsbrocken, auf dem sie beinahe das Gleichgewicht verlor, griff nach einem weiteren Ast und kehrte auf den Pfad zurück, der in steilen Serpentinen zu dem keilförmigen Felsen führte und sich dort erneut in dem Steinlabyrinth verlor. Sie erklomm den keilförmigen Felsen und blickte angestrengt in die düstere Nacht.

Tatsächlich hatte man von dort eine gewisse Aussicht, auch wenn sie mitten in der Nacht und bei diesem Wetter sehr beschränkt war. Jenseits des Felsens fiel das Land steil ab, ein mit verkrustetem Schnee bedeckter Hang, der das wenige Licht reflektierte, das vom Himmel fiel und von dunklem Kiefernwald begrenzt wurde. Zahlreiche dunkle Flecken, Baumstümpfe, die wie Pestnarben aus dem Schnee ragten, zeigten ihr, dass die Bäume auf dem Hang gerodet worden und wahrscheinlich für den Bau von Häusern benutzt worden waren. Von Dolly fand sie keine Spur.

»Dolly!«, rief sie. Ihre Stimme hallte wie ein Echo. »Dolly! Wo bist du?«

Statt einer Antwort drang das Rauschen des Windes vom Kiefernwald herauf, begleitet von einem fernen Rauschen, das wohl von dem Fluss rüberwehte. Der Skaguay River, erinnerte sie sich, der schmale, aber turbulente Fluss, der weiter östlich parallel zum White Pass Trail floss, und dessen Rauschen die Goldsucher bis unterhalb des Passes begleitete. Sie hatte die Karte mit den beiden Routen, über den White Pass und den Chilkoot Pass, bei Mrs Buchanan an der Wand hängen sehen. Einige ihrer Gäste hatten bissige Bemerkungen neben die Routen geschrieben: »Nie wieder!« und »Die Hölle für Männer und Pferde« und »Verdammter Trail« und »Nicht für alles Gold dieser Erde!«. Neben der Doppellinie, die den Skaguay River darstellen sollte, stand ein Wort, das sie nicht einmal in den Mund nahm, wenn sie allein war.

Ein leises Knurren riss sie aus den Gedanken. Sie fuhr herum und ließ ihren Blick durch die zwischen den Bäumen fast undurchdringliche Dunkelheit wandern. »Bones!«, flüsterte sie hoffnungsvoll und schalt sich zugleich eine Närrin, weil ihr der geheimnisvolle Wolf unmöglich bis nach Skaguay gefolgt sein konnte. Oder konnte ein Geisterwolf wie er überall auftauchen? Sie überlegte, was wohl Alex sagen würde, wenn er in diesem Augenblick ihre Gedanken lesen könnte, und errötete. Du mit deinem Hokuspokus, würde er behaupten, allerdings mit einem Lächeln und nicht abwertend wie andere Männer, wenn sie über indianische Legenden sprachen. Selbst einen Geisterwolf verschlägt es nicht in diese gottverlassene Gegend. Ich glaube, du träumst mal wieder. Kehr lieber um, und lauf nach Skaguay zurück. Dolly hat sich irgendwo verkrochen und heult sich aus. Du wirst sehen, die taucht bald wieder auf!

Doch das Knurren erklang wieder, und plötzlich waren auch die vertrauten gelben Augen in der Dunkelheit zu sehen. Sie wanderten wie einsame Lichter durch die Nacht, bewegten sich am Waldrand nach Osten und verglühten irgendwo zwischen den Bäumen. Auch das leise Knurren verstummte, und sie fragte sich, ob sie den Geisterwolf wirklich gesehen hatte oder einer optischen Täuschung aufgesessen war. »Bones?«, flüsterte sie vorsichtig.

Als Antwort war nur das entfernte Knacken von Zweigen zu hören.

20

Von neuer Kraft beseelt, folgte Clarissa dem Weg, den die Augen des vermeintlichen Wolfes in die Dunkelheit gezeichnet hatten. Sie rutschte über den harten Schnee unterhalb des keilförmigen Felsens und hielt sich mit den Händen an hervorstehenden Felsen oder den klobigen Baumstümpfen fest, um auf dem Hang nicht das Gleichgewicht zu verlieren. In dem Schneeregen, der ihr auf der Lichtung besonders schwer zu schaffen machte, kam sie nur langsam voran. Es war ihr beinahe unmöglich, nach Spuren zu suchen.

Wie Dolly es geschafft haben sollte, über diesen Hang zu klettern, wusste Clarissa nicht. Entweder war die Engländerin so verzweifelt, dass sie auch die widrigsten Hindernisse überwand, um Skaguay und den Schmerz, den sie dort erlebt hatte, hinter sich zu lassen, oder sie merkte in ihrer Erregung gar nicht, in welche Gefahr sie sich begab. Selbst Clarissa, die sich inzwischen in der Wildnis zu bewegen wusste, hatte große Schwierigkeiten, auf den Beinen zu bleiben.

Du folgst einem Phantom, schalt sie sich, die gelben Augen hast du dir eingebildet, oder sie gehörten zu einem anderen Wolf, der sich von seinem Rudel entfernt und kein

Interesse an dir hatte. Dennoch lief sie weiter, setzte vorsichtig einen Fuß vor den anderen, um nicht abzurutschen und fluchte jedes Mal, wenn sie sich in dem eiskalten Schnee abstützen musste. Obwohl sie ihren Hut tief in die Stirn gezogen hatte, spürte sie den Schneeregen im Gesicht und fühlte, wie die Feuchtigkeit bis auf ihre nackte Haut drang. In Alaska war der Winter noch nicht vorbei, zumindest hier draußen nicht.

Sie hatte schon beinahe den Waldrand erreicht, als sie eine besonders glatte Stelle übersah und wegrutschte, vergeblich nach einem Halt suchte und mit dem Rücken auf den Boden fiel. Sie rutschte ein paar Schritte, bis sie mit den Füßen gegen einen Baumstumpf prallte und sich abstützen konnte. Leise stöhnend blieb sie liegen, erleichtert darüber, dass die immer noch dichte Schneedecke den Sturz gebremst hatte. Sie griff nach ihrem Hut, der ihr während des Sturzes vom Kopf gefallen war, stülpte ihn sich auf den Kopf, stand ächzend auf und wurde auf einen dunklen Stofffetzen im Schnee aufmerksam.

Sie hob ihn auf und betrachtete ihn neugierig, glaubte zu erkennen, dass er von einem Mantel stammte. Ein Mantel, wie ihn Dolly getragen hatte. Jagte sie doch kein Phantom? War Dolly tatsächlich hier gewesen? War sie ebenfalls gestürzt und hatte sich dabei den Mantel aufgerissen?

Sie kniff die Augen gegen den Schneeregen zusammen und suchte die Gegend ab. Außer den Baumstümpfen waren keine dunklen Flecken im Schnee zu erkennen. Wenn sie wirklich gestürzt war, hatte sie sich wieder aufgerafft und war weitergelaufen. »Dolly!«, rief Clarissa in den Wind. »Dolly! Bist du hier irgendwo?«

Sie bekam keine Antwort, sondern hörte nur das Rauschen des Windes in den nahen Bäumen und das Knirschen des Schnees, als sie vorsichtig weiterlief. »Dolly! Wo bist du, Dolly?« Immer wieder rief sie jetzt den Namen der Engländerin, denn wenn sie diesen Weg genommen hatte, und jetzt sprach alles dafür, konnte sie nicht weit sein. Dafür war das Gelände viel zu zerklüftet und unübersichtlich und sie zu unerfahren und aufgebracht, um schon vollkommen außer Reichweite zu sein. Doch Clarissa bekam keine Antwort.

Unter den Bäumen verschnaufte sie einen Augenblick. Sie klopfte sich den Schnee vom Mantel und musste plötzlich lachen, weil sie einen Rock und nicht die Männerhosen trug, die sie sonst anzog, wenn sie in den Wäldern unterwegs war. Alex fand sie auch in ihrer Wildnis-Kleidung attraktiv, das hatte er ihr viele Male beteuert, und schmunzelte eher, wenn sie Rock und Bluse oder ein Kleid wie die Frauen in der Stadt trug. Auch deshalb hatten sie darauf verzichtet, sich nach der Trauung fotografieren zu lassen, beim Anblick von Alex in seinem geliehenen Anzug und ihr in ihrem weißen Brautkleid hätten sie doch nur lachen müssen, so schön das Kleid, das ihre indianische Freundin für sie genäht hatte, auch war. Wie eine Prinzessin hätte sie darin ausgesehen, hatte man ihr gesagt, doch Alex mochte sie in ihrer einfachen Wildnis-Kleidung lieber. »Glaub mir, du siehst auch in Hosen wie eine Prinzessin aus.«

Sie wartete, bis sich ihre Augen an das Halbdunkel zwischen den Bäumen gewöhnt hatten, und tastete sich vorsichtig durch den Wald. »Dolly! Dolly! Wo bist du, Dolly?«, rief sie alle paar Schritte, blieb immer wieder stehen und wartete auf Antwort. Sie hielt sogar den Atem an, um sie besser hören zu können, falls sie sich tatsächlich meldete. Zum leisen Rauschen des Windes in den Baumkronen, das im Wald noch deutlicher zu hören war, kam jetzt das leise Gurgeln eines Flusses, des Skaguay Rivers, wie sie wusste, der irgendwo in einem fernen Gletschersee entsprang und bei Skaguay in den Ozean mündete.

Und noch ein Laut drang an ihre Ohren: Die verzweifelten Schreie einer Frau, die sich in höchster Gefahr befinden musste. Leise nur und im Rauschen des Windes kaum auszumachen, aber eindeutig die Schreie einer Frau.

»Dolly!«, flüsterte sie entsetzt.

Sie beschleunigte ihre Schritte und rief jetzt laut: »Dolly! Dolly! Ich komme!« Sie achtete nicht mehr auf das Gestrüpp, das ihr im Weg war und ihr während des Laufens ins Gesicht schlug, sondern fluchte lediglich, als sie über einen abgebrochenen Ast stolperte und zu Boden stürzte. Sie rappelte sich sofort wieder auf und rannte weiter in die Richtung, aus der die Schreie kamen. Sie klangen jetzt lauter und bedrohlicher, übertönten sogar das Rauschen des Flusses und brachten sie dazu, noch schneller durch den Wald zu hetzen, bis sie das Ufer erreichte und sich gerade noch rechtzeitig an einem Baum festhalten konnte, um nicht über das Steilufer in die Stromschnellen zu stürzen.

Im selben Augenblick sah sie Dolly, eine dunkle Gestalt, die ungefähr fünfzig Schritte weiter nördlich über dem Fluss hing und sich mit einer Hand an einem Seil und der anderen an der teilweise abgerissenen Planke einer altersschwachen Seilbrücke festhielt. Die baufällige Brücke war in der Mitte durchgebrochen, und Dolly hing am kürzeren Ende, das auf Clarissas Seite vom Ufer baumelte und gefährlich über dem schäumenden Wasser schwankte.

Clarissa verlor keine Zeit. »Halte durch, Dolly!«, rief sie. »Ich bin gleich bei dir!« Sie rannte am Ufer entlang zur Brücke und erkannte sofort, wie bedrohlich die Lage der Engländerin war. Die Planke, an die sie sich mit der rechten Hand klammerte, hing nur noch an einem Nagel, der sich bereits verbogen hatte und jeden Augenblick drohte, aus dem Holz zu brechen, und das Seil, das sie mit der anderen Hand festhielt, löste sich bereits in seine Bestandteile auf. Unter ihr stürzte der Fluss über kantige Felsen, wild und ungestüm und eiskalt von den Gletschern, in denen er entsprang.

»Dolly! Dolly! Was machst du bloß für Sachen?« Clarissa überlegte nur kurz, legte sich dann flach auf die Uferfelsen und streckte die Arme nach Dolly aus. Keine Chance, sie zu erreichen! Sie schob sich weiter nach vorn, hielt sich mit der linken Hand an einem Felsbrocken fest und robbte so weit wie möglich über die Uferböschung hinweg, bis sie beinahe das Gleichgewicht verlor und drohte, ebenfalls nach unten zu fallen. Sie rammte ihre rechte Stiefelspitze in den verharschten Schnee, der auch am Ufer noch teilweise die Felsen und die dunkle Erde bedeckte, und griff mit dem rechten Arm weit nach unten. Doch sie konnte lediglich die Fingerspitzen der stöhnenden Engländerin berühren. Als Clarissa den Halt verlor und nach vorn rutschte, zog sie rasch ihren Arm zurück und brachte sich in Sicherheit. »So geht es nicht«, rief sie.

Dolly war bereits am Ende ihrer Kräfte. »Beeil dich!«, rief sie mit verzerrtem Gesicht. »Ich … Ich kann nicht mehr! Ich … Ich hab keine Kraft mehr!«

Clarissa suchte hektisch nach einem Ausweg. Ein Seil, sie brauchte ein Seil, aber das gab es in dieser Wildnis nicht. Ein abgebrochener Ast, an dem sie sich festhalten konnte. Sie blickte sich suchend um und kam plötzlich auf eine bessere Idee. In Windeseile und ungeachtet des kalten Windes und des Schneeregens schlüpfte sie aus ihrem Mantel. Sie zog an dem Stoff, nickte zufrieden, als sie spürte, wie fest er war, und legte sich erneut auf den Boden. Wieder hielt sie sich mit einer Hand an dem Felsbrocken fest, mit der anderen packte sie den Mantel am rechten Ärmel und ließ ihn nach unten baumeln. »Halt dich am Ärmel fest, Dolly!«, rief sie nach unten. »Ich ziehe dich hoch!«

Dolly hatte noch nicht einmal versucht, nach dem Ärmel zu greifen, als die Planke, an der sie sich mit einer Hand festhielt, mit einem hässlichen Knacken abriss. Sie stieß einen lauten Schrei aus und griff mit der freien Hand nach dem Seil, erreichte dadurch aber nur, dass die Überreste der Brücke ins Schwingen gerieten, und die Gefahr, dass es riss, noch größer wurde.

Entsetzt beobachtete Clarissa, wie Dolly gegen einen Uferfelsen prallte und vor Schmerzen aufschrie, sich aber weiter an das Seil klammerte und stöhnend zur anderen Seite schwang, erneut mit einem Knie gegen einen Felsen stieß, diesmal so fest, dass sie den Halt verlor und eine Hand von dem Seil nehmen musste. Sie stöhnte vor Schreck, versuchte mit der freien Hand, wieder nach dem Seil zu fassen und griff mehrfach ins Leere. Dabei verbrauchte sie viel Kraft und rutschte weiter bedrohlich nach unten. Die Angst, ins tosende Wasser zu fallen, erstickte ihre Schreie und ihr Stöhnen, und verzerrte ihr Gesicht zu einer Maske voller Grauen und Todesangst. »Hilf mir! Hilf mir, Clarissa!«, rief sie so leise und heiser, dass Clarissa sie nicht mehr verstand.

Clarissa erkannte, dass ihr kaum noch Zeit blieb. Das Brückenseil, an dem Dolly hing, begann bereits zu fasern und sich in seine Bestandteile aufzulösen. »Greif nach dem Mantel!«, rief sie ihr zu. »Pack den Ärmel! Erst mit der freien und dann mit der anderen Hand! Schnell! Ich halte dich fest, Dolly!«

»Ich … Ich kann nicht, Clarissa!«

»Natürlich kannst du! Mach schon!«

Das Seil wurde immer dünner und rutschte eine Handbreit nach unten, was Dolly erneut aus dem Gleichgewicht brachte. Sie schwang immer noch hin und her, schaukelte zu stark, um den Mantel fassen zu können. Zweimal versuchte sie es, beide Male mit der freien Hand, und beide Male griff sie weit daneben.

»Beim nächsten Mal klappt es!«, machte Clarissa ihr Mut. Sie versuchte ihre Stimme ruhig klingen zu lassen, wollte Dolly nicht unnötig aufregen und ihr nicht das Gefühl geben, es gäbe nur noch diese eine Chance. Doch genauso war es. Lange würde das Seil nicht mehr halten, ein paar Sekunden vielleicht, dann würde sie nach unten sacken und den Mantel nicht mehr zu fassen bekommen. »Ist keine große Sache, Dolly! Du schaffst es, ich weiß das.«

Dolly konzentrierte sich und wartete, bis sie wieder an dem Mantel vorbeischwang, bekam den Ärmel zuerst mit der freien und dann mit der anderen Hand zu fassen, schrie vor Angst, als der Mantel zu schwingen begann, prallte noch einmal gegen die Felsen und verzog das Gesicht vor Schmerzen.

»Ich hab dich!«, rief Clarissa. »Halt dich gut fest, ich zieh dich hoch!«

Unter Aufbietung aller Kräfte zog sie die Engländerin nach oben. Dolly war noch schwerer, als sie befürchtet hatte, und hing wie ein nasser Sack an dem Seil, weil sie keine Energie mehr hatte, um sich mit den Füßen am Ufer oder an der morschen Brücke abzustützen und beim Aufstieg zu helfen.

Mit beiden Händen zog Clarissa, stieß ihre Stiefel tief in den Schnee, um wenigstens ein bisschen Halt zu haben, und machte doch nur winzige Fortschritte. Ihre Befürchtung, der Mantel könnte reißen, wurde noch größer, als sie beobachtete, wie sich eine Naht löste, und ihre Angst, Dolly könnte von dem feuchten Ärmel abrutschen, wuchs beim Anblick ihres roten Gesichts ins Unermessliche.

Wie sie es dennoch schaffte, sie über die Böschung zu ziehen, vermochte sie später nicht zu sagen. Sie war außer Atem, als Dolly endlich in Sicherheit war, und sie nebeneinander im Schnee lagen, rang minutenlang nach Luft, bis sie endlich wieder ruhig atmen konnte.

Dolly erging es ähnlich, nur brauchte sie noch länger, und als die Anspannung endlich von ihr abfiel und das Adrenalin aus ihren Adern wich, setzten die Schmerzen ein, und sie begann laut zu stöhnen. »Meine Beine!«, jammerte sie. »Ich glaube, da ist was gebrochen!«

Clarissa raffte sich auf und zog sie vorsichtig unter die

Bäume, wo sie besser gegen den Schneeregen geschützt waren, zog ihren Mantel wieder an und wischte sich mit dem Ärmel den Schnee und den Regen vom Gesicht. Bei Dolly ging sie behutsamer vor, riss in Ermangelung eines trockenen Tuches einen Streifen von ihrer eigenen Unterwäsche und rieb ihr damit das Gesicht trocken. Vorsichtig schob sie den nassen Rock der Verletzten nach oben, stellte bestürzt fest, dass die Uferfelsen ihre Wollstrümpfe aufgeschlitzt und tiefe Wunden in ihren linken Oberschenkel und das rechte Knie gerissen hatten, und wischte behutsam das Blut und den Schmutz von den Wundrändern.

»Wie sieht es aus?«, fragte Dolly. »Nicht besonders, was?«

Clarissa winkte ab, als würde es sich bei den Verletzungen um Lappalien handeln. »Sind nur Fleischwunden. Ich verbinde dir die Beine, dann geht's wieder. Aber in Skaguay musst du zum Doc. Vielleicht musst du ein paar Tage im Bett bleiben. Solche Wunden können sich leicht entzünden.«

»Du klingst wie meine Mutter«, erwiderte Dolly grinsend. »Und wenn du mein Vater wärst, würdest du mir jetzt eine ordentliche Tracht Prügel verpassen, und die hätte ich, weiß Gott, auch verdient.« Sie stemmte sich auf die Ellbogen, sank aber sofort wieder zurück, als die Schmerzen stärker wurden. »Ich weiß auch nicht, warum ich weggelaufen bin. War ziemlich idiotisch von mir, was? Wenn du mir nicht geholfen hättest … Ich wäre glatt draufgegangen.«

»Du hast deinen Mann verloren, Dolly. Da kann man schon mal die Nerven verlieren.« Clarissa war bereits dabei, weitere Stoffstreifen von ihrer Unterwäsche abzureißen und Verbände um die verletzten Beine zu wickeln. »Wir haben ihn nach Skaguay gebracht. Soapy Smith will seine Beerdigung bezahlen.«

»Soapy Smith?« Dolly schrie den Namen fast, richtete sich mit einem Ruck auf und sank mit einem Aufschrei wieder zurück. »Der verdammte Verbrecher, der ihn auf dem Gewissen hat? An den Galgen gehört der Dreckskerl!« Wieder gebrauchte sie in ihrer Erregung ein Wort, das nur Engländer benutzten.

Clarissa verstand sie dennoch. »Du kannst ihm nichts beweisen, Dolly. Du weißt doch, wie raffiniert der Kerl vorgeht. Er schiebt den Mord einer Bande in die Schuhe, die es wahrscheinlich gar nicht gibt. Lass ihn ruhig bezahlen!«

»Und dann? Gehen wir wieder zur Tagesordnung über?«

»Er will dir sogar einen Kredit für die Rückfahrt geben.«

Dolly lachte trotz ihrer Schmerzen. »Das könnte ihm so passen. Eher schufte ich mir den Buckel krumm, als von diesem miesen Verbrecher einen Cent anzunehmen. Außerdem hab ich nicht die Absicht, zurückzufahren.«

»Du willst hierbleiben?« Clarissa blickte sie verwundert an.

»Vorausgesetzt, du hilfst mir nach Skaguay zurück.« Dolly lächelte flüchtig und beobachtete zufrieden, wie Clarissa einen der Verbände verknotete. »Ich hab sowieso niemand mehr, weder in San Francisco noch im alten England.«

»Deine Eltern sind tot?« Clarissa musste daran denken, wie sehr sie noch immer unter dem Verlust ihrer Eltern litt. »Meine Eltern sind auch gestorben, vor einigen Jahren schon.«

»Mein Vater lebt vielleicht noch«, erwiderte Dolly. Ihre Stimme nahm einen bitteren Klang an. »Aber er wäre der

Allerletzte, zu dem ich gehen würde. Nach dem Tod meiner Mutter fing er an zu trinken und verlor seine Arbeit, und ich musste in einem Lokal arbeiten und sein Dienstmädchen spielen. Ich konnte schon froh sein, wenn er nicht alles Geld, das ich nach Hause brachte, zum Schnapshändler brachte.«

»Dann bist du ihm weggelaufen?«

»Vor einem Jahr schon. Als er anfing, mich zu schlagen, bin ich auf und davon. Keinen Tag länger hätte ich es bei ihm ausgehalten. Aber das ist lange her.«

Clarissa half der Engländerin auf und setzte sie auf einen flachen Felsen. Sie schrie vor Schmerzen auf. »Tut mir leid«, entschuldigte sie sich. »Ich wusste nicht, dass es so schlimm ist. Ich hole dir einen Stock, okay?«

»Es geht schon … Das war nur der Schreck.«

Aber Clarissa wusste es besser und suchte nach einem abgebrochenen Ast, den Dolly als Gehhilfe benutzen konnte. »Hier … Damit müsste es gehen. Nimm ihn in die rechte Hand, und leg den anderen Arm um meine Schulter!«

Sie gehorchte, und sie machten sich gemeinsam auf den Rückweg. Es blieb ihnen keine andere Wahl, als denselben Weg zu benutzen, den sie gekommen waren, und über den vereisten Hang nach oben zu steigen. Schon nach wenigen Schritten merkten sie, wie mühsam der Marsch werden würde.

»So kommen wir nie nach Skaguay«, erkannte Dolly. Sie klang wütend. »Lass mich zurück und hol Hilfe!«

»Und du erfrierst hier inzwischen? Kommt nicht in Frage.«

»Du hast schon genug für mich getan. Du hast mir das Leben gerettet.«

»Und wenn schon«, spielte Clarissa ihre Rettungsaktion herunter, »ich konnte dich ja schlecht in den Fluss fallen lassen.« Sie war erleichtert, die Engländerin ins Leben zurückgeholt zu haben, und war froh, dass sie ihre Krise überwunden zu haben schien. Eine Frau, die so viel durchgemacht hatte wie sie, zerbrach nicht so schnell. Andere Frauen hätten vielleicht den Verstand verloren, wenn sie auf die grausam zugerichtete Leiche ihres Mannes gestoßen wären.

»Und wo hast du Luther getroffen?«, fragte Clarissa, während sie nebeneinander durch den Wald humpelten.

Dolly vergaß ihre Schmerzen und lachte. »Der kam eines Tages in das Lokal geschneit, in dem ich bediente. Bestellte einen Kaffee und rutschte nervös auf seinem Stuhl herum, weil er nicht wusste, wie er mich ansprechen sollte. Das wäre ihm noch nie passiert, hat er mir später gestanden. Also hab ich ihm gesagt, dass ich ihn gern wieder treffen würde. Ich wusste gleich, dass ich ihn heiraten würde, als ich in seine blauen Augen sah, und da spielte es, weiß Gott, keine Rolle, dass er Ire und ich Engländerin war. Ich hätte ihn auch genommen, wenn er ein Chinese gewesen wäre.«

»Und warum wolltet ihr nach Alaska?«

»Warum wohl? Um reich zu werden … Oder um wenigstens ein paar Goldkörner zu finden, die für einen neuen Anfang reichen würden. Außerdem hatte ich Angst, dass mich mein Vater finden würde. Luther hätte ihm sicher die Meinung gesagt, und dann wär's vielleicht zu einem Unglück gekommen.«

»Und die Tickets?«

»Hat Luther beim Pokern gewonnen. Er war ein heller Bursche und konnte einigermaßen geschickt mit Spielkarten umgehen. Nun ja, manchmal schummelte er auch ein bisschen.«

Für einen kurzen Augenblick erschien ein Lächeln auf ihrem Gesicht, dann wurden ihre Augen wieder feucht, und sie sagte: »Ich vermisse ihn so sehr, den verdammten Kerl!«

»Ich weiß«, erwiderte Clarissa, »ich weiß …«

21

Unterhalb des steilen und vereisten Hanges sank Dolly erschöpft zu Boden. Sie lehnte sich mit dem Rücken gegen einen Baum und fühlte mit beiden Händen ihre verletzten Beine. »Bist du sicher, dass es nichts Ernstes ist?«, fragte sie mit verkniffenem Gesicht. »Die Schmerzen werden schlimmer.«

»Sobald wir in Skaguay sind, gibt dir der Doktor eine Pille«, antwortete Clarissa. »Dann gehen die Schmerzen vorbei. In Vancouver hatten wir mal einen jungen Fischer, der von einem Hai gebissen wurde. Der schrie wie am Spieß, obwohl ihn der Hai kaum verletzt und keinen Knochen erwischt hatte. Nachdem er ein Schmerzmittel bekommen hatte, schlief er zwölf Stunden, und danach war er wieder ganz der Alte. So wird es dir auch ergehen, Dolly.«

»Und wie lange dauerte es, bis er die Pille bekam?«

»Zwei Tage. Wir waren ziemlich weit draußen.«

Dolly lächelte gequält. »Na, dann hab ich ja noch Glück. Wenn wir so weitermachen wie bisher, brauchen wir höchstens einen Tag bis Skaguay.« Sie rieb vorsichtig mit einer Hand über ihren linken Oberschenkel. »Verfluchte Schmerzen! Ich hätte gleich erkennen müssen, dass die Brücke nicht hält.«

»Das hätte jedem passieren können.«

»Dir nicht.« Dolly verlagerte ihr rechtes Bein, indem sie es mit beiden Händen packte und vorsichtig nach rechts schob, vermochte aber nicht die Schmerzen zu lindern. Sie stöhnte. »Du kennst dich in der Wildnis aus, was?«

»Ich bin mit einem Fallensteller verheiratet«, erwiderte sie. »Ich lebe schon seit zwei Jahren im Busch. Da lernt man einiges.«

»Mit einem Fallensteller? Einem ... einem Trapper?« Dolly war so erstaunt, dass sie für einen Moment ihre Schmerzen vergaß. »Ich dachte, du kommst aus Vancouver. Hast du nicht gesagt, dein Vater wäre Fischer gewesen?«

»Das ist eine lange Geschichte.« Clarissa setzte sich neben Dolly auf einen umgestürzten Baumstamm. Sie war froh über die unfreiwillige Pause und die Gelegenheit, sich nach der anstrengenden Rettungsaktion ausruhen zu dürfen. Die ausladenden Äste und Zweige der Bäume schützten sie vor dem Schneeregen, der etwas nachgelassen hatte, sie aber immer noch beim Laufen behinderte. »Mir ging es ähnlich wie dir, nur dass ich nach dem Tod meiner Eltern als Haushälterin gearbeitet habe, bei einer reichen Familie in Vancouver ...«

Clarissa erzählte der Engländerin die ganze Geschichte. Mit so knappen Worten wie möglich schilderte sie, wie Frank Whittler sie belästigt und ihr ein Verbrechen in die Schuhe geschoben hatte, das sie gar nicht begangen hatte, wie sie vor ihm in die Wildnis geflohen war und Alex kennengelernt und nach einer monatelangen Verfolgungsjagd geglaubt hatte, Whittler endgültig abgeschüttelt zu haben. Und wie der rachsüchtige Millionärssohn einen Tag nach ihrer Hochzeit mit einer neuen Anklage in ihrer Nähe aufgetaucht war und sie es mit letzter Kraft an Bord der *S. S. California* geschafft hatte.

Mit feuchten Augen berichtete sie, wie Alex verschwunden war, sie verzweifelt nach ihm gesucht und einen seiner Stiefel an der Küste gefunden hatte, und dass sie noch immer nicht wusste, ob er noch am Leben war und jemals ihren Brief lesen und ihr nach Skaguay folgen würde. Sie verschwieg nur Bones, verriet auch nicht, wie sie der geheimnisvolle Wolf über den vereisten Hang zum Flussufer geführt hatte. Selbst wenn die gelben Augen nur in ihrer Einbildung aufgetaucht waren, hatte der geheimnisvolle Wolf einen entscheidenden Anteil an ihrer Rettung. Stattdessen sagte sie: »Der Hang ist so steil, dass ich gar nicht anders konnte, als dir zum Fluss zu folgen. Die Hälfte der Strecke bin ich gerutscht, und als ich unten war, habe ich dich um Hilfe schreien hören.«

Clarissas eher nüchterne Schilderung täuschte nicht darüber hinweg, wie aufregend ihr Leben auf der beschwerlichen Flucht vor Frank Whittler gewesen war, und welches Glück sie gehabt hatte, einem Mann wie Alex Carmack in die Arme zu laufen. Wie sehr ihr sein Verschwinden zu schaffen machte, zeigten die Tränen, die ihr plötzlich über die Wangen liefen. Als Dolly sie zu trösten versuchte und ihr die Tränen vom Gesicht wischte, lachte und weinte sie zugleich. »Und ich dachte, du wärst die Frau, die Trost und Hilfe braucht.«

Sie lachten und weinten beide und fassten sich an den Händen. Gegenseitig machten sie sich Mut, indem sie einander in die Augen sahen und wortlos versprachen, der anderen in ihrem Schmerz zu helfen. In diesem wertvollen Augenblick hatte Clarissa das Gefühl, eine echte Freundin gefunden zu haben, vielleicht die erste in ihrem Leben. Eine Partnerin, die selbst in ihrem Schmerz noch Mitgefühl für eine andere empfand. Sie löste sich von ihr und rieb sich lachend die Tränen aus den Augen. »Wir schaffen das«, entschied sie.

»Wir schaffen das«, wiederholte Dolly. Es klang wie ein Schwur.

Clarissa zog ihre neue Freundin vom Boden hoch, langsam und behutsam, um ihr so wenig Schmerzen wie möglich zu bereiten, und konnte doch nicht verhindern, dass Dolly laut aufschrie und sich so fest auf ihre Schultern stützte, dass sie beinahe in die Knie ging und sie beide gestürzt wären. Clarissa stolperte einen Schritt nach hinten, prallte glücklicherweise gegen einen Baum und hielt Dolly mit beiden Händen fest, bis der Schmerz einigermaßen nachließ.

»Mein rechtes Knie!«, stöhnte Dolly. Im schwachen Licht, das der Schnee reflektierte, wirkte ihr Gesicht noch blasser. »Irgendwas stimmt nicht. Wenn ich auftrete, tut es höllisch weh. Muss eine Verrenkung sein oder so was …«

Clarissa hielt die Engländerin fest umklammert, sie ahnte bereits, dass Dolly auch das andere Bein kaum belasten konnte. »Das kommt vom Liegen«, hoffte sie. »Versuch ein paar Schritte zu humpeln, dann geht es bestimmt wieder.«

»Meinst du … wirklich?«

»Keine Angst, ich stütze dich.« Clarissa löste sich vorsichtig von dem Baum, an dem sie gelehnt hatte, half ihrer Freundin, den linken Arm um ihre Schultern zu legen und umfasste mit dem anderen Arm ihre Hüfte. »Ganz vorsichtig!«, warnte sie. »Zuerst das linke Bein und dann langsam das andere …«

Sie kamen nicht mal zwei Schritte weit. Schon als Dolly ihr linkes Bein belastete, schoss ein stechender Schmerz durch ihren Körper, und als sie das rechte mit dem verrenkten Knie nachzog, schrie sie laut auf, und nebeneinander sanken sie in den Schnee. Über ihnen fuhr ein Windstoß in die Baumkronen, und ein Schauer eisig kalten Schnees rieselte und regnete auf sie herab.

Dolly weinte vor Schmerz und vor Wut. »So geht es nicht. Ist vielleicht doch besser, wenn du mich hierlässt. Ich werde schon nicht erfrieren. In zwei oder drei Stunden geht die Sonne auf, und so lange brauchst du sicher nicht.«

»Unsinn!«, erwiderte Clarissa. »So weit ist es nicht bis zur Wagenstraße, und zwischen Dyea und Skauay sind ständig Leute unterwegs. Wir passen einen Händler mit Wagen ab und lassen uns mitnehmen. Zur Not zahle ich.«

»Und wie willst du den Hang hochkommen?«

Clarissa blickte durch die Bäume am Waldrand auf den vereisten Hang, der noch steiler anstieg, als sie es in Erinnerung hatte, und im Schneetreiben den unbezwingbaren Gletscherhängen ähnelte, die sie aus der alten Heimat in Kanada kannte. Selbst mit einem Hundeschlitten und ohne die verletzte Engländerin hätte sie sich auf dem Hang schwergetan. Und zu beiden Seiten des Hanges, war das Gelände so felsig und zerklüftet und fiel so steil ab, dass sie wahrscheinlich Tage brauchen würden, um die Wagenstraße zu erreichen.

Dolly hatte recht, es wäre wohl am vernünftigsten, sie

unter den Bäumen zurückzulassen und Hilfe aus Skaguay oder Dyea zu holen. Aber Clarissa war einmal ein zu großes Risiko eingegangen, als sie die Engländerin allein gelassen hatte, und schreckte nun davor zurück. Immerhin war Dolly nur mit knapper Not einem grausamen Tod entgangen. Clarissa hätte sich ihr Leben lang die Schuld gegeben, wenn Dolly in den Fluss gestürzt wäre.

Sie klopfte sich den Schnee vom Mantel und dachte angestrengt nach. Um einen notdürftigen Schlitten zu bauen, wie es Alex selbst mit einem Messer fertiggebracht hätte, fehlten ihr die Werkzeuge. Sie trug nicht einmal die Notrationen bei sich, die sie sonst auf ihren Ausflügen in die Wildnis dabeihatte. Weder Streichhölzer für ein Feuer, an dem sie sich wärmen konnten, bis es Dolly etwas besser ging, noch etwas Trockenfleisch oder ein paar Kekse, die über den gröbsten Hunger hinweghalfen, waren in ihren Taschen. Auch kein Messer und keine Lederstricke, mit denen sie einige Fichtenzweige zu einer notdürftigen Schleppbahre zusammenbinden konnte. Blieb nur der Enfield-Revolver, den sie ein paar Mal abfeuern konnte, aber Skaguay und Dyea lagen so weit entfernt, dass man dort die Schüsse wohl kaum gehört hätte.

Wieder einmal musste ihr Mantel herhalten. Sie stand auf, zog ihn aus und breitete ihn auf dem Boden aus. Mit einigen Fichtenzweigen, die sie im Unterholz fand, schuf sie ein zusätzliches Polster. In ihrem Eifer spürte sie weder den lästigen Schneeregen noch den Wind, der jetzt am frühen Morgen besonders böig blies und ihren Rock und ihre Bluse aufbauschte.

»Was hast du vor?«, fragte Dolly.

»Eine Schleppbahre. Ich ziehe dich nach oben.«

»Mit deinem Mantel?«

»Der hat uns am Fluss geholfen und ist schon so ramponiert, dass es keine Rolle mehr spielt.« Sie kehrte mit einem optimistischen Lächeln zu der Engländerin zurück. »Meinst du, du schaffst die paar Schritte bis zum Mantel?«

Dolly blickte ungläubig nach vorn. »Du willst mich auf dem Mantel den steilen Hang hochziehen? Das klappt doch nie! Ich bin viel zu schwer! Und du wirst erfrieren, wenn du dich in Rock und Bluse in den Schneeregen wagst. Lass mich lieber hier! Ich laufe nicht mehr weg, ich versprech's dir!«

»Lass es uns wenigstens versuchen.«

Schon für die paar Schritte bis zum Waldrand brauchten sie über eine halbe Stunde. Dolly schrie vor Schmerz auf, als sie das rechte Bein mit dem lädierten Knie zu stark belastete, und schaffte es auch nicht mehr, mit dem linken Bein aufzutreten. Nach zwei Schritten sank sie weinend zu Boden und verfluchte ihre Dummheit, allein in den Wald gerannt zu sein. Der Gedanke an ihren Mann, der jetzt irgendwo in Skaguay auf einem Tisch oder in einer Kiste lag, ließ sie erneut die Nerven verlieren und heftig schluchzen.

Clarissa wartete geduldig, bis sie sich einigermaßen erholt hatte, und zog sie an den Armen zu der provisorischen Schlepptrage. Sie hob ihren Oberkörper auf die Unterlage aus Fichtennadeln und beugte sich zu ihr hinunter. »Das wird jetzt ein bisschen wehtun, Dolly.« Sie schob vorsichtig beide Arme unter ihre Beine und legte sie ebenfalls auf den Mantel. Dolly verzog das Gesicht und atmete tief durch, bis der Schmerz zurückging, und sie wieder einigermaßen klar denken konnte. »Mann!«, schimpfte sie.

»Halt dich gut fest!«, bat Clarissa sie zum zweiten Mal in dieser Nacht. Sie packte den Mantel am Kragen und zog ihn zuerst mit einer und dann mit zwei Händen auf den vereisten Hang. Es war ein wahnwitziges Unternehmen, auf das sie sich eingelassen hatte, sie würde es niemals schaffen. Schnaufend und ächzend, den böigen Wind in den ungeschützten Kleidern, schleppte sie den Mantel über den verharschten Schnee, rutschte nach wenigen Schritten aus und stieß so fest mit ihrer linken Hand gegen einen Baumstumpf, dass sie zu bluten begann. Fluchend sank sie zu Boden und kam neben Dolly zu liegen, blickte in ihr zweifelndes Gesicht und versuchte es noch einmal, zerrte mit aller Kraft und kam doch nur zwei Schritte weit.

»So geht es nicht!«, rief Dolly von der Schleppbahre. »Bring mich in den Wald zurück, und geh allein! Keine Angst, ich komm sowieso nicht vom Fleck, und wenn ein Bär kommt, hab ich wenigstens was zum Kuscheln.«

Clarissa bewunderte den Humor ihrer Freundin, die ihre Panik schon jetzt zu überwunden haben schien und tapfer ihren Schmerz ertrug. Jede Bewegung auf dem vereisten Hang musste ihr höllisch zu schaffen machen, und den Schicksalsschlag, den geliebten Mann nur wenige Tage nach der Hochzeit auf diese grausame Weise zu verlieren, hätte so manche andere Frau noch verzweifelter reagieren lassen. Der Gedanke, ihrem Alex könnte etwas ähnlich Furchtbares passiert sein, ließ sie den eisigen Wind noch heftiger spüren.

»Es muss eine Möglichkeit geben, hier wegzukommen«, erwiderte Clarissa, als sie mit der Engländerin unter die

Bäume zurückkehrte. »Am Flussufer gibt es sicher einen anderen Trail. Ist vielleicht ein kleiner Umweg, aber …«

»Klein? Und wie willst du über die Felsen kommen?« Dolly stemmte sich ächzend auf die Ellbogen und blickte sie aus geröteten Augen an. »Hast du nicht gesehen, wie steil das Ufer an manchen Stellen ist? Lass mich hier liegen, Clarissa! Zieh deinen Mantel und geh endlich! Ich vertreib mir die Zeit mit Singen, das konnte ich schon in der Schule. »Away, away, come away with me …«, begann sie mit einem irischen Volkslied, das ihr wohl Luther beigebracht hatte. »Worauf wartest du noch, Clarissa? Ich habe es bequem hier.«

Clarissa gehorchte widerwillig und zog sachte ihren Mantel unter der verletzten Engländerin hervor, schüttelte ihn kräftig aus und schlüpfte hinein. Sie würde ihn ausgiebig waschen und gründlich trocknen müssen, bevor sie sich damit wieder unter Leute wagen konnte. Auch der Rock und die Bluse hatten unter ihren Anstrengungen gelitten. Mit ihrer Wildnis-Kleidung wäre sie bei der Rettungsaktion besser dran gewesen, aber woher hätte sie denn wissen sollen, dass Dolly in die Wälder floh und am Flussufer in Lebensgefahr geriet?

Sie wärmte ihre Hände in den Manteltaschen, fühlte den Revolver und dachte gerade daran, ihn bei Dolly zurückzulassen, als ihr ein leises Knacken verriet, dass sie nicht allein waren. Sie legte rasch einen Finger auf den Mund und bedeutete der Engländerin mit einem strengen Blick, sich nicht zu rühren.

Wieder schloss sich ihre Rechte um den Revolver in ihrer Manteltasche. Das Geräusch konnte vieles bedeuten, ein

Elch oder irgendein anderes Tier, das sich im Unterholz herumtrieb, ein Bär, der zeitig aus seinem Winterschlaf erwacht war und sich auf Nahrungssuche begab, ein Ast, der von einem der Bäume abgebrochen war. Oder der Mann, der Luther umgebracht hatte und sichergehen wollte, dass sie ihm nicht auf die Spur kamen. War Soapy Smith skrupellos genug, um ungeliebte und lästige Frauen auf diese Weise zu vertreiben oder gar zu töten? Sie hoffte, dass dem nicht so war, und der Verbrecherkönig wenigstens ein bisschen Anstand walten ließ.

Das Knacken wurde lauter, vermischte sich mit dem nervösen Schnauben von Pferden und zwei männlichen Stimmen. Zwei Männer, die keine Ahnung zu haben schienen, dass sie nicht allein im Wald waren, und sich ungeniert unterhielten. Die Stimme des einen Mannes klang vertraut, als er sagte: »Und du meinst, wir kriegen hundert Leute für ein solches Komitee zusammen?«

»Hundert?« Der andere Mann lachte. »Hunderteins, würde ich sagen. Wie wär's mit ›Committee of 101‹? Das wär doch ein schöner Name für unsere Bürgerwehr. Mit 101 ausgesuchten Männern zwingen wir Soapy Smith bestimmt in die Knie.« Wieder schnaubte ein Pferd, und sie verpasste einen Halbsatz. »... Zeit, dass endlich Recht und Ordnung nach Skaguay kommen.«

»Schön wär's, Frank.« Ihr fiel plötzlich ein, wem die vertraute Stimme gehörte, das war Fitz. Tom Fitzpatrick! »Aber bisher hat er sich immer rauswinden können. Er kontrolliert alles und jeden in dieser Stadt. Gestern Abend hat er einen jungen Iren umbringen lassen ... Ich bin ganz sicher, dass er es war. Wegen ein paar Hundert Dollar. Und er besitzt sogar noch die Frechheit, seine Beerdigung bezahlen zu wollen. Ich bin dafür, dass wir alle zusammenlegen.«

Clarissa hatte genug gehört. »Fitz!«, rief sie so laut, dass die Männer sie hören konnten. »Ich bin's, Clarissa! Wir brauchen dringend Hilfe! Hier drüben am Waldrand!« Sie lief den Männern ein paar Schritte entgegen und winkte. »Dolly Kinkaid ist bei mir, die Frau … Witwe von Luther Kinkaid.«

Fitz und sein Begleiter, beide mit wasserdichten Regenumhängen, lenkten ihre Pferde zwischen den Bäumen hervor und stiegen vor den Frauen aus dem Sattel. »Clarissa!«, wunderte er sich. »Was in aller Welt tun Sie denn hier?«

Sie schilderte in wenigen Worten, was geschehen war. Während sie sprach, kramte er bereits seinen Erste-Hilfe-Beutel aus den Satteltaschen und machte sich daran, die Wunden der Engländerin mit Jod und Wundsalbe zu behandeln und neue Verbände anzulegen. Er benahm sich geschickter als mancher Arzt. Nachdem er fertig war, hob er sie mit erstaunlicher Leichtigkeit vom Boden auf und setzte sie behutsam in den Sattel seines Pferdes. Er reichte ihr seinen Regenumhang und nickte nur, als sie sich lächelnd bedankte.

»Sie schickt der Himmel«, endete Clarissa ihren Bericht. »Ich wollte gerade allein losziehen, um Hilfe zu holen. Was machen Sie um diese Zeit hier?«

Fitz wechselte einen fragenden Blick mit seinem Begleiter.

»Geht es um die Bürgerwehr?«

»Sie haben uns belauscht, was?« Der alte Goldsucher musste unwillkürlich grinsen. »Ich hab schon auf dem Schiff erkannt, dass Sie keine gewöhnliche Frau sind. Aber wie ich

Sie kenne, sind Sie genauso schlecht auf Soapy Smith zu sprechen wie wir. Und diese Dame wohl noch viel mehr.« Er blickte Dolly an. »Tut mir leid, was mit Ihrem Mann passiert ist, Ma'am. Aber dafür wird Soapy Smith büßen!« Er deutete auf seinen Begleiter. »Der freundliche Gentleman neben mir, der wie ein Buchhalter aussieht, ist dabei, ein Vigilantenkomitee zusammenzustellen, das den Verbrecher endlich dingfest macht.«

»Frank Reid«, stellte sich sein Begleiter vor. Er tippte sich an den etwas aus der Mode gekommenen Derby-Hut. »Mein aufrichtiges Beileid, Ma'am, aber ich kann Ihnen versprechen, dass wir Soapy Smith und seine Bande zur Rechenschaft ziehen werden. Wir können uns doch auf Ihre Verschwiegenheit verlassen? Unser Plan mit dem Komitee darf auf keinen Fall auffliegen.«

»Auf uns können Sie sich verlassen«, sagte Clarissa.

»Und ich werde Ihrem Komitee sogar beitreten«, versprach Dolly kämpferisch. »Sobald ich wieder laufen kann, bin ich dabei. Mit den Waffen einer Frau erreicht man manchmal mehr als mit Schusswaffen und Fäusten.« Sie bewegte sich im Sattel und kniff die Lippen zusammen, als der Schmerz zurückkehrte. »Und wenn ich die einzige Frau unter hundert Männern bleibe!«

Auch Frank Reid erwies sich als Gentleman, bot Clarissa seinen Regenumhang an und überließ ihr sein Pferd. Sie schaffte es allein in den Sattel und war erleichtert, nicht allein nach Skaguay laufen zu müssen. Fitz und Frank Reid führten die Pferde an den Zügeln, als sie in mehreren Serpentinen den steilen Hang erklommen und durch den Wald zur Straße zurückritten. Unterwegs erfuhr sie, dass die beiden Männer bei einigen Goldgräbern gewesen waren, die weiter flussaufwärts lagerten und nur darauf warteten, Soapy Smith endlich das Handwerk zu legen. Fast alle Männer, die beim Komitee mitmachten, hatten eine private Rechnung mit ihm zu begleichen.

»Und Sie meinen, Sie können ihm wirklich das Handwerk legen?«, fragte Clarissa, als sie endlich die Wagenstraße erreichten und eine Pause einlegten.

Frank Reid war seiner Sache sicher. »Schon mal von Dschingis Khan gehört? Oder von Attila? Selbst die mussten irgendwann die Waffen strecken!«

22

Mrs Buchanan richtete sofort ein Bett für die verletzte Dolly her, als Clarissa, Fitz und Frank Reid mit ihr in der Pension auftauchten. »Ich hab immer ein Zimmer für besondere Gäste frei«, empfing sie die Engländerin. Sie schlug die Decke zurück, als Fitz sie auf den Armen ins Haus trug, und blickte mitleidig auf sie hinab. »Tut mir leid, was mit Ihrem Mann passiert ist, Ma'am.«

»Dolly … Nennen Sie mich Dolly.« Sie unterdrückte ein Stöhnen, als Fitz sie ins Bett legte. »Vielen Dank, dass Sie mich aufnehmen, ich … Ich werde Sie bezahlen, sobald ich wieder auf den Beinen bin und Geld verdienen kann.«

»Machen Sie sich deswegen mal keine Sorgen, Dolly.« Sie drehte sich zu dem alten Goldsucher um. »Fitz … Worauf wartest du noch? Hol den Doktor! Und Sie, Mister …« Sie blickte Frank Reid an. »… lassen mich gefälligst mit der kranken Lady allein, wenn ich sie ausziehe.« Reid wurde rot und machte sich schnell aus dem Staub. »Und Sie, Clarissa, könnten frischen Tee aufsetzen und die Hühnerbrühe aufwärmen. Dolly braucht dringend was Warmes.«

Clarissa ging in die Küche und tat, was die Wirtin verlangte. Ein wenig erinnerte die Frau sie an eine Witwe, bei der sie mal gewohnt hatte, hilfsbereit, freundlich und auch ein wenig gluckenhaft, wenn es darum ging, sich um einen Menschen in Not zu kümmern. Ihre mütterliche Art täuschte jedoch nicht darüber hinweg, dass sie auch sehr gallig und giftig werden konnte, wenn man versuchte, sie in die Enge zu treiben. Von allen Bürgern leistete sie den erbittertsten Widerstand gegen Soapy Smith, der schon mehrmals versucht hatte, sie aus der Stadt zu vertreiben, und sie inzwischen gewähren ließ, um sich den guten Ruf, den er bei manchen Bürgern genoss, nicht zu verderben.

Der Arzt, nicht gerade bester Laune, weil Fitz ihn aus dem Tiefschlaf geholt hatte, taute sichtlich auf, als er eine Tasse heißen Tee bekam. Er ließ sich sogar zu einem Lob hinreißen, als er sah, wie fachgerecht Fitz die Wunden der Engländerin versorgt hatte. Er bestrich die Wundränder noch einmal mit Jod, nähte die klaffende Oberschenkelwunde und hantierte minutenlang an ihrem rechten Knie herum. »Nur eine Verrenkung«, stellte er nach eingehender Überprüfung fest, »wird noch eine ganze Weile wehtun, aber in zwei, drei Wochen sind Sie wieder auf dem Damm.« Er legte neue Verbände an und ließ ein Fläschchen mit Laudanum da. »Das wird die Schmerzen lindern, aber bitte nicht zu viel nehmen … Höchstens einen Teelöffel pro Tag!«

Dolly nahm einen Teelöffel und war bereits eingeschlafen, als Clarissa mit der Hühnersuppe im Zimmer erschien. »Sagen Sie ihr, sie soll vorsichtig mit dem Laudanum sein. In letzter Zeit wird viel darüber diskutiert, ob das Mittel süchtig macht. Ab morgen dürften die Schmerzen sowieso erträglich sein.«

Inzwischen war es Morgen geworden, und durch die Fenster fielen helle Streifen in die Zimmer. Das Schneetreiben hatte aufgehört, und die Wolken waren so weit nach Süden abgewandert, dass sich stellenweise sogar die Sonne blicken ließ. Im Esszimmer hatte Mrs Buchanan bereits den Tisch fürs Frühstück gedeckt, aber ihre einzigen Gäste, der Quacksalber und zwei junge Männer aus Chicago, die am Klondike reich werden wollten, hatten bereits am frühen Morgen das Haus verlassen und waren wahrscheinlich schon zu den Goldfeldern unterwegs. »Wie wär's mit einem ordentlichen Frühstück?«, fragte sie die Männer, die sich notdürftig gesäubert und abgetrocknet hatten, und Clarissa, die rasch in ihr Kleid geschlüpft war. »Rühreier mit Schinken und Bratkartoffeln? Ich glaube, ihr könnt jetzt einiges vertragen.«

Der Wirtin war die Vertrautheit zwischen Fitz und Frank Reid nicht entgangen. »Frank Reid?«, wiederholte sie seinen Namen, als er endlich die Gelegenheit bekam, sich vorzustellen. »Den Namen kenne ich doch. Sie sind schon länger hier, nicht wahr? Landvermesser, hab ich mir sagen lassen.« Sie schob Fitz die Schüssel mit dem Rührei hin und ließ ihren Blick zwischen ihm und Frank Reid hin und her schweifen. »Ihr beide heckt doch was aus!«

»Dir kann man wohl gar nichts vormachen?« Fitz schob grinsend eine Gabel mit Rührei in sich hinein. »Wir wollen Soapy Smith endlich an den Karren fahren. Frank hat ein Vigilantenkomitee gegründet, das ›Committee of 101‹, das soll den Verbrecher aus der Stadt jagen. 101 Bürger haben wir noch nicht zusammen, aber es werden täglich mehr. Wo stehen wir jetzt, Frank?«

»Bei dreiundfünfzig … mit Dolly«, erwiderte Reid.

»Dann habt ihr jetzt vierundfünfzig. Ich mache auch mit.«

»Fünfundfünfzig«, ergänzte Clarissa.

»Wenn das so weitergeht, haben wir bald mehr Frauen als Männer«, amüsierte sich Fitz und wechselte rasch das Thema, als er die verärgerte Miene der Wirtin bemerkte. »Dein Rührei schmeckt einmalig, genau das Richtige nach unserem Ausflug. Meinst du, wir können ein wenig bei dir ausruhen?«

»Meinetwegen, aber schnarch nicht so laut, hörst du?«

Die nächsten beiden Tage verbrachte Clarissa damit, sich um Dolly zu kümmern und die Beerdigung ihres Mannes vorzubereiten. Fitz und Reid machten ihr Versprechen wahr und sammelten genug Geld für eine feierliche Beerdigung, es reichte sogar für einen der besseren Särge und einen Blumenschmuck aus künstlichen Nelken, die sie in grüne Farbe tauchen ließ, eine Verbeugung vor der irischen Heimat des Toten. Die Kapelle, die den Sarg bis zum Friedhof begleiten sollte, bezahlte Clarissa mit Goldkörnern.

Die Beerdigung fand drei Tage nach Luthers Ermordung statt. So lange hatte der Bestatter gebraucht, um die Leiche des Iren so zu schminken und herzurichten, dass kaum noch etwas an die schweren Verletzungen erinnerte, die sein Mörder ihm zugefügt hatte. In seine gebrochene Nase hatte er Watte gestopft, um sie einigermaßen gerade aussehen zu lassen. Luther trug ein weißes Hemd mit Krawatte, sein Haar war sorgfältig gekämmt, nur auf eine neue Hose hatte man verzichtet, weil man die unter der Sargdecke sowieso nicht sah. »So eine schöne Leiche hatte ich noch nie«, sagte der Bestatter.

Dolly brach in Tränen aus, als Fitz sie in die Leichenhalle trug und vor dem offenen Sarg auf einem Stuhl sitzen ließ, damit sie sich in aller Ruhe von ihrem toten Mann verabschieden konnte. Der Bestatter hatte recht, so gut hatte Luther nicht mal im Leben ausgesehen, vor allem nicht so friedlich, nur grinste er nicht mehr wie früher und erwiderte auch nicht ihren sanften Kuss, als sie ihn auf die Stirn küsste und dabei beinahe das Gleichgewicht verlor.

Während der Fahrt zum Friedhof saß sie neben dem Leichenbestatter auf dem Kutschbock, der inzwischen verschlossene Sarg mit ihrem Mann lag auf der Ladefläche des Pritschenwagens, der einen verglasten Leichenwagen, wie man ihn in Vancouver oder San Francisco gehabt hätte, ersetzte. Die grünen Nelken leuchteten verheißungsvoll im schwachen Sonnenlicht. Dolly hatte sich inzwischen gefasst und wirkte genauso ernst wie der Leichenbestatter.

Clarissa folgte dem Pritschenwagen in gebührendem Abstand und lief neben Mrs Buchanan, Fitz und Frank Reid und zahlreichen anderen Bürgern, die den toten Iren gar nicht gekannt hatten und auf diese Weise ihre Solidarität ausdrücken wollten. Immer mehr Leute schlossen sich dem Trauerzug an, sogar einige Kinder waren dabei, und alle ließen ihn auch zu einem Protestmarsch gegen Soapy Smith werden, der mit einem gezwungenen Lächeln vor seinem Saloon stand und nicht erkennen ließ, was in ihm vorging. Hinter den trauernden Bürgern marschierte die Kapelle, sechs Männer mit schlecht gestimmten Blasinstrumenten, und spielte eine falsche Note nach der anderen. Nur die aufflackernde Sonne protestierte gegen die traurige Stimmung.

Wie alle anderen wandte auch Clarissa den Kopf, als sie an Jeff Smith's Parlor vorbeischritten und sie Soapy Smith in der offenen Tür stehen sah. Er war ähnlich vornehm gekleidet wie bei ihrer letzten Begegnung und hatte sogar seinen flachkronigen Hut abgenommen, ein Zeichen des Respekts gegenüber einem Toten, den er wahrscheinlich selbst auf dem Gewissen hatte, zumindest dürfte er den Auftrag für den Mord gegeben haben. Obwohl ihm nicht gefallen konnte wie viele Bürger sich dem Trauermarsch angeschlossen hatten, wirkte er selbstsicher und arrogant und nickte Clarissa freundlich zu, als sich ihre Blicke kreuzten. Sie errötete gegen ihren Willen und wandte rasch den Kopf.

Weil ihre ganze Aufmerksamkeit dem Verbrecherkönig gegolten hatte, entdeckte sie Sam Ralston erst spät. Der Spieler stand unter dem Vorbaudach, das Gesicht halb im Schatten, und hielt seinen Zylinder in beiden Händen. Er hatte einen kalten Zigarillo zwischen den Lippen und verzog keine Miene.

Über eine halbe Stunde brauchte der Trauerzug, um den Friedhof vor der Stadt zu erreichen. Im Morast der Hauptstraße taten sich die beiden Zugpferde schwer, und der Wagen blieb alle paar Schritte stecken. Mehrfach mussten einige Männer anschieben, um überhaupt vorwärtszukommen. Die Räder holperten durch den Schlamm und die tiefen Furchen und rollten über die Planken, die auf der Straße lagen. Dem Leichenbestatter fiel es schwer, seine berufsmäßige Trauermiene zu zeigen, und man sah ihm an, wie gerne er geflucht und mit der Peitsche geknallt hätte. Dolly, die sich einen schwarzen Mantel von Mrs Buchanan geliehen hatte, zeigte keine Regung und schien still zu beten. Die Pferde schnaubten und protestierten bei jedem Hindernis.

Der Friedhof lag auf einem sanften Hügel und war von einem windschiefen Holzzaun umgeben. Über der Einfahrt hing ein Schild mit der Aufschrift »Skaguay Cemetery«. Der Leichenbestatter trieb die Pferde durch das Tor und lenkte sie zu dem offenen Grab, das Fitz und einige andere Männer geschaufelt hatten. In dem Erdhaufen steckten noch die Schaufeln. Ein einfaches Holzkreuz, in das Luthers Name, sein Geburtsdatum und das Datum seines Todes eingebrannt waren, lag neben der Grube für die Beerdigung bereit.

Zur Überraschung aller wartete Reverend Ike vor dem offenen Grab. In seinem schwarzen Talar, der im böigen Morgenwind wehte, sah er wie ein Racheengel aus. Er hielt eine Bibel in den Händen und täuschte Mitleid und Mitgefühl vor, als er vor den Wagen trat und zu Dolly auf dem Kutschbock emporblickte. »Der Herr sei mit dir, meine Schwester«, begrüßte er sie salbungsvoll. »Wir alle fühlen mit dir und bedauern dich in deinem Schmerz.«

»Verschwinden Sie!«, reagierte Dolly ungewöhnlich heftig. Der Wind wehte ihre Worte über die Gräber hinweg. »Machen Sie, dass Sie wegkommen, Sie Betrüger! Wir alle wissen, dass Sie mit Soapy Smith unter einer Decke stecken! Sie haben meinen Mann in den Tod geführt, und es würde mich gar nicht wundern, wenn Sie auch bei seiner Ermordung dabei waren.«

Der Reverend spielte den Nachsichtigen. »Ich verstehe deine Wut und deinen Zorn, Schwester. Manchmal fällt es uns schwer, die Entscheidungen unseres Herrn zu verstehen und zu verarbeiten. Ich bin dir deswegen nicht böse. Viele von uns würden so reagieren wie du. Aber ich habe dich und deinen Mann getraut, ich habe den heiligen Bund der Ehe für euch geschlossen. Warum sollte ausgerechnet ich dabei helfen, ihn umzubringen? Ich habe ihm nur den Weg gezeigt, Schwester, und wir alle wissen, welches Gesindel sich in dieser Gegend herumtreibt. Ich habe nichts damit zu tun. Aber lass uns an diesem schicksalhaften Tag nicht an Rache und Vergeltung denken. Lasst uns lieber eines jungen Mannes gedenken, der vor wenigen Tagen noch voller Hoffnung und Zuversicht vor mir stand und dieser Frau den Ring ansteckte …«

»Ich habe gesagt, Sie sollen verschwinden!«, wiederholte Dolly. Sie wäre wohl aufgestanden, wenn sie dazu in der Lage gewesen wäre. »Niemand hat Sie zu dieser Beerdigung eingeladen. Lassen Sie uns in Ruhe und gehen Sie!«

»Sie haben die Lady gehört!«, unterstützte Fitz die Engländerin.

Der Reverend zuckte die Achseln. »Nun … Wenn das so ist, will ich den Herrschaften nicht länger im Weg stehen. Ich hoffe nur, ihr wisst, was ihr tut, meine Lieben. Wenn ihr diesen armen Mann ohne den Beistand eines Geistlichen bestattet, wird seine Seele auf ewige Zeiten im Jenseits herumirren. Lebt wohl … Und der Herr sei mit euch!« Er wandte sich beleidigt an und ging.

»Ich war mal Pastor!«, meldete sich ein unscheinbarer Mann unter den Trauernden, als Reverend Ike außer Sichtweite war. Seine Stimme klang viel zu hell und zu schwach für einen Mann, der es gewohnt war, jeden Sonntag zu einer Gemeinde zu sprechen, trug aber in der betretenen Stille, die in diesem Augenblick auf dem Friedhof herrschte, besonders weit. »Es war keine große Gemeinde, und ich habe keine offiziellen Weihen, aber ich kenne die Bibel und weiß, was an einem solchen schweren Tag gesagt werden muss.«

Alle blickten auf Dolly, die zustimmend nickte, als sie den Mann zu Gesicht bekam und ihn für vertrauenswürdig hielt. Ob er die offiziellen Weihen hatte, war ihr egal, wenn er nur die passenden Worte am offenen Grab fand.

Der Pastor erwies sich als Glücksgriff. Obwohl er Luther nicht gekannt hatte, lobte er ihn als einen kühnen jungen Mann, der aufgebrochen war, an der Seite seiner frisch angetrauten Frau sein Glück zu machen und im Sündenpfuhl einer Stadt, die man schwerlich als zivilisierte Siedlung bezeichnen kann, sein Leben ließ. »Aus der Erde sind wir genommen, zur Erde sollen wir wieder werden«, zitierte er aus der Bibel. »Erde zu Erde, Asche zu Asche, Staub zu Staub, Amen. Und nun lasst uns singen und den Herrn preisen …«

Die Kapelle stimmte »Rock of Ages« an, und Fitz und einige andere Männer hoben den Sarg von der Ladefläche und ließen ihn an bereitliegenden Seilen in die Grube hinab. Sie falteten die Hände und beteten stumm, dann griff Fitz nach einer Schaufel, füllte sie mit etwas Erde und reichte sie Dolly. Die Engländerin nahm ihre ganze Kraft zusammen und stand auf, blieb schwankend stehen und schloss die Augen zu einem stillen Gebet. Anschließend schaufelte sie die Erde ins Grab. »Farewell, me dear!«, formten ihre Lippen.

Die Sonne stand bereits hoch am Himmel, als sie wieder in die Stadt zurückkehrten. Der Leichenbestatter war sichtlich erleichtert, seinen Pritschenwagen abzustellen und wieder in seinem Büro verschwinden zu dürfen. Die Trauergemeinde zerstreute sich in alle vier Winde. Soapy Smith stand immer noch vor seinem Saloon und gab sich so selbstsicher wie vor der Beerdigung. Dieses Mal schenkte er Clarissa keine Beachtung und hatte es mehr auf Frank Reid abgesehen. Der sah zwar aus wie ein Buchhalter, war aber wesentlich härter und unnachgiebiger, als die meisten glaubten, und trug sogar einen Revolver wie die Westmänner in den Buffalo-Bill-Heften, die Clarissa so gerne las.

»Ich höre, Sie wollen mich aus der Stadt jagen«, empfing ihn der Verbrecherkönig. Anscheinend war ihm bereits zu Ohren gekommen, dass Reid dabei war, eine Bürgerwehr aufzustellen. Er zündete sich in aller Ruhe einen Zigarillo an. »Sie glauben doch wohl nicht, dass Sie damit durchkommen?«

»Abwarten«, erwiderte Reid selbstsicher. Er schien keine Angst vor Soapy Smith zu haben. »Selbstsüchtige Alleinherrscher wie Sie haben sich noch nie lange in einer Stadt gehalten, nicht mal im Wilden Westen. Der Tag wird kommen, an dem auch Sie klein beigeben müssen. Oder meinen Sie, dieses Spiel ewig spielen zu können? Fühlen Sie sich nicht zu sicher, Soapy Smith, und glauben Sie nicht, sich alles erlauben zu können, weil die halbe Stadt und sogar der US Deputy Marshal auf Ihrer Gehaltsliste stehen. Irgendwann ist auch Ihre Glückssträhne vorbei. Selbst in Skaguay gibt es noch Männer, die mit solchen Machenschaften nichts zu tun haben wollen.«

Soapy Smith rauchte genüsslich und blies Reid den Rauch ins Gesicht. Inzwischen waren die beiden bärtigen Männer, die Clarissa auf dem Schiff und vor dem Hotel gesehen hatte, neben ihm aufgetaucht. »Wir werden sehen, Reid.« Er deutete auf den Revolver an Reids Hüfte. »Ich habe mir sagen lassen, dass Sie damit einigermaßen gut umgehen können, aber fühlen Sie sich bloß nicht zu sicher. Auch ich habe gelernt, ins Schwarze zu treffen.« Er lächelte. »Und ich habe fähige Männer, die mir zur Seite stehen.«

Clarissa wollte nicht in den Streit hineingezogen werden und folgte Mrs Buchanan in die Pension. Fitz hatte sich bereits verabschiedet. Aus der Küche drang Geschirrklappern. »Ich koche uns einen starken Tee«, rief sie, als sie Clarissa in den Flur kommen hörte. »Kümmern Sie sich um Dolly!«

Die Beerdigung hatte der Engländerin einiges abverlangt, auch die Auseinandersetzung mit Reverend Ike, der so unverschämt am Friedhof auf sie gewartet hatte, aber in ihren Augen waren keine Tränen mehr, und sie wirkte ungewöhnlich stark und entschlossen. »Ich lasse mir nicht länger von Soapy Smith und seinen Männern auf der Nase herumtanzen«, sagte sie, als Clarissa ihr Zimmer betrat. »Irgendwann, und zwar schon bald, werden sie für ihre Verbrechen bezahlen, und ich werde dabei sein, wenn man sie in Schimpf und Schande aus der Stadt jagt. So lange bleibe ich auf jeden Fall!«

»Nimm dich lieber vor ihnen in Acht«, empfahl Clarissa. »Du weißt doch inzwischen, wozu sie fähig sind. Vor allem diesem Reverend würde ich nicht über den Weg trauen.« Sie setzte sich auf den Bettrand und versuchte sie mit einem Lächeln auf andere Gedanken zu bringen. »Zuerst einmal musst du wieder gesund werden, oder willst du ewig auf der faulen Haut liegen?«

»Du weißt, dass ich lieber heute als morgen aufstehen würde.«

»Klar weiß ich das. Und jetzt …«

Die Tür ging auf, und Mrs Buchanan streckte den Kopf herein. »Das Dampfschiff kommt!«, rief sie aufgeregt. »Einige Fischer haben gesehen, wie die *Bristol* in den Kanal fuhr. Kommst du mit, Clarissa? Sie hat frisches Gemüse und Obst aus dem Okanagan Valley für mich an Bord.« Sie wandte sich an Dolly. »Du bist uns doch nicht böse, wenn wir mal kurz verschwinden?«

»Nur, wenn ich nachher einen frischen Apfel bekomme.« Dolly wartete, bis die Wirtin auf dem Weg nach draußen war, und blickte Clarissa an. »Viel Glück! Ich wünsche dir, dass Alex an Bord ist. Ich drücke dir die Daumen.«

23

Wie jedes Mal, wenn sich ein Dampfschiff der Stadt näherte, strömte fast die ganze Stadt zur Anlegestelle. Da es in Skaguay weder einen Telegrafen noch eine andere Verbindung zur Außenwelt gab, war man begierig darauf, von den Passagieren zu erfahren, was im Rest der Welt passierte, und endlich wieder Zeitungen und Magazine lesen zu können, in denen mehr stand als in den *Skaguay News,* die sowieso nur das berichteten, was Soapy Smith nützte.

In der Menschenmenge verlor Clarissa die Wirtin schnell aus den Augen. Vielleicht half sie auch ein wenig nach, weil sie sofort die Straße überquerte und sich unter die Leute mischte. Sie wollte mit Alex allein sein, falls er mit der *Bristol* kam, und nicht einmal die freundliche Wirtin bei sich haben, wenn er nicht an Bord war. Angespannt wie selten blickte sie auf die Bucht hinaus, den vertrauten Geruch von Salz und Tang in der Nase und die leichte Brise, die von Süden über das Meer wehte, im Gesicht. Sie wusste nicht, was größer war: die Erwartung, ihren geliebten Alex bald in die Arme schließen zu können, oder die Angst, er könnte nicht mit dem Dampfschiff gekommen sein.

Als die *S. S. Bristol* zwischen den vorgelagerten Inseln auftauchte, setzte begeisterter Jubel ein. Die Ankunft eines

Dampfschiffes war ein Ereignis, das ausgiebig gefeiert wurde in Skaguay, auch bei Soapy Smith und seiner Bande, die in den meisten Passagieren willige Opfer fanden und nach ihrer Landung den größten Profit machten. Clarissa hatte bereits den Jungen ausgemacht, der sie nach der Landung angesprochen hatte, und nur ein höhnisches Grinsen geerntet, und auch Reverend Ike stand schon bereit, um ahnungslose Passagiere ins Skaguay Hotel zu locken und ihnen einen besonders preisgünstigen Ausrüster zu empfehlen. Die scharfen Worte, mit denen Dolly ihn vom Friedhof vertrieben hatte, schienen wenig Eindruck auf ihn gemacht zu haben.

Wegen der Ebbe, die bereits am frühen Morgen eingesetzt hatte, ankerte die *S. S. Bristol* ungefähr eine Viertelmeile vor der Anlegestelle. Noch bevor der Kapitän mit einem dumpfen Signal seine Ankunft ankündigte, war eine Vielzahl von Booten unterwegs, um die Passagiere und die von vielen Geschäftsleuten heiß ersehnte Fracht an Land zu holen. Dunkler Rauch stieg aus den Schloten des Dampfschiffes und vermischte sich mit dem Dunst, der wie feiner Nebel über dem Wasser lag. Von der Sonne war nur noch ein weißer Schimmer hinter den Wolken zu sehen. Leichter Wind kräuselte das Meer.

Nervös und mit wachsender Unruhe verfolgte Clarissa die Ankunft der Passagiere. Aus mehreren Booten gleichzeitig strömten sie an Land, schwere Koffer und Taschen in den Händen und nach der langen Fahrt begierig darauf, endlich die Goldfelder zu erreichen. Die wenigsten ahnten, welche Strapazen sie erwarteten, und wie schwierig es war, eine einigermaßen bezahlbare Unterkunft in Skaguay zu finden. Die Gier nach dem Gold machte sie blind für die Gefahren, und selbst viele von den Neuankömmlingen, die von Soapy Smith und seinen Machenschaften gehört hatten, fielen auf seine Leute herein. Clarissa beobachtete, wie der Junge sich an einen Mann mit einer schweren Reisetasche heranmachte, und sah den Reverend mit einigen gut gekleideten Männern über die Straße verschwinden. »Glauben Sie nicht alles, was der Junge sagt!«, rief sie dem Mann mit der Reisetasche zu, wohl wissend, dass er nicht auf sie hören würde. Der Mann hielt ihre Bemerkung für einen Witz und lachte. »Keine Angst, bei mir ist nichts zu holen.«

Clarissa wusste es besser. Frank Reid hatte ihr erzählt, dass Soapy Smith und seine Männer nicht nur Neuankömmlinge um ihr Geld betrogen, sondern auch Goldsuchern, die bereits ausgerüstet waren, ihre Geräte abnahmen und diese für teures Geld an andere Männer verkauften. Der dreisteste Coup des Verbrecherkönigs bestand allerdings darin, überhöhte Gebühren für ein Telegramm in die Heimat zu verlangen, obwohl es in Skaguay gar keine Telegrafenverbindung gab und die Leitung, die über der »Telegrafenstation« zu sehen war, bereits eine Viertelmeile weiter südlich im verfilzten Unterholz endete.

Alex war nirgendwo zu sehen. Er war in keinem der Boote, die von der *S. S. Bristol* kamen, auch nicht in dem großen Fischerboot, das mit über zwanzig Passagieren im flachen Wasser vor der Küste hielt. Nirgendwo sah sie sein Lächeln, keiner der ausgestreckten Arme, mit denen einige Passagiere ihren Verwandten oder Bekannten zuwinkten, galt ihr. Noch waren einige Boote unterwegs, und Alex gehörte sicher nicht zu den Passagieren, die sich beim Aussteigen nach vorn drängten, aber ihre Hoffnung, ihn an diesem Morgen in die Arme schließen zu können, schwand zusehends, und ihre Augen waren schon jetzt mit Tränen gefüllt. Die Gischt, machte sie sich selbst etwas vor, das Meerwasser, das nach allen Seiten spritzte, wenn die Passagiere aus den Booten sprangen und durch das flache Wasser an Land drängten.

Sie sprach einen der Männer an: »War ein gewisser Alex Carmack an Bord? Ein dunkelhaariger Mann, groß und mit breiten Schultern? Ein Fallensteller?« Der angesprochene Mann zuckte die Achseln. »Keine Ahnung, Ma'am, die Beschreibung passt auf viele Männer.« Sie wandte sich an den Nächsten: »Er trägt wahrscheinlich Wollhosen und einen Anorak aus Karibufell … und einen Schlapphut …« Ein Kopfschütteln war die einzige Antwort. »Er hat sicher sein Gewehr dabei … eine Lee-Enfield …« Der Angesprochene schüttelte den Kopf. »Ich hab keine Ahnung, wie eine Lee-Enfield ausieht.«

Clarissa ließ enttäuscht die Schultern sinken. Wie versteinert, die Lippen fest aufeinandergepresst, um nicht laut loszuheulen, wartete sie, bis auch das letzte Boot zurückgekommen war. Schon aus der Ferne sah sie, dass Alex nicht dabei war. Sie trat ein paar Schritte zur Seite, um einige Hafenarbeiter mit schweren Kisten durchzulassen, und blickte neidisch auf ein junges Paar, das sich glücklich umarmte, nachdem es an Land gegangen war. »Gehen Sie zu Mrs Buchanan!«, rief sie ihnen zu, als sie den Jungen auf sie zugehen sah. »Der Junge will Ihnen nur ein teures Hotel aufschwatzen. Die Pension dort drüben!« Der Mann bedankte sich lächelnd und zog mit seiner Frau davon.

Das Wissen, wenigstens ein glückliches Paar vor den Fängen des Verbrecherkönigs gerettet zu haben, machte sie ein wenig froh, aber es half ihr nicht über die Enttäuschung an diesem Morgen hinweg. Wie ein schwerer Stein lastete das Gefühl in ihrem Magen, Alex noch immer nicht in die Arme schließen zu können. Nur noch ein Boot war zur Küste unterwegs, ein Beiboot der *S. S. Bristol,* in dem der Kapitän und einige Leute seiner Mannschaft an Land fuhren. Das Schiff würde erst am frühen Nachmittag die Heimreise antreten.

Clarissa fasste sich ein Herz und sprach den Kapitän an, als er an Land ging: »Entschuldigen Sie, wenn ich Sie anspreche, Captain, aber ich suche meinen Mann.« Sie bezweifelte, dass Alex seinen richtigen Namen nennen würde, wenn er an Bord eines Schiffes ging, und nannte nur seinen Vornamen. »Er trägt einen Anorak aus Karibufell und hatte sicher ein Gewehr dabei, eine Lee-Enfield, falls Sie sich mit Gewehren auskennen.« Sie zauberte ein gewinnendes Lächeln auf ihr Gesicht. »Er ist Fallensteller.«

»Natürlich kenne ich mich mit Gewehren aus«, antwortete der Kapitän mit britischem Akzent, »ich war schließlich mal in der Armee Ihrer Majestät und war auf eine Lee-Enfield angewiesen, aber das ist lange her.« Seine Lippen und sein weißer Schnauzbart verzogen sich zu einem Lächeln. »Nein, so einen Mann habe ich leider nicht an Bord gesehen.« Er blickte seine Untergebenen an, die ebenfalls den Kopf schüttelten. »Tut mir leid, Ma'am. Aber trösten Sie sich, seit hier alle wegen des Goldes verrückt spielen, schicken wir jede Woche ein Schiff nach Norden. Nächste Woche ist die *California* dran. Ich gehe jede Wette ein, dass Ihr Mann dann an Bord sein wird. Würde mich auch sehr wundern, wenn er eine so hübsche Frau im Stich lassen würde.«

»Und er hat Ihnen auch keinen Brief mitgegeben?«

»Da müssen Sie den Postmeister fragen«, antwortete der Kapitän. »Wir liefern die gesamte Post an ihn, und er verteilt sie an die Empfänger. Wenn Sie uns jetzt bitte entschuldigen wollen, Ma'am. Ich schätze, nach der langen Reise haben wir uns eine heiße Mahlzeit und ein Gläschen Whisky verdient.«

Clarissa blickte dem Kapitän und seinen Leuten nach, bis sie in einem der besseren Restaurants verschwunden waren, und blieb enttäuscht an der Anlegestelle stehen. Noch immer herrschte Trubel im Hafen, waren Neuankömmlinge damit beschäftigt, ihr Gepäck an Land zu schaffen und auf bereitstehende Wagen zu laden, schufteten auch Hafenarbeiter und stellten die ausgeladene Fracht zur Abholung bereit. Sie beobachtete, wie einer der Männer zwei Kisten mit Gemüse zur Pension von Mrs Buchanan brachte, und fühlte sich schuldig, ihr aus dem Weg gegangen zu sein. Gleichzeitig war sie erleichtert, diesen Augenblick nicht mit ihr teilen zu müssen.

Sie blieb lange stehen, starrte mit leeren Augen auf das Dampfschiff, dessen Schlote längst keinen Qualm mehr ausstießen, und wehrte sich mit aller Kraft gegen die Tränen, die in ihren Augen hochstiegen. Mach dich nicht verrückt, ermahnte sie sich, seit deiner Ankunft sind erst ein paar Tage vergangen. Wenn er sich vor Frank Whittler verstecken muss, dauert es vielleicht noch ein oder zwei Wochen, bis er sich an Bord eines Schiffes wagt. Mit einem der nächsten Dampfer wird er kommen, ganz bestimmt. Doch mit ihrer Hoffnung und ihrem vorgetäuschten Optimismus konkurrierte die Angst, er könnte längst tot sein, einem Unfall oder der Rachsucht von Frank Whittler zum Opfer gefallen sein und nie mehr zu ihr kommen. Whittler hatte schon mal auf ihn schießen lassen und würde es wieder tun, es vielleicht sogar darauf anlegen, und wenn es nur geschah, um ihr zu schaden. »Bitte lass es nicht so weit kommen!«, schickte sie ein verzweifeltes Stoßgebot zum Himmel.

Erst als kaum noch jemand an der Anlegestelle war, kehrte Clarissa zur Pension zurück. In ihrem Kopf herrschte eine grenzenlose Leere. Sie traf das junge Ehepaar, das sie zu Mrs Buchanan geschickt hatte, im Flur und wechselte ein paar belanglose Worte mit ihnen, zwang sich zu einem Lächeln und verschwand rasch in ihrem Zimmer, bevor Mrs Buchanan oder Dolly sie rufen konnten. Enttäuscht trat sie ans Fenster und blickte auf den Waldrand. Dunkel und in weiter Ferne lag er vor ihr. Bei dem Wrack des Planwagens waren weder ein Wolf noch ein Husky zu sehen, nur zwei Kinder, die Verstecken spielten und von ihrer Mutter zurückgerufen wurden. Die wilden Tiere verloren langsam ihre Angst vor den Zweibeinern, hieß es in der Stadt.

Ohne einen klaren Gedanken fassen zu können, blieb sie am Fenster stehen und beobachtete die beiden Kinder, die nur widerwillig zu ihrer Mutter zurückkehrten. Als sie verschwunden waren, und sie in die Ferne blickte, staunte sie, wie matt und abweisend sich die fernen Gletscher gegen den grauen Himmel abhoben. Das Eis auf den Gipfeln würde selbst während der kurzen Sommerzeit nicht schmelzen. Die Wildnis war ihr in diesem Augenblick wenig vertraut, sie kam ihr feindlich und abweisend vor, wie das Meer, wenn es vor einem schweren Sturm noch einmal Atem holt. Ohne Alex wäre ihr nicht einmal die Blockhütte, in der sie sich kennengelernt hatten, noch vertraut, und sie wäre wohl ewig auf der Suche nach einer neuen Heimat. Ein schwacher Windstoß fegte den letzten Schnee vom Dach der Pension und trübte ihren Blick, ließ selbst den nahen Waldrand verschwinden.

Es klopfte, und Mrs Buchanan öffnete die Tür. Sie brachte ihr eine Tasse mit heißem Tee und sagte: »Dolly hat mir alles erzählt. Ich hoffe, Sie sind ihr deswegen nicht böse. Ich weiß, dass Sie nichts Unrechtes getan haben, und ich würde alles tun, um Sie zu beschützen, falls die Polizei hier auftauchen würde.« Sie stellte die Tasse auf den Nachttisch. »Tut mir sehr leid, dass Ihr Mann nicht auf dem Schiff war. Glauben Sie mir, ich weiß, wie man sich fühlt, wenn man vergeblich auf seinen Mann wartet. Aber er wird kommen, ganz bestimmt. Auf der *California* nächste Woche ist er bestimmt an Bord.«

Mit ähnlichen Worten tröstete sie Dolly, als sie bei ihr vorbeischaute. Die Engländerin, die inzwischen schon ohne Laudanum auskam, musste sogar lachen. »Ist das nicht komisch? Ich hab meinen Mann verloren und muss eine Frau trösten, die noch gar nicht weiß, was mit ihrem Liebsten passiert ist.«

»Du hast recht«, erwiderte Clarissa, »ich sollte mich nicht so anstellen. Alex kennt sich besser in der Wildnis aus als jeder andere Mann, die Indianer vielleicht ausgenommen, und lässt sich bestimmt nicht aufs Kreuz legen. Schon gar nicht von einem verwöhnten Städter wie Frank Whittler. Er kann nicht tot sein! Er kommt bestimmt mit dem nächsten oder übernächsten Schiff. Ich sollte mich viel mehr um dich kümmern. Wie geht es dir, Dolly?«

Dolly ging es täglich besser. Früher als erwartet konnte sie wieder aufstehen und sich auf Krücken fortbewegen, und nach drei Wochen hatte sich auch der Zustand ihres Knies so weit gebessert, dass sie kaum noch Schmerzen verspürte. Sie fing in dem Restaurant, in dem der Kapitän der *Bristol* gewesen war, als Bedienung an und investierte einen Teil ihres ersten Lohns in eine riesige Torte, die sie von dem deutschen Bäcker in der Holly Street backen und mit der Aufschrift »Danke, Clarissa und Mrs Buchanan« verzieren ließ.

Alex war nicht auf der *California* und ließ sich auch in der nächsten und übernächsten Woche nicht blicken. In der fünften Woche nach seinem Verschwinden brachte ihr der Kapitän jedoch einen Brief von Mary Redfeather mit, den sie wie etwas sehr Kostbares mit beiden Händen festhielt und erst allein in ihrem Zimmer öffnete. Hin und her gerissen zwischen vorsichtiger Freude über eine Nachricht aus Port Essington und der Angst vor einer Nachricht, die vielleicht ihr Leben zerstören würde, las sie die Zeilen: »Liebe Clarissa, entschuldige, dass ich dir erst jetzt schreibe. Leider ist Alex noch nicht aufgetaucht. Niemand weiß, wo er ist, nicht einmal die Indianer. Meine beiden Söhne haben tagelang nach ihm gesucht und ihn nicht gefunden. Außer dem Stiefel hat er keinerlei Spuren hinterlassen, und wenn er nicht ein so erfahrener Waldläufer wäre, könnte man fast glauben, er sei von der Brandung erfasst und ins Meer gezogen worden, aber das halte ich für unmöglich. In der Nacht, als er verschwand, war das Meer ruhig. Ich glaube, er hält sich irgendwo versteckt. Ein Fallensteller wie er weiß, wie man sich unsichtbar machen kann. Er muss einen triftigen Grund dafür haben, und ich bin sicher, dass er schon bald wieder auftaucht und nach dir sucht. Gib die Hoffnung nicht auf, Clarissa! Ich weiß, dass er wiederkommen wird, und gebe dir sofort Bescheid, wenn er sich bei mir gemeldet hat. Es grüßt dich Mary Redfeather.«

Clarissa las den Brief mehrere Male, bis sie ihn fast auswendig kannte, und trug ihn auch Mrs Buchanan und Dolly vor. Beide gaben sich genauso zuversichtlich wie ihre indianische Freundin. »Der kommt«, versicherte Dolly, die sich auch von ihrem Schicksalsschlag einigermaßen erholt hatte und zumindest nicht mehr in der Öffentlichkeit weinte. »So einer verschwindet nicht einfach.« Und Mrs Buchanan sagte: »Ich bete jeden Abend für Sie, Clarissa.«

Um ihre Ersparnisse nicht angreifen zu müssen, half Clarissa ihrer Wirtin inzwischen im Haushalt. Lediglich das Kochen überließ sie Mrs Buchanan, die vor allem auf Eintöpfe spezialisiert war und »den besten Elcheintopf zwischen der Arktis und dem Äquator« kochte, wenn man Fitz glauben durfte. Der alte Goldsucher hatte sich bei Frank Reid in Dyea einquartiert, kam aber jeden zweiten Tag zum Abendessen und grinste über beide Backen, wenn Mrs Buchanan ihm eine Schüssel mit Eintopf mitgab. Fitz und Frank Reid hatten inzwischen über achtzig Männer für den Kampf gegen Soapy Smith eingeschworen und bereiteten eine große Demonstration gegen ihn vor, die den Bürgern klarmachen sollte, mit was für einem gerissenen Betrüger sie es zu tun hatten, und ihn endgültig aus Skaguay vertreiben sollte. Dolly hatte zwei Kolleginnen angeworben, die ebenfalls gegen Soapy Smith auf die Straße gehen wollten, und Mrs Buchanan wurde nicht müde, über den Verbrecherkönig zu lästern. Clarissa war zu sehr mit ihren eigenen Problemen beschäftigt gewesen, um Reids »Committee of 101« unterstützen zu können.

Doch noch war von der neuen Aufbruchsstimmung in Skaguay wenig zu spüren. Soapy Smith und seine Bande gingen weiter ihren krummen Geschäften nach, und seine Männer lachten jedem ins Gesicht, der die Nase rümpfte, wenn er an ihnen vorbeilief. Reverend Ike war mit der *California* nach Süden gefahren, wahrscheinlich, um auf der Rückfahrt mögliche Opfer in Augenschein nehmen zu können, und US Deputy Marshal Tanner versteckte sich hinter seinem Abzeichen und seiner Standardausrede, die meisten Verbrechen gingen auf das Konto einer Bande, die sich im nahen Kanada verschanzte.

Von Sam Ralston war nichts zu sehen. Clarissa hatte lediglich gehört, dass er in Jeff Smith's Parlor am Spieltisch saß und die Leute reihenweise beim Pokern ausnahm, was entweder daran lag, dass die Goldsucher zu unbedarft waren oder er sich inzwischen beim Falschspiel versuchte. Als Clarissa ihm eines Abends scheinbar zufällig in der Stadt begegnete, war er jedoch ausgesprochen höflich und lüftete seinen Zylinder. »Nehmen Sie sich vor Soapy Smith in Acht!«, flüsterte er. »Der Bursche führt etwas gegen Sie im Schilde!«

Clarissa blickte ihn erstaunt an, doch bevor sie nachfragen konnte, war er verschwunden, und nur noch der Qualm seines Zigarillos erinnerte an ihn.

24

Zwei Wochen später, als die *S. S. California* die Bucht von Skaguay verließ und Alex wieder nicht an Bord gewesen war, bekam Clarissa zu spüren, was der Spieler mit seiner Warnung gemeint hatte. Auf dem Rückweg zur Pension trat ihr ein Junge, den sie noch nie gesehen hatte, in den Weg und sagte: »Mrs Carmack? Ma'am? Mister Smith würde Sie gerne sprechen. Ich soll Ihnen sagen, dass er in seinem Büro auf Sie wartet. Sie sollen gleich kommen.«

»Ach ja?«, erwiderte sie. Nach der neuen Enttäuschung, Alex wieder nicht getroffen zu haben, war sie gerade in der richtigen Stimmung. »Dann sag ihm doch, dass ich nicht die geringste Lust hätte, mit ihm zu sprechen.«

»Es geht um Alex, sagt er.«

»Alex?«

»Keine Ahnung, wen er damit meint, aber er sagt, dass Sie auf jeden Fall kommen würden, wenn Sie den Namen hören. Er wartet in seinem Büro hinter dem Parlor. Wenn ich Sie wäre, würde ich hingehen, Ma'am. Mister Smith kann ziemlich böse werden, wenn man nicht tut, was er sagt. Meine Mom sagt, wenn ich ihm nicht gehorche, hätten wir bald nichts mehr zu essen.«

»Schon gut, ich gehe hin.«

»Ist auch besser, Ma'am. Viel besser.«

Clarissa wartete, bis er gegangen war, und überquerte die Straße. Ihre Verwirrung war so groß, dass sie sich auf ihrem Gesicht abzeichnete, und einige Leute drehten sich erstaunt nach ihr um. Was wusste Soapy Smith über Alex? Und welche Gemeinheit hatte er im Sinn? Sie traute diesem Mann so ziemlich alles zu und war auf einiges gefasst, als sie Jeff Smith's Parlor erreichte und an die Seitentür des schlichten Gebäudes klopfte.

»Kommen Sie rein, Clarissa!«, erklang seine Stimme.

Sie öffnete die Tür und betrat den kleinen Raum, eigentlich nur ein Hinterzimmer, das direkt an den Schankraum grenzen musste, so laut schallten die schrägen Töne des Walzenklaviers herüber. Dazwischen hörte man Gläserklirren, Männerstimmen und das Lachen der leichten Mädchen. In Skaguay war auch am späten Vormittag noch einiges los. Auf dem einfachen Holztisch, hinter dem Soapy Smith wie ein Fabrikbesitzer thronte, brannte eine Öllampe. In ihrem flackernden Schein erhob sich der Verbrecherkönig von seinem Stuhl, ganz der Gentleman, als der er sich in der Öffentlichkeit so gern präsentierte. »Schön, dass Sie kommen, Clarissa! Ich hatte schon befürchtet, Sie würden sich anders entscheiden. Darf ich Ihnen einen Kaffee anbieten? Ein Glas Wasser?« Er deutete auf den Besucherstuhl. »Setzen Sie sich doch, Clarissa. Ich habe auch Wein hier … Aus Kalifornien …«

Clarissa ging auf keines seiner Angebote ein. »Was wollen Sie?«

»Nun seien Sie doch nicht so ernst.« Soapy Smith blieb ebenfalls stehen, hinter sich an der Wand einen Stadtplan von Skaguay und Skizzen, die wohl neue Grundstücke darstellen sollte. Auch im Immobilienhandel hatte er seine Finger. »Ich kann ja verstehen, dass Sie traurig sind, weil Ihr Ehemann wieder nicht an Bord war, aber so sind sie nun mal, diese Fallensteller. Leben jahrelang in der Wildnis und haben nicht die geringste Ahnung, welche Gefühle eine weiße Frau bewegen. Hat sie das Jagdfieber einmal gepackt, ziehen sie in die Wälder, kommen einige Monate später zurück und tun so, als wäre nichts geschehen. Daran müssen Sie sich doch langsam gewöhnt haben.«

»Wenn es das ist, was Sie mir über Alex sagen wollen, gehe ich wieder. Was Sie über Fallensteller denken, interessiert mich nicht, und es entspricht, nebenbei gesagt, auch nicht der Wahrheit. Alex ist anders, Mister Smith.«

»Jeff ... nennen Sie mich Jeff!«

»Auf Wiedersehen, Mister Smith!«

»Warten Sie«, hielt er sie zurück. »Ich wollte mich nicht über Ihren Mann lustig machen, ganz im Gegenteil. Sicher halten ihn äußerst dringliche Geschäfte zurück, sonst würde er eine so hübsche Frau wie Sie doch niemals so lange allein lassen. Glauben Sie mir, mir bricht es jedes Mal das Herz, wenn ich Sie an der Anlegestelle stehen und vergeblich auf Ihren Mann warten sehe. Wie lange ist es nun schon her, dass Sie hier sind? Acht Wochen? Neun?«

»Leben Sie wohl, Mister Smith!« Sie war bereits an der Tür.

Er drückte die Tür, die sie bereits geöffnet hatte, wieder zu. Sein süffisantes Lächeln verschwand für einen Augenblick, kehrte aber sofort wieder zurück und erstarrte zu jener Maske, die er fast überall zur Schau trug. »Lassen Sie mich doch ausreden! Ich kann Ihnen leider keine Neuigkeiten über Ihren Mann vermelden, Clarissa, habe seinen Namen nur genannt, um sicherzugehen, dass Sie auch wirklich kommen. Man kennt Sie in der Stadt als ziemlich … nun, sagen wir selbstbewusste junge Frau. Ich wollte lediglich mein Angebot von damals wiederholen und Ihnen anbieten, diesen Alex während der Zeit, in der Sie auf ihn verzichten müssen, angemessen zu vertreten.«

»Und deshalb haben Sie mich rufen lassen?«, brauste sie auf. »Weil Sie sich mit einer Frau schmücken und den Ehrenmann spielen wollen? Sie haben wohl den Verstand verloren! Wie kommen Sie auf die wahnwitzige Idee, dass ich mit Ihnen ausgehen würde? Mit einem … einem Verbrecher, der nichts anderes im Sinn hat, als andere Menschen zu betrügen und notfalls sogar ermorden zu lassen? Sie haben meiner Freundin Dolly den Mann weggenommen, Mister Soapy Smith, und jetzt besitzen Sie die Dreistigkeit, mir ein solches Angebot zu machen?« Clarissa hatte sich in Fahrt geredet und war kaum noch zu bremsen. »Ich denke nicht daran, mit Ihnen auszugehen! Ich würde es nicht mal tun, wenn Sie mich mit Geld und Schmuck überhäufen würden!«

Soapy Smith schien Gefallen an ihrem Gefühlsausbruch zu finden und grinste siegesgewiss. »Auch dann nicht, wenn ich Ihnen sage, welche Nachricht mir ein treuer Freund aus Vancouver mitgebracht hat? Dort sucht ein gewisser Frank Whittler nach Ihnen. Der Sohn des Eisenbahnmillionärs. Soweit ich weiß, gibt es sogar einen Haftbefehl gegen Sie. Sie sollen ihn bestohlen und sogar versucht haben, ihn umzubringen. Ein stattliches Strafregister.«

Die Worte des Verbrecherkönigs trafen sie wie ein Peitschenhieb. Eben noch in der Offensive und so wütend, dass sie sich nicht scheute, dem mächtigsten Mann von Skaguay die Meinung zu sagen, sah sie sich plötzlich in der Defensive und erblasste. Dennoch erwiderte sie nach einer Schrecksekunde: »Lügen! Alles Lügen! Ich war nicht einmal in Vancouver, wie er behauptet.«

»Das mag schon sein, Clarissa, und ich glaube Ihnen sogar, dass Sie unschuldig sind. Eine Frau wie Sie wäre zu so einem Verbrechen gar nicht in der Lage! Aber die Whittlers haben Geld, sehr viel Geld, und hätten wahrscheinlich keine Schwierigkeiten, Ihre Verurteilung durchzusetzen.« Er genoss es sichtlich, sie zu demütigen. »Wussten Sie, dass Frank Whittler eine Belohnung auf Ihre Ergreifung ausgesetzt hat?«

Seine Worte hatten sie sprachlos gemacht. Mit aller Macht kämpfte sie gegen die Tränen an, die sich gegen ihren Willen in ihren Augen sammelten.

»Tausend Dollar! Kein Pappenstiel, das müssen Sie zugeben.«

»Wollen Sie mich ausliefern?«

»Ein Telegramm würde genügen.«

»Über eine Telegrafenleitung, die bis zum nächsten Baum reicht?«

Soapy Smith ließ sich nicht aus der Ruhe bringen und lachte sogar. »Sie lassen sich nicht so leicht ins Bockshorn jagen, was? Na, schön … Aber ich könnte Sie von Marshal Tanner einsperren lassen und Frank Whittler brieflich benachrichtigen. In spätestens zwei, drei Wochen wäre er mit einem Constable hier und würde Sie in Handschellen und

Fußfesseln nach Vancouver bringen. Keine besonders rosigen Aussichten, das müssen Sie zugeben, Clarissa.«

»Sie wollen mich erpressen!«

»Sagen wir mal so«, genoss er seine Überlegenheit, »ich habe keine große Lust, Sie an Frank Whittler zu verraten und würde heute Abend viel lieber mit Ihnen im Flagler's zu Abend essen.« So hieß das Restaurant, in dem Dolly bediente. »Sie tun mir doch den Gefallen, Clarissa? Vorher würde ich Sie jedoch gern neu einkleiden … Ein schönes Kleid, neue Schnürschuhe, vielleicht ein schicker Hut und etwas Schmuck … Das Kaufhaus, in dem wir einkaufen, liegt zwei Häuser weiter. Der Inhaber weiß schon Bescheid.«

»Ich bin nicht käuflich, Mister Smith!«

»Das weiß ich doch, Clarissa.« Wieder dieses süffisante Lächeln, das ihr wohl klarmachen sollte, dass sie keine andere Wahl hatte, als ihm zu gehorchen. »Aber Sie werden mir doch die Freude machen, Sie mit einigen kleinen Geschenken zu verwöhnen? Sie werden staunen, mit der *California* ist eine neue Kollektion aus San Francisco gekommen. Sie werden himmlisch darin aussehen. Die Leute sollen sich nach Ihnen umdrehen, wenn wir ausgehen.«

Clarissa erkannte, dass ihr keine andere Möglichkeit blieb, und ergab sich widerwillig in ihr Schicksal. Ihr war längst klar, dass Soapy Smith seine Drohung wahr machen und sie einsperren und an Frank Whittler ausliefern lassen würde, wenn sie ihm nicht zu Willen wäre. Solange er nur mit ihr ausgehen wollte, war die Schmach vielleicht noch zu ertragen. Doch was wäre, wenn er mehr wollte? Sie traute diesem Verbrecher alles zu, doch bevor er sich an ihr vergriff, würde sie ihn eher umbringen. Wieder spürte sie den

Revolver in ihrer Manteltasche. Niemals würde sie sich von diesem Mann berühren lassen!

»Meinetwegen«, sagte sie. »Bringen wir es hinter uns!«

Soapy Smith öffnete die Tür und ließ ihr den Vortritt. Sein Lächeln blieb, als er ihr den Arm reichte, und wurde eher noch stärker, als sie sich abrupt abwandte und gar nicht daran dachte, sich wie eine Ehefrau bei ihm einzuhängen. Mit verkniffener Miene folgte sie ihm zu dem Kaufhaus, das ebenfalls ihm gehörte, wie sie später erfuhr, und in dem sich ein übereifriger Angestellter alle Mühe gab, seine Wünsche zu erfüllen. Er schien sich längst mit seiner Rolle als Soapy Smith' williger Handlanger abgefunden zu haben, das verriet zumindest sein abgestumpfter und beinahe gleichgültiger Blick, aber wer wusste schon, was der Verbrecherkönig gegen ihn in der Hand hielt?

»Die Modellkleider, die mit der *California* gekommen sind«, ermahnte Smith den Angestellten zur Eile. »Zeigen Sie uns die schönsten und besten. Die Lady und ich wollen heute Abend ausgehen. Also … Was haben Sie?«

Die Bemerkung war natürlich dazu gedacht, sie weiter zu demütigen, und verfehlte ihre Wirkung nicht. Clarissa fühlte sich miserabel. Sie war gezwungen, sich in aller Öffentlichkeit als »ständige Begleiterin« des Verbrecherkönigs auszugeben, es sei denn, sie wollte riskieren, dass er sie an Frank Whittler verriet und ihre Welt wie ein Kartenhaus zum Einstürzen brachte. Versuchter Mord und Diebstahl würden ihr mindestens fünf Jahre einbringen, vielleicht sogar mehr, und die Chance, sich mit Alex eine neue Zukunft aufzubauen, wäre für immer dahin. Es gab keinen Ausweg aus ihrer misslichen Lage. Sie würde sich erniedrigen müssen, um überleben zu können. Und selbst dann war noch nicht sicher, ob Smith sich an diese Abmachung hielt.

Die Kleider waren wunderschön und wahrscheinlich sündhaft teuer, aber sie fand sich furchtbar darin und musste ständig daran denken, was Alex dazu sagen würde. Wahrscheinlich würde er sie auslachen. Wenn sich eine Frau verkleiden muss, hat sie es auch nötig … So oder ähnlich würde er lästern. Doch sie hatte keine andere Wahl. Soapy Smith hatte sich in den Kopf gesetzt, mit ihr auszugehen, und genoss seine Überlegenheit wahrscheinlich auch, weil er gar nicht anders konnte, als andere Menschen in die Enge zu treiben. Ihr blieb nichts anderes übrig, als sich zu fügen, auch wenn sie sich die Kleider am liebsten vom Leib gerissen und fluchend davongerannt wäre. Gab es denn keine Möglichkeit, sich gegen diesen Menschen zu wehren?

Mit einer neuen Garderobe, die ein halbes Vermögen wert war, schickte Soapy Smith sie in die Pension zurück. »Ich hole Sie um fünf ab«, sagte er mit einer Stimme, die keine Widerrede duldete. »Machen Sie sich ein bisschen hübsch, Clarissa. Wir wollen den anderen Gästen doch was zum Staunen geben. Und machen Sie sich keine Sorgen wegen der Schuhe … Ich komme mit dem Wagen.«

In der Pension stürmte sie sofort in ihr Zimmer und warf das Paket mit der neuen Garderobe gegen die Wand. Das Papier riss, und das kunstvoll bestickte Kleid, die Strümpfe, die Schuhe und der Hut fielen zu Boden. Sie trampelte wütend auf dem neuen Kleid herum und versetzte dem Hut einen Tritt, der ihn unters Bett beförderte. Die Schuhe warf sie im hohen Bogen hinterher.

»Was ist denn in dich gefahren?«, wunderte sich Mrs Buchanan. Sie waren inzwischen zur vertrauten Anrede übergegangen, und die Wirtin hatte sogar ihren Vornamen gelüftet. Nur ihre engsten Vertrauten durften wissen, dass sie Henrietta hieß, einen Namen, den sie aus tiefstem Herzen verabscheute. Sie wollte, dass man sie »Buchanan« nannte, nur Fitz durfte »Schatz« sagen.

»Dieser widerliche Verbrecher«, schimpfte sie. »Er hat herausgefunden, dass ich gesucht werde, und erpresst mich. Wenn ich heute Abend nicht mit ihm ausgehe, lässt er mich einsperren und verrät mich an Whittler.« Sie sank auf ihr Bett und blickte sie verzweifelt an. »Was soll ich nur tun, Buchanan? Soapy Smith meint es ernst, und wer weiß, was er noch alles von mir verlangt? Wenn ich weglaufe, hetzt er seine Männer hinter mir her, und Alex hat keine Ahnung, wo er nach mir suchen soll, wenn er kommt.« Aus ihren Augen rannen Tränen und verliefen sich auf ihren gebräunten Wangen.

»Nun mach dir mal keine Sorgen«, tröstete sie die Wirtin. Sie setzte sich neben sie und legte ihr mütterlich einen Arm um die Schultern. »Das gemeinsame Essen wirst du überstehen, und bis er sich ein zweites Mal an dich heranwagt, haben Fitz und Frank was ausgeheckt.« Seit einiger Zeit nannte sie auch Reid beim Vornamen. »Inzwischen hat er schon mehr als seine hunderteins Leute beisammen, und es sieht ganz so aus, als würde die Bürgerwehr bald aktiv werden. Sobald sie ihn aus der Stadt verjagt oder eingesperrt haben, hast du nichts mehr zu befürchten, dann hat er wahrscheinlich mehr damit zu tun, seinen Hals zu retten. Halte durch, Clarissa, auf Fitz und Frank ist Verlass, die beiden lassen auf keinen Fall zu, dass dir was passiert.«

Clarissa wischte sich die Tränen aus den Augen und nahm sich zusammen. »Du hast recht, Buchanan. Aufgeben ist was für Feiglinge. Wir werden Soapy Smith einsperren oder zum Teufel jagen oder meinetwegen auch aufhängen, und mit einem der nächsten Schiffe wird Alex kommen, und alles wird gut!«

»So gefällst du mir schon besser«, erwiderte die Wirtin.

Doch so sehr Clarissa vor der Wirtin und Dolly betonte, wie ungebrochen ihr Glaube an Alex' baldige Ankunft war, so stetig wuchsen auch ihre Zweifel, wenn sie abends allein in ihrem Bett lag und sich vor dem Einschlafen zu einer nüchternen Betrachtungsweise zwang. Soapy Smith hatte recht, seit ihrem Abschied von Alex waren mehr als neun Wochen vergangen, in Port Essington und den umliegenden Wäldern hatten nicht einmal die Indianer eine Spur von ihm gefunden, und er selbst hatte es auch nicht fertiggebracht, ihr eine Nachricht zu schicken. Warum gestand sie sich nicht endlich ein, dass die Hoffnung, ihren Mann einmal wiederzusehen, nur noch sehr gering war?

Widerwillig machte sie sich für den Abend zurecht. Mit unbeweglicher Miene schlüpfte sie in frische Unterwäsche und die neuen Strümpfe und zog das weinrote Kleid an, für das sie sich im Kaufhaus mit einem gleichgültigen Achselzucken entschieden hatte. Natürlich war es aus kostbarem Stoff gefertigt und wunderschön, und als sie den Kragen mit der handgeschnitzten Elfenbeinbrosche schloss, die Soapy Smith ihr in einem kleinen Kästchen überreichte, staunte sie selbst, wie elegant sich das Kleid ihren Formen anpasste. Ihr entschlüpfte sogar ein Lächeln, als sie sich im Spiegel musterte, das aber sofort wieder erstarrte, als sie daran dachte, den Abend mit einem der berüchtigsten Betrüger des Nordens verbringen zu müssen.

»Sei mir nicht böse, Alex!«, sagte sie zu ihrem Spiegelbild. »Ich tue es nur, weil ich keine andere Wahl habe. Aber ich verspreche dir auch, dass er mich nicht berühren wird. Nicht einmal den Arm dieses Mannes werde ich nehmen.«

Nachdem sie ihre Haare zu einem kunstvollen Knoten aufgetürmt und ihr Gesicht dezent gepudert hatte, schlüpfte sie in ihre neuen Schuhe, die ebenfalls perfekt passten. Fehlte nur noch der Hut, den sie mit zwei Nadeln an ihren aufgetürmten Haaren befestigte. »Oh Clarissa!«, sagte sie zu ihrem Spiegelbild. »Jetzt siehst du beinahe wie eine verdammte Dame aus!«

Dieser Meinung war auch Mrs Buchanan, die nur mühsam ein anerkennendes Lächeln unterdrückte. »Wenn ich nicht wüsste, dass du mit diesem Scheusal von einem Mann ausgehst, würde ich sagen, dein Begleiter kann sich glücklich schätzen. Du siehst wunderschön aus, Clarissa, weißt du das?«

»Und wofür?«, fragte Clarissa bedrückt.

Die Wirtin nahm sie in die Arme. »Hab keine Angst! Ich habe bereits nach Fitz und Frank geschickt. Ich bin sicher, sie lassen dich nicht im Stich. Das ganze Comittee of 101 wird in der Stadt sein, wenn Soapy Smith dich zum Essen führt, und ich halte jede Wette, dass jeder einen Revolver dabeihat.«

Nur ich nicht, dachte Clarissa betrübt.

25

Soapy Smith war überpünktlich. Weil ein leichter Buggy im Schlamm der Hauptstraße stecken geblieben wäre, fuhr er mit einem Frachtwagen vor und wartete, bis einer seiner Männer einen Gehsteig aus einigermaßen trockenen Planken bis zu Mrs Buchanan's Boarding House gelegt hatte. Er kletterte vom Kutschbock, zog in aller Ruhe seinen teuren Maßanzug glatt und klopfte an die Tür.

Clarissa hatte ihn durchs Wohnzimmerfenster kommen sehen, erschrak aber dennoch, als sie ihn hörte. Sie warf einen ängstlichen Blick zu der Wirtin, die gerade das Abendessen für die anderen beiden Gäste servierte und ihr aufmunternd zunickte, als sie die Schüssel mit dem Elcheintopf an ihr vorbeitrug. »Fitz ist in der Stadt«, flüsterte Mrs Buchanan ihr zu, »er passt auf.«

Ohne ihren Mantel, wie Soapy Smith verlangt hatte, öffnete Clarissa die Tür. Jeder sollte sehen, was für ein kostbares Kleid sie trug. Sie raffte es mit beiden Händen, um es nicht über die Planken schleifen zu lassen, und musterte den Verbrecherkönig mit eisiger Miene. »Sie sind pünktlich, Soapy Smith.«

Soapy Smith ignorierte die Beleidigung, die in seinem Spitznamen lag, und empfing sie lächelnd wie ein Kavalier, der seine Dame zu einem Ausflug abholt. »Guten Abend, Clarissa«, begrüßte er sie. »Sie sehen wunderbar aus!«

Sie verzog keine Miene. »Gehen wir?«

»Das Kleid ist wie für Sie gemacht«, erging er sich weiter in übertriebenen Komplimenten. »Ich wette, der Schneider in Paris hatte Ihr Bild vor Augen, als er das Kleid entwarf. Waren Sie jemals in Frankreich, Clarissa?«

»Nein«, erwiderte sie kühl, »und ich habe auch nicht die Absicht, in nächster Zeit dort hinzufahren.« Sie blickte demonstrativ an ihm vorbei und musterte das Zugpferd und den Wagen, als würden sie über einen Kaufpreis für das Fuhrwerk verhandeln. »Wollten Sie mich nicht zum Essen ausführen?«

»Natürlich, Clarissa.« Er ließ sich auch durch ihre ablehnende Haltung nicht von seinem Lächeln abbringen. »Ich habe bereits einen Tisch bestellt.«

Er wollte ihr auf den Wagen helfen, doch sie wich ihm aus und kletterte allein auf den Kutschbock. Dabei blieb sie mit ihrem Kleid am Trittbrett hängen und hörte, wie es riss. Sie hob den Saum und schüttelte mit unveränderter Miene den Kopf. »Nur ein kleiner Riss … Nicht der Rede wert … Den sieht keiner.«

Soapy Smith setzte sich neben sie und nahm die Zügel auf. Für ein paar Sekunden verschwand sein Lächeln. »Ich warne Sie, Clarissa! Benehmen Sie sich wie eine Lady, der es Freude bereitet, mit dem reichsten Mann Alaskas auszugehen. Oder wollen Sie die nächsten paar Jahre im Gefängnis verbringen? Ich biete Ihnen die Gelegenheit, sich wie eine Königin in dieser Stadt zu fühlen, also benehmen Sie sich entsprechend. Haben wir uns verstanden?«

»Sicher«, erwiderte sie, ohne seinen Blick zu erwidern.

Er schaltete sein Lächeln ein und trieb das Zugpferd an. Bis zum Restaurant waren es keine hundert Schritte, doch Clarissa kam sich selbst auf dieser kurzen Strecke wie bei einem Spießrutenlaufen vor und fühlte sich von der ganzen Stadt beobachtet. Zu beiden Seiten des Broadways waren die Leute stehen geblieben und bestaunten das festlich gekleidete Paar, als würden ein König und seine Gemahlin an ihnen vorbeifahren. Sie erkannte US Marshal Tanner, der scheinbar lässig an einem Vorbaubalken lehnte und sie wohl festnehmen sollte, falls sie nicht so spurte, wie Soapy Smith es verlangte, auch die bärtigen Männer, die sie vor dem Hotel gesehen hatten, waren in der Nähe. Sie waren wohl seine Leibwächter und hatten stets ihre Revolver dabei.

Was für ein schäbiger Versager, dieser Verbrecherkönig, ging es ihr durch den Kopf, betrügt ahnungslose Goldsucher und sogar deren unschuldige Ehefrauen, schreckt weder vor Mord noch vor Diebstahl zurück, und braucht bezahlte Männer wie US Marshal Tanner und die beiden Bärtigen, um sich einigermaßen sicher in Skaguay bewegen zu können. Er kauft sich seine Anerkennung mit den ergaunerten Dollars und dem gestohlenen Gold, zeigt sich in einem überteuren Maßanzug, um wenigstens einigermaßen aufzufallen, und würde ohne seinen Reichtum wahrscheinlich allein und unbeachtet bleiben.

Und die einzige anständige Frau brachte er nur dazu, sich mit ihm zu zeigen, indem er sie auf schäbige Weise erpresste. Nur die leichten Mädchen, die von ihm mit Geld und Geschenken überhäuft wurden, aber auch einige Prügel zu ertragen hatten, wie gemunkelt wurde, ließen sich ansonsten mit ihm ein.

Vielleicht war er deshalb darauf aus, sie auch zu demütigen, weil er sich an anständigen Frauen wie ihr dafür rächen wollte, dass sie ihn missachteten.

Sie hatten das Flagler's erreicht, und sie kletterte auch dort vom Kutschbock, ohne seine Hilfe in Anspruch zu nehmen. Auf dem Gehsteig stand Fitz, sein Gewehr wie zufällig in beiden Händen und anscheinend bereit, sofort einzugreifen, falls sie in Gefahr geriet. Es tat gut, verlässliche Freunde wie Fitz und Frank Reid und Freundinnen wie Mrs Buchanan zu haben, die auch in schweren Zeiten zu einem hielten. Ob sie die Hoffnung schon aufgegeben hatten, dass Alex mit einem der nächsten Dampfschiffe kam? Als sie vor dem Eingang auf Soapy Smith wartete und zu den nahen Gletschern emporblickte, kam ihr in den Sinn, dass während des langen Winters überhaupt kein Schiff anlegte und sie beinahe ein halbes Jahr in Skaguay ausharren musste, falls Alex im Sommer nicht erschien. Was hatte sie nur getan, um nach zwei ruhigen Jahren auf so eine schwere Probe gestellt zu werden?

Soapy Smith hatte den Frachtwagen geparkt und nickte einigen Vertrauten zu, als er den Gehsteig betrat. Mit unverändertem Lächeln öffnete er die Tür. Clarissa war schon mal im Flagler's gewesen und hatte dort Dolly besucht, aber das war tagsüber gewesen, und das Lokal hatte einen gepflegten, aber nicht übermäßig vornehmen Eindruck gemacht. Jetzt erstrahlte es im Licht zahlreicher Petroleumlampen und eines massiven Kronleuchters, der ebenfalls mit Petroleumleuchten bestückt war, und die mit weißen Tischtüchern und kostbarem Porzellan und Silber gedeckten Tische noch festlicher aussehen ließ. »Ah … Mister Smith und seine bezaubernde Begleitung!«, begrüßte sie der Inhaber, ein untersetzter Mann mit Halbglatze. »Ich habe Ihnen, wie gewünscht, den Ecktisch reserviert. Darf ich Ihnen einen Aperitif bringen?«

Soapy Smith bestellte Champagner und erlaubte sich auch, das Essen für sie auszusuchen: Austern, einen Salat mit Tomaten und Walnüssen, beides erst kürzlich mit der *California* gekommen, und gebratene Forelle mit Kartoffeln und Gemüse. Als Nachtisch gab es Pfirsichkuchen mit Schlagsahne. Clarissa fühlte sich wie in eine andere Welt versetzt, erinnerte sich an die festlichen Abendessen in der Villa der Whittlers und daran, wie wenig ihr schon damals diese vornehmen Dinner gefallen hatten. Sie mochte weder Champagner noch Austern, hätte viel lieber mit Alex in ihrer Blockhütte oder an einem Lagerfeuer gesessen und gebratene Elchsteaks mit Biskuits gegessen.

»Ich freue mich sehr, dass Sie mich heute Abend begleiten, Clarissa«, verkündete Soapy Smith feierlich, als er sein Glas erhob. »Auch wenn Sie heute Abend noch nicht … Wie soll ich sagen … mit ganzem Herzen dabei sind, hoffe ich doch sehr, dass sich das schon bei unserer nächsten Verabredung ändert.«

»Ich glaube kaum«, erwiderte sie.

Soapy Smith trank einen Schluck, hob anerkennend die Brauen und stellte das Glas auf den Tisch zurück. »Seien Sie nicht so streng, Clarissa! Sie werden sehen, ich bin nicht der gemeine Betrüger, für den mich manche Leute in Skaguay halten. Ich mag einige … nun … unkonventionelle Methoden anwenden, das tun andere Geschäftsleute auch, aber ich würde niemals Gewalt anwenden. Mit dem Mord an dem Mann Ihrer Freundin hatte ich nichts zu tun.«

»Mag sein, dass Sie ihn nicht geprügelt haben«, erwiderte Clarissa und tat so, als würde sie an ihrem Champagner nippen, »aber Sie haben ihn zumindest gebilligt. Oder wollen Sie bestreiten, dass Reverend Ike zu Ihrer Bande gehört und das Geld von dem armen Luke Kinkaid in Ihren Taschen landete?«

Soapy Smith wartete, bis der Ober die Austern gebracht hatte, dann gefror sein Lächeln, und seine Stimme klang plötzlich streng und gefährlich. »Ich habe Ihnen schon mal gesagt, Clarissa … Lassen Sie diese lächerlichen Anschuldigungen, oder ich erinnere mich an den Haftbefehl, der gegen Sie besteht, und lasse Sie ins Gefängnis sperren. Eine Frau, die wegen Diebstahls und versuchten Mordes gesucht wird, sollte sich solche Reden sparen. Genießen Sie Ihre Austern und lächeln Sie. Zeigen Sie mir, wie hübsch Sie sind.«

Clarissa hätte ihm am liebsten den Champagner ins Gesicht geschüttet und wäre aus dem Lokal gelaufen, erkannte aber auch, dass sie bereits zu weit gegangen war und besser daran tat, Soapy Smith nicht noch mehr gegen sich aufzubringen. Sie riss sich zusammen, schlürfte sogar eine Auster und verkniff sich jedes weitere Wort, das ihn in Rage bringen könnte. Während des Essens mit Soapy Smith die Nerven zu bewahren, fiel ihr schwerer als gedacht, doch sie wusste auch, dass sie ihre Zukunft ruinieren würde, wenn sie weiterstichelte, und versuchte sich damit zu trösten, dass

Fitz und Frank Reid bereits daran arbeiteten, den Verbrecherkönig aus der Stadt zu vertreiben.

Weil Soapy Smith ein wichtiger Gast war und er Anteile am Flagler's besaß, bediente sie der Inhaber persönlich, doch Dolly durfte abräumen und bedachte sie mit vorwurfsvollen Blicken. Sie war bereits im Restaurant gewesen, als Clarissa nach Hause gekommen war, und hatte keine Ahnung, dass Smith sie erpresste. »Pfui Teufel!«, flüsterte sie verächtlich, als sie ihren leeren Teller abräumte. »Jetzt verkaufst du dich schon an diesen Verbrecher!«

Clarissa ließ ein paar Minuten verstreichen, damit nicht der Eindruck entstand, sie würde nur wegen Dolly aufstehen, dann entschuldigte sie sich bei Soapy Smith und gab vor, die Toilette aufsuchen zu müssen. Ihre Freundin wartete bereits vor der Toilette. »Was soll das? Wie kommst du dazu, mit …«

Weiter kam sie nicht. Clarissa legte ihr rasch einen Finger auf den Mund und erklärte ihr in wenigen Worten, warum sie mit Soapy Smith in dem Restaurant war. »Glaub mir, ich würde ihm am liebsten eine runterhauen, aber er hat mich in der Hand. Wenn ich nicht gehorche, lässt er mich ins Gefängnis werfen. Keine Ahnung, wie er das rausbekommen hat, aber er hat ja genügend Leute auf seiner Lohnliste stehen. Ich hoffe nur, die Mounties auf dem Pass wissen noch nicht Bescheid, sonst halten sie Alex und mich dort auf …«

»So weit wird es nicht kommen«, erwiderte Dolly versöhnlich. »Da oben gibt es keinen Telegrafen, und die Mounties haben wahrlich andere Sorgen.«

»Hoffen wir's.«

Dolly musterte sie. »Ein schönes Kleid, das muss man ihm lassen.«

»Kannst du haben, wenn Frank Reid und Fitz ihn aus der Stadt gejagt haben«, erwiderte Clarissa. »Ich will nichts behalten, was mich an ihn erinnert.«

»Noch ist er hier.«

Das bekam Clarissa schon im nächsten Augenblick zu spüren, als der Inhaber im Flur erschien, Dolly vorwurfsvoll musterte und sie an die Arbeit zurückschickte und sich an Clarissa wandte: »Mister Smith wundert sich, warum Sie so lange wegbleiben. An Ihrer Stelle würde ich zu ihm zurückgehen.«

Sie bedauerte den Inhaber, der wahrscheinlich nur ein Strohmann war und den größten Teil der Einnahmen an Soapy Smith abgeben musste, gehorchte aber und kehrte an ihren Platz zurück. »Hatten Sie etwa Angst, ich würde mich durch den Hintereingang davonmachen?«, sagte sie, als sie sich setzte.

»Ich hatte Angst, Sie könnten die unwirtliche Umgebung einer Gefängniszelle diesem Restaurant vorziehen«, konterte er. »Essen Sie Ihren Nachtisch.«

Clarissa gehorchte mit heimlich geballten Fäusten. Der Pfirsichkuchen schmeckte köstlich und erinnerte sie an so manches Essen mit Alex, als sie sich eine Dose Pfirsiche geteilt und die halben Früchte mit ihren Messern aus dem Saft gefischt hatten. Einen solchen Luxus gönnten sie sich nur an Festtagen, oder wenn sie gerade in der Stadt gewesen waren und eingekauft hatten.

Dolly ließ sich im Halbdunkel des Ganges blicken, als Soapy Smith und sie das Restaurant verließen. In ihren

Augen spiegelte sich die Angst um Clarissa, auch wenn sie inzwischen wusste, dass Fitz in der Stadt war und die beiden im Auge behielt. Aber was konnte ein einzelner Mann schon gegen einen Verbrecherkönig ausrichten, der die bärtigen Burschen und andere Halunken auf seiner Seite wusste und keine Schwierigkeiten haben würde, sie in eine dunkle Gasse zu zerren und ihr dort Gewalt anzutun.

Glücklicherweise hatte auch Soapy Smith seine Prinzipien. Sehr zur Überraschung von Fitz, der mit seinem Gewehr unter einem Vorbaudach lauerte, brachte er Clarissa direkt zur Pension zurück und verabschiedete sich von ihr, ohne ihr zu nahezutreten. »Sie brauchen keine Angst vor mir zu haben«, sagte er, als er ihre ablehnende Haltung bemerkte. »Ich bin ein Gentleman und würde Sie niemals zwingen, mich zu küssen oder …« Er ließ den Rest des Satzes unausgesprochen. »Ich möchte, dass Sie es freiwillig tun. Mag sein, dass Sie mich jetzt noch verabscheuen und beschimpfen, wenn ich nicht in der Nähe bin, aber der Tag wird kommen, an dem Sie meine hehren Absichten anerkennen und mir das geben werden, wonach ich mich jetzt schon sehne.«

»Ich bin verheiratet«, erwiderte sie knapp.

»Mit einem Mann, der seit über acht Wochen spurlos verschwunden ist und wahrscheinlich nie mehr auftauchen wird«, sagte er. »Oder glauben Sie im Ernst, dieser Alex wird tatsächlich auf einem der nächsten Schiffe sein?«

»Ja, das glaube ich, Mister Smith.«

Soapy Smith wollte ihr vom Kutschbock helfen, doch sie war bereits vom Wagen geklettert. »Ich danke Ihnen für diesen wunderschönen Abend«, sagte er, und es klang auch ein wenig Hohn in seiner Stimme mit. »Ich werde mir erlauben, Sie morgen um fünf wieder zum Essen abzuholen. Gute Nacht, Clarissa. Schlafen Sie gut, und machen Sie sich wegen Ihrer Zukunft keine Sorgen. An meiner Seite kann Ihnen gar nichts passieren. Ich könnte mir sogar vorstellen, dass wir beide in Kürze an Bord eines dieser riesigen Ozeandampfer gehen und nach Europa fahren … Denken Sie darüber nach, meine Liebe!«

Eher gehe ich zehn Jahre ins Gefängnis, antwortete sie in Gedanken.

Noch bevor Soapy Smith die Zügel aufgenommen hatte, stürmte Clarissa ins Haus. Mrs Buchanan wartete bereits auf sie. »Hast du ihn gesehen, diesen arroganten Mistkerl?«, rief sie, während sie ihren Hut in die Ecke warf. »Er will, dass ich Alex vergesse und zu seiner Geliebten werde. Er glaubt, ich würde mich ihm eines Tages freiwillig hingeben. Nie im Leben, sage ich!«

»Er ist größenwahnsinnig geworden«, erwiderte die Wirtin. Sie trug bereits ihren Hausmantel. »Ist ja kein Wunder. Alle Alleinherrscher werden irgendwann größenwahnsinnig. Gibt ja genug Leute in dieser wundervollen Stadt, die ihm den roten Teppich ausrollen und vor ihm in die Knie gehen.« Sie blieb in dem warmen Rauch stehen, der aus dem Gemeinschaftsbad drang. »Ich hab dir die Wanne mit Wasser füllen lassen. Ich dachte mir, nach einem Abendessen mit diesem Schurken brauchst du unbedingt ein heißes Bad.«

Clarissa strahlte. »Du kannst Gedanken lesen! Obwohl er mich nicht angefasst hat, komme ich mir irgendwie schmutzig vor.« Sie holte ihr Nachthemd und den Hausmantel, den

Mrs Buchanan ihr geliehen hatte, und öffnete die Badezimmertür. »Du hast doch nichts dagegen, dass ich mich im Bad verstecke? Nach diesem Abend habe ich über einiges nachzudenken. Geh ruhig schlafen, bevor ich ins Bett gehe, mach ich das Bad sauber und sehe noch einmal in der Küche nach dem Rechten. »Gute Nacht, Buchanan.«

»Gute Nacht, Clarissa.«

Das Wasser duftete nach dem Lavendel, den Mrs Buchanan so gern benutzte, und hatte gerade die richtige Temperatur. Nach einem Abend wie diesem hätte Clarissa sich nichts Schöneres vorstellen können. Erschöpft nach der Anstrengung, sich ständig zusammenreißen und selbst dann lächeln zu müssen, wenn einem eher danach war, seinem Gegenüber ins Gesicht zu spucken, lag sie ausgestreckt in dem hölzernen Zuber. Nachdem sie sich ausgiebig gewaschen und gebürstet hatte, als hätte sie Angst, etwas von Soapy Smith könnte an ihr hängen geblieben sein, genoss sie die wohlige Wärme und den duftenden Schaum. Erleichtert, den Abend einigermaßen unbeschadet überstanden zu haben, lehnte sie sich gegen den Wannenrand und schloss die Augen. Die bittere Wirklichkeit verschwand im warmen Dunst.

In dem Traum, der sie bald darauf umfing, traf sie Alex wieder. Diesmal stand er vor der Wanne, nackt, wie ihn Gott erschaffen hatte, aber ohne die geringste Scheu; wie im wirklichen Leben, wenn sie im Sommer in einen Fluss oder einen See sprangen oder im Winter in den heißen Quellen badeten. Seltsam ernst verhielt er sich, als wäre er in der Zwischenzeit zu einem anderen Mann geworden, nicht mehr so unbekümmert und jungenhaft wie bisher.

»Alex!«, flüsterte sie. Ihre Stimme klang brüchig und kam ihr selbst fremd vor. »Komm zu mir! Steig zu mir in die Wanne, und nimm mich in die Arme!« Sie streckte beide Arme nach ihm aus, so wie in dem anderen Traum, als er zu ihr ins Zimmer gekommen war. »Küss mich, Alex! Bitte küss mich!«

Ihre Bitte blieb unerhört, denn plötzlich wurde der heiße Dampf, der von der Wanne aufstieg, immer dichter, und als er endlich etwas sagte, war er schon halb darin verschwunden, und man hörte nur noch ein undeutliches Murmeln. »Alex! Alex, bitte komm!«, flehte sie, doch er kehrte nicht mehr zurück und verschwand, ohne sie berührt oder etwas zu ihr gesagt zu haben.

26

Am nächsten Morgen war Clarissa gerade dabei, die Betten der abgereisten Gäste abzuziehen, als Mrs Buchanan von der Bank zurückkam und sagte: »Ich hab das Gefühl, heute passiert irgendwas. Frank Reid ist in der Stadt, und ich hab auch einige andere Männer des Komitees gesehen. Sieht ganz so aus, als würden sie heute gegen Soapy Smith demonstrieren. Vor der Bank stand ein amerikanischer Goldsucher, der behauptete, in Tombstone wäre auch so 'ne komische Stimmung gewesen, bevor es zu der Schießerei im OK-Corral kam. Der berühmte Kampf zwischen den Earps und den Clantons ...«

»Ich weiß«, erwiderte Clarissa, »in einem der letzten Buffalo-Bill-Magazine war eine Geschichte über den Gunfight. Die Earps und Doc Holliday traten auf einem Wagenabstellplatz gegen die Viehdiebe an. Bisher dachte ich immer, ein Schreiberling hätte sich die Story aus den Fingern gesogen.«

Die Wirtin schüttelte den Kopf. »Nee, den Kampf hat's wirklich gegeben. Sogar bei uns stand was in der Zeitung darüber. Keine Ahnung, ob sich wirklich alles so zugetragen hat, aber es muss ganz schön wild gewesen sein. Der Goldsucher war wohl in Tombstone, als die Schießerei stattfand, und behauptet steif und fest, hier würde es auch zu einem Gunfight kommen. Stell dir vor, ein Revolverkampf in Skaguay … Und ich dachte, wir leben schon beinahe im 20. Jahrhundert. Ich hoffe nur, Fitz hält sich zurück.«

Clarissa warf die schmutzige Bettwäsche auf den Boden und hielt in der Arbeit inne. »Der Goldsucher will sich doch nur wichtig machen. Fitz besitzt gar keinen Revolver, und Frank Reid kommt mir eher wie ein Politiker vor. Wenn sie die Mehrheit der Bürger hinter sich bringen, haben sie doch sowieso schon gewonnen, dann bleibt Soapy Smith gar nichts anderes übrig, als zu verschwinden.« Sie griff nach einem sauberen Laken. »Schön wär's, oder glaubst du, ich habe Lust, heute Abend schon wieder mit ihm auszugehen?«

Nachdem sie die Zimmer geputzt und die Betten bezogen hatte, gönnte sich Clarissa eine Tasse Tee in der Küche. Mrs Buchanan stand am Herd und rührte in einem Topf mit Wildsuppe und frischen Pilzen. Sie lächelte, als sie sah, wie angestrengt Clarissa gearbeitet hatte. »Ich hab nicht gesagt, dass du die ganze Arbeit allein machen sollst. Lass noch was für mich übrig, hörst du?«

»Du hast schon genug zu tun«, erwiderte Clarissa. Tatsächlich empfand sie die tägliche Hausarbeit als willkommene Ablenkung von ihren Sorgen. So hatte sie wenigstens ein paar Stunden am Tag, in denen sie sich nicht um Alex sorgte und sich das Hirn darüber zermarterte, wo er sich wohl befinden mochte. »Außerdem hab ich lange genug als Haushälterin gearbeitet … Bei reichen Leuten, die so pingelig waren, dass sie einen gefeuert hätten, wenn die Wäsche nicht sauber gefaltet im Schrank gelegen hätte, oder ein Fleck auf dem Bettzeug oder Schmutz auf einem Teller oder einer Tasse gewesen wäre.«

»Dann sei mal froh, dass ich keine pingelige Millionärin bin.«

Beide lachten und hätten beinahe die lauten Stimmen überhört, die von der Hauptstraße hereindrangen. »Frank Reid und Soapy Smith!«, erschrak Clarissa. Sie stand auf und hastete durch den Flur. Die Wirtin folgte ihr, trat neben sie auf den Gehsteig und erstarrte, als sie Frank Reid und Soapy Smith auf der Straße sah. Beide hielten Gewehre in den Händen.

»Der Goldsucher hatte recht … wie im Wilden Westen. Die beiden wollen sich duellieren!«

Auch aus den anderen Häusern und Zelten waren Neugierige getreten. Von den Gehsteigen und aus den Seitenstraßen strömten Goldsucher und sogar leichte Mädchen herbei, zögernd nur, weil sie spürten, dass eine ernsthafte Schießerei in der Luft lag. Vom Fluss trieben Nebelschwaden über die Stadt und hatten zahlreiche Ladenbesitzer veranlasst, schon jetzt ihre Lampen anzuzünden. Das vielstimmige Konzert der Huskys, die hinter den Häusern angebunden waren, verstummte so plötzlich, als hätten sie die Spannung gespürt, die über der breiten Hauptstraße an der Juneau-Werft im Hafen lag.

Soapy Smith war aus seinem Saloon, dem Jeff Smith's Parlor, gekommen und lief zielstrebig auf die Lagerhalle im Hafen zu. Er war mit einem Winchester-Gewehr bewaffnet und wirkte lange nicht so arrogant und siegessicher wie sonst. Sein Lächeln war ihm vergangen. Neben ihm liefen die bärtigen Männer, die Clarissa vor dem Hotel gesehen hatte, blieben aber zurück, als sie sahen, mit wie vielen Männern Frank Reid vor der Lagerhalle wartete.

Clarissa entdeckte Fitz unter den Männern und trat einen Schritt nach vorn, doch Mrs Buchanan hinderte sie daran weiterzulaufen. »Bleib hier, Clarissa!«

»Aber Fitz ist dabei … Wir müssen die Schießerei unbedingt verhindern!«

»Zu spät, Clarissa! Die ist schon lange überfällig.«

»Aber es wird Tote geben …«

»Solange Soapy Smith hier schalten und walten kann, wie er will, gibt es noch viel mehr Tote. Es läuft schon lange auf einen Kampf hinaus. Männer sind so, das müsstest du doch wissen. Sie brauchen Kriege und müssen sich alle paar Jahre mal gegenseitig die Köpfe einschlagen. Anders geht es nicht.«

»Warum nur, Buchanan? Warum?«

»Sie sind einfach so.«

Soapy Smith hatte inzwischen das Ende der langen Hauptstraße erreicht und blieb wenige Schritte vor Frank Reid stehen. Auch der Mann, der eigentlich wie ein Buchhalter und mit seinem altmodischen Derby-Hut nicht gerade wie ein Kämpfer aussah, hielt ein Gewehr in den Händen. Ungefähr fünfzig seiner Anhänger standen in gebührender Entfernung hinter ihm, die meisten unbewaffnet, und wichen langsam zurück, als sie sahen, was sich anbahnte.

»Frank Reid!«, sagte Soapy Smith so laut, dass es alle hören konnten. »Ich wusste, dass du mir eines Tages Ärger machen würdest. Ich hab gehört, du hast dich mit deinem Komitee in diesem Lagerhaus verkrochen und verbreitest einen Haufen Lügen. Ich wäre ein Verbrecher und hätte ahnungslose Goldsucher betrogen oder sogar umgebracht. Ich würde den Gästen in meinen Hotels und Saloons und in den Läden unverschämte Preise abverlangen. Ich wäre ein gemeiner Ausbeuter, sollst du gesagt haben, Reid. Stimmt das?«

»Ja, das stimmt«, antwortete Frank Reid. Er war keinen Schritt zurückgewichen, als Soapy Smith vor ihm aufgetaucht war, und stand unverrückbar wie ein Fels vor dem Verbrecherkönig. Sein Gewehr hielt er so lässig, als hätte er nicht die geringste Angst vor ihm. In diesem Augenblick kam er Clarissa wie der tapferste Mann der Welt vor, noch unerschrockener als Alex, vielleicht auch deshalb, weil man es von dem Mann mit dem komischen Hut nicht erwartete. »Jeder in dieser Stadt weiß, dass du ein Betrüger bist und zumindest deine Hände im Spiel hast, wenn ein Mord geschieht. Oder willst du das Gegenteil behaupten? Wir, die Männer des Committee of 101, haben beschlossen, dich festzunehmen und einem neutralen Richter vorzuführen.«

»Einem neutralen Richter?« Soapy Smith lachte. »Ihr wollt mich lynchen oder auf der Flucht erschießen, das wollt ihr doch, nicht wahr?«

Frank Reid ließ sich nicht einschüchtern. »Dein Weg ist hier zu Ende, Soapy Smith. Du hast lange genug dein Unwesen getrieben, und nicht einmal deine Wachhunde können dir jetzt noch beistehen. Das Spiel ist aus! Jefferson Randolph Smith, ich verhafte dich hiermit wegen mehrfachen Diebstahls und Betrugs, der Anstiftung zum Mord und mehrerer anderer Vergehen, unter anderem der Irreführung durch eine gar nicht vorhandene Telegrafenleitung.«

Soapy Smith hatte genug gehört. So schnell, dass Clarissa es gar nicht sah und nicht einmal die Zeit fand, einen Schrei auszustoßen, riss er sein Gewehr hoch und schoss. Nicht minder schnell erwiderte Frank Reid das Feuer. In dem aufsteigenden Pulverrauch sah man beide Männer zu Boden stürzen.

Erst jetzt entlud sich das Entsetzen der Schaulustigen in lauten Schreien. Einige der leichten Mädchen begannen zu schluchzen. Ein Hund löste sich aus der Menge, rannte über die Straße und schnüffelte an Soapy Smith. Gleich darauf rannte er winselnd davon. Die bärtigen Leibwächter des Verbrecherkönigs verschwanden rasch in einer dunklen Seitengasse. Reverend Ike und Marshal Tanner, die wichtigsten Vertrauten des Verbrechers, waren in weiser Voraussicht erst gar nicht mitgekommen und blieben in ihrer Deckung.

Einige Männer liefen auf die reglose Gestalt von Soapy Smith zu. »Soapy Smith ist tot!«, rief jemand. »Er ist tot! Die Kugel hat ihn ins Herz getroffen!«

Fitz war als Erster bei Frank Reid. Der Anführer der Vigilanten lag mit einem Bauchschuss im Schlamm und verzog vor Schmerz das Gesicht. »Ist er … er tot?«, hörte man ihn fragen. »Ich hab … hab ihn erschossen, nicht wahr?«

»Ja, du hast ihn erschossen. Er ist tot«, bestätigte Fitz.

»Es war Notwehr!«, rief jemand aus der Menge.

»Holt den Doktor!«, verlangte ein anderer.

Wie zahlreiche andere Bürger der Stadt war auch der Arzt unter den Schaulustigen gewesen und rannte bereits über die Straße. Er schob Fitz ungeduldig zur Seite und untersuchte den Verwundeten. Schon nach wenigen Sekunden erhob er sich. »Ich fürchte, ich kann nicht mehr viel machen.

Bringt ihn in meine Praxis. Ich gebe ihm Laudanum, das lindert die Schmerzen.«

Einige Männer, darunter Fitz, trugen den stöhnenden Verwundeten zur Praxis. Den toten Soapy Smith streifte der Arzt nur mit einem flüchtigen Blick. »Tot«, entschied er, »wurde auch höchste Zeit! Der Leichenbestatter soll ihn ein wenig herrichten und dann in eine Kiste sperren. Ich glaube kaum, dass ihm viele Leute in dieser Stadt nachweinen. Er hat viel Leid verursacht.«

Clarissa musste sich an einem Vorbaubalken festhalten, so sehr hatte sie die Schießerei mitgenommen. Während ihrer zwei Jahre in der Wildnis hatte sie so manches gesehen, wie Wölfe den Kadaver eines jungen Elchs zerrissen hatten, wie ein aufgebrachter Grizzly aus dem Busch gebrochen war, wie ein kranker Fuchs im Schnee verendet war, aber keines dieser Erlebnisse hatte ihr so auf den Magen geschlagen wie diese blutige Schießerei. Der gewaltsame Tod eines Menschen war schlimm genug, auch wenn er gerechtfertigt war, und noch fataler war, dass wahrscheinlich auch der Schütze im Sterben lag.

Mrs Buchanan war etwas härter im Nehmen und führte sie ins Haus. »Ich schätze, ein Tee reicht heute nicht. Du brauchst heute einen starken Kaffee. Und wenn du dich von deinem Schrecken erholt hast, kannst du dich auch darüber freuen, dass du heute Abend nicht mit Soapy Smith ausgehen musst, und er dir nichts mehr antun kann. Es ist vorbei, Clarissa, wir sind endlich frei. Ich gehe jede Wette ein, dass sich auch seine Freunde davonmachen.«

So war es tatsächlich. Reverend Ike und die beiden bärtigen Männer ließen sich nicht mehr blicken, und aus den zahlreichen Bürgern, die aus Angst vor Soapy Smith zu Verrätern und Mitläufern geworden waren wie die Jungen, die neu angekommene Passagiere in sein teures Hotel gelockt hatten, oder der Besitzer des Kaufhauses und einige andere Ladenbesitzer, die einen Teil ihres Einkommens an ihn abgeführt und ihm ständig nach dem Mund geredet hatten, waren plötzlich ehrbare Bürger geworden, die schon immer dafür gewesen waren, den Verbrecherkönig für seine Taten einzusperren oder zu hängen. Nur US Deputy Marshal Tanner blieb und vermittelte den Eindruck, als hätte er nie auf der Seite der Gesetzlosen gestanden. Er machte nicht einmal den Versuch, Frank Reid wegen Mordes zu belangen: »Das war Notwehr.«

Dolly hatte die Auseinandersetzung gar nicht mitbekommen. Sie war während der Schießerei am anderen Ende des Broadways gewesen, um einige Vorräte für das Restaurant zu besorgen, und hatte erst nach ihrer Rückkehr vom Tod des Verbrecherkönigs erfahren. Sie machte keinen Hehl daraus, wie sehr sie sich über den Tod von Soapy Smith freute. Er hatte den Mord an ihrem frisch angetrauten Ehemann befohlen oder billigend in Kauf genommen und ihrer Meinung nach nichts anderes verdient. Sie litt immer noch sehr unter dem Verlust, auch wenn sie durch ihre Arbeit im Restaurant abgelenkt war und sich kaum etwas anmerken ließ. Aber Clarissa wusste, dass ihre Freundin fast jeden Tag zum Friedhof pilgerte und dort am Grab ihres Mannes betete. Noch hatte sie seinen gewaltsamen Tod nicht verwunden.

Frank Reid starb am Morgen des Tages, an dem Soapy Smith beerdigt wurde, und stand unter dem Einfluss von

Laudanum, als er seinen letzten Atemzug tat. Fitz glaubte jedoch, ein Lächeln in seinen Augen zu erkennen.

Wenn jemand eine Träne an diesem Morgen vergoss, galt sie dem tapferen Anführer der Bürgerwehr, die inzwischen sichergestellt hatte, dass keine Sympathisanten des toten Soapy Smith mehr in der Stadt waren, und nicht dem Verbrecherkönig, den der Leichenbestatter in einem einfachen Holzsarg zum Friedhof fuhr und auf der Seite begrub, die Straftätern und unerwünschten Personen vorbehalten war. Weder ein Pastor noch Trauergäste begleiteten ihn, und der Grabstein, den er aufstellte, hatte Soapy Smith schon zu Lebzeiten bezahlt. Er trug seinen Namen, seinen Todestag und sein Alter: 38 Jahre.

Nach dem Tod des Verbrecherkönigs änderte sich einiges in Skaguay. Die Stadt wurde ehrlicher. Man konnte in der Stadt wieder an Land gehen, ohne befürchten zu müssen, von einem jungen Schlepper zu einem sündhaft teuren Hotel oder Ausrüster gelockt oder um sein mühsam Erspartes gebracht zu werden. Selbst US Marshal Tanner erinnerte sich an seine eigentliche Aufgabe und kümmerte sich wieder um Recht und Gesetz, wohl in der Angst, die Bürgerwehr könnte auch seine Straftaten aufdecken und ihn zur Verantwortung ziehen. Doch niemand wollte weitere schmutzige Wäsche waschen. Man war froh, den dreisten Soapy Smith endlich los zu sein und freute sich über die sinkende Verbrechensrate in einer kleinen Siedlung, die bis dahin zu den gefährlichsten Städten des gesamten Territoriums gehört hatte. Endlich konnte man wieder frei atmen und abends auf die Straße gehen, ohne Angst haben zu müssen, an der nächsten Straßenecke beraubt oder erschlagen zu werden.

Mit der Kunde von neuen Goldfunden am Eldorado Creek, einem schmalen Nebenfluss des Klondikes auf der kanadischen Seite, wuchs auch Skaguay, und immer mehr Männer und jetzt auch Frauen und Kinder strömten in die Stadt. Neue Geschäfte und Lokale eröffneten, hastig errichtete Zelte schossen aus dem Boden, und ein paar Meilen weiter nördlich am White Pass Trail entstand eine weitere Zeltstadt, in der sich zahlreiche neue Ausrüster und indianische Führer niederließen und den Goldsuchern, die über den Pass wollten, ihre Dienste anboten. Die Auflagen der kanadischen North West Mounted Police waren streng. Jeder Goldsucher, der weiter zum Klondike wollte, musste Ausrüstung und Verpflegung für ein Jahr mitnehmen. Eine Tonne Gepäck, die man nur schaffte, wenn man mehrmals den Pass erklomm. Man kam sogar auf die Idee, eine Eisenbahn über den White Pass zu bauen. Im Herbst führten bereits Schienen über den Broadway, doch es würde noch mindestens ein Jahr vergehen, bis man den ersten Zug über den Pass schicken konnte.

Für Clarissa änderte sich nichts. Sie ging ihrer täglichen Arbeit nach und stand jedes Mal, wenn ein Dampfschiff aus dem Süden in der Bucht vor Anker ging, im Hafen und hielt Ausschau nach ihrem Mann. Sie wartete vergeblich. Auf keinem der Schiffe, das vor Skaguay den Anker setzte, war er unter den Passagieren, und auch unter den wenigen wagemutigen Männern, die über den Landweg gekommen waren, entdeckte sie ihn nicht. Der Sommer, so warm und freundlich er mit seinen sonnigen Tagen war, wurde zu einer einzigen Enttäuschung für sie, und als der Herbst ins Land zog, die Bucht von dichten Nebelschwaden überzogen war, es tagelang regnete, und er noch immer nicht gekommen war, verlor sie langsam selbst den Glauben daran, dass er jemals in Skaguay auftauchen würde. Ihre Verzweiflung wuchs ins Unermessliche, als der Captain der *S. S. California* einen weiteren Brief von Mary Redfeather brachte, der ihr in wenigen Worten klarmachte, wie gering die Chancen, Alex jemals wieder zu sehen, tatsächlich waren.

Auch diesen Brief las sie allein in ihrem Zimmer, mehrere Male und stets in der Hoffnung, dass sich die Worte ihrer Freundin auf magische Weise ändern würden, doch sie blieben und bedeuteten ihr, dass auch Alex' zweiter Stiefel an Land geschwemmt worden war, von Haien zerbissen, und man davon ausgehen musste, dass er im Meer ertrunken war. »Liebe Clarissa«, schrieb Mary Redfeather, »ich kann mir gut vorstellen, wie diese Worte auf dich wirken müssen, und welchen Schmerz sie in dir verursachen, aber ich kann dir leider nichts anderes sagen. Meine Söhne haben noch einmal die Wälder nach ihm abgesucht und auch bei den anderen Stämmen nach ihm gefragt, aber niemand hat ihn gesehen oder etwas von ihm gehört, und seine beiden Stiefel sind das Einzige, das wir von ihm haben. Ich weiß, wie schwer es für dich sein muss, denn auch ich habe vor nicht allzu langer Zeit einen geliebten Menschen verloren, aber das Leben meint es nicht immer gut mit uns, und es bleibt uns nichts anderes übrig, als es so zu nehmen, wie es ist. Vertraue unserem Schöpfer, auch wenn seine Entscheidungen manchmal schwer zu verstehen sind, und blicke in die Zukunft. Deine Freundin Mary.«

Clarissa wollte nicht glauben, was in dem Brief stand. Solange es keinen eindeutigen Beweis dafür gab, dass Alex tatsächlich ertrunken war, würde sie weiterhin hoffen, dass er noch am Leben war, oder zumindest die Chance bestand, er könnte auf wundersame Weise überlebt haben. Er hatte keinen Selbstmord begangen, selbst das furchtbarste Schicksal hätte ihn nicht zu einer solchen Tat bewegen können, dazu liebte er das Leben viel zu sehr. Und wenn, hätte er bestimmt nicht seine Stiefel ausgezogen.« Der Gedanke brachte sie zum Lächeln. Und wenn man ihn ohne Stiefel überrascht und bewusstlos oder verwundet ins Meer geworfen hatte, gab es immer noch die Möglichkeit, dass er auf einer einsamen Insel gestrandet war und sich dort von seinen Verletzungen erholte, bis ihn ein Fischerboot auflas. Oder er war in einem Indianerdorf gelandet, so wie sie vor mehr als zwei Jahren, und wurde dort gesund gepflegt. Nur eine vage Hoffnung, ein frommer Wunsch, den weder Mrs Buchanan noch Dolly teilten, aber nicht müde wurden, ihr Mut zuzusprechen und mit ihr beteten, der Herr möge ein Wunder geschehen lassen.

Doch Wunder waren äußerst selten im Hohen Norden, und als sich der Herbst langsam dem Ende zuneigte, und nur noch selten Schiffe in Skaguay anlegten, brauten sich bereits neue Gewitterwolken über ihr zusammen.

27

Im September, ungefähr einen Monat, bevor der Yukon River zufror und der Fluss zwischen dem White Pass und den Goldfeldern nur noch mit dem Hundeschlitten passierbar war, entschloss sich Dolly zu einem mutigen Schritt.

Clarissa hatte sie zum Friedhof begleitet und am Grab von Luke mit ihr gebetet, als sie unvermutet den Kopf hob und sagte: »Ich werde Skaguay verlassen, Clarissa. Ich gehe nach Dawson City, so wie Luke und ich es vorhatten. Ich bin es ihm schuldig. Ich habe keine Ahnung vom Goldsuchen und auch nicht die Absicht, in der Erde zu graben, aber es soll dort genug Arbeit geben, und ich war noch nie eine, die vor harter Arbeit zurückgeschreckt ist.«

»Dawson City?«, wiederholte Clarissa erstaunt. Sie hätte eher vermutet, dass ihre Freundin in die Staaten zurückfuhr. »Du willst über den Pass?«

Dolly blickte auf das Holzkreuz mit dem Namen ihres Mannes. Ihre Stimme klang fest und entschlossen. »Ich hab mich mit einigen Goldsuchern unterhalten, die schon mal am Klondike waren. Sie haben mir erzählt, wie anstrengend der Marsch ist, aber das wäre er mit Luke auch gewesen. Ich habe keine Angst. Zwei Männer, die ich im Restaurant kennengelernt habe, wollen mich mitnehmen. Gute und ehrliche Männer, dafür habe ich inzwischen ein Auge. Ich habe einiges Geld gespart und kann die Vorräte, die man dabeihaben muss, bezahlen. Und in Dawson City finde ich bestimmt Arbeit.« Sie schlug ein Kreuz und wandte sich zum Ausgang. »Warum kommst du nicht mit, Clarissa? Mit dem ständigen Warten machst du dich nur verrückt. Jedes Mal, wenn ein Schiff anlegt, läufst du zum Hafen runter und kommst niedergeschlagen zurück. Blick nach vorn, Clarissa … Mach dich nicht verrückt!«

Clarissa ahnte, was Dolly ihr eigentlich damit sagen wollte. Finde dich endlich damit ab, dass dein Mann nicht nachkommen wird, und fange ein neues Leben an! Das dachten auch alle anderen, die sie kannten. Die Chancen, dass Alex noch lebte, waren gering, und sie würde irgendwann einmal den Verstand verlieren, wenn sie sich weiterhin zum Narren machte und jedes Mal, wenn ein Schiff anlegte, mit verweinten Augen an der Anlegestelle stand. Die Leute redeten bereits über sie und zeigten mit den Fingern auf sie: Da steht sie, die Arme, sie hofft immer noch, dass ihr Mann zurückkehrt, dabei ist er längst tot. Schlimm, wenn man sich nicht lösen kann. Wenn sie so weitermacht, landet sie noch in der Klapsmühle. So eine hübsche Frau, die würde doch sofort einen anderen finden. Männer gibt es hier doch wahrlich genug.

»Ich bleibe hier«, sagte sie dennoch. »Ich weiß, was du denkst, und ich kann mir vorstellen, was die Leute über mich reden, aber so weit bin ich noch nicht.« Sie kehrten gemeinsam zur Straße zurück und stiegen auf den Gehsteig vor einem neuen Gemischtwarenladen. »Du kennst Alex nicht. Er ist ein ganz besonderer Mann. Er hat fast sein ganzes Leben in der Wildnis verbracht und spürt eine drohende Gefahr, schon bevor sie im Anmarsch ist. Einer wie er lässt sich nicht die Stiefel wegnehmen und ins Meer werfen, und wenn er tatsächlich in eine Zwangslage gerät, findet er auch wieder heraus. Ich würde doch spüren, wenn er tot ist. Nein … Ich muss hierbleiben, ich kann nicht anders.«

Dolly ließ nicht locker. »Du könntest Alex doch einen Brief hierlassen, dann könnte er nachkommen, falls er tatsächlich mit einem der nächsten Schiffe kommt. Lass dir ein wenig den Wind um die Nase wehen, Clarissa!«

»Vielleicht komme ich im Frühjahr nach«, sagte Clarissa. Sie hatte großen Respekt vor ihrer Freundin und bewunderte sie dafür, wie schnell sie den gewaltsamen Tod ihres Mannes verarbeitet hatte und schon jetzt bereit war, ein neues Leben zu beginnen. Vor wenigen Monaten hatte Clarissa sie noch unterstützt und ihr Mut zugesprochen, und inzwischen war es schon so weit, dass Dolly ihr Trost zusprach. »Mach dir keine Sorgen um mich, Dolly.«

Mit Dolly verschwand auch Fitz. Nur wenige Tage, nachdem sie aufgebrochen war, machte sich der alte Goldsucher klammheimlich aus dem Staub, ohne sich zu verabschieden und anscheinend eine Spur zu hinterlassen. »Das bin ich schon von ihm gewöhnt«, sagte Mrs Buchanan, »er ist eben ein Raubein. Ich weiß schon, warum ich meinen Joe und nicht ihn geheiratet habe.« Doch als am nächsten Morgen ein Bote mit einem winzigen Päckchen erschien, und sie einen funkelnden Ring auspackte, weinte sie vor Rührung und zum ersten Mal, seit Clarissa sie kannte. »Ich war zu feige, dich zu fragen«, stand auf dem kurzen Brief, der dabei lag, »aber wenn ich wieder in Skaguay bin, und das wird nächstes Jahr der Fall sein, werden wir heiraten.«

Und weil inzwischen auch Sam Ralston die Stadt verlassen hatte, ebenfalls ohne sich zu verabschieden und wahrscheinlich zu feige, ihr nach seiner Partnerschaft mit Soapy Smith wieder unter die Augen zu treten, fühlte sie sich plötzlich noch einsamer und verlorener in Skaguay und dachte so manche Nacht über Dollys Angebot nach. Doch jeden Morgen, wenn sie aufwachte, verwarf sie den Gedanken wieder, fühlte sie sich wieder stark genug, um einen weiteren Tag zu überstehen und die Hoffnung zu nähren, Alex könnte mit dem nächsten Schiff kommen, und alles wäre wieder wie früher, als sie Frank Whittler schon beinahe vergessen hatten, und ein neues Leben vor ihnen lag.

Im Oktober kündigte sich der Winter mit den ersten Schneestürmen an. Eisiger Wind blies von den Pässen herunter und trieb die Menschen in ihre Häuser und Zelte. Innerhalb weniger Stunden lag eine dichte Schneedecke über der Stadt, begrub den Schlamm und den Abfall unter sich und ließ sie unnatürlich sauber und friedlich aussehen, als wäre Skaguay ein verwunschenes Dorf aus einem fantastischen Märchen. Der Winter erstickte alles Leben, die Flüsse und Seen froren zu, der Trail war nur noch mit einem Hundeschlitten passierbar, und die Goldsucher, die erst vor wenigen Tagen gekommen waren, zogen es vor, sich eine Bleibe zu suchen und auf das Frühjahr zu warten. Wenn sie nicht genug Geld besaßen oder es nicht schafften, sich in einem Zelt häuslich einzurichten, blieb ihnen nichts anderes übrig, als auf eines der wenigen Schiffe zu warten, das im Winter anlegte, und in ihre Heimat zurückzukehren. Die meisten verloren beim Anblick der bedrohlich aufragenden Gletscher und des verschneiten White Pass sowieso den Mut.

Das einzige Schiff, das in der letzten Oktoberwoche in der Bucht den Anker warf, war die *Bristol,* und ungeachtet des eiskalten Winterwetters stand auch Clarissa wieder am Hafen und wartete darauf, dass Alex in einem der wenigen Boote, die Passagiere abholten, an Land ging. Bis auf einige Händler und Geschäftsleute, die in der Stadt zu tun hatten, war niemand zu sehen. Seitdem Soapy Smith unter der Erde lag, war die Stadt zu einer geschäftigen Metropole herangewachsen, die angeblich schon beinahe so groß wie Vancouver war, obwohl Clarissa das kaum glauben konnte, und die Goldsucher waren bereits in der Minderheit. Es gab Banken, Kaufhäuser, Restaurants, zwei Zeitungen, etliche Saloons, aber auch Kirchen, und am oberen Broadway hatte sogar ein Fotograf sein Domizil aufgeschlagen und bot seine Dienste an. Und in Dawson City am Klondike River sollte es noch großstädtischer zugehen.

Clarissa wollte sich schon abwenden, als sie einen mächtigen Burschen in einem Büffelfellmantel aus einem der Boote steigen sah. Wie ein Bösewicht aus ihren Buffalo-Bill-Heften sah er aus, kräftig gebaut und mit breiten Schultern, mit halblangen schwarzen Haaren unter einer Fellmütze, wie sie manche Soldaten im Winter trugen. Zu seinem kriegerischen Gesamtbild passten auch sein grimmiges Gesicht mit den kalten Augen und das Gewehr, das er in einem Schuber aus Wildleder bei sich trug. Ein Halbindianer, nahm sie an, wahrscheinlich ein Jäger, der in den Bergen auf Wolfsjagd gehen wollte, oder ein ehemaliger Krieger, der in eines der Indianerdörfer im Norden weiterzog.

Der Mann war ihr unheimlich, nicht nur wegen seines bedrohlichen Aussehens. Als er über den Ufersand zur Hauptstraße hinaufstieg, klappte sie unwillkürlich den Kragen ihres Mantels nach oben und zog den Schal bis über ihre Nase. Eine automatische Geste für jemanden, der nicht erkannt werden wollte und gegenüber jedem Fremden misstrauisch sein musste. Seit Soapy Smith ihr angedroht hatte, sie Frank Whittler oder der Polizei auszuliefern, war sie wieder so nervös wie vor mehr als zwei Jahren, als sie im Zug aus Vancouver geflohen war, zumindest beim Anblick eines Fremden, der schon in seinem Büffelfellmantel und mit dem Gewehr so bedrohlich wirkte, dass auch andere Leute, die keine Angst zu haben brauchten, vor ihm zurückwichen. Wollte er sich die tausend Dollar verdienen, die Frank Whittler auf ihre Ergreifung ausgesetzt hatte? Ein Kopfgeldjäger, wie es sie sonst nur in Romanen gab? Oder war er gar ein Polizist der North West Mounted Police?

Sie senkte den Kopf, als er an ihr vorbeiging. Der Mann roch nach einem starken Tabak und fettem Essen. Sie sah ihm vorsichtig nach und beobachtete, wie er die Straße überquerte und an die Tür von Mrs Buchanan's Boarding House klopfte. Sie erstarrte vor Angst, jetzt war sie beinahe sicher, dass er ihretwegen gekommen war. Aber woher sollte er wissen, dass sie bei Mrs Buchanan wohnte? Hatte Soapy Smith sein Versprechen, sie nicht zu verraten, schon vor dem Abendessen im Flagler's gebrochen? Hatte er sie auf jeden Fall verraten wollen?

So unauffällig wie möglich zog sie sich unter das Vorbaudach eines Gehsteigs zurück. Aus ihrer Deckung beobachtete sie, wie Mrs Buchanan die Tür öffnete und die Nase rümpfte, als sie den Geruch des Fremden in die Nase bekam. Er fragte etwas, und sie schüttelte den Kopf, antwortete ihm und deutete die Straße hinauf. Der Mann blieb misstrauisch, und Mrs Buchanan antwortete ihm noch einmal und zog die Haustür auf, anscheinend um ihm zu beweisen, dass niemand außer ihr im Haus war. Sie zuckte die Achseln und blieb noch eine Weile in der offenen Tür stehen, nachdem er sich wortlos von ihr verabschiedet hatte und sichtlich schlechter Laune die Straße hinauflief.

Clarissa wartete geduldig, bis er in einem der Saloons verschwunden war und sich anscheinend erst mal aufwärmen wollte, bis er weiter nach ihr suchte. Denn dass er sich ihretwegen in Skaguay aufhielt, war ihr inzwischen klar. Frank Whittler war die Reise wohl zu anstrengend gewesen. Ihm waren die tausend Dollar, die er für ihre Ergreifung bezahlen musste, sicher egal, und seine Rache konnte er immer noch auskosten, wenn sie in Vancouver war.

Die Angst, die sie schon in Port Essington zum überstürzten Aufbruch getrieben hatte, ergriff auch jetzt von ihr Besitz und trieb sie zu äußerster Eile an. Mit dem Geld, das dem Sohn eines mehrfachen Millionärs zur Verfügung stand, hatte Frank Whittler sicher einen der besten Jäger des Landes verpflichtet. Einen erfahrenen Mann, der jede Spur lesen konnte, vielleicht noch besser als Alex, und der bereit war, für Geld alles zu versuchen.

Sie lief zur Pension zurück und traf die Wirtin in ihrem Zimmer. Sie hatte bereits ihre Winterkleidung aufs Bett gelegt, die Baumwollhose, die dicke Felljacke, die Stiefel, und war gerade dabei, ihre restlichen Kleider in einen alten Rucksack zu stopfen. »Du musst hier weg!«, sagte sie, als Clarissa in der Tür erschien. »Der Mann im Büffelfellmantel hat nach dir gefragt. Er klang nicht besonders freundlich. Ich hab ihm gesagt, dass du nach Dyea gezogen bist und dort in einem Hotel wohnst. Keine Ahnung, ob er mir geglaubt hat.«

»Ich hab euch gesehen«, erwiderte Clarissa.

Mrs Buchanan deutete auf die Winterkleidung. »Zieh deine alten Kleider an, darin erkennt man dich nicht so schnell. Er ist gefährlich. Am besten fährst du mit der *Bristol* nach Sitka oder Juneau zurück und versteckst dich dort. Da vermutet er dich bestimmt nicht. Ich nehme an, er ist ein Kopfgeldjäger oder so was Ähnliches. Einer, der Geld dafür bekommt, wenn er dich nach Vancouver zurückbringt. Und wenn es einen Auslieferungsbefehl gibt …«

»Ich gehe über den Pass«, unterbrach Clarissa sie. »Ich gehe zu Dolly nach Dawson City. Sag Alex, dass ich dort auf ihn warte. Ich bin sicher, er kommt im Frühjahr. Er ist wahrscheinlich verletzt und überwintert bei den Indianern, so wie ich vor zwei Jahren. Sag ihm … Sag ihm, dass ich ihn über alles liebe.«

»Aber … Es ist Winter! Der Yukon ist zugeforen!«

»Ich heuere einen der Indianer mit einem Hundeschlitten an«, erklärte Clarissa. »Zur Not wechsele ich mich mit ihm ab. Ich weiß, wie man einen Schlitten steuert. Ich bin mit einem Fallensteller verheiratet, vergiss das nicht. Wir brauchen wahrscheinlich nicht so lange wie die Leute in den Booten.«

»Aber der Pass … Der Trail ist gefährlich! Weißt du, wie viele Pferde auf dem Weg zum Pass verendet sind? Die kann man kaum noch zählen. ›Dead Horse Trail‹ nennen sie den Trail. Und du willst im Winter zum Pass hinauf?«

»Ich muss, Buchanan. Ich muss.«

Clarissa zog sich in Windeseile um und stopfte auch das Buffalo-Bill-Magazin, das auf ihrem Nachttisch lag, in den Rucksack. Sie kannte die meisten Geschichten zwar schon auswendig, aber es würde wohl noch einige Zeit dauern, bis sie wieder etwas zu lesen in die Hand bekam. Den Revolver verstaute sie in ihrer Jackentasche. Sie besaß nur die fünf Patronen, die in der Trommel steckten, hoffte jedoch wie immer, gar keine brauchen zu müssen. Mrs Buchanan packte ausreichenden Proviant für ein paar Tage in einen Beutel und füllte heißen Tee in eine Feldflasche. Innerhalb weniger Minuten war sie reisefertig. Den Rucksack, den ein Goldsucher in der Pension zurückgelassen hatte, trug sie auf dem Rücken. Ihre Reisetasche ließ sie bei Mrs Buchanan.

»Pass gut auf dich auf!«, wünschte ihr die Wirtin, bevor sie die Tür öffnete. »Ich sorge dafür, dass der Fremde nicht rausbekommt, wo du steckst.« Sie umarmten sich liebevoll. »Und melde dich, wenn du in Dawson City bist!«

»Auf Wiedersehen, Buchanan. Und vielen, vielen Dank für alles! Vielleicht habe ich nächstes Jahr schon alles überstanden und komme zu deiner Hochzeit, was meinst du? Dolly und ich könnten deine Trauzeuginnen sein …«

»Das wäre wundervoll, Clarissa! Und jetzt geh endlich!«

Clarissa trat in die Kälte hinaus. Es hatte wieder zu schneien begonnen, und böiger Wind trieb ihr dichte

Flocken entgegen. Eine dicke Schneedecke lag über dem gefrorenen Schlamm des Broadways, der auch im Winter und trotz der vielen neuen Läden eher wie eine gewöhnliche Hauptstraße wirkte. Selbst die Häuser auf der anderen Straßenseite waren in dem Schneetreiben nur als dunkle Schatten zu erkennen, und die Gletscher und der steile Trail zum White Pass lagen hinter milchigem Dunst verborgen. Das Heulen von ein paar Huskys und das rhythmische Hämmern aus der nahen Schmiede waren die einzigen Geräusche in der ungewohnten Stille. Außer ihr waren nur Goldsucher unterwegs, die aber gleich darauf in einem Saloon verschwanden.

Aus Angst, von dem Fremden beobachtet und schon nach wenigen Schritten aufgehalten zu werden, blieb sie im Schatten der überdachten Gehsteige. Leicht geduckt, als fürchtete sie, von irgendetwas getroffen zu werden, folgte sie der Straße, bog in die erste Seitengasse ab und ging hinter den Häusern weiter, bis sie den Saloon, in dem der Fremde abgestiegen war, weit hinter sich gelassen hatte. Ihre Mütze hatte sie gegen den Schnee weit in die Stirn gezogen, und so wanderte sie durch den Schnee, aus der Stadt und weiter nach Norden.

Bis zu der Zeltstadt, in der zahlreiche Indianer und Goldsucher den Winter verbrachten, waren es mehrere Meilen. Ein Gewaltmarsch, wie sie schon bald feststellte, weil der Trail schon hier steil bergauf führte, und sich der Schnee außerhalb der Stadt bereits in tiefen Wehen angehäuft hatte. Bei jedem Schritt sank sie tief in den Schnee, und sie merkte schon nach ein paar Schritten, dass sie ohne Schneeschuhe nicht weiterkam. In der Eile hatte sie nicht daran, gedacht, die Wirtin nach Schneeschuhen zu fragen oder welche zu besorgen.

Zum Umkehren war es zu spät. In Skaguay wäre die Gefahr, dem Fremden doch noch in die Arme zu laufen, viel zu groß gewesen. Ihr blieb nichts anderes übrig, als weite Umwege in Kauf zu nehmen, um die Schneewehen zu umgehen und darauf zu hoffen, dass der Trail weiter nördlich fester und griffiger war. Sie hatte Glück. Nach ungefähr einer Meile, für die sie über zwei Stunden gebraucht hatte, führte der Trail durch eine weite Senke, in der sich der eisige Wind nach Herzenslust austoben konnte, und der vereiste Boden einen festen Untergrund bot. Lästig war nur der kräftige Wind, gegen den sie sich mit aller Macht stemmen musste, um nicht das Gleichgewicht zu verlieren.

Schon jetzt wurde ihr bewusst, auf welches Wagnis sie sich eingelassen hatte. Selbst wenn sie einen indianischen Führer fand, der bereit war, mit ihr zum Klondike zu fahren, war noch lange nicht sicher, ob sie es bis zu den Goldfeldern schaffen würde. Weniger die Gefahren der Wildnis schreckten sie, die war sie gewöhnt, es war eher die Grenze zwischen dem amerikanischen Territorium und dem kanadischen Yukon-Gebiet, die ihr zu schaffen machte. Sie besaß weder die verlangten Vorräte noch die Ausrüstung, die von allen Personen gefordert wurde, die zum Klondike zogen, und bei den Mounties bestand zusätzlich die Gefahr, dass es einen Steckbrief oder eine Suchmeldung von ihr gab, und sie einer der Polizisten erkannte und festnahm. Die North West Mounted Police war für ihr strenges Vorgehen bekannt und hatte schon so manchen Verdächtigen festgenommen oder zurückgeschickt.

Es gibt keinen anderen Weg, sagte sie sich, ohne ihre Schritte zu verlangsamen, ich muss es versuchen. Denn wenn ich umkehre, erwartet mich der Fremde im Büffelfellmantel, und wenn ich ein Schiff nach Süden nehme, laufe ich Frank Whittler oder einem anderen seiner Spürhunde in die Arme.

»Weiter!«, feuerte sie sich selbst an. »Nur nicht aufgeben!«

28

Die Zeltstadt lag an einer Biegung des Trails und war durch eine steile Felswand, die hinter der Siedlung im Norden aufragte, gegen den Wind geschützt. Aus den rostigen Ofenrohren, die aus allen Zelten und Unterständen ragten, quoll dichter Rauch. Es roch nach Wildeintopf, nasser Kleidung und Tabak.

Etwas abseits von den Goldsuchern, die in der Senke auf das Frühjahr warteten, lagerten die Indianer, meist junge Männer, die sich einen Zusatzverdienst erhofften, wenn sie den Goldsuchern beim Tragen der schweren Ausrüstung und beim Erklimmen des Passes halfen. Vor einigen ihrer Hütten und Zelte lagen Huskys im Schnee, jederzeit bereit, besonders wagemutige Männer über den Schnee nach Dawson City zu bringen.

Sie entdeckten Clarissa zuerst, begannen aufgeregt zu bellen und zu jaulen und zerrten an den Lederriemen, mit denen sie an Holzpflöcken festgebunden waren. Einer der Indianer, ein junger Bursche mit einer Schiebermütze, die er wohl bei einem der Goldsucher gegen eine Pelzmütze getauscht hatte, hob den Kopf und deutete aufgeregt in ihre Richtung. Er sagte etwas, das sie nicht verstand, und machte die anderen auf die einsame Frau mit dem Rucksack aufmerksam. Auch einige der Goldsucher blickten ihr neugierig entgegen.

Clarissa hielt auf die Indianer zu und blieb vor einem untersetzten Mann stehen, den sie für ihren Anführer hielt. Er trug eine Hose aus Karibufell und einen Anorak aus Vielfraß-Pelzen, und sein verwittertes Gesicht ließ nicht erkennen, wie alt er war. Wenn er erstaunt war, eine Frau vor sich zu haben, zeigte er es nicht. »Ich bin Clarissa«, stellte sie sich vor, und weil sie wusste, wie unhöflich es war, bei Indianern ein Problem oder eine Frage direkt auszusprechen, fügte sie hinzu: »Wir werden einen strengen Winter bekommen.«

Der Anführer quittierte ihre Höflichkeit mit einem Lächeln, das seine fehlerhaften Zähne entblößte. Er war wohl doch schon älter. »Ich bin Slocum Joe und verbringe den Winter mit den jungen Männern meines Clans, weil sie mir zu essen geben und mein langes Leben um einen Winter verlängern. Meine beiden Frauen behaupten, ich wäre ihr Anführer, aber das bin ich schon lange nicht mehr.« Er zeigte wieder seine Zähne. »Was führt dich zu uns, Clarissa?«

»Ich suche nach einem kundigen Führer, der mich über den Pass und nach Dawson City bringt. Ich besitze weder einen Hundeschlitten noch kenne ich mich in dieser Gegend aus, deshalb bin ich auf fremde Hilfe angewiesen. Ich habe es sehr eilig.« Den Grund für ihre Eile verschwieg sie. »Ich darf auf keinen Fall den Mounties begegnen. Ich bin keine Goldsucherin und werde in Dawson bei einer Freundin wohnen. Mir reichen die Vorräte, die ich in meinem Rucksack habe. Es gibt doch sicher einen anderen Weg über den Pass.«

Der Anführer, zu dem sich inzwischen andere Indianer gesellt hatten, darunter ein junger Mann mit einem Nasenring aus Elfenbein, dachte eine Weile über ihre Worte nach. Schließlich antwortete er: »Du verlangst viel. Wenn die Mounties herausbekommen, dass du heimlich die Grenze überqueren willst, sperren sie dich und deinen Führer in das Haus mit den vergitterten Fenstern.«

»Ich zahle gut, Slocum Joe.«

»Und du willst den Mounties aus dem Weg gehen, weil du nicht so viel Gepäck dabeihast, wie sie verlangen? Du bist auf der Flucht, nicht wahr?«

»Ich habe nichts verbrochen.«

Slocum Joe ließ seinen Blick über die Gesichter der jungen Männer wandern und schien sich nicht entscheiden zu können. »Ich bin schon zu alt für das, was du von uns verlangst, und ich weiß nicht, ob einer meiner Männer das Risiko eingehen will. Der Weg, den die Mounties nicht bewachen, ist steil und gefährlich, und du wirst öfter, als dir lieb ist, vom Schlitten springen und beim Schieben helfen müssen. Du bist eine Frau. Du hast keine Erfahrung.«

Clarissa blickte sich um und sah, dass einer der Schlitten angespannt war. Anscheinend hatte sein Besitzer vor, seinen Hunden einen längeren Auslauf zu gönnen. Die Huskys jaulten bereits aufgeregt und bewegten sich ungeduldig in ihren ledernen Geschirren. »Darf ich mir den Schlitten ausleihen?«

»Was hast du vor?«

Sie verzichtete auf eine Antwort, setzte ihren Rucksack ab und bahnte sich einen Weg durch die neugierigen Männer. »Wie heißt der Leithund?«, rief sie.

»Taku«, antwortete der Indianer mit dem Nasenring.

»Taku«, wiederholte Clarissa und beugte sich zu dem Husky hinunter. Sein Fell war hell, fast silbergrau, und seine Augen leuchteten blau. Er entblößte knurrend seine Reißzähne, als sie eine Hand nach ihm ausstreckte. »Keine Angst, Taku!«, beruhigte sie den Hund auch mit ihrer sanften Stimme. »Ich will dich doch nur streicheln.« Sie berührte vorsichtig sein Fell und spürte, wie sich seine Haare unter ihrer Handfläche aufstellten. »Ganz ruhig! Ich bin's, Clarissa. Ich hatte einen vierbeinigen Freund, der sah genauso gut aus wie du.« Sie dachte wehmütig an ihren geliebten Smoky zurück. »Was meinst du? Wollen wir deinen Leuten mal zeigen, wie man einen Schlitten steuert?«

Taku fasste langsam Zutrauen zu ihr und ließ seine Reißzähne verschwinden. Indem er aufsprang zeigte er den anderen Hunden, dass es endlich losging. Die Frau mit der weißen Haut würde sie auf einen Ausflug mitnehmen.

Die Indianer, aber auch einige Goldsucher, die neugierig näher gekommen waren, beobachteten staunend, wie sie den Anker, mit dem der Schlitten gesichert war, aus dem Schnee zog und auf das Trittbrett stieg. »Heya … vorwärts!«, feuerte sie die Hunde an. »Go … go! Zeig mal, was du kannst, Taku!«

Der Leithund ließ sich nicht zweimal bitten. Beinahe aus dem Stand legte er ein solches Tempo vor, dass die anderen Hunde kaum mitkamen, und Clarissa fast vom Trittbrett geschleudert wurde. Ihre Muskeln waren noch steif von dem anstrengenden Marsch. Doch schon nach wenigen Schrecksekunden hatte sie sich gefangen, und sie reagierte wieder so schnell und sicher wie noch vor wenigen Monaten, als sie mit dem Schlitten nach Port Essington gefahren war. In den zwei Jahren, die sie in der Wildnis verbracht hatte, war sie zu einer ausgezeichneten Musherin geworden, besser als viele Männer.

Um Slocum Joe und seinen Leuten zu beweisen, dass sie keine verwöhnte Weiße aus der Stadt war, wählte sie einen besonders schwierigen Trail. Im Slalom durch die vielen Zelte, dann den steilen Hang zur Felswand hinauf an einigen Krüppelkiefern vorbei zum Lager der weißen Männer und in einer steilen Rechtskurve zu den Indianern zurück. Zwischen den Zelten ging sie mehrmals in die Hocke und federte die buckligen Bodenwellen weg, auf dem steilen Hang sprang sie vom Trittbrett und schob den Schlitten an, half den Huskys, die Steigung zu erklimmen. In der letzten Kurve war sie bereits so außer Atem, dass sie den Schlitten kaum noch steuern konnte, aber sie wollte sich keine Blöße geben und lächelte fröhlich. »Whooaa!«, signalisierte sie dem Leithund. »Whooaa, Taku!« Sie trat auf die Bremse und hielt vor den Indianern, bohrte den Anker in den Schnee und griff nach ihrem Rucksack.

Eine Zeit lang war nur ihr heftiger Atem zu hören, dann nickte Slocum Joe anerkennend und sagte: »Du bist eine gute Musherin. Du weißt, wie man einen Schlitten steuert. Du bist besser als die meisten dieser weißen Männer.« Er drehte sich nach den Goldsuchern um. »Aber kannst du auch bezahlen?«

Während eines Goldrausches drehte sich alles ums Gold und um Geld, und man musste teuer für alle Waren und Dienstleistungen bezahlen. Das war in Skaguay so, vor allem aber in Dawson City; meist vier Mal so viel wie in

Seattle oder San Francisco. Die gesamte Ausrüstung und Verpflegung, die ein Goldsucher brauchte, um zum Klondike durchgelassen zu werden, betrug tausend Dollar.

Das Gold, das Clarissa in ihrem Lederbeutel mitführte, war ungefähr fünfhundert Dollar wert, und das auch nur, weil Sam Ralston in Fort Wrangel am Spieltisch gewonnen hatte. Damit kam man auf den Goldfeldern nicht weit. Auch in Dawson City würde sie gezwungen sein, Arbeit anzunehmen, selbst dann, wenn Dolly eine Bleibe gefunden hatte, und sie bei ihr unterkriechen konnte, aber sie hatte ihr ganzes Leben gearbeitet und war zu allem bereit. Zu fast allem, wie ihr einfiel, als sie an die leichten Mädchen in Skaguay dachte.

»Ich biete fünfzig Dollar in Gold«, sagte sie.

»Das ist zu wenig«, erwiderte Slocum Joe.

»Hundert Dollar … fünfzig gleich und fünfzig, wenn wir in Dawson City sind.« Sie schlüpfte aus ihren Handschuhen, zog den Lederbeutel aus ihrer Anoraktasche und schüttete ungefähr ein Zehntel der Goldkörner in ihre offene Hand. Die Indianer beobachteten sie genau und bekamen ähnlich gierige Augen wie Weiße, wenn sie Gold sahen. Sie ließ den Beutel rasch wieder verschwinden. »Fünfzig Dollar für den, der mich über den White Pass bringt.«

»Ich fahre dich«, sagte der junge Mann mit dem Nasenring. Er drängte sich nach vorn und hielt beide Hände auf. »Der Schlitten, mit dem du gefahren bist, gehört mir. Ich kenne einen Weg über die Berge, den niemand kennt.«

Clarissa blickte den Anführer an.

»Tommy ist ein guter Jäger«, bestätigte Slocum Joe.

»Einverstanden«, sagte Clarissa und gab dem jungen

Mann den ersten Teil seines Lohns. Tommy füllte das Gold in einen Beutel, verschnürte ihn fest und steckte ihn in seine Hosentasche. Er war wie ein Weißer gekleidet, trug eine Wollhose, eine Jacke aus dickem Stoff und feste Stiefel. Die Mütze über seinen halblangen Haaren war aus Biberfell. »Ich möchte gleich aufbrechen.«

»Aber es wird bald dunkel«, wandte Tommy ein.

»Ich habe es eilig. Wie lange brauchst du?«

»Nicht lange.« Anscheinend begierig darauf, möglichst bald auch den zweiten Teil seines Lohns zu erhalten, lief er zu seinem Zelt und lud mehrere Decken, zwei Zeltplanen und den Rest seiner Ausrüstung auf seinen Schlitten. Anscheinend hatte er während der letzten Monate gut verdient. Einen Sack mit Proviant verstaute er in dem Vorratssack unter der Haltestange. Mit einem Winchester-Gewehr über den Schultern kehrte er zurück. »Ich bin fertig.« Es gab offensichtlich niemand, den er zum Abschied umarmen musste.

»Du bist auf der Flucht, nicht wahr?«, vermutete Slocum Joe.

»Ich will so schnell wie möglich über den Pass«, wich sie aus.

Unter den neugierigen Blicken der Goldsucher, die sich ebenfalls darüber wunderten, dass eine Frau so gut mit einem Hundeschlitten umgehen konnte und es so eilig hatte, über den Pass zu kommen, dass sie nicht mal eine Nacht in dem Camp verbrachte, fuhren Clarissa und ihr indianischer Führer davon. Während er den Schlitten lenkte, saß Clarissa eingerollt in eine Decke auf der Ladefläche und beobachtete, wie leichtfüßig sich die Huskys bewegten. Besonders Taku tat sich hervor. Er bestimmte die Richtung und gab das Tempo vor, wenn Tommy keinen anderen Befehl gab. Er war ein erstklassiger Leithund, ungefähr sieben Jahre alt und so erfahren und durchtrainiert, dass ihm keiner der anderen Hunde etwas vormachen konnte.

Sie folgten dem Pfad, der als »Dead Horse Trail« traurige Berühmtheit erlangt hatte, und nach wenigen Meilen erkannte Clarissa auch, warum er diesen Namen bekommen hatte. Noch jetzt ragten die Kadaver und Gebeine zahlreicher Pferde aus dem Schnee, trauriges Zeugnis dafür, wie unbarmherzig manche Männer in ihrer Goldgier die Pferde angetrieben hatten, und wie gefährlich der Trail war. Tommy war trotz seiner Jugend ein erfahrener Musher, etwas hitzköpfig, wenn er seine Hunde mit derben Ausdrücken wie ein Maultiertreiber anfeuerte oder so schnell in eine Kurve ging, dass er vom Trittbrett springen musste, um den Schlitten am Ausbrechen zu hindern, aber mutig und auch erfahren genug, um sein Glück nicht zu sehr zu strapazieren.

Das Schneetreiben hatte nachgelassen, aber je mehr sich der Tag seinem Ende zuneigte, umso stärker nahm der Wind zu. Eisig kalt blies er von den Gletschern herab, so stark und ungestüm, dass Clarissa gezwungen war, ihren Schal bis über die Nase zu ziehen, um wenigstens einigermaßen geschützt zu sein. Die Böen wirbelten den Neuschnee auf und trieben ihn in dichten Schleiern über den Boden, wie die Gischt eines stürmischen Meeres, das gegen die Küste brandet. Tommy schien der aufgebrachte Wind nur noch wütender zu machen. Er schimpfte auf das Wetter, den schlechten Trail und seine Huskys, die sich glücklicherweise weder von ihm noch von dem Wind beeinflussen ließen und nur ihr Tempo etwas verringerten. »Nicht nachlassen, ihr faulen Biester!«, feuerte Tommy sie an.

Clarissa hätte den jungen Indianer gern abgelöst. Bei seiner ungestümen Fahrweise musste sie sich mit beiden Händen am Schlitten festhalten, um nicht von der Ladefläche geschleudert zu werden, und in den Kurven konnte sie froh sein, wenn die Kufen noch festen Halt hatten. Wahrscheinlich meint er es nur gut mit dir, dachte sie, du hast ihm gesagt, dass du so schnell wie möglich über den Pass willst, und er hält sich daran. Jedes Wort der Kritik von ihr hätte ihn gedemütigt und noch mehr verunsichert. Indianer, so hatte sie herausgefunden, selbst die jungen, die sich wie Weiße anzogen, reagierten sehr empfindlich, wenn man ihre Fähigkeiten bezweifelte oder sie kritisierte, und Tommy machte nicht den Eindruck, als sei er eine Ausnahme.

Vor einer besonders starken Steigung hielt Tommy an. Vor ihnen kletterte der Trail in engen Serpentinen eine Anhöhe hinauf und verschwand weiter oben in waberndem Dunst. Hier lagen besonders viele tote Pferde, ein furchtbarer Anblick, der Clarissa das Blut in den Adern gefrieren ließ, und ein zusätzliches Hindernis für den Anstieg mit einem Hundeschlitten. Obwohl der stürmische Wind den Schnee über die Kadaver wehte, und man die Überreste wegen der Kälte nicht mehr wittern konnte, wichen einige Huskys zurück und zerrten zur Seite, auf der Suche nach einem anderen Trail. Selbst Taku blickte unsicher den Hang hinauf.

Auch ohne dass Tommy sie aufforderte, wusste Clarissa,

dass sie eine solche Steigung nur bewältigen konnten, wenn sie vom Schlitten stieg und ihn und die Hunde unterstützte. Der Trail war zu steil und schmal, und der Wind tobte ihnen mit der ungestümen Wucht eines Blizzards entgegen. Noch bevor er etwas sagen konnte, war sie hinter dem Schlitten, den Kopf hatte sie gegen den Wind gesenkt. Sie packte die Haltestange mit beiden Händen und bohrte ihre Stiefelspitzen so tief in den Schnee, dass sie sich abstoßen konnte. Tommy brauchte keine Befehle zu geben, tat es aber dennoch. Während er den Anker aus dem Schnee zog, rief er: »Vorwärts, Taku! Den verdammten Hügel wirst du doch schaffen! Nun macht schon, ihr faulen Biester! Lauft, verdammt!«

Taku stemmte sich mit seinem ganzen Körper ins Geschirr. Er riss die anderen Hunde allein durch seine Körpersprache und seine Anstrengungen mit, hätte es aber ohne Clarissas und Tommys Hilfe kaum geschafft. Der Trail war so steil und gefährlich, dass sie sich mit ihrer ganzen Kraft gegen den Schlitten stemmen und bei jeder Biegung höllisch aufpassen mussten, damit er nicht zur Seite ausbrach oder abrutschte. Mit jedem Windstoß, der von der Anhöhe herabkam, ergoss sich eine Ladung eiskalten Schnees über sie und raubte ihnen und den Huskys sekundenlang die Sicht und den Atem. Wie ein Hund schüttelte sich Clarissa nach jedem Schauer, doch es gelang ihr nicht immer, ihre Augen, die Nase und den Mund freizubekommen, und manchmal schnaubte sie wütend, um wenigstens einen schnellen Atemzug tun zu können, bevor der Wind sie mit einer weiteren Ladung überraschte. »Go! Go!«, rief Tommy neben ihr, ein Indianer, der längst seine eigene Sprache verlernt hatte und zu einem halben Weißen geworden war. »Nicht aufgeben, Taku! Los … weiter!«

Sie brauchten keine Schneeschuhe. Der Boden war auf der Steigung so hart gefroren, dass sie lediglich aufpassen mussten, auf dem vereisten Untergrund nicht den Halt zu verlieren. Der Wind stellte sich ihnen mit kräftigen Böen entgegen und machte ihnen schwer zu schaffen, obwohl er nicht einmal Sturmstärke erreicht hatte. Aber auf dem Hang hatte er freie Bahn und schien regelrecht Vergnügen daran zu haben, ihnen das Leben schwer zu machen. Dazu kam die frostige Kälte, die mit der Dämmerung auf das Land herabsank.

Oben angekommen verschnauften sie minutenlang. Im Blick des Indianers lag ein gewisser Respekt, als er Clarissa ansah, aber auch ein Ausdruck, den sie nicht einzuordnen wusste, jedenfalls jetzt nicht, da sie noch unter der Anstrengung des Aufstiegs litt und kaum fähig war, ihre eigenen Gefühle richtig zu bewerten. Sie ahnte nur, dass sie vorsichtig sein musste. Nicht, weil ihr der junge Indianer zu nahetreten könnte, sondern weil er in vieler Hinsicht wie ein Weißer reagierte. Ungestüm, aufbrausend, sich selbst überschätzend, nicht von Tugenden wie Geduld, Gelassenheit und Bescheidenheit bestimmt, wie Clarissa sie bei vielen älteren Indianern schätzen gelernt hatte. Warum ihr das ausgerechnet in diesem Augenblick auffiel, wusste sie allerdings nicht.

Vielleicht lag es an der großen Ungeduld, die er an den Tag legte, als er sie auf den Schlitten zurückschickte und die Hunde anfeuerte. Auch auf dem Hügelkamm, der sich vor ihnen ausbreitete, wehte der Wind in kräftigen Böen, nur war der Trail breiter und ebener, und sie kamen schneller voran. Die Huskys, erleichtert über den geglückten Anstieg, rannten befreit über den holprigen, nur von gelegentlichen Wehen bedeckten Schnee. Der Himmel über ihnen war voller Wolken, sodass weder die untergehende Sonne noch der aufgehende Mond mit den ersten Sternen zu sehen waren. Die Nacht senkte sich herab.

»Wird Zeit für ein Nachtlager!«, ermahnte Clarissa den Indianer.

»Ich kenne einen geschützten Platz«, rief Tommy zurück. »Das Versteck kennt niemand. Aber zuerst müssen wir vom Trail runter!« Ohne Vorwarnung lenkte er das Hundegespann vom markierten Trail und trieb sie zwischen einigen Felsen zwischen die Bäume, die sich aus dem Schnee erhoben. Wie Skelette reckten sie ihre verkrüppelten Äste in den Dunst, der sich zwischen den Felsen verfangen hatte. Auf einer Böschung bekam der Schlitten plötzlich Schlagseite, fing sich aber gleich wieder und holperte über einige abgestorbene Zweige, die sich im Schnee verfangen hatten. Über einen zugefrorenen Bach, dessen Eis teilweise durch den Wind aufgeworfen war und den Hunden schwer zu schaffen machte, erreichten sie eine bewaldete Senke, die wie ein Keil in ein lang gestrecktes Tal reichte, auf dessen anderer Seite ein kaum erkennbarer Pfad im trüben Dunst verschwand. »Ein alter Indianerpfad … Hab ich mal auf der Jagd entdeckt. Dort finden uns die Mounties bestimmt nicht.«

Zwischen einigen Fichten hielt Tommy den Schlitten an. Er bohrte den Anker in den Schnee und sagte: »Hier schlagen wir unser Nachtlager auf.«

Clarissa stieg vom Schlitten und sah sich bekümmert um. Die Fichten boten einen gewissen Schutz, und doch hatte sie das Gefühl, zwischen den Felsen am Trail wäre ein besserer Platz gewesen. Nur für einen Augenblick dachte sie daran, dass man sie in dieser abgelegenen Wildnis niemals finden würde, falls ihr was passierte. »Wenn du meinst«, sagte sie zu dem Indianer.

29

Tommy ließ die Huskys angespannt und fütterte sie mit getrocknetem Lachs aus seinen Vorräten. Während er die Zeltplanen vom Schlitten nahm und zwei schützende Unterstände unter den Fichten errichtete, sammelte Clarissa einigermaßen trockene Äste und Zweige und machte sich daran, ein Feuer anzuzünden. Der Indianer beobachtete sie neugierig, offensichtlich bezweifelte er, dass sie dazu fähig wäre, und gab sich erst zufrieden, als das Feuer brannte.

Sie packte den Topf aus, den Mrs Buchanan ihr mitgegeben hatte, füllte ihn mit Schnee und stellte ihn in die Flammen. Tommy kramte seinen Becher und Kaffee aus dem Vorratsbeutel und begnügte sich mit dem Trockenfleisch aus seinem Proviantsack. Clarissa gönnte sich heißen Tee und ein mit Elchschinken belegtes Sandwich. »Auch ein Sandwich?«, fragte sie den Indianer.

Tommy schüttelte den Kopf. Er gab sich weder freundlich noch besonders gesprächig und vermied den direkten Augenkontakt mit ihr. Von einem weisen Medizinmann wusste sie, dass es bei vielen Stämmen als unhöflich galt, seinem Gegenüber und besonders einer Frau direkt in die Augen zu blicken, aber ein Indianer war auch nicht so ungeduldig wie dieser junge Mann und fluchte ständig. Tommy vermittelte eher den Eindruck, nichts von den Traditionen seines Volkes wissen zu wollen und sich für seine Herkunft zu schämen. Aus der Ferne hätte man meinen können, es mit einem Weißen zu tun zu haben, und nicht nur, weil er sich wie ein weißer Fallensteller kleidete.

Er schob ein weiteres Holzscheit ins Feuer, bevor er sich auf einen umgestürzten Baumstamm setzte, der vom Blitz gefällt worden war und zwischen den Bäumen im Schnee lag. Anscheinend vertraute er darauf, dass man sie in der Senke nicht sehen konnte. Clarissa setzte sich mehrere Schritte von ihm entfernt auf denselben Baumstamm und aß schweigend. Sie hatte vergessen, Zucker mitzunehmen, und trank ihren Tee nur widerwillig, aber sie wollte den Indianer nicht nach Zucker fragen. Von sich aus bot er ihr keinen an, obwohl er längst bemerkt haben musste, wie sie bei jedem Schluck das Gesicht verzog.

»Wie lange brauchen wir nach Dawson City?«, brach sie das Schweigen.

»Eine Woche … vielleicht länger.«

»Gibt es unterwegs Hütten, in denen wir schlafen können?«

»Sicher … Aber dort rasten auch die Mounties.«

War er plötzlich so schweigsam und abweisend, weil er sie für eine gesuchte Verbrecherin hielt? Hatte er deswegen sein Gewehr über den Knien liegen? Tat sie ihm unrecht, wenn sie ihn für einen unfreundlichen und ungehobelten jungen Mann hielt? »Ich habe nichts verbrochen«, sagte sie noch einmal. »Die Mounties wollen mich für etwas festnehmen, das ich nicht getan habe.«

Dem Indianer schien das egal zu sein. »Und jetzt willst du wie alle anderen Weißen nach Dawson und die Erde umgraben?« Er schüttete den Rest seines Kaffees ins Feuer. »Weißt du, wer das erste Gold am Klondike entdeckt hat?«

»Ein amerikanischer Goldsucher«, antwortete sie. An den Namen konnte sie sich nicht erinnern. »Sein Bild war in den Skaguay News. Er ist durch Zufall auf die Nuggets gestoßen. Die Geschichte kennt doch jeder in Skaguay.«

»Aber die meisten Leute wissen nicht, dass drei Indianer bei ihm waren, zwei Männer und eine Frau. Wenn sie ihm nicht gezeigt hätten, wo das Gold liegt, hätten die Weißen nie davon erfahren. Eigentlich gehört das Gold uns!«

Clarissa blickte den Indianer über den Rand ihres Bechers an. Sie wurde nicht schlau aus dem jungen Mann. Einerseits wollte er unbedingt wie ein Weißer sein, und wenn es um das Gold ging, benahm er sich plötzlich wie ein Stammesführer, der noch in der Vergangenheit lebte und sich darüber beklagte, dass man ihnen das Land weggenommen und sie ihrer Rechte beraubt hatte. »Ich weiß, dass man die Indianer betrogen hat«, räumte sie ein. »Viele Weiße betrügen die Indianer, und viele Reiche betrügen die Armen, die sich nicht wehren können. Um Land für die Eisenbahn durch Kanada zu bekommen, haben die Manager der Canadian Pacific viele Farmer, die ihnen im Weg standen, enteignet und ihnen das Land weggenommen.« Arroganten Millionären wie den Whittlers ist es egal, ob sie Weiße oder Indianer aus dem Weg räumen, fügte sie in Gedanken hinzu. Nicht nur Indianer fühlten sich betrogen.

Tommy ging nicht auf ihre Antwort ein. »Die Weißen haben alles, und wir haben nichts. Und wenn wir etwas haben, nimmt man es uns weg. Wir sind auf die wenigen Almosen angewiesen, die man uns zuwirft.« Er biss wütend von seinem Trockenfleisch ab, als machte er sie allein dafür verantwortlich. »Aber ich lasse mir nichts mehr gefallen. Eines Tages werde ich genauso viel Geld haben wie die weißen Männer, die heute noch über mich lachen. Oder denkst du, ich bin ein kleiner Junge, den man für dumm verkaufen kann?«

»Ich denke gar nichts, Tommy«, erwiderte sie, verwundert darüber, wie aggressiv er reagierte. »Und ich bin, ehrlich gesagt, auch zu müde, um darüber nachzudenken. Ich bezahle dir einen fairen Lohn, oder etwa nicht? Wahrscheinlich sogar mehr als alle anderen, die du bisher über den Pass gebracht hast. Ich lege dich nicht rein. Sobald wir in Dawson sind, bekommst du die zweite Hälfte deines Lohns und vielleicht sogar einen kleinen Bonus.«

Er brummte etwas, das sie nicht verstand, und spuckte ins Feuer. Seine Geste wirkte so abfällig, dass sie ihre Worte am liebsten zurückgenommen hätte. Er war kein besonders freundlicher Mann, und sie hätte lieber Slocum Joe oder einen anderen Indianer als Führer gehabt, aber dazu war es jetzt zu spät, und die paar Tage, die sie nach Dawson City brauchten, würde sie allemal überstehen. Solange er sie sicher über die kanadische Grenze und weiter zu den Goldfeldern brachte, konnte es ihr egal sein, wie unfreundlich er war.

Dazu passte seine Äußerung, nachdem er den letzten Bissen seines Trockenfleischs gegessen hatte: »Ich halte keine Wache. Noch sind wir auf der amerikanischen Seite, da haben die Mounties nichts zu sagen. Und wenn uns doch einer aufspürt, greife ich bestimmt nicht zur Waffe. Das würde ich nicht für viel Geld tun. Mit den Mounties müssen Sie allein zurechtkommen.« Er stand auf, ging zum Schlitten und warf ihr die Hälfte seiner Decken und einen wasserdichten Regenumgang zu. »Hier … Falls es schneit.«

»Danke.« Sie trank ihren restlichen Tee, schnappte sich die Decken und den Umhang und brachte sie zu ihrem Unterstand. Mit ein paar Fichtenzweigen und den Decken baute sie ihr Nachtlager. Sie schlief nicht zum ersten Mal im Freien, sie hatte Alex auf zahlreichen Jagdausflügen begleitet und war viel unbequemere Lager gewöhnt. Hier hatte der Winter gerade erst begonnen, und die Temperaturen waren noch erträglich, wenn man einigermaßen gegen den Wind geschützt war. Die Senke erwies sich als besserer Lagerplatz, als sie gedacht hatte, und die Zeltplane und der Umhang schützten sie gegen die eisigen Böen, die trotz allem über die Böschung in die Niederungen drangen.

Tommy warf noch ein Holzscheit in die Flammen und brummte etwas, das wie »Gute Nacht« klang, bevor er sich zurückzog. Sein Unterstand lag einige Schritte entfernt, und sie konnte ihn lediglich hören, als er sein Nachtlager baute und sich in seine Decken rollte. »Gute Nacht«, erwiderte sie.

An Schlaf war jedoch nicht zu denken. Mit der Dunkelheit, die überraschend schnell auf das Land sank und düstere Nebelschwaden zwischen die Bäume trieb, kehrten auch die düsteren Gedanken zurück, die sie seit ihrem überstürzten Aufbruch aus Skaguay verfolgten. Bei jedem Knacken eines Astes schreckte sie hoch und war erst zufrieden, wenn sie einen Nachtvogel davonfliegen oder einen Fuchs oder ein anderes Tier davonrennen sah. Die Angst vor dem großen Mann im Büffelfellmantel ließ sie nicht los. Wie ein übermächtiger Krieger sah er mit seinem Gewehr aus, gnadenlos und unnachgiebig, sobald er einen Feind aufgespürt hatte. Er würde sie nicht töten. Frank Whittler wollte sie lebend haben, um seine Rache genüsslich auskosten zu können, und würde ihm nur die volle Summe bezahlen, wenn er sie unversehrt nach Vancouver brachte. Aber er würde sie auch nicht mit Samthandschuhen anfassen und sie möglicherweise noch schlimmer behandeln als Whittler.

Wieder knackte ein Ast vor ihrem Unterstand, oder war es ein Harzknoten, der im Feuer aufgesprungen war? Sie schlug die Decken zurück und blickte zum Feuer. Erleichtert stellte sie fest, dass eins der Holzscheite, die Tommy in die Flammen geworfen hatte, in einem Funkenregen zersplitterte. Doch ihr Puls beschleunigte sich erneut, als ein dunkler Schatten hinter dem Feuer aus dem Boden wuchs, mit ausgestreckten Armen nach ihr griff und gleich darauf mit der Dunkelheit verschmolz. Ein Trugbild, das die züngelnden Flammen in ihre Augen gezaubert hatten. Irgendwo rief eine Eule, und ein Nachtvogel erhob sich aus einem der Bäume und flog mit flatterndem Flügelschlag davon.

Sie ermahnte sich zur Ruhe und kroch noch tiefer unter ihre Decken. Ihre rechte Hand stahl sich in die Manteltasche und umklammerte den Revolver. Der kalte Stahl sollte ihr Sicherheit geben, machte sie aber nur noch unsicherer, als würde die Waffe das drohende Unheil nur noch stärker herausfordern. Sie bezweifelte, dass sie den Hünen in der Büffelfelljacke damit vertreiben konnte, und das Risiko, dass er selbst zur Waffe griff oder ihr den Revolver abnahm und sie mit seinen Fäusten bestrafte, war viel zu groß. Dennoch hielt sie den eiskalten Griff umklammert. Sie konnte auf Elche schießen, wenn sie ihre Hunde bedrohten, und auf wilde Tiere, wenn sie angriffen. Warum sollte sie nicht abdrücken können, wenn ein Mann wie dieser Fremde sie bedrohte?

»Man weiß nie, ob man auf einen Menschen schießen kann, bevor man nicht dazu gezwungen ist«, hatte sie mal gelesen. Nicht in einem ihrer Buffalo-Bill-Magazine, sondern in einem schlauen Buch, das ein Soldat über den Krieg geschrieben hatte. Und dort hatte noch etwas anderes gestanden, erinnerte sie sich plötzlich: »Erst wenn du einen Menschen, der dir nahegestanden hat, verloren hast, merkst du, wie sehr du an ihm gehangen hast.« Der Soldat hatte über seine Mutter gesprochen, die bereits unter der Erde lag, als er aus dem Krieg nach Hause zurückgekehrt war, aber sie bezog den Satz auf ihre Liebe zu Alex, nach dem sie sich so sehr sehnte, dass sie am liebsten ständig seinen Namen gerufen hätte. Er durfte sich nicht aus ihrem Leben gestohlen haben, und der Gedanke, dass seine Leiche irgendwo im Ozean schwamm und von blutgierigen Haien angenagt wurde, trieb sie fast zur Verzweiflung.

Wie schnell sich doch das Schicksal gegen einen wenden konnte. Ihre Freundin Dolly hatte es vor wenigen Monaten erfahren müssen, als ihr Ehemann ermordet worden war. Und sie wartete immer noch auf ihren Mann und war plötzlich wieder auf der Flucht vor Frank Whittler und dem geheimnisvollen Fremden in der Büffelfelljacke. Wenn jemand ihr vor ihrer Hochzeit gesagt hätte, dass Alex spurlos verschwinden und sie nur einen Tag später wieder von

Frank Whittler verfolgt würde, von einem Verbrecher wie Soapy Smith erpresst und mit einem mürrischen Indianer wie Tommy vor einem skrupellosen Kopfgeldjäger fliehen müsste, hätte sie ihn für verrückt gehalten. Aber so verhielt es sich tatsächlich, und sie musste sich mit einem grimmigen Lächeln eingestehen, dass ihr eine so fantastische Geschichte vollkommen unglaubhaft vorgekommen wäre, wenn sie in Buffalo Bill's Wild West gestanden hätte.

Sie hörte, wie sich der Indianer aus seinen Decken schälte, aufstand und zwei abgesplitterte Holzscheite von dem entwurzelten Baum in die Flammen warf. Obwohl sie seine Gestalt im Feuerschein nur schemenhaft erkennen konnte, glaubte sie, seinen prüfenden Blick auf sich zu spüren. Sie schloss rasch die Augen und stellte sich schlafend. Auch wenn kaum die Gefahr bestand, dass er etwas sagen würde, wollte sie ihm keine Gelegenheit dazu geben. Der junge Mann machte einen verbitterten Eindruck auf sie und verstörte sie, weil er ständig auf die bösen und raffgierigen Weißen schimpfte. Beteiligte er sich nicht selbst an dem Spiel? Verlangte er nicht einen unverschämten Preis für seine Dienste? Nahm er die Weißen nicht ebenfalls aus?

Clarissa hatte keine Lust, sich mit solchen Gedanken herumzuschlagen, und gab sich stattdessen ihrer Müdigkeit hin. Sie musste ausgeschlafen sein, wenn sie den morgigen Tag meistern wollte. Zur Passhöhe würde der Trail noch beschwerlicher als am vergangenen Nachmittag sein, und sie konnte froh sein, wenn das Wetter hielt und der böige Wind ihr einziger Feind blieb.

Sie wandte sich vom Feuer ab und drehte sich zu der Zeltplane um, die Tommy an zwei starken Ästen befestigt hatte. Sie flatterte und knarrte leise im Wind und ließ nur wenig von der Eiseskälte durch, die der nächtliche Wind in die Senke trieb. Sie brauchte nicht die Augen zu öffnen, um zu wissen, dass der Mond und die Sterne hinter einer dichten Wolkendecke verborgen lagen, und es erschien ihr mehr als wahrscheinlich, dass sie am nächsten Morgen kräftiger Schneefall erwarten würde. Was es bedeutete, mit einen Hundeschlitten über verborgene Pfade oder durch den Tiefschnee auf eine einsam gelegene Passhöhe zu fahren, wusste sie nur zu gut. Nicht nur einmal hatte sie ihren Huskys eine solche Strapaze zumuten müssen. Und damals war ihr weder ein Kopfgeldjäger auf den Fersen gewesen, noch hatte sie sich an einem gut bewachten Posten der Mounties vorbeischleichen müssen.

Ihre Lider wurden schwer. Die Wärme des Feuers strahlte angenehm auf ihren Rücken, und von vorn schützte sie die Zeltplane einigermaßen gegen die sinkenden Temperaturen. Sie hätte gern ihren Schlafsack dabeigehabt, aber der lag in ihrem Blockhaus bei Port Essington und würde ihr nie mehr gute Dienste leisten. Sie besaß nur noch das, was in ihrem Rucksack war, die Kleider, die sie an ihrem Körper trug, ihren Revolver und den Beutel mit dem Gold in ihrer Jackentasche. Inzwischen war sie Sam Ralston sogar dankbar, dass er einen Teil ihres Goldes am Spieltisch riskiert und auf diese Weise ihre Ersparnisse verdoppelt hatte. Kein Vermögen, aber doch so viel, dass sie den Indianer bezahlen und in Dawson City über die Runden kam, bis Alex nachgekommen war. Spätestens im Frühjahr würde er sie mit seiner Ankunft überraschen, verlegen wie ein Schuljunge vor ihrer Blockhütte oder ihrem Zelt stehen und sie vielleicht sogar mit einem kleinen Geschenk überraschen. »Hallo, Clarissa«, würde er mit seinem unverwechselbaren Lächeln sagen, »da bin ich wieder. Sorry, aber eher ging es einfach nicht. Da war dieser Grizzly, und ich hatte gerade meine Stiefel ausgezogen und konnte noch froh sein, dass ich ins Meer fiel, nachdem er mir ordentlich eine verpasst hatte, sonst hätte er mich zerrissen, und … Nun, ja … im Wasser wurde es mir schwarz vor den Augen, und als ich wieder aufwachte, hatten mich ein paar Indianer in ihr Kanu gezogen und in ihr Dorf gebracht. Ich blieb den ganzen Winter bei ihnen und hab es nur dem Hokuspokus dieses Medizinmannes zu verdanken, dass ich noch geradeaus gehen kann. Du hast doch inzwischen keinen anderen geheiratet, oder? Ach ja … Ich hab dir auch was mitgebracht.«

So oder so ähnlich würde er sich ausdrücken, und nur so konnte es gewesen sein. So hatte sie es sich in ihren Träumen zurechtgedacht. Er würde nach Dawson City kommen, und sie würden in die Wildnis gehen und etwas Neues anfangen.

Sie vergaß Frank Whittler und ihren geheimnisvollen Verfolger in der Büffelfelljacke und begegnete ihm erst wieder in dem schrecklichen Traum, der sie gleich nach dem Einschlafen heimsuchte. Ein Albtraum, der ihr Herz immer rascher schlagen und ihren Atem immer heftiger gehen ließ. Der Kopfgeldjäger verfolgte sie, er stand auf dem Trittbrett eines Hundeschlittens und ließ die Peitsche knallen, trieb seine Hunde unbarmherzig an. Sie war zu Fuß unterwegs, stapfte unbeholfen durch den Tiefschnee, blieb immer wieder stecken und sackte so tief ein, dass sie sich kaum noch bewegen konnte. Jedes Mal, wenn sie sich nach ihrem Verfolger umdrehte, war er näher gekommen, keine zwanzig

Schritte war er noch hinter ihr, und sie konnte bereits das wilde Glitzern in seinen Augen erkennen, den Triumph eines Wilden, der seine Beute eingeholt hat und sicher glaubt. Sie stürzte zu Boden, sackte erneut in den verharschten Schnee und schrie vor Entsetzen, als der Fremde die Hunde und seinen Schlitten über sie hinwegtrieb, noch einmal mit der Peitsche zuschlug, bevor sie stöhnend im eisigen Schnee versank und endgültig das Bewusstsein verlor.

30

Etwas Feuchtes berührte sie an der Wange. Feucht und warm und etwas rau, wie die Zunge ihres Leithundes, wenn er an ihr hochgesprungen war und sie freudig begrüßt hatte. Sie hatte Smoky nicht vergessen. Aus dem übermütigen Tollpatsch, der in seiner Jugend ständig ermahnt werden musste, war ein erfahrener Leithund geworden, auf den sie sich hundertprozentig verlassen konnte. Sein verstauchter Vorderlauf war inzwischen sicher verheilt, und die beiden fehlenden Zähne würden ihn nicht daran hindern, kräftig zuzubeißen.

Wieder berührte sie die feuchte Zunge. Sie glitt sanft über ihre Haut, ein angenehmes Gefühl, das die quälenden Träume vertrieb, die sie während der Nacht gepeinigt hatten, und sie die Kälte vergessen ließ. Auch das leise Knurren klang vertraut, die Aufforderung, mit ihm zu spielen, und doch forscher und erwachsener, als sie es von Smoky gewöhnt war. Bones, erkannte sie, der geheimnisvolle Wolf war ihr tatsächlich gefolgt und hatte sie selbst in dieser abgelegenen Wildnis gefunden. »Bones!«, flüsterte sie in Gedanken.

Gleichzeitig schreckte sie hoch und sank beinahe im selben Augenblick wieder zurück. Mit schmerzverzerrtem

Gesicht blieb sie in ihren Decken liegen. Ihr Kopf … Was war nur mit ihrem Kopf passiert? Unter ihrer Schädeldecke dröhnte und hämmerte es, als wäre sie in voller Fahrt vom Schlitten gefallen und gegen einen Baum gestürzt. Vor ihren Augen wallte schwarzer Nebel und ließ sie nicht erkennen, ob es noch dunkel oder schon wieder hell war, und ob sie noch in ihrem Traum verharrte oder wieder in der Wirklichkeit angekommen war. Eine Zeit lang war der Schmerz so groß, dass sie zu keinem klaren Gedanken mehr fähig war und ihre ganze Kraft darauf verwenden musste, das ständige Pochen und Hämmern zu ertragen oder den Verstand zu verlieren.

Nur ganz allmählich ließ der Schmerz nach und wich einem unangenehmen Brennen, das sich auf ihrem Kinn und ihrer linken Wange ausbreitete. Keine feuchte Zunge mehr, keine sanfte Berührung, nur dieses unangenehme Brennen, als hätte sie mit einer Gesichtshälfte im glühenden Holz gelegen. Sie war verletzt, so viel erkannte sie selbst in ihrem verwirrten Zustand, irgendetwas hatte sie am Kopf getroffen, an der linken Wange und am Kinn. Sie berührte vorsichtig die schmerzenden Stellen und fühlte etwas Feuchtes, zog die Hand rasch zurück und sah das Blut an ihren Fingern. Es fühlte sich klebrig an, als wäre die Verletzung schon einige Stunden alt und das Blut leicht geronnen.

Sie versuchte erneut, sich aufzusetzen, schaffte es bis auf die Ellbogen und sank erneut zurück. Wieder schlug sie mit dem Kopf auf den Boden und verlor das Bewusstsein, zumindest kam es ihr so vor. Mehrere Sekunden spürte sie nur Leere im Kopf, dann löste sich der Schmerz in den schwarzen Nebeln auf, die wieder vor ihren Augen tanzten. Ein

Zustand, den sie als Erlösung empfand, kein Pochen und Hämmern mehr und auch nicht dieses unangenehme Brennen an ihrer Wange und am Kinn. Wie erlösender Schlaf nach einem anstrengenden Tag, der alle Sorgen und allen Kummer vertreibt.

Ein Lächeln glitt über ihr Gesicht, als das freundliche Knurren erklang, und die Zunge erneut über ihre Wange strich. Wie eine heilende Salbe legte sich die Feuchtigkeit über ihr Gesicht und ließ sie alles vergessen, was sie in den wenigen Minuten, die sie wach gewesen war, gefühlt hatte. »Bones!«, flüsterte sie in Gedanken. »Alter Haudegen … Du bist mir tatsächlich gefolgt! Wie geht es dir, Bones? Ich bin verletzt, nicht wahr? Irgendwas hat mich am Kopf und im Gesicht getroffen. Du musst mir helfen, mein Freund. Ich … Oh verdammt, Bones! Jetzt tut es wieder weh! Wo bist du, Bones? Wo bist du?«

Sie öffnete die Augen und stellte fest, dass sie allein war. Statt der feuchten Zunge schmolzen dicke Schneeflocken auf ihrem Gesicht und verstärkten das Brennen, das sich mit der plötzlichen Kälte zu einem unangenehmen Gefühl verband, das noch schlimmer als das Brennen war. Sie erduldete den Schmerz eine ganze Weile, realisierte erst dann, dass sie wieder erwacht und in der Wirklichkeit angekommen war. Vorsichtig griff sie sich an die Wange und ans Kinn. Die Haut war immer noch blutverschmiert, aber es gab keine klaffenden Stichwunden oder Risse. Sie musste im Traum aufgestanden und gegen einen Baum geprallt sein … Aber dann hätte sie doch schreien müssen, und der Indianer hätte ihr geholfen. Oder war sie sofort bewusstlos gewesen?

Stöhnend richtete sie sich auf, diesmal langsamer und vorsichtiger, und schaffte es bis auf die Ellbogen. Die schwarzen Nebel kehrten zurück und verschwanden erst, nachdem sie eine Weile die Augen geschlossen und neue Kraft geschöpft hatte. Das Brennen ließ etwas nach, und auch das dumpfe Gefühl in ihrem Hinterkopf quälte sie nicht mehr so stark wie beim ersten Mal. Sie ließ sich Zeit, verharrte minutenlang auf den Ellbogen, um nicht wieder zurückzufallen und mit dem Kopf auf den Boden zu prallen. Selbst die Decken und die Fichtenzweige boten nicht genügend Schutz, sie waren verrutscht und gaben teilweise den verharschten Schnee und das blanke Eis frei.

Benommen starrte sie in die plötzliche Helligkeit, die sich vor ihren Augen ausbreitete. Ihre Sicht war noch immer verschwommen, wie trüber Dunst waberte das Licht vor ihren Augen, und erst, als sie sich behutsam den Schnee vom Gesicht wischte, konnte sie wieder halbwegs klar sehen. Es hatte wieder zu schneien begonnen. In ihrem Unterstand und unter den Bäumen war sie einigermaßen geschützt, und nur wenige Flocken verirrten sich in ihr Gesicht, aber über der Senke wirbelten die Flocken so dicht, dass man kaum den Waldrand auf der anderen Seite der Lichtung erkennen konnte. Die Wolken schienen den Boden zu berühren, so tief hingen sie.

Ihr Blick ging zum Feuer, das beinahe erloschen war, und wanderte zu der Stelle, an der Tommy seinen Unterstand errichtet hatte. Die Zeltplane war verschwunden, und auch er war nicht mehr da. Sie vergaß ihren Schmerz, die Erkenntnis traf sie wie ein Schlag ins Gesicht: Der Indianer hatte sie allein gelassen. Sein Hundeschlitten war weg. »Tommy!«, rief sie. »Tommy, wo bist du?« Doch ihre Rufe blieben unbeantwortet, und man hörte nur das Rauschen des Windes in den Baumkronen und das leise Knistern des verlöschenden Feuers.

Sie stemmte sich vom Boden hoch und lehnte sich gegen einen Baum, bis sie keine Angst mehr haben musste, das Gleichgewicht zu verlieren. Nur widerwillig realisierte sie, was geschehen war. Sie war nicht schlafgewandelt und auch nicht gestürzt. Der Indianer hatte sie bewusstlos geschlagen und war mit seinem Hundeschlitten verschwunden. Sie griff sich erneut an die aufgeschrammte Wange. Er hatte ihr einen oder auch zwei Fausthiebe verpasst und sie außer Gefecht gesetzt. Der beste Beweis dafür, wie wenig er von den Traditionen seines Volkes hielt, und wie wenig er sich noch als Indianer fühlte, denn sonst hätte er sich niemals an einer Frau vergriffen. Kein Mann, weder weiß noch rot und selbst in dieser einsamen Wildnis, schlug eine Frau. Selbst die leichten Mädchen in Skaguay konnten sich einigermaßen sicher fühlen.

»Mein Gold!«, rief sie erschrocken und griff in die linke Anoraktasche. Sie war leer. Der Beutel mit ihren ganzen Ersparnissen war verschwunden. Tommy hatte sie bestohlen! Sie griff in die rechte Tasche und fühlte auch dort keinen Widerstand. Der Revolver war ebenfalls nicht mehr da! Er hatte ihr das Gold und den Revolver genommen und sie allein in der Wildnis zurückgelassen, wollte wohl weit genug entfernt sein, wenn sie es tatsächlich schaffte, sich aus dieser Zwangslage zu befreien. Auch wenn er sie nicht getötet hatte, würde er für ein solches Verbrechen am Galgen oder zumindest für etliche Jahre hinter Gittern landen, geächtet selbst von anderen Verbrechern, weil er gegen eines der ungeschriebenen Gesetze der Wildnis verstoßen hatte. Nicht mal einen Feind ließ man ohne Waffe in der Wildnis zurück.

Und nicht nur die Waffe und das Gold hatte er genommen, auch ihren Rucksack und die Notration, die jeder Fallensteller auf ausgedehnten Fahrten und Wanderungen durch den Busch mit sich führte, die Streichhölzer, das Trockenfleisch, den Verband und die Lederschnüre, die Wundsalbe. Ein solches Vorgehen kam einem Mordversuch gleich, und so würden auch die meisten Richter entscheiden. Warum hatte Tommy das bloß getan? Weil sie eine Weiße war? Weil die Weißen den Indianern das Land genommen hatten, und er der Meinung war, sich nur das genommen zu haben, was ihm zustand? Weil er beim Anblick der zahlreichen Goldsucher, die zu den Goldfeldern strömten, neidisch geworden war und selbst ein reicher Mann werden wollte? Weil er plötzlich weiß sein wollte? Oder hatte er ihr nur nicht in die Augen blicken wollen, wenn er sie bestahl?

Sie blieb gegen den Baum gelehnt stehen und versuchte sich über ihre Lage klar zu werden. Dem Indianer konnte sie nicht folgen. Er hatte einen Vorsprung von mindestens drei Stunden und würde sie wahrscheinlich erschießen, falls sie ihm wider Erwarten zu nahe kam. Auf den Trail konnte sie nicht zurück, weil der Fremde in der Büffelfelljacke dort zuerst suchen würde und sie außerdem Gefahr lief, von den Mounties erwischt zu werden. Für sie konnte es nur darum gehen, am Leben zu bleiben, abseits der bekannten Pfade, um unentdeckt über die kanadische Grenze zu kommen und dem Kopfgeldjäger und den Mounties aus dem Weg zu gehen. Ein beinahe unmögliches Unterfangen, das selbst im gesunden Zustand kaum zu meistern war.

Nach einigen tiefen Atemzügen, mit denen sie sich Mut machen wollte, wandte sie sich vom Feuer ab. Wenn sie abseits des White Pass Trails über die Grenze kommen wollte, musste sie sich nach Norden wenden. Über die weite Senke und durch den Wald auf der anderen Seite und den baumlosen Hang hinauf, der zu der Passhöhe führte. Und dort blieb ihr die Wahl, sich durch den Tiefschnee an der Grenzstation vorbeizuschleichen, möglichst bei Nacht, um erst am Yukon River wieder auf Menschen zu stoßen. Am Ufer des zugefrorenen Flusses lagerten Hunderte Goldgräber, sogar Familien mit Kindern, wie sie gehört hatte, und sie würde dort sicher irgendwo unterkommen. Dort würde sie auf Alex warten oder im Frühjahr nach Dawson weiterziehen.

Wie unrealistisch ihre Chancen waren, diese Mammutaufgabe zu bewältigen, wusste sie natürlich selbst, aber es gab keine andere Möglichkeit, wenn sie eine Chance auf eine neue Zukunft haben wollte. Also blieb ihr nichts anderes übrig, als die Herausforderung anzunehmen. Wenn sie nicht im Schnee erfrieren wollte, musste sie es wenigstens versuchen, auch ohne Hundeschlitten und Schneeschuhe, aber zumindest in der passenden Kleidung.

Ohne länger zu zögern, machte sie sich auf den Weg. Sie stürzte schon nach wenigen Schritten, weil sie sich zu schnell bewegt hatte, rappelte sich sofort wieder auf und ging weiter, einen leisen Fluch auf den Lippen. Unbändige Wut auf den Indianer, aber auch auf den Kopfgeldjäger, der ihr den Rückweg nach Skaguay versperrte, wo sie wenigstens einigermaßen sicher gewesen wäre, hatte den Schmerz verdrängt und ließ sie finster entschlossen das Unmögliche versuchen. Mit ausgestreckten Armen tastete sie sich wie eine Blinde in dem treibenden Schnee vorwärts, immer darauf bedacht, nicht das Gleichgewicht zu verlieren, weil es sie übermäßige Kraft kostete, wieder aufzustehen.

Trotz des eisigen Windes war das Schneetreiben noch zu ertragen. Sie hatte keine Schwierigkeit, den Waldrand auf der anderen Seite im Auge zu behalten, auch wenn er in dem nebligen Dunst nur als schwarze Wand zu erkennen war. Die kahlen Hänge und die Gletscher, die sich dahinter auftürmten, konnte sie nur erahnen. So eine Herausforderung bewältigte sie nur in kleinen Schritten, und indem sie sich immer neue Ziele setzte. Der Hügelkamm oberhalb der Schneewehen, die abgebrochenen Äste, die zwanzig Schritte weiter im Schnee lagen. Unglücklicherweise war der Schnee an den meisten Stellen so tief, dass sie bei jedem Schritt tief einsackte und ihre ganze Kraft brauchte, um ihr Bein herauszuziehen, so wie vor einigen Wochen, als sie und Dolly versucht hatten, den vereisten Hang zu erklimmen.

Nur weil sie weite Umwege in Kauf nahm, um möglichst auf den weniger verschneiten Hügelkämmen gehen zu können, kam sie einigermaßen vorwärts. Mit der Beharrlichkeit einer Frau, die schon mit dem geheimnisvollen Verschwinden ihres Mannes auf eine harte Probe gestellt wurde und sich seit mehr als einem halben Jahr weigerte, an seinen Tod zu glauben, kämpfte sie sich vorwärts, den Kopf gegen den treibenden Schnee gesenkt. Irgendwann, nach einer Zeit, die ihr wie eine Ewigkeit vorkam, erreichte sie den Waldrand. Sie wusste nicht, wie viel Zeit seit ihrem Aufbruch vergangen war, schätzte aber, dass es mehrere Stunden waren, und ihr nur noch wenig Tageslicht blieb. Vielleicht war es noch später Morgen, vielleicht aber auch Mittag oder schon Nachmittag. Bei dem bedeckten Himmel ließ sich das kaum erkennen.

Unter den Bäumen am Waldrand gönnte sie sich zum ersten Mal eine kurze Pause. Erst jetzt spürte sie, wie mühsam der Marsch durch die Senke gewesen war, und wie sehr ihre Beine vom anstrengenden Stapfen schmerzten. Sie stützte sich an einem Baum ab und rang nach Atem. Die eisige Luft hatte sich auf ihre Bronchien gelegt und ließ sie keuchen. Durch die Anstrengung geriet sie ins Schwitzen und war dadurch der Kälte noch stärker ausgesetzt. Was habe ich bloß getan, um diese Strafe zu verdienen, fragte sie sich. Warum hatte sie nicht Slocum Joe als Führer verpflichtet, dann wäre sie jetzt vielleicht schon auf kanadischer Seite. Mehr Pech und größeres Unglück konnte ein Menschen doch nicht haben.

Im Wald kam sie schneller voran, aber unter den dichten Baumkronen war es auch düsterer und schwieriger, die Richtung beizubehalten. Sie war keine Indianerin, die auch ohne Sonne oder Sterne in der unwegsamsten Wildnis niemals die Orientierung verlor. Sie blieb jedoch auf Kurs, vertraute einem durch mehrere Spuren markierten Wildpfad und sah bereits die Helligkeit durch die Bäume schimmern, als sie das leise Scharren von Schlittenkufen und das Hecheln von Hunden zu hören glaubte. Augenblicklich blieb sie stehen. Der Fremde mit der Büffelfelljacke? Hatte er sich einen Schlitten besorgt, um sie noch vor der Grenze einzuholen? Ahnte er, welchen Weg sie genommen hatte? Zuzutrauen war es dem Mann mit dem grimmigen Gesicht.

Sie lauschte angestrengt, konnte aber nichts mehr hören. Vielleicht war es doch nur Einbildung, genährt von der Angst, dem Hünen in die Hände zu fallen. Oder ein Tier, das durchs Unterholz gebrochen war. Nach ein paar Schritten hielt sie wieder inne. Sie glaubte eine männliche Stimme zu hören, ein Mann, der seine Schlittenhunde anfeuerte. Alex, dachte sie für einen kurzen Augenblick. Alex ist zurückgekommen und sucht nach mir! Aber selbst wenn er den Schlitten steuerte, war das Risiko, seinen Namen zu rufen, viel zu groß und würde ihr Ende bedeuten, falls der Kopfgeldjäger auf dem Schlitten stand.

Von aufkommender Panik getrieben, lief sie weiter, langsamer jetzt, falls wirklich jemand in der Nähe war. Doch als sie das nächste Mal stehen blieb, waren weder das Scharren von Kufen, noch hechelnde Hunde oder eine männliche Stimme zu hören, und als sie kurz darauf wieder verharrte und angestrengt lauschte, war es ebenso still. Ich habe mich wohl doch getäuscht, beruhigte sie sich und beschleunigte ihre Schritte, vor lauter Angst und Panik sehe ich schon Gespenster. Reiß dich zusammen, feuerte sie sich in Gedanken an, du bist nicht zum ersten Mal in der Wildnis. Du schaffst das, Clarissa, und danach brechen wieder bessere Zeiten für dich an. Ein Mensch kann nicht ständig alles Unglück anziehen. Der Herr belohnt dich, indem er dir Alex zurückschickt und dir eine neue Zukunft in der Wildnis am Yukon ermöglicht.

Als sie endlich den Waldrand erreichte, blieb keine Zeit mehr für solche Gedanken. Nur wenige Schritte von den

Bäumen entfernt wartete ein steiler Hang, dessen Kamm hinter düsteren Schleiern verborgen lag und wohl nur den ersten Anstieg zur Passhöhe bedeutete, denn kaum lichtete der böige Wind für einen Augenblick den Dunst, erkannte sie die schemenhaften Umrisse weiterer Bergkämme, die sich erst in den nahen Gletschern zu verlieren schienen. Schon unter normalen Bedingungen war es beinahe unmöglich, diesen steilen und vereisten Hang zu erklimmen, doch inzwischen blies der Wind noch stärker von den Gletschern herab, und es wäre selbst mit einem Hundeschlitten schwierig geworden, das Hindernis zu überwinden. Wirbelnde Schneeflocken rauschten wie schäumende Gischt über den Hang.

Clarissa sank niedergeschlagen zu Boden und verbarg ihr Gesicht in beiden Händen. Sie war viel zu entsetzt, um den plötzlichen Schmerz zu spüren, als sie die blutigen Schrammen berührte, und auch zu erschöpft, um zu weinen oder ihre Verzweiflung in den Wind zu schreien. Sie würde eine weitere Nacht in der Wildnis verbringen müssen. Ihr blieb gar keine andere Wahl, wenn sie wenigstens eine kleine Chance haben wollte, über die Grenze zu kommen. Bei diesem Wetter war es unmöglich! Sie musste warten, bis der Wind und das Schneetreiben nachließen, aber wann würde das sein? Oder war sie gezwungen, den Rückweg anzutreten und sich den Mounties zu stellen, um wenigstens dem Kopfgeldjäger zu entkommen? Der Gedanke, noch einmal die Senke überqueren zu müssen, ließ sie schaudern.

Ein vertrautes Geräusch trieb sie vom Boden hoch. Die Anfeuerungsrufe eines Mannes, das Scharren der Schlittenkufen, das Hecheln der Hunde, sie hatte sich also doch nichts eingebildet, und als sie in den Wald blickte, sah sie ihn auch kommen, eine dunkle Gestalt auf einem Schlitten, von sechs oder acht Hunden gezogen, eine Hand an der Haltestange und die andere erhoben, so nahe schon, dass er sie längst gesehen haben musste und nur noch sein Gewehr von der Schulter zu nehmen brauchte. »Der Fremde!«, flüsterte sie.

31

In ihrer Verzweiflung stürmte Clarissa in den Schneesturm hinein. Sie kam keine drei Schritte weit, schien gegen eine unsichtbare Wand zu laufen und wurde von dem böigen Wind zu Boden geschleudert. Sie stemmte sich hoch, rannte wieder gegen den Wind an, schaffte taumelnd ein paar Schritte, bevor sie erneut stürzte. Einen Atemzug lang blieb sie auf dem harten Schnee liegen, sie weinte vor Wut und Verzweiflung und kam noch einmal hoch. Dann wandte sie ihre ganze Kraft auf, um den stürmischen Wind zu besiegen, schaffte sogar ein paar Schritte mehr, um gleich darauf von einer heftigen Böe erfasst und an den Waldrand zurückgeschleudert zu werden. Sie prallte mit der Hüfte gegen einen Baum und mit dem Kopf gegen einen zweiten Baum. Sie konnte von Glück sagen, dass ihre dicke Fellmütze den Aufprall so stark bremste, dass sie nur das Bewusstsein verlor. Reglos blieb sie im vereisten Schnee liegen.

Sie bemerkte nicht, wie der Mann, der inzwischen den Waldrand erreicht hatte, seinen Schlitten bremste und die aufgeregten Huskys beruhigte. Ihre Augen waren fest geschlossen, als er vom Trittbrett sprang und zu ihr lief, sie flüchtig untersuchte und erleichtert aufatmete, als er erkannte, dass sie sich nichts gebrochen und offensichtlich nur starke Prellungen und wahrscheinlich eine starke Gehirnerschütterung davongetragen hatte. »Bleiben Sie ganz ruhig, Ma'am«, sagte er, obwohl er wusste, dass sie ihn nicht hören konnte. »Sie sind in Sicherheit! In einer halben Stunde liegen Sie in einem warmen Bett!«

Er breitete ein paar Wolldecken auf seinem Schlitten aus, legte Clarissa darauf und wärmte sie mit weiteren Decken. Er band sie mit Lederschnüren an die Ladefläche. »Tut mir leid, Ma'am«, sagte er. »Der Trail ist nicht besonders eben, und die Fahrt wird ein wenig rau werden, aber anders geht es leider nicht.« Er zog den Anker aus dem Schnee und bedeutete den Hunden, dass es weiterging. »Hey … Nicht so stürmisch, Bunker!«, warnte er seinen Leithund. »Wir haben eine wertvolle Fracht! Sei vorsichtig! Bobby! Elliott! Das gilt auch für euch! Spart euch eure Alleingänge für den nächsten Trip!«

Clarissa stöhnte leise, als die Hunde losrannten und den Schlitten über die erste Bodenwelle zogen. Durch den Wald trieb der Fremde sein Team über den festen Schnee, bog in einen Hohlweg, der in eine tiefe Schlucht zu führen schien, aber schon bald wieder nach oben ging und am Waldrand auf tiefe Schneeverwehungen stieß. »Ich dachte mir schon, dass hier Arbeit auf uns wartet«, sagte er, »aber keine Angst, Ma'am, das haben wir gleich.« Er sicherte den Schlitten und schnallte seine Schneeschuhe über die Stiefel, lief ein paar Schritte auf der Stelle, bis sie fest saßen, und schob den Schlitten an. »Vorwärts, Bunker! Jetzt heißt es arbeiten! Der Winter ist zurück, falls du's noch nicht gemerkt hast! Streng dich an, sonst kommen wir nie mehr nach Hause!«

Die Huskys erkannten schon an seinem Tonfall, dass sie besonders gefordert waren, und gruben sich tief in die Schneewehen. Der Mann, der sie antrieb, unterstützte sie nach Leibeskräften, stemmte sich mit seiner ganzen Kraft gegen den Schlitten und schob ihn durch den angehäuften Schnee. Nur die Schneeschuhe verhinderten, dass er bis zu den Knien einsank. Die Hunde zeigten, wozu sie fähig waren, wenn man sie genügend forderte, und stießen wagemutig mit ihren Schnauzen in den tiefen Schnee. Sie gruben sich durch das Hindernis, bis sie wieder festen Boden erreichten, und der Mann sie anhielt.

Er band gerade seine Schneeschuhe an die Haltestange, als Clarissa für einen Moment die Augen öffnete. Ihr Kopf schmerzte jetzt noch stärker als vor einigen Stunden. Wie lange war es jetzt überhaupt her, dass sie zu ihrem Gewaltmarsch aufgebrochen war? Sie hatte jegliches Gefühl für Zeit und Raum verloren und spürte nur den heftigen Schmerz, der wieder in ihrem Kopf rumorte. Starker Schwindel hatte sie ergriffen und gaukelte ihr vor, das Gleichgewicht zu verlieren und vom Schlitten zu fallen, obwohl man sie festgebunden hatte.

War sie eine Gefangene? Hatte der Kopfgeldjäger sie gefunden und gefesselt? Sie war viel zu benommen, um einen Gedanken zu Ende zu führen, und drohte bereits wieder in der Bewusstlosigkeit zu versinken, als das Gesicht des Mannes, der sie gerettet hatte, über ihr auftauchte. Eisiges Entsetzen ergriff sie! Der Mann trug die gleiche Büffelfelljacke wie der Kopfgeldjäger, den Frank Whittler geschickt hatte. Erst beim zweiten Hinsehen erkannte sie, dass er eine andere Fellmütze mit herunterklappbaren Ohrenschützern trug. An seiner Jacke haftete ein Abzeichen aus Metall, das ihn als Inspector der North West Mounted Police auswies, aber das war viel zu klein, sie sah nur das Blitzen des silbernen Wappens im trüben Licht. Ein Mountie, dachte sie.

»Ma'am … Sie sind in Sicherheit, Ma'am«, hörte sie seine sonore Stimme, denn sie hatte bereits wieder die Augen geschlossen und ergab sich ihrem Schmerz. »Ich bin Inspector Paul Sherburne von der North West Mounted Police. Nach Skaguay ist es zu weit. Ich bringe Sie zu unserem Grenzposten.«

Seine letzten Worte hörte sie nicht mehr, sonst hätte sie wohl vor Angst wieder die Augen geöffnet. Stattdessen versank sie erneut in einem dunklen Nebel, der sie sanft umfing und den Schmerz nahm. Lediglich ihr unkontrolliertes Stöhnen blieb, als der Mountie die Hunde antrieb und einem Trail folgte, der in zahlreichen Windungen zur Passhöhe führte. Durch die riesigen Felsen, die wie scharfkantige Keile aus dem Boden ragten, und verkrüppelte Kiefern, die Spalier für sie zu stehen schienen, waren sie dort einigermaßen gegen den heulenden Wind geschützt. Erst als sie die Felsen hinter sich ließen, erfasste sie der Sturm mit voller Wucht, und wären der Mountie und seine Hunde nicht so ein eingespieltes Team gewesen, hätten sie dort wahrscheinlich kapitulieren müssen. »Go! Go! Go!«, feuerte Sherburne die Huskys an. »Nicht schlappmachen, meine Lieben! Von dem bisschen Wind lassen wir uns doch nicht den Spaß verderben!« Der Wind riss ihm die Worte von den Lippen, doch die Hunde hörten und spürten ihn vor allem und setzten alles daran, den steilen Trail so schnell wie möglich zu überwinden.

Auf dem Hügelkamm hielt Sherburne den Schlitten an einer windgeschützten Stelle zwischen einigen Felsen an und rammte den Anker in den Schnee. »Ich wusste doch, dass ich mich auf euch verlassen kann!«, rief er seinen Huskys zu. Er stieg vom Trittbrett und wischte sich den Schnee und die Eissplitter vom Gesicht, wandte den Kopf zur Seite, als ein Windstoß durch die Felsen fuhr und ihn und den Schlitten traf. »Das wird ein kalter Winter, Bunker! So mieses Wetter hatten wir im letzten Oktober noch nicht.«

Clarissa erlangte erneut das Bewusstsein und sah in das lächelnde Gesicht des Mounties, als er sich über sie beugte und ihr behutsam das Gesicht säuberte. Sie blieb lange genug wach, um seine freundlichen Augen und seinen leicht grauen Schnurrbart zu erkennen. »Sie haben ganz schön was abbekommen«, sagte er, als er die Schrammen auf ihrer Wange und an ihrem Kinn bemerkte. »Ist aber nichts gebrochen, keine Angst! Ein paar Tage Bettruhe, und Sie sind wieder auf dem Damm. Was wollten Sie nur da oben? Sind Sie vom Trail abgekommen? Selbst wenn Sie den vereisten Hang geschafft hätten, wären Sie auf der anderen Seite mächtig in Schwierigkeiten gekommen. Da wagen sich nicht mal Indianer hin. Ich war nur dort, weil wir es in letzter Zeit verstärkt mit Schmugglern zu tun haben. Sie können von Glück sagen, dass ich Sie gefunden habe, Ma'am, sonst hätte es schlecht für Sie ausgesehen.« Er legte ihr eine Hand an die Wangen. »Hören Sie mich noch, Ma'am?«

Sie brachte nicht mehr die Kraft auf, ihm zu antworten und hörte seine Stimme nur noch aus scheinbar weiter Ferne. Aber ihr Klang war angenehm und beruhigend und ließ sie den Schmerz vergessen, der jedes Mal aufflackerte, wenn sie die Augen öffnete. Er war ein freundlicher Mann, dieser Mountie, auch wenn sich sein Tonfall bald ändern und er ihr wahrscheinlich Handschellen anlegen würde.

»Wir haben nicht mehr weit«, versprach er lächelnd. »In spätestens einer halben Stunde sind wir da. Und das Schlimmste liegt bereits hinter uns.«

Er überprüfte die Lederriemen, mit denen er sie an den Schlitten gebunden hatte, und kümmerte sich um seine Hunde, die offensichtlich eifersüchtig waren, weil er der Frau auf dem Schlitten so große Aufmerksamkeit schenkte und sie vollkommen zu vergessen schien. »Keine Angst, ich weiß, was ich an euch habe!«, beruhigte er vor allem Bunker, seinen Leithund, der stets besondere Beachtung verlangte. Er kraulte ihn hinter den Ohren und klopfte ihm aufmunternd auf den Rücken. »Du bist ein ganzer Kerl, Bunker!« Er wandte sich an die anderen Hunde. »Und ihr natürlich auch! So, jetzt müssen wir aber weiter! Bald wird es dunkel, und die Lady braucht dringend Ruhe, kapiert?«

Durch eine weitere Senke fuhren sie zwischen lichten Baumbeständen hindurch und am Ufer eines zugefrorenen Sees entlang nach Nordwesten. Der Sturm hatte merklich abgeflaut, dafür war es kälter geworden, und Sherburne hielt noch einmal an und zog Clarissa den Schal über die Nase, bevor er seinen eigenen zurechtrückte und die Hunde anfeuerte. In dem Neuschnee, der mit dem Wind gekommen war, fanden die Huskys besonders sicheren Halt, und weil der Mountie die Kufen gründlich eingefettet hatte, glitt auch sein Schlitten sicher über den Trail. Sie waren bereits auf kanadischer Seite und folgten einem der befestigten Wege, die Indianer für die North West Mounted Police erkundet hatten. Die ersten Schatten der Dämmerung legten sich über das Land, und nur über den schneebedeckten Gipfeln der Gletscher hing noch ein heller Schimmer.

Der Grenzposten lag im Schutz einer steilen Felswand, der ihn vor den eisigen Nordwinden schützte, und war von Kiefern umgeben, die in dieser Höhe aber eher klein und verkrüppelt aussahen. Die Blockhäuser, ein Haupthaus mit dem Büro, dem Gemeinschaftsraum, der Küche und dem Zimmer des Inspectors, ein zweites mit dem Schlafraum der vier Constables, die ihm unterstellt waren, und einem weiteren, das vor allem als Gerätekammer diente, hoben sich selbst im Dämmerlicht deutlich gegen den Schnee ab. Der an dieser Stelle breite White Pass Trail führte direkt an den Blockhäusern vorbei, war aber im Winter meist verlassen, weil die meisten Goldsucher in Skaguay auf den Frühling warteten und erst dann über den Pass wollten.

Clarissa erwachte gerade wieder aus ihrer Bewusstlosigkeit, als Sherburne den Schlitten vor dem Haupthaus anhielt und seine Constables nach draußen rief. »Constables Raleigh und Benson«, sagte er zu den beiden Männern, die erst vor Kurzem nach Norden versetzt worden waren. »Sie bringen die Lady in mein Zimmer. Aber seien Sie vorsichtig, sie hat wahrscheinlich eine starke Gehirnerschütterung und etliche Prellungen. Benson, soweit ich weiß, arbeitet Ihr Vater als Arzt, also zeigen Sie mal, was Sie sich von ihm abgeschaut haben, und untersuchen Sie die Lady. Colfax ...« Damit war das jüngste Mitglied seines Trupps gemeint. »Sie richten mein Nachtlager her und bringen meine persönlichen Sachen ins Schlafhaus. Und Sie, McGill ...«, er blickte einen rothaarigen Burschen an, der nicht viel älter als Colfax sein konnte. »Sie kochen frischen Tee und wärmen die Hühnersuppe aus der Vorratskammer auf … Aber gehen Sie etwas vorsichtiger mit dem Pfeffer um, verstanden?«

»Zu Befehl, Sir. Inspector.«

Während die Soldaten seine Befehle ausführten, spannte Sherburne die Hunde aus und bedankte sich bei jedem Einzelnen von ihnen. Er band sie an ihre Leinen zwischen den Blockhäusern und brachte ihnen das wohlverdiente Futter und lauwarmes Wasser. »So«, sagte er, nachdem er Bunker noch einmal ordentlich liebkost hatte, »jetzt muss ich mich wohl um meinen Damenbesuch kümmern. Bin gespannt, was mir die junge Lady zu erzählen hat …«

Clarissa spürte, wie die beiden Polizisten sie unter den Armen und an den Beinen packten und sie in das Zimmer des Inspectors trugen. Sie hätte vor Schmerz am liebsten geschrien, als einer der Polizisten über die Schwelle stolperte, und verlor noch mal das Bewusstsein. Sie merkte nicht, wie ihr die beiden Constables die Stiefel und nach einigem Zögern auch die restliche Kleidung bis auf die Unterwäsche auszogen und sie säuberlich gefaltet auf die Kiste legten, in der Inspector Sherburne seine persönlichen Sachen aufbewahrte. Constable Benson untersuchte die Frau flüchtig, tastete keinen Bruch und keine inneren Verletzungen und war froh, den Raum verlassen zu dürfen.

Erst die sonore Stimme des Mannes, der sie gerettet hatte, weckte Clarissa endgültig. Mit ihr kehrte auch das Dröhnen in ihrem Kopf zurück, und sie hätte am liebsten gleich wieder die Augen geschlossen und den Schmerz vergessen. Doch irgendwann musste sie sich der Wirklichkeit stellen, und warum sollte sie es nicht gleich tun, solange sie noch benommen war, und sie die Wahrheit vielleicht leichter ertragen konnte. Oder wussten die Mounties gar nicht, dass man in Vancouver nach ihr suchte? Hatten sie keinen Haftbefehl?

Sie versuchte, den Schmerz zumindest ein wenig auszuschalten, und konzentrierte sich auf den Mann, der vor ihr stand. Sherburne … Inspector Paul Sherburne; hatte er sich unterwegs nicht vorgestellt? Aber vielleicht hatte sie seinen Namen auch nur geträumt. Er war ein stattlicher Mann, hielt sich gerade wie ein General und strahlte eine gewisse Würde aus. Sein Gesicht war etwas zu hart und kantig, die Augen scharf, die Lippen schmal, das Kinn leicht vorgeschoben wie bei einem Mann, der genau wusste, was er wollte. Sein angegrauter Schnurrbart ließ ihn wahrscheinlich älter erscheinen, als er wirklich war, seine Haare wirkten inzwischen wohlgekämmt und sauber gescheitelt. Er hatte ein sympathisches Lächeln und erinnerte sie ein wenig an Alex.

Seine Kleidung war einfach: dunkle Baumwollhosen, weißes Hemd und Pullover, einfache Schnürschuhe. Und sie hatte geglaubt, die Mounties würden zu jeder Gelegenheit ihre rote Uniform tragen.

Sherburne schien ihre Gedanken zu erraten. »Auf diesem entlegenen Posten nehmen wir es mit der Kleiderordnung nicht so genau, schon gar nicht im Winter.« Weil er nicht wusste, ob sie ihn unterwegs verstanden hatte, stellte er sich noch einmal vor und wiederholte, in welche Gefahr sie sich auf dem steilen Hang gebracht hatte. »Wer sind Sie, Ma'am?«, fragte er noch einmal. »Was hatten Sie da oben zu suchen? Sind Sie vom Weg abgekommen?«

»Ich … ich …« Sie wusste nicht, was sie sagen sollte.

»Sie haben doch nicht das Gedächtnis verloren?«

»Nein …« Sie brachte ein Lächeln zustande. »Es ist nur … Ich bin noch ein wenig schwach und fühle mich irgendwie …« Sie musste nicht einmal lügen.

Als wollte er ihr noch ein paar zusätzliche Minuten verschaffen, bevor ihr keine andere Wahl mehr blieb, als ihren Namen zu nennen, und man sie wohl gleich darauf verhaften würde, klopfte McGill in diesem Augenblick an die Tür und betrat mit einem Tablett den Raum. Den Tee servierte er in einem Blechbecher und die Hühnersuppe in einer hölzernen Schale, auch ein Zeichen dafür, in welch entlegenem Außenposten sie gelandet war. »Ihr Tee und Ihre Suppe, Ma'am!«, kündigte er übertrieben höflich wie ein Zimmerdiener in einem teuren Hotel an. »Ich hoffe, ich störe nicht, Ma'am … Sir.« Er stellte das Tablett auf den Nachttisch. »Den Tee mit Milch und Zucker, nicht wahr?«

Clarissa antwortete nicht, sie blieb mit nachdenklicher Miene liegen und bekämpfte den Schwindel, der sich in ihrem Kopf ausbreitete. Vielleicht sollte sie ihre Antwort doch ein wenig hinausziehen. Nur noch ein wenig ausruhen, bis der Schmerz und der Schwindel nachließen, und sie wieder einigermaßen klar denken konnte. Noch einen Augenblick diese göttliche Ruhe genießen.

Der Inspector tat ihr den Gefallen. »Essen und trinken Sie erst einmal was, Ma'am. Reden können wir auch später, wenn Sie wieder einigermaßen auf dem Damm sind. Hier …« Er reichte ihr zwei Pillen. »Schmerztabletten aus der Hausapotheke von Constable Benson. Schlafen Sie sich gründlich aus!«

Clarissa war erleichtert, als Sherburne den Raum verließ und sie keine Angst mehr vor drängenden Fragen zu haben brauchte. Sie würde noch früh genug in einer Zelle landen. Wenn es einen Haftbefehl gab, könnte auch dieser freundliche Inspector nichts daran ändern. Er war an die Befehle seiner Vorgesetzten gebunden. Dabei benahm er sich gar nicht wie ein strenger Polizist, gab sich eher wie ein Mann, der sich in die Probleme anderer Menschen hineindenken konnte und Verständnis für sie aufbrachte. Der es nicht nötig hatte, jedem zu beweisen, was für ein toller Kerl er war und nicht einmal seine rote Uniform angezogen hatte, um sie zu beeindrucken. Ein Mann, dem man sich vorbehaltlos mit seinen Problemen anvertrauen konnte, und der noch dazu blendend aussah. Ein Gentleman, so hatte sie den Eindruck, aber auch ein Polizist, der seinen Beruf ernst nahm, sonst hätte man ihm wohl kaum das Kommando über diesen wichtigen Außenposten gegeben.

Sie schaffte es, sich aufzusetzen, spülte die Pillen mit heißem Tee hinunter und aß ein paar Löffel von der Hühnersuppe. Der Tee war zu stark und viel zu süß, und in die Suppe hatte er tatsächlich zu viel Pfeffer gegeben. Sie schaffte es nicht mal, darüber zu lächeln, sank zurück und schloss die Augen. Die Pillen taten ihre Wirkung und ließen sie schon bald einschlafen.

Sie träumte viel und wirr und wachte mehrmals auf, ohne zu wissen, was mit ihr passiert war und wo sie sich befand. Einmal versuchte sie aufzustehen und aus dem Fenster zu blicken, knickte aber schon nach dem ersten Schritt ein und kroch rasch wieder in ihr Bett zurück. Sie blieb ungefähr eine Stunde wach liegen und starrte an die Decke, lauschte dem Knistern des Feuers, das einer der Constables im Ofen entfacht hatte, und dem Heulen des Windes, der sich hinter der Hütte zwischen den Felsen verfing. Es war stockdunkel, nicht das kleinste Licht ließ sich in der Nacht ausmachen, und der Mond und die Sterne versteckten sich wohl immer noch hinter einer dichten Wolkendecke. Einer der Huskys jaulte, und die anderen fielen in sein Jaulen ein.

Als sie ein weiteres Mal aufwachte, war es draußen hell, und ihre Schmerzen hatten stark nachgelassen. Sie blieb mit offenen Augen liegen, hatte den flatternden Union Jack im Blick, als sie aus dem Fenster sah, und wurde sich erneut bewusst, wieder in Kanada zu sein, in einem Außenposten an der Grenze zwischen amerikanischem und kanadischem Territorium. In wenigen Minuten würde Inspector Sherburne den Raum betreten, und es gab keinen Aufschub mehr für sie. Selbst wenn sie ihm einen falschen Namen nannte, würde er herausbekommen, wer sie war, und ihr Handschellen anlegen. Dann war es nur noch eine Frage der Zeit, bis Frank Whittler sie in die Hände bekam und endlich seine lang ersehnte Rache an ihr ausleben konnte.

32

Zum Frühstück brachte Constable McGill einen Becher Kaffee. Diesmal hatte er den Zucker vergessen, und er schmeckte so bitter, dass sie sich anstrengen musste, nicht angewidert das Gesicht zu verziehen. Und das aufgewärmte und viel zu trockene Biskuit mit Marmelade schmeckte nur, weil sie plötzlich großen Hunger verspürte und sich auch über geschmacklosen Haferbrei gefreut hätte.

»Guten Morgen«, begrüßte Inspector Paul Sherburne sie, nachdem er geklopft und »Darf ich reinkommen?« gerufen hatte. »Wie geht es Ihnen heute?«

Obwohl ihr Kopf immer noch schmerzte, und ihr schwindlig wurde, wenn sie sich zu schnell bewegte, konnte sie nicht anders als lächeln. Der mitfühlende Ausdruck in seinen Augen ließ sie für einen Augenblick sogar vergessen, dass er der Mann war, der sie gleich verhaften würde. »Es geht mir schon viel besser … Inspector, nicht wahr? In meinem Kopf rumort es noch ein bisschen, und schwindlig ist mir auch noch … Aber das wird wieder.«

»Inspector Paul Sherburne«, erwiderte er, anscheinend froh darüber, dass sie sich so rasch erholt hatte. »Das muss an meinem bequemen Bett liegen.« In seinen Augen blitzte es verschmitzt. Er war nicht der strenge Polizeichef, den man vor Augen hatte, wenn von einem Inspector der North West Mounted Police die Rede war. Er wirkte in seiner einfachen Kleidung eher wie ein einfühlsamer Mann, dem man sich vorbehaltlos anvertrauen konnte. Und er hatte Humor, eine Eigenschaft, die Clarissa äußerst selten bei Männern entdeckt hatte.

»Nur der Kaffee ist ein wenig …«

»Zu stark oder zu schwach, zu süß oder zu bitter … Sagen Sie's ruhig.« Er lachte. »Constable McGill besitzt einige Qualitäten, die ich sehr an ihm schätze, aber das Kochen gehört bestimmt nicht dazu. Leider ist keiner von uns in dieser Richtung besonders begabt.« Er zog einen Stuhl heran und blickte sie fragend an, bevor er sich setzte. »Tut mir leid, wenn ich Sie schon so früh störe, Ma'am, aber ich wüsste natürlich gerne, mit wem ich es zu tun habe. Wir sind eine Polizeistation, und ich muss einen Bericht schreiben. Ich nehme an, inzwischen erinnern Sie sich wieder an Ihren Namen …«

Da war sie also, die Frage, vor der sie sich so gefürchtet hatte. Und sie hatte nicht die Absicht, diesen Mann zu belügen und einen falschen Namen anzugeben. Sie hatte nichts Böses getan, und vielleicht gab es ja doch eine Möglichkeit, ihn von ihrer Unschuld zu überzeugen. »Clarissa Carmack«, antwortete sie zögernd. Sie wartete einen Augenblick, versuchte in seinen Augen zu ergründen, ob ihn der Name an irgendetwas erinnerte, aber sein freundliches Lächeln blieb, und sie wiederholte: »Ich heiße Clarissa Carmack, Inspector.«

Er beugte sich vor, und wieder erschien dieses humorvolle Blitzen in seinen Augen. »Wie eine Schmugglerin sehen Sie nicht aus, Ma'am, und wie jemand, der monatelang in der Erde nach Gold buddelt, auch nicht. Was hat Sie in die Wildnis getrieben? Und warum wollten Sie vor mir weglaufen?«

Sie erzählte ihm die halbe Wahrheit. »Ich will zu meiner Freundin Dolly nach Dawson. Sie hat vor einigen Wochen ihren Mann verloren. Wir wollen uns zusammen etwas aufbauen, vielleicht ein Lokal eröffnen.« Der Gedanke war ihr während des Redens gekommen. »Ich habe mir einen indianischen Führer genommen …« Sie berichtete wahrheitsgemäß, wie der Indianer sie in die Irre geführt, sie bewusstlos geschlagen und bestohlen hatte. »Als ich aufwachte, war alles weg … Meine Ersparnisse, mein Proviant, der Rucksack mit meinen Kleidern … Ich dachte, er kommt zurück, als ich einen Mann auf einem Schlitten sah.« Während sie sprach, wurde ihr erneut bewusst, in welch misslicher Lage sie sich befand, auch wenn er nichts von dem Haftbefehl gegen sie zu wissen schien, und dass sie nur noch das besaß, was sie am Körper trug. Sie rieb sich einige Tränen aus den Augen. »Er hat mir alles genommen. Wahrscheinlich muss ich froh sein, dass er mich nicht umgebracht hat.«

Sherburne nahm ihr den Teller und den Becher ab und stellte beides auf den Nachttisch. »Das ist leider nicht das erste Mal, dass uns so etwas zu Ohren kommt, Ma'am. Bisher dachten wir, Soapy Smith und seine Bande steckten dahinter, aber es gibt wohl Leute, Indianer und Weiße, die seine Tradition fortführen wollen. Der kanadischen Polizei sind leider die Hände gebunden, unsere Autorität reicht nur bis zur Grenze. Für die Verbrechen, die auf amerikanischer Seite begangen werden, ist US Deputy Marshal Tanner zuständig.«

»Und der steckte selbst mit Soapy Smith unter einer Decke, erzählt man in Skaguay.« Sie seufzte bekümmert. »Wäre ich doch bloß im Herbst mit Dolly nach Dawson gegangen. Sie hatte verlässliche Männer dabei und brauchte wenigstens keine Angst haben, unterwegs ausgeraubt zu werden.« Sie sank langsam auf ihr Kissen zurück und schien erst jetzt zu erkennen, welche fatalen Folgen der Überfall für sie hatte, selbst wenn die North West Mounted Police sie nicht festnahm. »Wie soll ich jetzt bloß nach Dawson kommen?«

Sherburne winkte ab. »Darüber würde ich mir im Augenblick noch keine Sorgen machen. Ruhen Sie sich erst mal richtig aus, dann sehen wir weiter.« Sein Blick wurde forschender, und sein Tonfall veränderte sich etwas, als er fragte: »Und warum sind Sie nicht zusammen mit Ihrer Freundin nach Dawson gegangen, wenn ich fragen darf? Im Herbst war der Yukon noch frei.«

Aus unerfindlichen Gründen zögerte sie, ihm von Alex zu erzählen. Weil sie inzwischen selbst daran zweifelte, dass ihr Mann noch am Leben war? Weil sie Angst hatte, der Name könnte ihn darauf bringen, dass sie mit einem Haftbefehl gesucht wurde? »Mein Mann ist verschollen«, rückte sie schließlich doch mit der Wahrheit heraus. Sie berichtete ihm vom seltsamen Verschwinden ihres Mannes, und dass sie bis zum Wintereinbruch gehofft hatte, er könnte vielleicht doch noch zurückkehren. »Er ist ein harter Bursche, wissen Sie? Ein Fallensteller. So leicht lässt er sich nicht ins Bockshorn jagen.«

»Das kann ich mir vorstellen.« In der Stimme des Mounties schwang etwas mit, das sie nicht zu deuten wusste. »Wer Sie heiratet, muss ein ganzer Mann sein.« Er schwieg eine

Weile und wirkte plötzlich beinahe verlegen. »Und jetzt? Glauben Sie immer noch, dass Ihr Mann lebt?«

»Es spricht nicht viel dafür, oder?«, erwiderte sie.

Sherburne wollte ihr weder zustimmen noch widersprechen. »Wir werden sehen, Ma'am. Zuerst einmal müssen Sie wieder gesund werden. Und dann …« Sein Gesicht hellte sich auf. »… dann würde ich Ihnen gern einen Vorschlag machen, dem Sie hoffentlich zustimmen werden. Aber zuerst einmal müssen Sie gesund werden. Möchten Sie noch etwas Kaffee, Ma'am?«

Auch sie lächelte wieder. »Lieber nicht, Inspector.«

»Paul … Sagen Sie Paul zu mir.«

»Clarissa«, erwiderte sie.

Sie erholte sich schnell, was weniger auf Constable McGills Kochkünste als auf seine Vorliebe für Buffalo-Bill-Magazine zurückzuführen war. Der junge Polizist hatte einige ältere Hefte dabei, die sie noch nicht kannte und gierig verschlang, als er sie ihr brachte. Genau die richtige Lektüre, um die Sorgen und Probleme, die sie seit ihrer Flucht aus Port Essington begleiteten, wenigstens für ein paar Stunden zu vergessen. Auch wenn sie die Geschichte über einen Westmann, dessen Frau von Indianern entführt wurde, ein wenig an ihr eigenes Schicksal erinnerte. Erst nach vielen Jahren gab der Westmann seine Hoffnung auf ein Wiedersehen auf und heiratete eine Witwe, die ihn gesund pflegte, nachdem er von Sioux überfallen und verwundet worden war.

Nur wenige Tage, nachdem Sherburne sie zum Grenzposten gebracht hatte, betrat er mit einer Hose und einer Jacke das Zimmer. »Frauenkleider haben wir leider nicht hier«, entschuldigte er sich, »aber diese Sachen gehörten einem Constable, der auf einen anderen Posten versetzt wurde und sich dort was Neues kaufen wollte. Ein zierlicher Bursche. Gut möglich, dass Ihnen die Sachen dennoch zu groß sind, aber was anderes haben wir nicht gefunden.«

Sie betrachtete die einfachen Wollhosen und den Pullover und bedankte sich lächelnd. »Ich bin ja auch nicht hier, um einen Schönheitspreis zu gewinnen. Vielen Dank … Paul.« Sie legte die Sachen neben sich aufs Bett und blickte ihn an. Plötzlich war sie froh darüber, wieder klar sehen zu können, und dass sein Gesicht nicht mehr vor ihren Augen verschwamm. »Sind Sie schon lange bei den Mounties?«, fragte sie, als sie merkte, dass er noch nicht gehen wollte.

»Seit ungefähr zwanzig Jahren.« Er setzte sich auf den Stuhl, diesmal ohne ihr vorher einen fragenden Blick zuzuwerfen. »Wenn es nach meinen Eltern gegangen wäre, säße ich jetzt wohl im Büro einer großen Firma und würde Zahlen addieren, aber ich wollte schon als kleiner Junge nach Westen und spannende Abenteuer erleben und hatte mit Zahlen wenig im Sinn. Ich komme aus Ontario, einer kleinen Stadt in der Nähe von Toronto. Richtige Abenteuer, so wie ich sie aus den Büchern von James Fenimore Cooper kannte, gab es dort nicht zu erleben, also zog ich nach dem College nach Westen und meldete mich bei der North West Mounted Police. Die ersten Jahre waren nicht gerade das, was ich mir erträumt hatte, ich war die meiste Zeit mit Papierkram beschäftigt und kannte die Natur nur von dem Bild, das in unserer Schreibstube hing. Dann wurde ich nach Fort MacLeod in Alberta versetzt und bekam es dort mit einigen Sioux-Indianern zu tun, die aus dem Reservat in den Staaten ausgebrochen waren und Zuflucht in Kanada suchten. Nicht gerade die Indianer, die ich aus den Cooper-Romanen kannte. Dort lernte ich auch Superintendent Sam Steele kennen, den wohl fähigsten Polizisten, den wir bei den Mounties haben. Er befehligt die Einheit auf dem Chilkoot Pass und setzte sich für mich ein, als ich ebenfalls in den Hohen Norden versetzt werden wollte.« Er blickte sie unsicher an. »Aber ich langweile Sie sicher mit meinen Reden ...«

»Nein, ganz und gar nicht«, erwiderte sie. »Ich komme auch aus der Stadt, mein Vater war Fischer in Vancouver, und lebe erst seit zwei Jahren im Norden. Ein wundervolles Land. Ich hätte nie gedacht, dass ich mich dort so wohlfühlen könnte. Die Wälder, die Flüsse, die Seen ... Die Wildnis ist ... wie soll ich sagen?« Sie suchte nach dem passenden Wort. »Majestätisch ... Ja, das ist sie. Majestätisch. Sie kann auch unwirtlich und gefährlich sein, so wie vor ein paar Tagen, als mich der Indianer beraubt hatte, aber wie sagte ... sagt Alex immer: ›Schenk mir ein Schloss in Vancouver, und ich bin noch am selben Tag wieder in meinem Blockhaus. Ich streite mich lieber mit einem wilden Grizzly herum, als mich mit diesen Verrückten in der Stadt herumzuärgern.‹«

»Ein kluger Mann, dieser Alex.« Er druckste wenig herum, überlegte anscheinend, wie er die Frage, die ihm auf der Seele brannte, formulieren sollte. »Ich wollte Ihnen doch einen Vorschlag machen«, begann er schließlich. Er lächelte ein wenig schüchtern. »Sie haben doch sicher gemerkt, wie bescheiden die Kochkünste unseres werten Constable McGill sind. Wie würde es Ihnen gefallen, den Rest des

Winters hier zu verbringen und für unser leibliches Wohl zu sorgen? Wir würden Ihnen auch einen Lohn bezahlen. Auf die Weise wäre doch allen gedient. Sie sparen sich etwas Geld, wir bekommen endlich anständiges Essen und Kaffee, der diesen Namen auch verdient, und im Frühjahr schicken wir Sie mit einem der Versorgungsschiffe nach Dawson.«

Ihr gefiel dieser Vorschlag. Wenn Sherburne bis jetzt nichts von ihrem Haftbefehl wusste, war die Gefahr, dass er während des Winters davon erfuhr, relativ gering, sie hatte eine warme Unterkunft und ausreichend zu essen und würde sogar noch Geld sparen. »Das Angebot nehme ich gerne an«, sagte sie. »Vielen Dank, Paul. Natürlich nur, wenn Sie und Ihre Constables nichts dagegen haben, dass sie eine Frau in abgetragener Männerkleidung bedient …«

»Keine Sorge, Clarissa. Sie sehen auch in Hosen wundervoll aus.«

Clarissa gewöhnte sich schnell an ihre neue Arbeit. Es war wesentlich einfacher, fünf anspruchslose Polizisten als eine reiche und verwöhnte Familie wie die Whittlers zu versorgen. Die Mounties freuten sich schon darüber, endlich anständigen Kaffee und Tee serviert zu bekommen, und Constable McGill war alles andere als erbost darüber, dass sie ihm seine häuslichen Pflichten abnahm. Obwohl die Constables angehalten waren, ihre Kleider selbst zu waschen und die beiden Blockhäuser sauber zu halten, wusch und putzte sie sogar, dankbar dafür, sich auf diese Weise bei Paul revanchieren zu können. Nur die Betten ließ sie die Polizisten allein machen. »Sonst werden mir die Constables noch übermütig«, scherzte Sherburne beim Abendessen.

Ihre Pechsträhne, die sie seit der Hochzeit verfolgte, war wenigstens in dieser Hinsicht zu Ende gegangen. Eine Aufforderung des Schicksals vielleicht, nun endlich den Tod ihres Mannes zu akzeptieren und in die Zukunft zu blicken, vielleicht aber auch nur ein Aufschub, um ihr inmitten der zahlreichen Schicksalsschläge etwas Luft zu verschaffen. Zumindest war sie bei den Mounties vor dem Kopfgeldjäger sicher, denn dort würde sich der Mann in der Büffelfelljacke wohl zuletzt sehen lassen. Vielleicht hatte sie Glück, und er glaubte, dass sie auf dem Marsch ums Leben gekommen war.

Gegen Tommy hegte sie keine Rachegedanken, auch wenn der junge Indianer sie beinahe in den Tod getrieben hatte. Sollte er doch mit dem Revolver und dem Beutel Gold glücklich werden. Auf ihre Kleider, vor allem das Kleid, das Soapy Smith ihr gekauft hatte, konnte sie leicht verzichten. Eigentlich seltsam, dass ihr der Verlust des Goldes so wenig ausmachte. Die meisten Frauen hätten wahrscheinlich Zeter und Mordio geschrien, wenn man ihnen einen Lederbeutel mit so wertvollem Inhalt gestohlen hätte, aber sie war anders. Sie hatte in der Wildnis gelernt, dass es wichtigere Dinge als Reichtum und Ansehen gab. Dort herrschten andere Gesetze als in der Stadt, dort wurde man nicht danach beurteilt, wie viel Besitz man in seinem Leben angehäuft hatte, sondern wie man sich in der Natur zurechtfand und das tägliche Leben meisterte. Bei den Indianern galt derjenige als besonders reich, der am meisten von seinem Besitz verschenkte, eine Tugend, die man bei wohlhabenden Familien wie den Whittlers vergeblich suchte.

Mit den Polizisten kam Clarissa bestens aus. Die Constables begegneten ihr ehrfürchtig wie einer Lady und nicht wie einer Köchin oder Haushälterin, und Paul wachte über ihr Wohlergehen wie ein Vater oder Bruder oder … Sie zögerte, den Gedanken zu Ende zu führen. Paul Sherburne war ein einfühlsamer und freundlicher Mann, der ihr durchaus gefiel, und ohne Alex hätte sie möglicherweise größeres Interesse für ihn an den Tag gelegt. Die fünfzehn Jahre, die sie trennten, wie sie inzwischen wusste, fielen nicht ins Gewicht, dazu machte er einen viel zu vitalen und lebendigen Eindruck. Aber noch hegte sie die Hoffnung, Alex eines Tages wieder in die Arme zu schließen, und selbst wenn sie einen eindeutigen Beweis für seinen Tod gehabt hätte, wäre sie wahrscheinlich nicht für einen anderen Mann bereit. Es gab keinen anderen Mann als Alex für sie.

Paul machte auch gar nicht den Versuch, sie zu umgarnen, verriet nur durch seine Schüchternheit und Verlegenheit, wenn er allein mit ihr sprach, dass er mehr als nur Sympathie für sie empfand. Er war nicht verheiratet. »Das Leben macht keine Frau mit«, sagte er lachend. »Oder möchten Sie mit einem Mann verheiratet sein, der heute nach Fort MacLeod und zwei Jahre später ans Ende der Welt versetzt werden kann?« Er sprach schnell weiter, bevor sie zu einer Antwort ansetzen konnte. »Wir Mounties führen ein unstetes Leben.«

»Ein abenteuerliches Leben«, verbesserte sie. »Und welche Frau schwärmt nicht von einem Mountie in seiner roten Uniform? Wo ist die eigentlich?«

Er musste lachen. »Oh … die ziehen wir nur zu festlichen Anlässen an, besonders auf einem Außenposten wie diesem und schon gar nicht im Winter. Die Uniform sieht gut aus, ist aber nicht gerade praktisch, wenn draußen ein Schneesturm tobt. Vielleicht an Weihnachten … Ist ja nicht mehr lange hin.«

Einige Tage vor Weihnachten putzte Clarissa besonders gründlich. Vor allem der Aufenthaltsraum, in dem sie bereits eine junge Fichte aufgestellt und festlich geschmückt hatten, sollte blitzen. Sie wagte sich sogar ins Büro des Grenzpostens, den kleinen Raum im Haupthaus, in dem Sherburne den Schreibkram erledigte, wie er sich ausdrückte. Zu seinen Aufgaben gehörte es, detaillierte Berichte über seine Arbeit anzufertigen, im Winter vor allem über die Erkundungsfahrten, die ihn in die nähere Umgebung führten, und seine Einschätzung der Lage am Lake Bennett, wo Hunderte Goldsucher ihre Zelte aufgeschlagen hatten und voller Hoffnung auf den Frühling warteten.

Weder die Constables, die zum Holzfällen in den nahen Wald gegangen waren, noch Sherburne, der mit dem Hundeschlitten unterwegs war, hielten sich im Haus auf, als sie das Büro betrat und eine eingerahmte Fotografie betrachtete, die Paul in seiner Paradeuniform im Sattel eines Pferdes zeigte. Er machte einen stattlichen Eindruck und hätte wahrscheinlich keine Schwierigkeiten gehabt, eine Frau zu finden, wenn er in der Zivilisation geblieben wäre. Die Mounties besaßen ein großes Ansehen in Kanada und waren dafür bekannt, sich leidenschaftlich für die Einhaltung der Gesetze einzusetzen. Neben der Fotografie hing die Urkunde, die seine Beförderung zum Inspector würdigte.

Sie wischte die verglasten Rahmen mit einem Staubtuch ab und wollte sich gerade nach ihrem Besen umdrehen, als sie gegen einen Papierstapel auf dem Schreibtisch stieß. Die Papiere fielen zu Boden und verteilten sich fächerartig auf den halben Raum. Leise fluchend machte sie sich daran, sie wieder einzusammeln. Sie warf kaum einen Blick auf die Formulare und schriftlichen Befehle, erhaschte lediglich aus den Augenwinkeln offizielle Begriffe wie »Anweisung für Offiziere im Außendienst« und »Befehl des Superintendents« sowie Namen wie »Superintendent Samuel Benfield Steele« und »Clarissa Carmack«.

Clarissa Carmack?

Sie warf einen genaueren Blick auf das Papier und erkannte, dass dort tatsächlich ihr Name stand. Sie erstarrte. Plötzlich hatte sie das Gefühl, ihr Blut würde sich zu Eiswasser und sie in eine reglose Statue verwandeln. Der Haftbefehl gegen sie, er lag vielleicht schon seit Wochen auf dem Schreibtisch. »Clarissa Carmack wegen versuchten Totschlags und Diebstahls«. Ein Satz, der das Ende ihrer gemeinsamen Zukunft mit Alex bedeuten konnte, noch schmerzhafter und brutaler, als wenn es die Nachricht von seinem Tod gewesen wäre. Eine dreiste Lüge und doch endgültig wie ein Urteil.

Sie brauchte lange, um sich von ihrem Schrecken zu erholen, und als sie es endlich tat und zögernd den Kopf hob, stand Sherburne in der Tür.

33

Ich bin erst gestern darauf gestoßen«, sagte Sherburne so ruhig, als würde er über einen verlegten Brief sprechen. »Ihr Name kam mir irgendwie bekannt vor. Ich hätte natürlich niemals gedacht ...« Er ließ den Rest des Satzes in der Luft hängen. »Sie hätten mir einen falschen Namen nennen können, dann hätte ich keinen Verdacht geschöpft. Die Beschreibung passt auf viele Frauen.«

»Ich wollte Sie nicht belügen, Paul.«

Er half ihr vom Boden auf und sah ihr in die Augen. »Sie sehen nicht wie eine Diebin aus«, sagte er, nachdem er lange nachgedacht hatte. »Und wie eine Frau, die einen Mann ermorden will, erst recht nicht. Was ist passiert?«

Sie erzählte ihm die ganze Geschichte. Wie Frank Whittler versucht hatte, sie zu vergewaltigen und gestürzt war, als sie sich verteidigt hatte, wie sie in die Wildnis geflohen war und er erst aufgegeben hatte, als sein falscher Zeuge abgesprungen war. Wie Whittler nach mehr als zwei Jahren mit derselben Anschuldigung wieder aufgetaucht war, wieder mit einem falschen Zeugen und dem Geld seines Vaters im Rücken, anscheinend fest entschlossen, sie diesmal endgültig zu Fall zu bringen. Sie berichtete ihm sogar, was Sam Ralston ihr verraten hatte, dass Frank Whittler seinen Vater erpresste und den Fremden in der Büffelfelljacke auf ihn angesetzt hatte. »Ich weiß, das klingt alles sehr unwahrscheinlich und an den Haaren herbeigezogen, aber es ist wahr. Und wenn Whittler zwanzig Zeugen gegen mich aufbringt – ich habe ihn weder bestohlen noch bedroht. Wer etwas anderes behauptet, ist ein Lügner. Ich bin unschuldig, das schwöre ich bei allem, was mir heilig ist!«

Sherburne nahm ihr den Haftbefehl und die anderen Papiere ab und legte sie auf den Schreibtisch. Nach einigem Überlegen verschloss er den Haftbefehl in einer Schublade. »Ich glaube Ihnen«, erwiderte er ruhig. »Nicht, weil Sie eine hübsche Frau sind und mir sehr gefallen, sondern weil ich mich auf mein Bauchgefühl verlassen kann und ebenfalls meine Erfahrungen mit diesem Whittler gemacht habe. Vor einigen Jahren in Toronto gerieten wir wegen einer Frau aneinander. Ich hatte meinen Vater besucht, er ist Soldat und in Toronto stationiert, und war mehrmals mit der Tochter eines seiner Bekannten ausgegangen. Auf einem Empfang versuchte Frank Whittler, sich an sie ranzumachen und sie mir auszuspannen, obwohl er selbst mit einer jungen Dame gekommen war. Als er keinen Erfolg mit seinen Schmeicheleien hatte, beschimpfte er mich auf übelste Weise und versuchte sogar, mich bei meinen Vorgesetzten zu denunzieren, obwohl meine Begleiterin längst mit einem anderen Mann liiert war. Frank Whittler ist ein verwöhntes Millionärssöhnchen. Er glaubt, sich mit seinen Millionen alles erlauben zu können, und reagiert wie ein Schuljunge, wenn etwas nicht so läuft, wie er sich das vorstellt. Mit dem Unterschied, dass er mit seinen Beschimpfungen und Verleumdungen wesentlich mehr Unheil als ein Schuljunge anrichten kann.«

»Dann ... Dann verhaften Sie mich nicht?«, fragte sie hoffnungsvoll.

»Ich kann den Haftbefehl natürlich nicht ignorieren. Er wurde ordnungsgemäß ausgestellt, und nur ein offizielles Schreiben meiner Vorgesetzten kann mich davon befreien, ihn zu befolgen, sonst müsste ich wohl morgen mein Abzeichen abgeben. Aber ich werde der Sache natürlich nachgehen und mich mit aller Kraft dafür einsetzen, dass Sie einen fairen Prozess bekommen. Auch mit Millionen sollte man das Gesetz nicht beugen dürfen.« Er bemerkte die Tränen in ihren Augen und fügte schnell hinzu: »Aber keine Angst, ich werde Ihnen deswegen keine Handschellen anlegen und Sie ins Gerätehaus sperren. Sie sind hier ja sowieso ...« Er räusperte sich verlegen. »... unter Aufsicht, und ich kann mir nicht vorstellen, dass Sie bei diesem Wetter einen Fluchtversuch unternehmen würden.« Er hob ein Formular auf, das sie übersehen hatte, und legte es zu den anderen Papieren. Seine Miene blieb ernst. »Meine Constables wissen nichts von dem Haftbefehl, und ich werde den Teufel tun und sie darüber informieren. Es reicht, wenn ich ihn kenne. Also machen Sie sich keine Sorgen! Bis zum Frühjahr hat man den Haftbefehl vielleicht schon aufgehoben, und wenn nicht, werde ich persönlich vor Gericht erscheinen und für Sie aussagen. Ich lasse Sie nicht im Stich, Clarissa.«

»Ihr Vertrauen ehrt mich, Paul.« Ihre Miene war immer noch angespannt. »Aber ich glaube nicht, dass irgendjemand etwas gegen die Whittlers ausrichten kann. Gegen Frank vielleicht, aber nicht gegen seinen Vater. Da würde sich sogar die Regierung schwertun. Ich werde wohl im Gefängnis landen.«

»Die Richter sind nicht dumm«, beruhigte sie der Mountie. »Die wissen auch, dass sich die Whittlers mit ihrem Geld willige Zeugen kaufen können. Aber Meineid ist strafbar, und ein geschickter Anwalt kann sie vielleicht in die Enge treiben. Sie werden sehen, es wird sich alles zum Guten wenden.«

»Wenn Sie meinen, Paul … Ich hoffe, dass Sie recht haben.«

Nachdem er gegangen war, blieb Clarissa minutenlang an den Schreibtisch gelehnt stehen und starrte ins Leere. Die Glückssträhne, die mit ihrer Rettung gerade erst begonnen hatte, war schon wieder vorbei, und es war das eingetreten, was sie am meisten befürchtet hatte: Sie war eine Gefangene der Mounties und würde spätestens im Frühjahr nach Vancouver zurückreisen und sich vor Gericht verantworten müssen. Daran konnte auch Paul nichts ändern. Als Inspector der North West Mounted Police war er verpflichtet, sie festzunehmen, sonst würde man ihn degradieren oder unehrenhaft entlassen.

Sie unterdrückte ihre Tränen nicht länger und ließ ihnen freien Lauf. Ihr Leben, vor wenigen Monaten noch von Zufriedenheit und Zuversicht bestimmt, hatte sich innerhalb weniger Monate in einen Scherbenhaufen verwandelt. Ihr Mann war verschwunden, vielleicht sogar für immer, und sie selbst steckte in den Fängen der Justiz, und wahrscheinlich wartete eine mehrjährige Haftstrafe auf sie. Womöglich würde sie nicht einmal Dolly wieder sehen. »Womit habe ich das verdient?«

Aus Angst, in Selbstmitleid zu versinken, rieb sie sich die Tränen aus den Augen und griff nach dem Besen. Wütend kehrte sie den Schmutz zusammen. Sie hatte niemals aufgegeben, weder nach dem Tod ihrer Eltern noch als Frank Whittler ihr dicht auf den Fersen gewesen war. Vehement hatte sie sich gegen das Schicksal aufgelehnt, das sie schon vor etwas mehr als zwei Jahren an den Rand eines Abgrunds getrieben hatte. Nur weil sie damals immer an sich geglaubt hatte, und weil Bones in ihrer Nähe gewesen war, hatte es eine neue Zukunft für Alex und sie gegeben. Jetzt war sie wieder gefordert, und Alex wurde vermisst, und der geheimnisvolle Wolf ließ sich nicht blicken. Sie hielt im Kehren inne und blickte aus dem Fenster. Düstere Wolken hingen über dem Pass und dem abschüssigen Tal, das sich bis zu dem kleinen See, an dem sie entlanggefahren waren, und bis zum Lake Bennett hinzog. Der böige Wind trieb den Schnee in feinen Schleiern vor sich her. Keine Spur von der Sonne, und auch Bones schien der Meinung zu sein, dass sie jetzt stark genug war, um sich selbst zu helfen. Woher sollte er auch wissen, dass sie eine Gefangene war, wenn auch ohne Handschellen?

Als sie am nächsten Morgen vor das Haus trat, um die Hunde zu füttern, sah sie, dass Sherburne sie bereits vor den Schlitten gespannt hatte. Anscheinend wollte er zu einer seiner Patrouillenfahrten aufbrechen. Er war nicht zu sehen, wahrscheinlich hielt er sich noch bei seinen Constables in der Unterkunft auf und traf seine Vorbereitungen. Er würde das Frühstück ausfallen lassen, etwas Trockenfleisch und heißen Tee in seiner Feldflasche mitnehmen und sie bitten, etwas Herzhaftes zum Abendessen zu kochen, weil er sicher Hunger wie ein wilder Grizzly haben würde, wenn er abends nach Hause käme.

Sie beugte sich zu Bunker, dem kräftigen Leithund, hinunter und kraulte ihn liebevoll. »Ihr habt es gut«, sagte sie zu ihm, »euch sperrt niemand ein. Ihr könnt laufen, bis ihr nicht mehr könnt, und seid noch immer nicht am Ziel.«

Ihr Blick ging zum Schlitten und richtete sich in weite Ferne, dorthin, wo sich der treibende Schnee mit dem morgendlichen Dunst vereinte. Sie brauchte nur auf den Schlitten zu steigen und die Hunde anzutreiben und hätte ihre Freiheit wieder. Zu Fuß wäre es den Mounties unmöglich, sie einzuholen, und hier oben gab es weder einen Telegrafen noch sonst eine Möglichkeit, um Alarm zu schlagen. Nur wenige Schritte lagen zwischen ihr und dem Trittbrett. Wenn sie sich ein Herz fasste und sofort losrannte, wäre sie bereits unterwegs, wenn die Mounties aus dem Haus kamen.

Sie überlegte nicht weiter und stieg auf den Schlitten. Entschlossen riss sie den Anker aus dem Schnee und rief: »Go! Go! Vorwärts, Bunker!« Die Hunde ließen sich nicht lange bitten. Sie hatten sich zwei Tage nur wenig bewegt und hatten nur darauf gewartet, endlich wieder durch den Schnee zu hetzen. Kein Tier rannte so gern wie ein Husky, das wusste sie besser als viele andere. Ihr Smoky wäre am liebsten den ganzen Tag und die ganze Nacht gerannt.

Den böigen Wind im Gesicht, lenkte sie den Schlitten den Hang hinunter. Verharschter Schnee spritzte unter den Kufen, als sie die Hunde gleich hinter dem Gerätehaus in eine scharfe Rechtskurve lenkte und über den vereisten Hang jagte. Indem sie in die Knie ging und geschickt ihr Gewicht verteilte, führte sie den Schlitten über den kaum sichtbaren Trail und hielt auf der buckeligen Piste das Gleichgewicht. Um die aufgeregten Schreie der Mounties, die aus der Unterkunft gerannt kamen und ihren Namen riefen, kümmerte sie sich nicht. Sie wollte nur weg, alle Sorgen hinter sich lassen und ihre Freiheit wiederhaben. »Vorwärts, Bunker, vorwärts! Go, go, warum lauft ihr denn nicht?«

Wild entschlossen, in eine bessere Zukunft zu fahren, trieb sie die Hunde in die Senke hinab. Bunker rannte mit kräftigen Schritten über den Schnee, die Schnauze im Wind, jeder Muskel gespannt. Der Schlitten schlingerte und scharrte über das Eis. Clarissa war von dem kräftigen Fahrtwind wie berauscht, trotzte der eiskalten Gischt, die auf sie niederregnete, und hielt den Blick stur nach vorn gerichtet, als gäbe es nur noch ein Vorwärts und kein Zurück mehr für sie. Im fernen Dunst lag die Freiheit, dort wartete eine neue Zukunft, keine zehn Pferde würden sie in die Arme von Frank Whittler treiben.

Erst als sie das Ufer des kleinen Sees erreicht hatte, kamen ihr Zweifel. Als hätte die eisige Luft ihre hitzigen Gedanken beruhigt, trat sie auf die Bremse und brachte die überraschten Hunde mit einem lauten »Whoaa! Whoaa!« zum Stehen. Sie blieb auf dem Trittbrett und klopfte sich den Schnee von ihrer Felljacke, blickte über den zugefrorenen See, als würde sie ihn erst jetzt erkennen. »Du bist verrückt, Clarissa!«, flüsterte sie. »Stiehlst den Mounties, ausgerechnet den Mounties, den Schlitten und glaubst, dich irgendwo in der Wildnis vor ihnen verstecken zu können. Ohne Vorräte, ohne Waffe, nicht mal Streichhölzer hast du bei dir! Du musst den Verstand verloren haben! Da draußen gibt es keine Zukunft, jedenfalls jetzt noch nicht! Deine einzige Chance ist dieser nette Inspector … Paul … Nur er kann dir helfen.«

»Tut mir leid!«, rief sie den Huskys zu. »Ich glaube, ich bin gerade dabei, eine große Dummheit zu begehen.« Sie ließ die Hunde umkehren und trieb sie den Hang hinauf, scheinbar genauso wild entschlossen, zum Grenzposten zurückzukehren, wie sie ihn vor wenigen Minuten verlassen hatte. Ihre lauten, beinahe wütenden Anfeuerungsrufe schallten durch die eisige Luft. »Vorwärts, Bunker! Beeil dich, oder ich kriege großen Ärger! Go, heb die Beine!«

Alle fünf Mounties standen im Freien, als sie den Schlitten vor dem Haupthaus zum Stehen brachte. Sie rammte den Anker in den Schnee und stieg vom Trittbrett. »Ich konnte einfach nicht widerstehen«, entschuldigte sie sich.

»Ich wusste gar nicht, dass Sie einen Schlittern steuern können«, staunte Sherburne. Und als er sie ins Haus begleitete, so leise, dass ihn die anderen nicht verstehen konnten: »Sie hatten doch nicht vor, uns im Stich zu lassen?«

»Natürlich nicht«, antwortete sie ebenso leise, »ich wollte Ihnen nur mal zeigen, wie gut ich mich mit Ihren Hunden verstehe. Bunker ist ein erstklassiger Leithund, beinahe so gut wie damals mein Smoky. Wohin sollte ich auch fahren? Ich bin unschuldig, Paul. Ich war in den letzten zwei Jahren nicht mal in Vancouver und kann Whittler gar nicht bestohlen und schon gar nicht bedroht haben. Das kann ich zwar nicht beweisen, aber es ist die Wahrheit.«

Sherburne begleitete sie in die kleine Küche. »Sagen Sie mir das nächste Mal Bescheid, wenn Sie sich meinen Schlitten ausleihen wollen. Versprochen?«

»Versprochen«, stimmte sie zu, erleichtert darüber, so unbeschadet davongekommen zu sein. Sie durfte Sherburnes Großzügigkeit nicht zu sehr strapazieren, sonst legte er ihr vielleicht wirklich noch Handschellen an. »Starker Tee für Ihre Feldflasche? Und zwei Biskuits mit Marmelade für unterwegs?«

»Sie können ja wirklich Gedanken lesen, Clarissa. Und heute Abend …«

»… was besonders Gutes zum Essen, weil Sie nach der langen Fahrt sicher Hunger haben wie ein wilder Grizzly-Bär«, ergänzte sie lachend. »Ich hab einige Elchsteaks aus der Vorratskammer geholt, mit Bohnen und Biskuits?«

»So steht es auch auf meinem Wunschzettel«, scherzte er.

Seltsamerweise brachte ausgerechnet dieser Zwischenfall wieder etwas Ruhe in ihr Leben. Wenn er noch Zweifel gehabt haben sollte, hatte ihn ihre rasche Umkehr anscheinend endgültig von ihrer Unschuld überzeugt. Er begegnete ihr so freundlich und verständnisvoll, als wäre er gar kein Polizist, und es hätte nie einen Haftbefehl gegeben, und sie arrangierte sich mit ihrem neuen Leben und fühlte sich bei den Mounties beinahe zu Hause. Sie mochte die Constables, vor allem den etwas tollpatschigen McGill, der jeden Morgen von ihrem Kaffee schwärmte. Bei Sherburne fühlte sie sich seltsam geborgen und traute ihm inzwischen tatsächlich zu, das Gericht in Vancouver von ihrer Unschuld überzeugen zu können. Zwei Tage vor Weihnachten baute sie sogar einen Schneemann mit den Polizisten und schmückte ihn mit einem der breitkrempigen Mountie-Hüte, und alles sprach für ein fröhliches, beinahe ausgelassenes Weihnachtsfest, wäre Sherburne nicht am Heiligabend noch einmal zu den Goldgräbern am Lake Bennett gefahren, um ihnen ein frohes Weihnachtsfest zu wünschen und einige Kinder mit süßen Schokokeksen zu beschenken.

Als er am späten Abend zurückkehrte, war Clarissa bereits dabei, den Elchbraten für das Festessen am Weihnachtstag vorzubereiten, und begrüßte ihn lächelnd, als er den Gemeinschaftsraum betrat. Als sie sein ernstes Gesicht sah, gefror ihr Lachen, und sie fragte ängstlich: »Was ist passiert, Paul?«

Sherburne ließ sich auf einen Stuhl fallen, zog seine Mütze und seine Handschuhe aus und zog eine gefaltete Zeitung aus seiner Manteltasche. Die Wrangel News, erkannte sie selbst aus der Ferne. Er legte sie auf den Tisch, schlug sie auf und deutete auf einen Bericht. »Lesen Sie!«, forderte er sie auf.

Sie ahnte, dass es sich nur um eine schlechte Nachricht handeln konnte, und näherte sich ihm zögernd. Widerwillig beugte sie sich über die Zeitung. »Toter Mann angeschwemmt« lautete die Überschrift. Sie erstarrte und musste sich mit beiden Händen am Tisch abstützen, um nicht das Gleichgewicht zu verlieren. Mit feuchten Augen las sie weiter: »Port Essington, 28. November 1898. Am frühen Morgen wurde die Leiche eines Mannes an Land getrieben. Obwohl die Leiche von Haien verunstaltet wurde und kaum noch als menschliches Wesen zu erkennen ist, geht man davon aus, dass es sich bei dem Toten um Alexander Carmack handelt. Dem Toten fehlten beide Stiefel. Der Fallensteller wohnte bis zum Frühjahr in einem Blockhaus in der Nähe der Küstenstadt und verschwand einen Tag nach seiner Hochzeit auf unerklärliche Weise. Auch von seiner

Frau fehlt bisher jede Spur. Die Brandung in Port Essington ist äußerst tückisch und …«

Clarissa wandte sich ab und begann zu zittern. »Alex!«, flüsterte sie, von Entsetzen gepackt. »Alex … Er ist tot!« Bevor der Mountie sie daran hindern konnte, öffnete sie die Tür und rannte aus dem Haus, in das stürmische Schneetreiben, das am frühen Nachmittag eingesetzt hatte, und stürzte auf dem Trail zu Boden. Sie übergab sich würgend und brach schluchzend zusammen. Zusammengerollt wie ein Husky, der sich gegen einen Blizzard schützt, lag sie auf dem Boden, spürte weder die Kälte noch den böigen Wind, nur von dem stechenden Schmerz, der tief in ihren Körper drang und ihr Seele erschütterte. »Alex!«, schluchzte sie immer wieder, rang jedes Mal verzweifelt nach Luft und krallte sich in den Schnee, als würde sie dort den Halt finden, den sie sonst nirgendwo mehr fand. »Alex! Alex! Warum nur?«

Sie merkte nicht, wie Sherburne ihr folgte und sich über sie beugte, spürte nicht seinen festen Griff, als er sie unter den Armen packte und vom Boden hochzog. Willenlos ließ sie sich von ihm ins Haus tragen, nur die salzigen Tränen und den Namen ihres toten Mannes auf den Lippen. »Alex! Alex!«

34

Tagelang sprach Clarissa kaum ein Wort. Sie verließ ihr Zimmer nur, um zu kochen und zu putzen, und zog sich gleich darauf wieder zurück. Weder beim Essen noch wenn sie einem der Mounties zufällig begegnete, sprach sie ein Wort. Auf die aufmunternden Worte der Männer reagierte sie kaum. Sie bewegte sich wie in einem Albtraum, verzweifelt und orientierungslos und unfähig, den peinigenden Gedanken zu entfliehen. In ihren Gedanken hatte sich das Bild der angeschwemmten Leiche festgesetzt, sobald sie die Augen schloss, sah sie, wie die Überreste von Alex wie Abfall an die Küste gespült wurden, und nicht einmal der stärkste Kaffee konnte diese Bilder vertreiben.

Weihnachten wurde zu einem der traurigsten Feste, das sie jemals erlebt hatte, schlimmer noch als die einsamen Weihnachten nach dem Tod ihrer Eltern. Das warme Licht der Kerzen, die einer der Constables an der kleinen Fichte angebracht hatte, erreichte ihr Herz nicht. Noch bevor ihre Welt zusammengebrochen war, hatte sie aus Stoffresten, die sie im Gerätehaus gefunden hatte, eine Patchwork-Decke für die Polizisten genäht, und Sherburne überreichte ihr im Namen der Einheit ein Abzeichen, das sie zu einem inoffiziellen Mitglied der North West Mounted Police machte.

Wie sich diese Ehre mit ihrem Haftbefehl vertrug, verriet er ihr allerdings nicht. Sie sangen ein paar Weihnachtslieder, dann entschuldigte sie sich und kehrte in ihr Zimmer zurück, warf sich aufs Bett und trommelte wütend mit beiden Fäusten auf die Matratze. Alex war tot, und die Hoffnung, bei dem Toten könnte es sich um einen anderen Mann handeln, war so vage, dass sie diese Möglichkeit gar nicht in Betracht zog. Alex war für immer aus ihrem Leben verschwunden, und in Skaguay lag sicher schon ein Brief von Mary Redfeather, in dem dasselbe stand. Wer sonst sollte ohne Stiefel angetrieben werden?

Die Silvesternacht war klar und mondhell. Zum ersten Mal seit mehreren Wochen hingen kaum Wolken am Himmel, und sanftes Licht lag über dem White Pass und der Senke und den umliegenden Bergen. Noch erhabener als sonst ragten die mächtigen Gletscher hinter dem Lake Bennett empor. Um nicht abseits zu stehen, war auch Clarissa bei den Mounties, als sie um Mitternacht vor die Blockhäuser traten und das neue Jahr mit lauten Hurra-Rufen begrüßten. Die Huskys beteiligten sich mit einem vielstimmigen Geheul an den Feierlichkeiten. Nur Clarissa blieb stumm, rang sich ein Lächeln ab, weil sie die Mounties nicht enttäuschen wollte, und schloss die Augen zu einem leisen Gebet, in dem sie Gott bat, Alex einen besonderen Platz zuzuweisen.

Als hätte Gott sie erhört, flammte plötzlich Nordlicht auf. Leuchtende Schleier in allen Grüntönen flackerten über den Himmel, unterbrochen von roten und gelben Streifen, und spiegelten sich auf dem Schnee und dem Eis auf dem See. Der Himmel brannte lichterloh und verwöhnte sie mit einem Feuerwerk, wie man es nicht einmal beim chinesischen Neujahr in Vancouver zu sehen bekam, und sogar Clarissa vergaß für einen Moment ihren Schmerz und ließ sich von dem nächtlichen Regenbogen verzaubern. Sie umarmte jeden der Männer und nickte stumm, als Sherburne ihr ein gutes neues Jahr wünschte und ihr versicherte, dass es auch für sie eine bessere Zukunft gab.

Als sie sich ein paar Schritte von den Männern entfernte, um allein mit dem brennenden Himmel und ihrer Erinnerung zu sein, glaubte sie plötzlich eine Bewegung in der Senke zu erkennen, einen Musher, der auf dem Trittbrett seines Schlittens stand und seine Huskys antrieb. Er fuhr am fernen Waldrand entlang, mehr als eine Meile von den Blockhütten entfernt, und sie sah ihn nur, weil er sich sekundenlang im flackernden Nordlicht bewegte, und die farbigen Lichter ihn deutlich gegen den dunklen Wald abhoben. Und dennoch kam ihr einiges vertraut an ihm und seinen Hunden vor, seine kräftige, leicht vornübergebeugte Gestalt, das leichte Hinken seines Leithundes, die Anfeuerungsrufe, mit denen er seine Huskys antrieb: »Giddy-up! Giddy-up!«

»Alex!«, flüsterte sie und wusste gleichzeitig, dass sie sich alles nur einbildete. Der Mann auf dem Schlitten war so weit entfernt, dass sie ihn unmöglich erkennen und schon gar nicht hören konnte, und die Umrisse seines Leithundes leuchteten nur für einen Atemzug im Licht auf und verschwanden gleich darauf wieder. Und dennoch … »Alex!«, rief sie. »Alex! Hier bin ich!«

Sherburne kam herbeigeeilt und legte ihr freundschaftlich einen Arm um die Schultern, schüttelte den Kopf, als sie in die Ferne deutete. »Da ist nichts, Clarissa. Hier oben bildet man sich oft was ein, wenn das Nordlicht leuchtet.«

Sie wischte sich die Augen trocken, um besser sehen zu können, und sah nur den dunklen Wald und den leuchtenden Schnee. Wenn tatsächlich ein Musher mit seinem Schlitten am Waldrand entlanggefahren sein sollte, war er verschwunden. »Sie haben recht«, sagte sie leise, »ich habe mich wohl geirrt.«

Es war wohl die Erinnerung an Dolly, die Clarissa ihre trüben Gedanken verdrängen ließ. Ihre Freundin hatte den gewaltsamen Tod ihres gerade angetrauten Mannes in bewundernswerter Weise verarbeitet und schnell erkannt, dass es auch nach diesem Schicksalsschlag eine Zukunft für sie gab. Mit viel Elan hatte sie sich in ihre Arbeit im Restaurant gestürzt und sich bei der ersten Gelegenheit aufgerafft, nach Dawson City zu ziehen und sich dort eine neue Zukunft aufzubauen. Ein großes Wagnis für eine junge Witwe, die nur wenig Geld besaß, aber bereit war, für ihre Zukunft zu schuften und ihrem Mann im Jenseits zu zeigen, dass sie auch allein auf den Goldfeldern bestehen konnte. Clarissa hatte ihre Freundin ermutigt, nach vorn zu blicken, umso mehr sollte sie doch selbst bereit sein, ihre eigenen Ratschlägen zu befolgen.

Dolly hat recht, sagte sie sich, wir können nicht am Rad des Schicksals drehen und das Geschehene nicht rückgängig machen. Es hat keinen Zweck, einer Zeit nachzuweinen, die man nicht mehr zurückzaubern kann. Wir müssen mit dem fertig werden, was uns das Leben überlässt, und das Beste daraus machen. Mit dieser bitteren Erkenntnis ging sie ihr neues Leben an, entschlossen und mit neuem

Mut, auch wenn sie ihre Zukunft nicht mehr allein bestimmen konnte und von der Entscheidung des Richters abhängig war, der im Frühjahr über sie entscheiden würde. Aber bis zum Frühjahr würden noch einige Monate ins Land ziehen, und sie verdrängte den Gedanken, Frank Whittler wieder unter die Augen treten und sich vor einem Gericht verantworten zu müssen. Auch vertraute sie Sherburne, der versprochen hatte, ihr bei der Verteidigung zu helfen. »Ich kenne einen Anwalt in Vancouver«, hatte er schon im Dezember gesagt, »der ist unbestechlich und wird nicht zulassen, dass Sie für etwas büßen, was Sie nicht begangen haben.«

Wie Dolly stürzte sich auch Clarissa in die Arbeit und hatte Erfolg damit. Auch wenn der Schmerz über Alex' wahrscheinlichen Tod noch tief in ihrer Seele saß, arbeitete sie sich aus dem dunklen Tal heraus, durch das sie gegangen war, und kam immer besser mit der Wirklichkeit zurecht. Als Sherburne sie einlud, ihn auf eine mehrstündige Patrouillenfahrt zu begleiten, sagte sie begeistert zu und genoss es, wieder im Freien zu sein und den frischen Fahrtwind im Gesicht zu spüren. Auf der Rückfahrt überließ ihr Sherburne das Trittbrett, und sie übernahm den Schlitten, feuerte Bunker und die anderen Huskys mit aufmunternden Zurufen an und spürte zum ersten Mal, dass ihr Leben noch lange nicht zu Ende war. Zum ersten Mal seit mehreren Wochen erhellte wieder ein Lächeln ihr Gesicht, und als sie vor dem Haupthaus vom Schlitten stieg, war ihr Gesicht von tiefer Dankbarkeit geprägt. »Vielen Dank, Paul«, sagte sie. »Ich glaube, das habe ich gebraucht. Sie sind gut zu mir.«

Ihr Verhältnis zu Sherburne war von aufrichtiger Freundschaft geprägt und bestimmte auch die nächsten Wochen. Es gab sogar Augenblicke, in denen sie glaubte, es könnte etwas mehr als Freundschaft daraus werden, doch kaum ging ihr dieser Gedanke durch den Kopf, tauchte schon wieder Alex vor ihrem geistigen Auge auf, und sie hütete sich, ihn in irgendeiner Form zu ermutigen. Doch ihr lag an seiner Freundschaft, und sie freute sich über seine schüchternen Komplimente und erwiderte sein warmes Lächeln, wenn sie mit den Constables beim Frühstück saßen, und er ihren Kaffee oder Tee lobte.

In der zweiten Februar-Woche verabschiedete sich Sherburne für mehrere Tage, um bei Superintendent Steele auf dem Chilkoot Pass vorzusprechen und ihm Bericht zu erstatten. »Es besteht kein Grund, ihm von einer Frau zu berichten, deren Haftbefehl ich beim besten Willen nicht finden kann«, beruhigte er sie, als sie allein waren. »Ich weiß, das entspricht nicht ganz der Vorschrift, aber Steele ist ein übertrieben strenger Mann und würde sich nur zu einem Befehl hinreißen lassen, den er vielleicht später bereut.« Er deutete ein Lächeln an. »Sie sind unschuldig, Clarissa, und werden bald wieder tun und lassen können, was Sie wollen, und ich würde mich sehr freuen …« Er errötete und hatte wohl Angst, ihr schon zu nahegetreten zu sein. »Bis bald, Clarissa.«

Sie blickte ihm mit gemischten Gefühlen nach und hoffte, dass er mit seinem Vertrauen in sie nicht zu weit ging und seine Karriere gefährdete. Wenn Superintendent Steele so ein strenger Vorgesetzter war, würde er es bestimmt nicht durchgehen lassen, dass er ihm eine Gefangene verschwieg.

Sie kannte die Gesetze der North West Mounted Police nicht, nahm aber an, dass er sich damit sogar eine Degradierung einhandeln konnte. Ihr einziger Trost war, dass sie sich tatsächlich nichts zuschulden kommen lassen hatte und ein reines Gewissen besaß. Frank Whittler verstieß gegen das Gesetz, nicht sie, und eigentlich hatte er eine lange Gefängnisstrafe verdient.

Vier Tage später kehrte Sherburne vom Chilkoot Pass zurück. Nachdem er die Hunde versorgt hatte, rief er Clarissa und seine Constables in den Aufenthaltsraum und wartete, bis alle einen Becher mit frisch aufgebrühtem Tee vor sich stehen hatten. »Es gibt Neuigkeiten«, sparte er sich eine lange Einleitung. »Ich habe den Befehl erhalten, sofort nach Dawson City zu fahren und mich der dortigen Einheit anzuschließen. Dort treibt sich neuerdings eine Bande herum, wahrscheinlich ehemalige Komplizen von Soapy Smith, und Superintendent Steele will, dass ich eine Spezialtruppe aufstelle. Die Sache ist anscheinend sehr dringend, er will, dass ich schon morgen früh aufbreche. Bis einer von Steeles Constables von einer Patrouillenfahrt zurückkehrt und zu Ihnen stoßen wird, werden Sie ohne Hundeschlitten auskommen müssen. Constable Benson, Sie übernehmen vorübergehend das Kommando auf diesem Grenzposten.« Er wandte sich an Clarissaa. »Und Sie kommen mit mir, Clarissa.« Er lächelte. »Ist zwar schade für die Constables, die jetzt wieder McGills Kochkünsten ausgeliefert sind, aber auf die Weise kommen Sie doch schon vor dem Frühjahr nach Dawson City. Wir brechen um sechs Uhr auf.«

Erst früh am nächsten Morgen, als Clarissa um kurz vor sechs in ihrer Winterkleidung vor die Blockhütte trat und

Sherburne half, die Hunde anzuspannen, antwortete er auf ihre unausgesprochene Frage: »Ich weiß nicht, was ich mit Ihnen in Dawson mache, Clarissa. Wenn ich Sie laufen lasse, und es kommt heraus, dass Sie mit einem Haftbefehl gesucht werden, riskiere ich meinen Posten. Aber ich würde es auch nicht übers Herz bringen, Ihnen Handschellen anzulegen und Sie einzusperren. Ich vertraue wohl darauf, dass mir unterwegs der rettende Gedanke kommt. Steele ist zu Ohren gekommen, die Canadian Pacific würde von einem massiven Bestechungsskandal erschüttert. Genaues weiß er auch nicht. Vielleicht haben wir Glück, und die Whittlers hängen da mit drin. Aber die Hoffnung ist, zugegeben, reichlich vage.«

Vielleicht haben wir Glück, hat er gesagt, fiel Clarissa auf. Nicht »Sie«, sondern »wir«, als wären sie beide auf dieses Glück angewiesen, und irgendwie stimmte es ja auch. Er hatte sich reichlich weit aus dem Fenster gelehnt.

»Wir werden sehen«, antwortete sie, ohne ihn anzublicken.

Nachdem sie sich von den Constables verabschiedet und ihren Proviant und Sherburnes Gepäck auf den Schlitten geladen hatten, fuhren sie los. Sherburne stand auf dem Trittbrett, sein Gewehr über den Schultern. Clarissa saß in mehrere Decken gehüllt auf der Ladefläche und freute sich über die schnelle Gangart, die Bunker und die anderen Huskys schon auf dem ersten Hang vorlegten. Sie hatte ihren Schal bis über die Nase gezogen und die Ohrenschützer ihrer Fellkappe heruntergeklappt, um gegen den eisigen Fahrtwind geschützt zu sein, der ihr besonders auf der Passhöhe ins Gesicht wehte.

Sherburne war ein erfahrener Musher, der genau wusste, wie er eine längere Fahrt angehen musste. Sie würden ungefähr eine Woche nach Dawson City brauchen, und es brachte wenig, wenn die Hunde sich schon am ersten Tag verausgabten. »Immer mit der Ruhe, Bunker!«, rief er seinem Leithund zu. »Diesmal haben wir einen weiten Weg vor uns. Es geht nach Dawson, mein Junge! Du wirst staunen, was für ein Trubel dort herrscht.«

Bunker schien ihn zu verstehen, drosselte das Tempo und schlug den Rhythmus ein, den man auf einer so langen Fahrt brauchte. Weil er sehr stämmig und kräftig war, wirkten seine Bewegungen nicht so elegant, wie Clarissa sie von Smoky oder Billy, ihrem früheren Leithund, in Erinnerung hatte, aber er bewies bei jedem Schritt seine Führungsqualitäten und brauchte sich nicht einmal umzudrehen, um den anderen Hunden zu zeigen, wie sie sich verhalten sollten. Sie waren ein gutes Team, liefen so gleichmäßig, dass der Schlitten kaum ins Stocken kam, und befolgten die Befehle des Mounties so schnell, dass sie kaum eines der Hindernisse streiften, die sich ihnen auf dem Trail in den Weg stellten. Besonders in der Senke, wo der Trail einige Meilen über ebenes Land führte, hatte Sherburne kaum etwas zu tun.

Das Wetter zeigte sich von seiner guten Seite. Es waren zwar wieder Wolken am Himmel aufgezogen, und die Sonne war nur an dem hellen Schimmer zu erkennen, der sich stellenweise zeigte, aber es war beinahe windstill und schneite nicht. Der Trail in der Senke war breit genug und hob sich deutlich vom verharschten Schnee der Umgebung ab. In der Stille klangen das Scharren der Kufen und das Knarren des Schlittens ungewöhnlich laut.

Hinter der Senke führte der Trail eine weitere Anhöhe hinauf und an einer steilen Felswand entlang, die sich wie die Mauer eines mittelalterlichen Schlosses aus dem Schnee erhob. Clarissa blickte staunend an dem grauen Stein empor und beobachtete eine Bergziege, die auf einem kaum sichtbaren Pfad an der Wand entlanglief und durch einen breiten Spalt, der von unten nur als schwarzer Schatten zu erkennen war, aus ihrem Blickfeld verschwand.

Gegen Mittag rasteten sie zwischen einigen Fichten und gönnten sich etwas von dem Trockenfleisch, das sie eingepackt hatte. Der Tee war noch heiß und tat gut in der eisigen Kälte. Während der letzten beiden Jahre hatte sich Clarissa an die eisigen Winter im Hohen Norden gewöhnt und ertrug Temperaturen um die zwanzig Grad minus, ohne zu klagen. Sie unterhielten sich über alltägliche Dinge, das Wetter, die Huskys oder den Zustand des Trails. Sie waren beide etwas verlegen, fast schon schüchtern, und sahen sich vor, einander nicht zu nahezukommen. Der Mountie, weil er trotz seines Alters wenig Erfahrung mit Frauen hatte, und Clarissa, weil sie Alex noch immer in ihrem Herzen trug und sich schon schuldig fühlte, wenn sie nur freundschaftliche Gefühle für einen anderen Mann hegte. Für sie war Alex noch nicht gestorben.

»Wenn Sie wollen, können Sie mal fahren«, schlug Sherburne vor, nachdem er die Feldflasche im Vorratssack verstaut hatte. »Ich wollte immer schon mal spazieren gefahren werden, und dass Sie mit meinen Hunden zurechtkommen, haben Sie mir ja schon auf eindrucksvolle Weise bewiesen.«

Clarissa hatte gehofft, dass er sie fahren lassen würde, und nahm das Angebot begeistert an. Es war ein wesentlich größeres Vergnügen, auf dem Trittbrett zu stehen und den Schlitten zu steuern, als eingepackt wie eine Mumie auf der Ladefläche zu sitzen. »Heya, heya«, trieb sie die Huskys an, »jetzt zeigen wir diesem Mountie mal, was wir können.« Sie wunderte sich selbst darüber, dass sie schon wieder lachen konnte, und vergaß für einen Augenblick sogar, dass sie noch lange keinen Grund hatte, sich zu freuen.

Der Trail war jetzt anspruchsvoller, führte mal steil bergauf, dann wieder bergab und wand sich durch die Ausläufer eines Bergmassivs, das sich nordöstlich von ihr in den Wolken zu verlieren schien. Eisige Gletscher reichten bis tief in die Täler hinab und spiegelten sich im fahlen Tageslicht. An den felsigen Hängen klebten dichte Schneefelder. Der Ausblick war so beeindruckend, selbst für sie, die sie in ihrer ehemaligen Heimat vor dem Mount Robson und anderen Bergriesen gestanden hatte, dass sie für einen Moment abgelenkt war und beinahe den Musher übersah, der ihnen auf dem Trail entgegenkam. Gerade noch rechtzeitig brachte sie den Schlitten zum Stehen.

Sie erkannte den Mann sofort, und auch Sherburne hatte ihn schon mal gesehen. Er gehörte zu den Indianern, die Goldsuchern gegen Bezahlung halfen, über den Pass und nach Dawson City zu kommen. »Slocum Joe!«, riefen sie fast gleichzeitig, und der Mountie wunderte sich: »Was tust du denn hier? Ich dachte, du lässt inzwischen die jungen Männer arbeiten.«

Slocum Joe sicherte seinen Schlitten und nahm einen Rucksack vom Schlitten. Seine Kapuze war nach hinten gerutscht, und seine Haare glänzten genauso weiß wie der Schnee. »Ich wusste, dass ich dich hier finden würde«, sagte er zu Clarissa, ohne ihr zu verraten, woher er dieses Wissen nahm. »Ich bringe dir die Sachen zurück, die dir einer meiner jungen Männer gestohlen hat. Ich will seinen Namen nicht mehr aussprechen, denn wir haben ihn ausgestoßen, und wenn er stirbt, wird seine Seele ewig in der Dunkelheit wandern. Ich hätte wissen müssen, dass er was Böses im Schilde führt. Er gehört zu den wenigen Kriegern, die genauso goldgierig wie die Weißen sind.«

»Ich danke dir, Slocum Joe«, sagte sie und nahm den Rucksack entgegen. Als sie ihn öffnete, sah sie, dass er ihre Kleider und den Revolver enthielt. Den Lederbeutel mit dem Gold suchte sie vergeblich. Sie blickte ihn fragend an.

»Ich weiß«, las der alte Indianer ihre Gedanken, »der Beutel mit dem Gold fehlt. Er hatte alles ausgegeben, als ich ihn fand. Es tut mir leid, weiße Frau.«

»Es ist gut, Slocum Joe. Ich danke dir.«

Der Indianer nickte ihr und dem Mountie zu und lenkte seinen Schlitten an ihnen vorbei. Clarissa verstaute den Rucksack auf der Ladefläche. »Er ist ein guter Mann«, sagte sie. »Wenn alle so wären, bräuchten wir keine Mounties.«

»Und ich wäre arbeitslos«, erwiderte Sherburne grinsend.

35

Am späten Nachmittag erreichten sie den Yukon River. Eine dicke Eisschicht bedeckte den Fluss und glänzte im schwachen Licht der Sonne, die nur schemenhaft hinter den Wolken zu sehen war und bereits hinter den schneebedeckten Bergen versank. Der breite Strom wirkte ähnlich erhaben wie das Meer, auf dem Clarissa während ihrer Jugend zu Hause gewesen war und nie die Ehrfurcht vor der endlosen Wassermasse verloren hatte. Der Yukon war der größte und längste Fluss des Hohen Nordens, ein majestätischer Strom, der in den Gletschern auf der kanadischen Seite entsprang, sich quer durch Alaska wälzte und erst im fernen Nordwesten ins Polarmeer mündete. Ein majestätischer Fluss, über den sie so viele Geschichten gehört hatte, dass sie unwillkürlich den Schlitten anhielt und staunend auf die Eismassen blickte.

»Deswegen wollte ich, dass man mich in den Hohen Norden versetzt«, sagte Sherburne. Er sprach mit gedämpfter Stimme, aus Ehrfurcht vor dem Fluss und der eindrucksvollen Bergwildnis, die ihn umgab. »Ein Jammer, dass die Goldsucher mit ihrer Buddelei die ganze Gegend verunstalten. Und alles nur wegen dem gelben Metall, das am Klondike unter der Erde liegt.«

»Gold«, erwiderte sie. Ihr Blick glitt über den Fluss, der am Horizont mit dem Himmel zu verschmelzen schien. »Sie denken wahrscheinlich, dass sie mit den Nuggets alle Sorgen los sind. Und dann verjubeln sie ihr Gold, und wenn sie nach Hause kommen, ist alles noch so wie vorher, vielleicht sogar schlimmer. Alex …« Sie zögerte. »Wir haben uns nie was aus Gold gemacht.«

Sherburne empfand genauso. »Auf einem der Grenzposten könnte ich sowieso nichts damit anfangen, und in Dawson City … Mit Städten hatte ich noch nie viel im Sinn. Zu viele Menschen machen mich nervös. Meine Welt liegt hier draußen … Oder gibt es was Schöneres als diesen Anblick?«

Clarissa hatte längst erkannt, dass sie viel gemeinsam hatten. Der Hohe Norden mit seinen Bergen, Wäldern, Flüssen, Seen und Tälern übte eine eigenartige Faszination auf sie aus. Majestätisch waren sie, die Landschaften am Yukon und in Alaska, alles war viel größer und gewaltiger als im Süden, die Berge waren höher, die Wälder dunkler, die Flüsse breiter und reißender, die Seen klarer, und in den Tälern tummelten sich Grizzlys, Elche und Wölfe. Gefährlich war der Norden, auch tückisch und manchmal sogar tödlich, und wer in einen der ungestümen Blizzards oder in ein Gewitter geriet, konnte froh sein, wenn er am Leben blieb. Aber was waren diese Gefahren gegen die Schönheit dieser Gegend, die urwüchsigen Landschaften, und den Frieden, den man beim Anblick der unendlichen Natur empfand! Das magische Nordlicht, das in allen Regenbogenfarben über den nächtlichen Himmel flackerte.

Über das steile Ufer trieb Clarissa die Hunde auf den Fluss hinab. Sie kannten den Fluss bereits und waren begierig darauf, sein festes Eis unter die Pfoten zu bekommen, das sie schneller und leichter laufen ließ. Der Wind hatte den größten Teil des Neuschnees davongeweht, und vor ihnen lag blankes Eis, wie ein Spiegel im verbleibenden Tageslicht glänzend, an manchen Stellen auch grau und stumpf und wie geschaffen für eine rasante Fahrt. Clarissa ließ den Hunden freien Lauf, sie hatte genug damit zu tun, den Schlitten in der Spur zu halten und durch eine geschickte Verlagerung ihres Gewichts um Hindernisse herumzulenken. Aufgeworfenes Eis, durch den Wind verformt und scharfkantig, und Felsbrocken machten auch die Flusspiste gefährlich.

Es wurde bereits dunkel, als sie den Fluss verließen und dem Trail durch ein weites Tal folgten, in dem der Wind so hohe Schneewehen angehäuft hatte, dass Clarissa einige Male vom Trittbrett springen und anschieben musste. Als Sherburne ihr helfen wollte, hielt sie ihn zurück. »Das bisschen schaffen die Huskys und ich auch allein«, rief sie, obwohl der Trail kaum zu erkennen war, und Bunker sichtlich Mühe hatte, die Richtung beizubehalten. Anscheinend orientierte er sich an einigen Felsen, die vor einem dichten Fichtenwald aus dem Boden wuchsen und eines der markanten Zeichen am Trail waren.

»Bei den Felsen in den Wald und dann noch ungefähr eine halbe Meile, dann haben wir es für heute geschafft«, rief Sherburne. »Dort steht eine Blockhütte, in der wir immer übernachten, wenn wir nach Dawson fahren. Hat ein Fallensteller gebaut. Ich hoffe, der letzte Bewohner hat Brennholz dagelassen.«

Ein Schuss krachte.

Noch bevor der peitschende Knall wie ein Echo in der eisigen Luft verhallte, brach Sherburne zusammen und sank mit dem Hinterkopf gegen den Vorratssack unter der Haltestange. Aus einer Wunde an der Schläfe sickerte Blut.

Clarissa war so geschockt, dass sie nicht reagierte. Sie fuhr weiter, als wäre nichts geschehen, und nur der entsetzte Ausdruck in ihren Augen verriet, dass sie den Schuss gehört hatte.

Bis sie sich nach dem Schützen umdrehte, vergingen wertvolle Sekunden, der Schuss hallte in ihren Ohren nach und schien sie so sehr zu betäuben, dass sie nicht mal das Scharren der Kurven hörte. Vor ihren Augen war wabernder Nebel und versperrte ihr die Sicht.

Als die Schockstarre endlich von ihr abfiel und sich der Nebel verzog, sah sie den Fremden in der Büffelfelljacke am Fluss stehen, ein rauchendes Gewehr in den Händen. Auch er stand auf dem Trittbrett eines Hundeschlittens und hatte sich wohl hinter Eisbrocken versteckt, bevor er geschossen hatte. Seine dunkle Gestalt hob sich bedrohlich gegen den hellen Schnee ab.

In Erwartung eines zweiten Schusses ging Clarissa tief in die Knie, als könnte sie auf diese Weise der tödlichen Kugel ausweichen. Direkt vor ihr lag der reglose Körper des Mounties. Seine Schläfe war blutig, die Augen geschlossen, und sie bezweifelte, dass sein Herz noch schlug. »Paul! Paul!«, rief sie verzweifelt. »Es tut mir leid, Paul!« In ihrer Panik glaubte sie, allein schuld an dem heimtückischen Überfall zu sein. Nur ihretwegen war der Fremde hier, nur sie würde ihm die Belohnung bringen. Aber er musste sie lebend erwischen. Vielleicht hatte sie doch noch eine Chance. Aber was war, wenn er sie verwundete? Ihre Gedanken rasten, ließen alles verschwimmen.

Weg hier, nur weg, er darf mich nicht erwischen. Wenn ich die Hütte erreiche, kann ich mich vielleicht verteidigen. Ich habe meinen Revolver wieder, fünf oder sechs Schuss habe ich auf jeden Fall. Vielleicht ist die Wunde nicht so schlimm, und Paul ist doch noch am Leben, dann kann ich ihn verarzten, und er wacht wieder auf. Er hat ein Gewehr. Wenn ich den Fremden lange genug aufhalte, kann er mir helfen. »Paul! Du darfst nicht sterben, hörst du? Halte durch, Paul! Wir schaffen es bis zur Hütte! Gleich sind wir da!«

Sie brauchte die Hunde nicht anzufeuern. Sie hatten selbst gemerkt, in welcher tödlichen Gefahr sie sich befanden, und rannten so schnell sie konnten. Mit vorgereckten Schnauzen stoben sie durch die Schneewehen, die Augen auf die Felsen und den Waldrand gerichtet. Clarissa blieb geduckt, wartete immer noch auf den zweiten Schuss, der seltsamerweise ausblieb, verlor beinahe das Gleichgewicht, als der Schlitten über eine Bodenwelle holperte, und richtete sich wieder auf. Immer noch in Panik, aber nicht mehr von Angst betäubt und jetzt entschlossener, trieb sie die Hunde durch das Tal. Der Fahrtwind blies ihr eisig ins Gesicht und brachte ihre Augen zum Tränen.

Die Felsen und der Waldrand waren bereits dicht vor ihr, noch ein paar Sekunden, dann hatten sie es geschafft. Sie drehte sich nicht um, wollte nicht in die Mündung des Gewehres sehen, wenn er auf sie feuerte. Doch sie hörte seine lauten Anfeuerungsrufe, sein »Heya! Heya!« und »Vorwärts!«. Er verfolgte sie, und er konnte einen Schlitten steuern, sonst hätte er es nicht in diese abgelegene Wildnis geschafft. Frank Whittler hatte sich den richtigen Mann für die Drecksarbeit ausgesucht. »Bring mir die Schlampe her!«, hatte er ihm wohl gesagt. »Wie du es machst, ist mir völlig egal, aber bring sie her! Und denk dran: Dein Geld bekommst du nur, wenn sie noch am Leben ist!«

Dieser Mann ging über Leichen. Er hatte den Mountie erschossen, um einen unliebsamen Zeugen loszuwerden, und glaubte wohl, leichtes Spiel mit ihr zu haben, wenn sie allein war. Aber da hatte er sich mächtig getäuscht!

Sie hatte ihr Selbstvertrauen wiedergewonnen, und obwohl sie ahnte, dass sie tatsächlich gegen einen Mann wie den Kopfgeldjäger nicht ankam, war sie fest entschlossen, ihm Paroli zu bieten. »Zur Hütte! Beeilt euch!«, rief sie den Hunden zu, als sie endlich zwischen den Felsen waren und der Wald zum Greifen nahe schien. Als erwartete sie, so kurz vor dem Waldrand doch noch von einer Kugel getroffen zu werden, duckte sie sich erneut, schrie vor Wut und Verzweiflung und atmete zum ersten Mal auf, als sie endlich im Wald und von dichten Schwarzfichten umgeben waren.

Zwischen den Bäumen war es bereits Nacht, und das einzige Licht kam von dem Schnee, der auch hier relativ hoch lag. Der Trail wand sich durch das Unterholz und war einigermaßen deutlich zu erkennen. An einigen Stellen waren sogar die Spuren eines anderen Schlittens zu sehen, der vor ein oder höchstens zwei Tagen hier durchgekommen war. Vielleicht ist der Mann noch in der Hütte, hoffte sie, ein anderer Mountie oder ein Fallensteller, der mir helfen kann. Aber als das Blockhaus auf einer Lichtung auftauchte, brannte kein Licht, und vor der Tür parkte kein Schlitten, und es lagen auch keine Huskys draußen.

Vor dem Brennholz, das neben der Tür gestapelt lag, bremste sie den Schlitten. Sie rammte den Anker in den Schnee und öffnete die Tür, blickte in den dunklen Raum und rannte zum Schlitten zurück. Sherburne stöhnte leise, kam anscheinend wieder zu sich. »Gott sei Dank, Sie leben!« Sie wuchtete ihn von der Ladefläche und zerrte ihn zum Haus, packte ihn unter den Armen und zog ihn in die Hütte. Die Angst vor ihrem Verfolger verlieh ihr Kräfte, die sie nie in sich vermutet hätte. Sie ließ ihn auf dem Boden liegen, rannte noch einmal zum Schlitten, holte die Decken, sein Gewehr und den Vorratssack.

Nachdem sie die Tür verschlossen und von innen verriegelt hatte, kramte sie ihren Revolver aus dem Vorratssack, lief zum Fenster und blickte mit entsicherter Waffe auf die Lichtung. Ihr Atem ging keuchend, ihre Hände zitterten. So würde sie nie etwas treffen. Sie war weder Buffalo Bill noch Annie Oakley, seine zielsichere Freundin, über die sie gelesen hatte, und schon gar nicht so kaltblütig wie die beiden. Sie musste sich schon überwinden, auf einen auskeilenden Elch oder einen Wolf zu zielen, wenn sie das Leben ihrer Huskys bedrohten. Selbst auf einen gemeinen Verbrecher wie den Kopfgeldjäger zu schießen, würde ihr schwerfallen, vielleicht sogar unmöglich sein.

Sie blieb lange am Fenster stehen, wagte nicht, sich abzuwenden, um ihrem Verfolger keine Gelegenheit zu geben, sich unbemerkt ans Haus zu schleichen. »Keine Angst! Ich kümmere mich gleich um Sie!«, rief sie dem Mountie zu. Er lag stöhnend auf dem Holzboden. »Der Mann in der Büffelfelljacke, von dem ich Ihnen erzählt habe, der mich nach Vancouver bringen soll … Er hat geschossen. Ich habe ihn deutlich erkannt. Er verfolgt uns mit einem Schlitten.« Er versuchte, sich aufzurichten. »Bleiben Sie liegen, Paul!«

Doch nichts geschah. Ihr Verfolger ließ sich nicht blicken, und die Lichtung blieb verlassen und leer. Als hätte er sich plötzlich in Luft aufgelöst.

»Das verstehe ich nicht«, sagte sie leise. »Wo ist er nur hin?«

Sie wusste, dass ihr Verfolger niemals aufgeben würde. Ein Mann wie er, ein erfahrener Menschenjäger ohne die geringsten Skrupel, würde niemals klein beigeben, schon gar nicht, wenn er alle Trümpfe in der Hand hielt. Noch dazu war sie eine Frau. Sie drückte sich dicht an die Wand, um ihm kein Ziel zu bieten, und blickte forschend auf die Lichtung hinaus. Ob er einen großen Bogen gefahren war und sich von hinten an die Hütte anschleichen wollte? Würde er plötzlich vor dem Fenster auftauchen und eine Fackel in die Hütte werfen?

Sie lief zu dem verletzten Mountie, riss ein Streichholz an und untersuchte die Wunde. Dann holte sie einen Verband aus ihrer Anoraktasche und tupfte vorsichtig das Blut ab. »Sie haben Glück gehabt, Paul! Das war nur ein Streifschuss! Das wird bald wieder.«

Er stöhnte wieder. »Aber es tut verflucht weh.«

»So wie bei mir, als ich über den Hang wollte.« Sie lächelte für einen Augenblick. »In zwei Tagen ist das Kopfweh vorbei.« Sie riss ein Stück von dem Verband ab, legte es auf die Wunde und klebte es mit einem Streifen aus seiner Erste-Hilfe-Tasche fest. Sie blickte sich in dem Halbdunkel um und erkannte die Umrisse eines Bettes. »Da steht ein Bett … Warten Sie, ich helfe Ihnen.«

»Kommt gar nicht in Frage! Gehen Sie zum Fenster!«

Sie gehorchte, nahm ihren Revolver vom Tisch und kehrte ans Fenster zurück. Draußen hatte sich nichts verändert. Die Lichtung lag einsam und verlassen unter dem dunklen Himmel, nur der Schnee verbreitete noch fahles Licht. Von dem Fremden war nichts zu sehen. »Das verstehe ich nicht«, sagte sie leise, »er müsste doch längst hier sein! Ob er irgendeine Teufelei vorhat?«

Sherburne griff nach seinem Gewehr und stemmte sich auf die Ellbogen, brach aber gleich wieder zusammen und blieb stöhnend liegen. Er fluchte.

Clarissa drehte sich erschrocken nach ihm um. »Bleiben Sie liegen, Paul! Ich schaffe das auch allein! Ruhen Sie sich aus! Sie können mir nicht helfen.«

Sherburne antwortete nicht, er hatte wohl wieder das Bewusstsein verloren und lag ausgestreckt auf dem Boden. Sie blickte wieder aus dem Fenster, versuchte jede noch so geringe Bewegung in der Dunkelheit auszumachen. Ein Nachtvogel, der sich von einem der Äste erhob, wehender Schnee, wenn der Wind in die Wehen fuhr. Tanzende Schatten, wenn die Wolken für einen Moment den Mond freigaben. Kein Nordlicht, keine flackernden Farben.

Eine Viertelstunde verging. Eine halbe Stunde. Die Lichtung blieb leer, von dem Mann in der Büffelfelljacke keine Spur. Sie hatte die Handschuhe ausgezogen und spürte, wie ihre Hände immer kälter wurden. Bestürzt erkannte sie, dass auch Sherburne dringend Wärme brauchte. Die Petroleumlampe auf dem Holztisch wagte sie nicht anzuzünden, den Ofen fand sie auch ohne Licht, und um ein Feuer in Gang zu bringen, reichten ein oder zwei Streichhölzer. Sie entzündete einige Sägespäne, die der letzte Besucher vor dem Holzstapel angehäuft hatte, eine Angewohnheit, die auch Alex zu eigen gewesen war, und griff nach einem Holzscheit, das so geschnitten war, wie Alex es gern hatte, schlank und keilförmig, damit sie die Flammen nicht erstickten.

Sie starrte ungläubig auf das Holzscheit. Alex tauchte in ihren Gedanken auf, wie er vor der Hütte stand und Holz hackte, die Axt so geschickt führte, dass die Scheite schlank und keilförmig aussahen. »Meine Spezialität«, sagte er, »hab ich lange geübt. Damit geht kein Feuer aus.« Sie glaubte förmlich sein Lachen zu hören und lief zum Fenster. Plötzlich hatte sie das Gefühl, er könnte tatsächlich vor dem Haus sein, doch sie sah nur die Hunde, die scheinbar unbeteiligt im Schnee lagen.

»Ein Zufall«, flüsterte sie, während sie das Holzscheit in die Flammen warf, »nur ein Zufall.« Alex konnte nicht hier gewesen sein. Sie dachte an den einsamen Musher, den sie in der Neujahrsnacht gesehen hatte. Oder doch? War er doch noch am Leben und auf dem Landweg zum Yukon gekommen?

Unsinn, schalt sie sich. Rede dir nichts ein, verdammt!

Sie deckte den Mountie mit einigen Wolldecken zu, schob ihm eine weitere vorsichtig unter den Kopf und kehrte zum Fenster zurück. Erschöpft von der Anstrengung und der Aufregung, zog sie sich einen Stuhl heran. Sie nahm die Fellkappe ab, lehnte den Kopf gegen die Wand und wartete. Die Angst, von dem Fremden überrascht zu werden, war immer noch groß, und sie nahm sich vor, auf keinen Fall einzuschlafen, nicht einmal die Augen zu schließen.

Das lang gezogene Heulen eines Wolfes ließ sie aufschrecken. Es klang wie der Triumphschrei eines Kriegers, der einen starken Feind besiegt hatte, und hallte als vielfaches Echo durch den Wald. Sie sprang auf und starrte auf die Lichtung. Der Schatten eines Tieres bewegte sich über den Schnee. Ein Wolf, der langsam näher kam, ein hagerer Bursche mit leuchtenden Augen und aufgestellten Ohren. Er humpelte kaum merklich. »Bones!«, flüsterte sie.

Wie unter einem Zwang lief sie zur Tür und öffnete sie. Der Wolf kam langsam auf sie zu, reckte ihr seine blutverschmierte Schnauze entgegen und schien zu lächeln. Clarissa ahnte, was er ihr mitteilen wollte. Er war der Grund, warum der Mann nicht aufgetaucht war. »Bones!«, sagte sie wieder. »Bones!«

Als sie am nächsten Morgen aus dem Schlaf schreckte, glaubte sie alles nur geträumt zu haben. Sherburne saß mit dem Gewehr neben ihr. Er lächelte etwas gequält. »Ich wollte Sie nicht wecken«, sagte er, »und mir geht es schon viel besser.« Er griff sich an die Schläfe. »Vielleicht nur ein betrunkener Jäger, der mich mit einem Elch verwechselte und sich schleunigst aus dem Staub gemacht hat, als er seinen Irrtum erkannte. Sonst wäre er schon hier.«

»Vielleicht«, erwiderte sie, doch als sie nach draußen ging, um nach den Hunden zu sehen, entdeckte sie eine frische Wolfsspur im Schnee. »Ich glaube eher, die Wölfe haben ihn erwischt. Hier sind frische Spuren … und Blut.«

Er folgte ihr und betrachtete die Spur. »Sobald wir in Dawson sind, schicke ich zwei Constables raus. Wenn es der Fremde war, finden sie den Mann.«

Clarissa wusste es besser, sagte aber nichts.

36

Dawson City lag auf einem Hochplateau über der Mündung des Klondikes in den Yukon River und empfing sie mit leichtem Schneefall. Die Stadt platzte aus allen Nähten. In den Außenbezirken bestand sie aus mehreren Hundert Zelten, in denen die Goldsucher wohnten, die sich keine feste Bleibe leisten konnten, und auf der Front Street und einigen Nebenstraßen aus hastig errichteten Holzhäusern, die meisten einstöckig und mit falschen Fassaden. Der Schnee, der während der Nacht gefallen war, ließ die Straßen sauberer aussehen, als sie in Wirklichkeit waren, und verdeckte den Abfall in den schmalen Seitengassen.

Um die Mittagszeit erreichten Clarissa und Sherburne die Stadt. Der Mountie stand auf dem Trittbrett und lenkte den Schlitten am Stützpunkt der North West Mounted Police vorbei, mehrere Blockhäuser, die durch einen hohen Palisadenzaun gesichert waren, und trieb die Huskys auf die breite Front Street. So hieß die Hauptstraße von Dawson City. Clarissa hatte das Fort mit der Aufschrift »North West Mounted Police« über dem Eingang wohl gesehen und fragte sich, was Sherburne mit ihr vorhatte, wagte aber nicht zu fragen. Seine Pflicht wäre es gewesen, sie direkt ins Fort zu bringen.

Als er den Schlitten vor dem Pacific Hotel abbremste, einem soliden zweistöckigen Gebäude, blickte sie ihn erstaunt an. Das Pacific Hotel, so hatte man ihr bereits in Skaguay erzählt, war eines der besten Hotels der Stadt.

Er verankerte den Schlitten und half ihr von der Ladefläche. »Die erste Nacht schlafen Sie im Hotel«, verkündete er leise. »Ich habe noch einen Gefallen bei dem Besitzer gut. Das Frühstück und das Mittagessen können Sie aufs Zimmer schreiben lassen.« Er zögerte etwas, bevor er weitersprach. »Ich werde mich inzwischen im Fort melden und nachsehen, ob Ihr Haftbefehl noch besteht. Wenn wir Glück haben, hat der vermeintliche Zeuge widerrufen. Ein Meineid ist keine Kleinigkeit.« Sein Tonfall verriet wenig Hoffnung.

»Und wenn nicht?« Sie wagte gar nicht an diese Möglichkeit zu denken.

»Wir werden eine Lösung finden.« Er griff nach ihrem Rucksack und half ihr auf den Gehsteig. Einige Männer blieben respektvoll stehen, als sie das Abzeichen der North West Mounted Police auf der Büffelfelljacke des Mounties sahen, und waren erstaunt, eine Frau bei ihm zu sehen, eine attraktive Frau, auch wenn sie die Kleidung eines Fallenstellers trug. In Dawson waren vor allem leichte Mädchen zu haben. »Haben Sie keine Angst, Clarissa. Wenn Sie die Verbrechen nicht begangen haben, passiert Ihnen auch nichts. Die Wahrheit können selbst reiche Leute wie die Whittlers nur zeitweise verdrehen.«

Clarissa wusste, dass es anders war, sagte aber nichts und folgte dem Mountie ins Hotel. Es war besser ausgestattet, als sie gedacht hatte, ein weinroter Teppich in der Eingangshalle, schmiedeeiserne Petroleumlampen an den Wänden, ein Empfangspult wie in einem Hotel in Vancouver. Der Angestellte holte sofort den Besitzer, einen korpulenten Mann mit Halbglatze, der Sherburne überschwänglich begrüßte. Anscheinend war der Gefallen, den er dem Mountie schuldete, ziemlich groß. »Oh natürlich, Inspector«, erwiderte er. Er sprach mit ausländischem Akzent. »Die Lady kann so lange bei uns bleiben, wie sie will, und bekommt das beste Zimmer. Und selbstverständlich kommen wir auch für die Speisen auf, die sie im Restaurant zu sich nimmt.« Er rief den Angestellten herbei und reichte ihm den Schlüssel. »Bring die Tasche der Dame auf Zimmer 2 … Ein bisschen plötzlich, wenn ich bitten darf.« Und zu Clarissa: »Willkommen im Pacific Hotel!«

Sherburne war ein wenig verlegen, weil der Besitzer in der Nähe blieb und ihn hören konnte, dennoch sagte er: »Ich würde mich sehr freuen, wenn ich Sie heute Abend zum Essen einladen dürfte, Clarissa.« Er errötete leicht, als er sie zögern sah. »Im Klondike Restaurant gegenüber gibt es die besten Steaks, die ich jemals gegessen habe. Würden Sie mir die Ehre erweisen?«

Sie hätte beinahe gelacht, nicht weil sie sich über ihn lustig machen wollte, sondern weil sie es komisch fand, dass ein ranghoher Inspector der Mounties eine steckbrieflich gesuchte Diebin zum Essen einlud. »Sehr gerne, Paul«, erwiderte sie stattdessen. »Ich warte gegen sechs hier in der Lobby auf Sie.«

»Vielleicht weiß ich dann schon mehr«, machte er ihr Hoffnung.

Clarissa verabschiedete sich von ihm und folgte dem Angestellten, der mit der Tasche unter dem Arm auf der Treppe gewartet hatte, in den ersten Stock. Das Zimmer war fürstlich eingerichtet, es gab ein breites Himmelbett, das wohl für Hochzeitsgäste vorgesehen war, einen Waschtisch, eine Kommode, einen Schrank und ein rundes Tischchen mit zwei Stühlen. Die Petroleumlampe auf der Kommode war randvoll. Das einzige Fenster ging auf eine dunkle Gasse raus, nicht gerade ein schöner Ausblick, aber besser als die laute Front Street, auf der auch im Winter allerhand Verkehr herrschte. Vor mehreren Läden und Saloons parkten Hundeschlitten oder größere, mit Pferden bespannte Schlitten, und auf den Gehsteigen drängten sich die Goldsucher, die im Herbst zu plötzlichem Reichtum gekommen waren und alles daransetzten, das mühsam geschürfte Gold wieder unter die Leute zu bringen. Vor allem die leichten Mädchen, die am Ortseingang vor ihren Zelten standen, und denen es erlaubt war, ihre Reize offen anzubieten, profitierten von den Männern.

Clarissa zog ihre gefütterte Jacke, die Fellmütze und die Handschuhe aus und ließ sich aufs Bett fallen. Die lange Fahrt, vor allem aber der Zwischenfall mit dem Kopfgeldjäger und ihre Entdeckung in der Blockhütte hatten sie mehr mitgenommen, als sie gedacht hatte. Sie hatten großes Glück gehabt, vor allem Paul, der inzwischen kaum noch Schmerzen spürte und bereits sein Pflaster von der Schläfe gezogen hatte. Einen Fingerbreit weiter rechts, und er wäre tot gewesen. Was aus dem Angreifer geworden war, ahnte sie nur. Wenn Bones ihr nicht nur im Traum erschienen war, hatte er wohl dafür gesorgt, dass der Fremde in der Büffelfelljacke sie nicht mehr angreifen konnte.

Sie schloss die Augen und hätte gern etwas geschlafen,

war aber viel zu unruhig und blickte stattdessen zum Baldachin des Himmelbetts empor. Bis Dawson City hatte sie es geschafft, eine Stadt, die sie schon verabscheut hatte, bevor sie angekommen war. Wie alle Boomtowns war sie viel zu laut und geschäftig, selbst jetzt im Winter, und sie könnte sich niemals vorstellen, dort zu leben. Eigentlich war sie nur hier, weil sie hoffte, ihre Freundin Dolly zu treffen, und weil die Mounties ihr keine andere Wahl gelassen hatten. Wenn Sherburne ihr schlechte Nachrichten überbrachte, wovon leider auszugehen war, müsste er sie verhaften und mit dem Hundeschlitten oder im nächsten Frühjahr mit dem Dampfer nach Vancouver zurückbringen lassen.

Sie vertraute dem Mountie. Er war ein guter Mann, liebevoll, großzügig, alles andere als eitel und ein erstklassiger Musher. Ein Mann, wie ihn sich jede Frau wünschte. Auch sie fand ihn sympathisch und wäre vielleicht sogar bereit gewesen, mehr für ihn zu empfinden, wenn sie nicht jeden Tag noch an Alex denken würde. Außerdem gab es da immer noch einen Funken Hoffnung in ihr, auch wenn die Vorstellung, ihn in der Neujahrsnacht gesehen und seine Spuren in der Hütte gefunden zu haben, wohl eher ihrem Wunschdenken entsprungen war. Hatte sie Dolly nicht selbst vorgeschlagen, jetzt vor allem an ihre Zukunft zu denken und sich mit ihrem neuen Leben zu arrangieren? Sollte sie diesen klugen Ratschlag nicht auch selbst beherzigen?

Zuerst einmal sollte sie Dolly finden, auch wenn ihr das inzwischen fast unmöglich erschien. Über zwanzigtausend Menschen lebten angeblich in Dawson City, eine fast unvorstellbare Zahl! Sie aß von dem Trockenfleisch, das noch in ihrem Rucksack war, und ließ sich einen Tee aufs Zimmer bringen. Kurz dachte sie daran, sich einen Rock anzuziehen und blieb dann doch in ihrer Winterkleidung. Fest entschlossen, die trüben Gedanken zu verdrängen, die schon wieder übermächtig zu werden drohten, griff sie nach ihrer Mütze und den Handschuhen und verließ ihr Zimmer. In der Eingangshalle verbeugte sich der Besitzer übertrieben tief vor ihr und wünschte einen guten Tag.

»Entschuldigen Sie bitte«, wandte sie sich an ihn, »wissen Sie zufällig, wo ich Dolly Kinkaid finden kann? Sie muss im Spätherbst nach Dawson gekommen sein, eine Engländerin, die sicher in einem der Restaurants arbeitet.«

»Bei uns leider nicht, so viel kann ich Ihnen versichern, und im Klondike gegenüber auch nicht. Der Besitzer ist ein guter Freund von mir, und er hätte mir sicher erzählt, wenn er eine Engländerin eingestellt hätte. Es gibt leider sehr viele Restaurants in Dawson City, Ma'am. Ich fürchte, Sie müssen alle einzeln abklappern. Ich würde hier auf der Front Street anfangen.«

Die Suche gestaltete sich noch mühsamer als erwartet. In keinem der Restaurants auf der Front Street hatte man von Dolly gehört, und sie lief bereits die Restaurants in der First Avenue ab, als sie endlich fündig wurde. Aber nicht ein Restaurantbesitzer, sondern zwei Goldsucher, die in einem der Lokale gegessen hatten und zufällig mitbekamen, wen sie suchte, gaben ihr die gewünschte Antwort. »Dolly Kinkaid?«, sagte einer der beiden. »Die hübsche Engländerin? Klar wissen wir, wo die ist. In Aunt Millie's Roadhouse, ungefähr fünf Meilen nordwestlich von hier, an der Wagenstraße nach Circle.«

»Sind Sie sicher?«

»Klar sind wir sicher, Ma'am«, sagte der andere Goldsucher. »So eine Frau kann man nicht vergessen. Aunt Millie ist schwer krank, wissen Sie? Sie ist um die Siebzig und hat irgendwas an der Lunge. Eigentlich wollte sie den Laden verkaufen, aber sie könnte sowieso nichts mehr mit dem Geld anfangen, sagt sie, und überlässt den Laden lieber einer Frau, der sie vertrauen kann. Dolly ist in Ordnung. Also, wenn wir zwei nicht verheiratet wären ...«

Den letzten Teil des Satzes bekam Clarissa nicht mehr mit. Ihre Aufmerksamkeit wurde durch eine Bewegung auf der anderen Straßenseite abgelenkt, ein Mann, der aus dem Gemischtwarenladen gegenüber kam und einige Vorräte auf seinen Schlitten lud. In dem leichten Schneetreiben war seine Gestalt nur undeutlich zu erkennen, aber er bewegte sich ... Er bewegte sich wie Alex, und fast glaubte sie, auch sein vertrautes Lächeln zu sehen, wenn seine Mundwinkel nach oben zeigten, und er eine scherzhafte Bemerkung machte.

Sie trat näher ans Fenster und rieb mit der flachen Hand über die Scheibe. Er hatte auch seine Statur, die breiten Schultern, die kräftigen Arme, und war wie ein Fallensteller gekleidet. Wollhosen, Anorak, Fellmütze und über seinen Schultern hing ein Lee-Enfield-Gewehr, das erkannte sie inzwischen aus weiter Ferne. Unsinn, sagte sie sich, so waren viele Männer angezogen, und ein Lee-Enfield-Gewehr hatte jeder Zweite oder Dritte in dieser Gegend. Du bildest dir was ein, schalt sie sich, was sie aber nicht davon abhielt, in den Flur zu laufen und die Tür aufzureißen. »Alex! Alex! Ich bin's, Clarissa!«, rief sie, doch der Fallensteller war bereits auf seinem Schlitten an ihnen vorbeigefahren und trieb lautstark seine Hunde an: »Giddy-up! Wollt ihr wohl laufen? Vorwärts …« Weiter konnte sie ihn nicht hören.

Giddy-up … So feuerte Alex seine Hunde an. Giddy-up, Giddy-up!

Sie entdeckte einen Hundeschlitten vor dem Restaurant und drehte sich zu den beiden Goldsuchern um. »Ist das Ihr Schlitten?« Und als sie nickten: »Ein Notfall! Ich leihe ihn mir für ein paar Stunden aus. Ich bringe ihn zurück.«

Bevor die Goldsucher etwas einwenden konnten, stand sie auf dem Trittbrett und wendete den Schlitten mit lauten Anfeuerungsrufen: »Gee! Gee! Vorwärts, ihr Lieben. Ich weiß, wir kennen uns nicht, aber ihr müsst mir helfen! Vorwärts, dem Schlitten nach, der gerade hier vorbeigekommen ist!«

Vor den Augen der Goldsucher und anderer verdutzter Männer, die es nicht gewohnt waren, eine Frau auf dem Trittbrett eines Hundeschlittens zu sehen, wendete sie den Schlitten und raste die First Avenue hinauf. Die Häuser und Zelte der Stadt flogen an ihr vorbei. Beide Hände an den Haltestangen und den Kopf gegen das Schneetreiben gesenkt, fuhr sie aus der Stadt, vorbei an einigen leichten Mädchen, die trotz der Kälte nur wenig von ihren Reizen verhüllten und ihr etwas zuriefen, was sie nicht verstand. Sie kicherten laut.

Am Ende der Stadt folgte sie dem Trail, den die meisten Goldsucher und Fallensteller nahmen, wenn sie Dawson City verließen: in steilen Serpentinen zu den Flüssen hinunter, auf das feste Eis des Yukon River, obwohl sie Alex, oder den Mann, den sie für ihn hielt, nirgendwo sehen konnte und allein ihrem Instinkt folgte. Über den Yukon nach Nordwesten, weg von den Goldfeldern, die vor allem am Klondike lagen, und hinein in die unberührte Wildnis, die sich nördlich der Stadt erstreckte. Dort wäre Alex zu Hause, dort würde er irgendwo ein Blockhaus bauen, ein neues Zuhause, in dem sie die letzten Monate vergessen und eine gemeinsame Zukunft schaffen konnten.

Erst nach einigen Meilen wurde ihr klar, dass sie einem Phantom folgte. Der Fluss zog sich wie ein endloses breites Band nach Nordwesten, und sie hätte ihn längst sehen müssen, wenn er diesen Weg eingeschlagen hatte. Aber vor ihr war nur grenzenlose Leere, und die Hunde waren lange nicht so erfahren und schnell, um einen Fallensteller mit einem eingespielten Team einzuholen. Es hatte keinen Zweck, sie musste umkehren, bevor die beiden Goldsucher sie anzeigten, und sie erst recht mit North West Mounted Police zu tun bekam. »Whoaa! Whoaa!«, rief sie den Huskys zu und hielt den Schlitten an.

Eine Weile blieb sie stehen und starrte in die Ferne, versuchte die nebligen Schleier über dem Schnee und dem Eis mit ihren Augen zu durchdringen. Der Fluss blieb einsam und verlassen, keine Spur von einem anderen Musher. »Alex!«, rief sie. »Warum zeigst du dich nicht, wenn du es bist? Warum läufst du vor mir weg?« Ich habe mich wohl geirrt, dachte sie, es war nicht Alex, er kann es nicht gewesen sein. Sie bildete sich etwas ein.

Niedergeschlagen kehrte sie in die Stadt zurück. Sie lieferte den Schlitten bei den beiden Goldsuchern ab, die wartend vor dem Restaurant in der First Avenue standen und erleichtert waren, als sie vor ihnen hielt. »Und wir dachten schon, Sie wären auf und davon«, sagte einer der beiden.

»Nicht, dass was Wertvolles auf dem Schlitten wäre, das bisschen Gold, das wir gefunden haben, tragen wir bestimmt nicht mit uns herum, aber um den Whisky in unserem Vorratssack wäre es wirklich schade gewesen. Nichts für ungut, Ma'am.«

Clarissa bedankte sich noch einmal und kehrte ins Hotel zurück. Der Besitzer fragte sie, ob sie ihre Freundin gefunden hätte, und sie berichtete, dass Dolly in Aunt Millie's Roadhouse arbeiten würde, ließ sich aber nicht auf eine Unterhaltung ein, sondern fragte ihn nach einem heißen Bad. Er verwies auf die Wannen im Anbau und wies seine erwachsene Tochter an, ihr behilflich zu sein. Das heiße Wasser tat gut nach der hektischen Fahrt. Sie wusch sich mit der teuren Lavendelseife, die ihr die Tochter des Besitzers reichte, und genoss noch einen Augenblick die Wärme. Womöglich wäre sie in der Wanne eingeschlafen, wenn die junge Frau nicht geklopft hätte. »Schon fünf Uhr«, rief sie. Anscheinend wusste auch sie, wann Clarissa mit dem Mountie verabredet war.

Weder sie noch ihr Vater wussten jedoch, wie entscheidend die Begegnung mit dem Inspector für Clarissa war, und dass sie die nächste Nacht vielleicht schon im Gefängnis zubringen würde, falls Sherburne keinen Ausweg fand.

Sie machte sich so hübsch wie möglich, zog den schwarzen Rock und die gemusterte Bluse an und schlüpfte in die neuen Schuhe, die Soapy Smith ihr gekauft hatte. Das Kleid würde sie Dolly mitbringen. Vor dem Spiegel drehte sie ihre Haare zu einem festen Knoten, der sie etwas streng aussehen ließ, ihr anmutiges Gesicht mit den dunklen Augen aber noch besser zur Geltung brachte. Auch die Handtasche war ein Geschenk von Soapy Smith, aber eine eigene besaß sie leider nicht mehr. Nachdem sie ihr Gesicht noch einmal gemustert und ihren Mantel angezogen hatte, ging sie in die Lobby hinunter.

Sherburne wartete bereits auf sie, er trug diesmal seine rote Ausgehuniform, die ihn noch stattlicher aussehen ließ. »Sie sehen wunderschön aus«, sagte er, und ihr fiel auf, dass sie diesen Satz schon zum zweiten Mal von einem anderen Mann hörte und auch zum zweiten Mal mit einem anderen Mann als Alex ausging. Für einen Moment kam sie sich wie eine Betrügerin vor, doch sie besann sich anders und sagte sich, dass sie Alex nicht hinterging. Obwohl sie zu zweit in einsamen Hütten übernachtet hatten, war nie etwas zwischen Sherburne und ihr gewesen. Er war ein untadeliger Gentleman, der auch dann nichts überstürzen und sehr zurückhaltend um sie werben würde, falls Alex tatsächlich tot war. Er würde ihr genug Zeit geben, über den Tod ihres Mannes hinwegzukommen. Sie brauchte sich keine Sorgen zu machen.

Sie hängte sich bei dem Mountie ein und überquerte mit ihm die Straße. Sherburne hatte einen Tisch im Klondike reserviert und lächelte zufrieden, als man ihnen einen der begehrten Tische am Fenster zuwies. »Zwei Gläser Champagner!«, bestellte er bei dem vornehm gekleideten Ober, einem sehr ernsten Mann, der auf jede Bestellung mit »Sehr wohl, der Herr!« antwortete.

»Champagner?«, fragte Clarissa. Sie wusste inzwischen, welche unverschämten Preise im »Paris des Nordens« verlangt wurden, Hatte sie sich etwa getäuscht? Hatte Sherburne vor, ihr einen Antrag zu machen? Sie verbarg nur mühsam ihre Angst. »Haben wir denn etwas zu feiern?«, fragte sie vorsichtig.

»Und ob!«, antwortete er aus voller Überzeugung. Er wartete, bis der Ober den Champagner gebracht hatte, und stieß fröhlich mit ihr an. »Ich trinke auf Clarissa Carmack, deren Haftbefehl schon vor einigen Tagen widerrufen wurde, und die keine Angst mehr haben muss, von einem Gericht in Vancouver belangt zu werden. Sie sind eine freie Frau, Clarissa, frei wie ein Vogel!«

Sie brauchte eine Weile, bis sie die gute Nachricht verarbeitet hatte. Ihre Überraschung war so groß, dass sie zu trinken vergaß, ihr Glas auf den Tisch stellte und ungläubig fragte: »Ist das wahr, Paul? Ist das wirklich wahr?«

»So wahr ich hier sitze.« Er verzog sein Gesicht, als er den Champagner auf der Zunge spürte. Er zog ein Schreiben der Polizei in Vancouver aus seiner Jackentasche und reichte es ihr. »Den Brief hat ein Kurier aus Vancouver mitgebracht. Die Canadian Pacific ist in einen Bestechungsskandal verwickelt, der einige Manager den Posten gekostet hat, unter anderem Thomas Whittler und seinen Sohn. Es geht um irgendwelche Grundstücke am Fraser River. Kaum ging die Meldung über den Telegraph, zog der angebliche Zeuge, ein Rechtsanwalt, der gegen Sie vor Gericht auftreten sollte, seine Aussage zurück. Ist das nicht wunderbar, Clarissa? Die Whittlers haben ausgespielt. Sie haben nichts mehr zu befürchten. Frank Whittler ist endgültig am Ende.«

Clarissa konnte es noch immer nicht glauben und überflog das offizielle Schreiben der Vancouver Police. Darin bestätigte die oberste Dienststelle, was Sherburne ihr bereits erzählt hatte, und stellte außerdem fest, dass man beide

Whittlers wegen des dringenden Verdachts der Bestechung festgenommen habe. »… wird hiermit der Haftbefehl gegen Clarissa Carmack aufgehoben.« Der Satz, auf den sie so lange gewartet hatte, hier stand er tatsächlich.

»Ich bin frei? Wirklich frei?« Sie konnte es noch immer nicht fassen.

»Jetzt sitzt Frank Whittler hinter Schloss und Riegel«, erwiderte er. »Ich bezweifle zwar, dass er und sein Vater lange im Gefängnis bleiben, solche Leute finden immer wieder einen Weg nach oben, aber Sie haben nichts mehr von ihm zu befürchten.« Er hob sein Glas. »Mögen Sie keinen Champagner?«

»Heute schon«, sagte sie und prostete ihm zu.

37

Sherburne bestand darauf, sie zu Aunt Millie's Roadhouse zu fahren, und holte sie am nächsten Morgen ab. Das Wetter zeigte sich von seiner freundlichsten Seite, sogar die Sonne ließ sich zwischen den Wolken blicken, und der über Nacht gefallene Schnee ließ sogar die Front Street im besten Licht erscheinen. Kühler Wind strich vom Yukon River herauf und wirbelte dünne Schleier auf.

Clarissa hatte bereits ihren Rucksack gepackt und wartete in der Eingangshalle auf ihn. Sie hatte lange nicht mehr so gut und tief geschlafen und war so erleichtert über ihre wundersame Rettung, dass selbst die Bilder des Mannes, der sie an Alex erinnert hatte, im Hintergrund geblieben waren. Erst als sie am frühen Morgen aus dem Fenster geblickt und dem morgendlichen Konzert der Huskys gelauscht hatte, erinnerte sie sich wieder daran. Hatte der Leithund des Mannes, dem sie gefolgt war, nicht wie Smoky ausgesehen? Hatte er seinen linken Vorderlauf nicht kaum merklich nachgezogen? Oder vermischten sich in ihrer Wahrnehmung bereits Wunschdenken und Realität?

Sherburne war bester Laune, er schien sich beinahe so sehr wie sie über die Aufhebung des Haftbefehls zu freuen. »Ich verbinde den Ausflug zum Roadhouse mit einer Patrouillenfahrt«, erklärte er, während er ihren Rucksack auf dem Schlitten verstaute, »dann gibt es keinen Ärger mit dem Superintendenten.«

In der Stadt war schon allerhand Betrieb, und Sherburne musste mehreren Fuhrwerken und Hundeschlitten ausweichen, während er seine Hunde über die Front Street lenkte. Clarissa hatte es sich auf dem Schlitten bequem gemacht und genoss die helle Wintersonne. Sie freute sich auf ein Wiedersehen mit Dolly. Die Engländerin hatte ihr schon vor dem Tod ihres Mannes imponiert, sie erinnerte sie an die Frau eines jungen Fischers in Vancouver, die nur einen Monat ihre Trauerkleidung getragen hatte, nachdem ihr Mann von einer Fahrt nicht zurückgekehrt war, und dann selbst seinen Platz eingenommen hatte. Clarissa hoffte, ein Stück ihres Weges gemeinsam mit ihr gehen zu können. Sie würden sich gegenseitig helfen, ihr Schicksal zu meistern, vorausgesetzt, im Roadhouse gab es auch für sie Arbeit, und sie bekam die Gelegenheit, sich eine Existenz aufzubauen, bevor der Frühling kam.

Sie nahmen denselben Trail wie sie, als sie dem Unbekannten, der sie an Alex erinnert hatte, über den Yukon River gefolgt war, und fuhren am jenseitigen Ufer durch einen dichten Bestand von Schwarzfichten. Es gab kaum nennenswerte Hindernisse auf der breiten Wagenstraße. Hinter dem Wäldchen wurde sie steiler, zog sich in sanften Windungen eine Anhöhe hinauf und führte über einen breiten Pass, von dem man einen herrlichen Ausblick auf den Yukon River und die oberhalb der Mündung des Klondike Rivers gelegene Stadt hatte. Aus der Ferne betrachtet wirkte selbst Dawson City wie eine friedliche Siedlung abseits der

Zivilisation, und wenn man dem Yukon mit den Augen folgte, wurde einem erst richtig bewusst, wie gewaltig und scheinbar unendlich der Hohe Norden war. Hier würde die Natur immer die Oberhand behalten, denn so hatte sich Gott die Erde wohl vorgestellt, und weder Goldsucher noch Holzfäller und andere Eindringlinge konnten sie jemals zerstören. So hatte dieses Land schon vor hundert Jahren ausgesehen, und so würde es sich auch in weiteren hundert Jahren präsentieren.

Sherburne hielt den Schlitten an und sicherte ihn mit dem Anker. »Für diesen Ausblick lohnt sich die Anstrengung, nicht wahr?«, sagte der Mountie.

Clarissa stieg vom Schlitten und trat neben ihn.

Beinahe andächtig blickten sie in das weite Tal des Yukon Rivers. Die Sonne spiegelte sich in dem breiten Fluss und ließ ihn wie flüssiges Silber aussehen. An beiden Ufern war der Schnee von einem so blütenreinen Weiß, dass sie geblendet wurden. Zwei mächtige Elche stapften durch den Neuschnee und suchten nach Nahrung, hielten kurz in ihren Bewegungen inne, als würden sie etwas wittern, und liefen langsam weiter. Ihre bedächtige Gangart entsprach der Stille, die über dem gefrorenen Fluss lag, der Natur, die während des langen Winters wie erstarrt unter dem weiten Himmel lag.

»Clarissa«, begann Sherburne, nachdem er mehrmals angesetzt, aber keinen Ton herausgebracht hatte. »Ich weiß, wie sehr Sie unter dem Verlust Ihres Mannes leiden und was Sie wegen Ihres Haftbefehls mitmachen mussten. Sie werden sicher noch einige Zeit brauchen, um sich von diesen Schicksalsschlägen zu erholen. Dennoch würde ich gerne …«

Sein Redefluss geriet ins Stocken. »Ich weiß nicht, wie ich es sagen soll, Clarissa … Ich habe Sie vom ersten Tag gemocht … Sie sind so ganz anders als die Frauen, die ich bisher kennengelernt habe … Ich mag Sie sehr, Clarissa, und würde … Ich meine …«

»Ich weiß, was Sie sagen wollen, Paul«, erlöste sie ihn lächelnd. »Auch ich mag Sie sehr, und ich würde lügen, wenn ich Ihnen sagen würde, dass ich über die Frage, die Sie mir stellen wollen, nicht schon längst nachgedacht hätte. Ich mag Sie sehr, Paul, Sie sind bestimmt einer der besten Ehemänner, die man sich vorstellen kann. Aber Alex ist nicht tot, nicht für mich, und ich würde es als Verrat ansehen, jetzt schon wieder eine Bindung einzugehen.«

»Ich will Sie nicht drängen, Clarissa, aber die Behörden sind sicher …« Er scheute sich, die Worte laut auszusprechen. »… sicher, die Leiche Ihres Mannes an der Küste gefunden zu haben. Wenn sie einen Totenschein ausstellen …«

»Und ich war gestern sicher, meinen Mann vor dem Gemischtwarenladen gesehen zu haben.« Sie berichtete, wie sie dem Mann mit einem fremden Schlitten über den Yukon River gefolgt war. »Ich weiß, ich mache mir wahrscheinlich was vor und sollte der Realität ins Auge blicken, aber … Ich bin einfach noch nicht so weit. Vielleicht irgendwann … Wer weiß das schon.«

»Ja … Vielleicht irgendwann«, wiederholte er enttäuscht.

Sie küsste ihn auf die Wange. »Sie sind ein guter Mann, Paul.«

Sie erreichten das Roadhouse am frühen Nachmittag. Das zweistöckige Blockhaus, größer als die meisten Häuser in Dawson City, stand zwischen einigen Schwarzfichten am

Wegesrand und wirkte auch älter, als hätte man es schon vor vielen Jahren erbaut. Vor dem Haus parkten mehrere Hundeschlitten und zwei Pferdefuhrwerke. Kaum einer der Huskys sprang auf, als Sherburne den Schlitten bremste und den Anker in den Schnee bohrte, anscheinend waren sie schon ausgiebig gerannt am Morgen. Selbst durch die geschlossene Tür duftete es nach herzhaftem Eintopf und frischen Biskuits.

Sherburne nahm den Rucksack und hielt ihr die Tür auf. Hintereinander betraten sie den geräumigen Gastraum. In dem klaren Sonnenlicht, das durch die beiden Fenster hereinfiel, wirkte er erstaunlich hell, und weil auch die Petroleumlampen auf dem langen Tresen und den fünf runden Tischen brannten, waren die Gesichter der Gäste deutlich zu erkennen. Alles Männer, wahrscheinlich Fallensteller und Goldsucher, die erstaunt aufblickten, als Clarissa ihre Fellmütze abnahm, und ihre langen Haare zum Vorschein kamen. Aus einer Ecke kam ein anerkennender Pfiff, und einer der Männer brummte etwas, das Clarissa nicht verstand, dann wandten sich alle wieder ihrem Essen zu. Anscheinend schmeckte ihnen der Eintopf und das Bier.

»Clarissa, bist du's wirklich?« Dolly war mit einer weiteren Schüssel Eintopf aus der Küche gekommen und ließ sie beinahe fallen, als sie Clarissa zur Tür hereinkommen sah. »Ich werde verrückt, du bist tatsächlich gekommen!«

»Hallo, Dolly! Das ist Paul … Inspector Sherburne von den Mounties.«

Dolly warf einen raschen Blick auf das Abzeichen des Mounties und beeilte sich, die Schüssel mit dem Eintopf auf einem der Tische abzustellen. Mit ausgebreiteten Armen eilte sie auf Clarissa zu. »Clarissa, lass dich drücken!«

Sie umarmten einander, zwei Frauen, deren Himmel noch vor wenigen Monaten voller Geigen gehangen hatte, und die plötzlich allein auf der Welt standen und um eine neue Zukunft ringen mussten. Clarissa spürte, wie gut es tat, einen Menschen zu haben, der unter einem ähnlichen Schicksal litt und zumindest annähernd verstand, wie sie sich fühlen musste. Einige Männer klatschten.

Dolly zeigte auf einen freien Stuhl und bat den Mountie, sich zu setzen. »Greifen Sie zu, es ist genug da. Und ihr …« Sie wandte sich an die übrigen Männer. »… müsst mal drei Minuten ohne mich auskommen! Clarissa hier ist eine gute Freundin von mir, und wir haben mal kurz was zu bequatschen. Ihr wisst doch, wie das ist, wenn sich zwei Frauen lange nicht gesehen haben.«

»Aber bring rechtzeitig Nachschub!«, rief ein Mann mit vollem Mund.

Die Engländerin nahm Clarissa ihren Mantel ab, hängte ihn an einen der zahlreichen Haken neben dem Tresen und zog sie in die Küche. »Ist Alex etwa … Er ist doch nicht …« Dolly hatte Tränen in den Augen. »Sag endlich was, Clarissa. Ich hatte große Angst um dich, dass du bis in alle Ewigkeit auf ihn warten würdest und dabei … Oder hast du von ihm gehört? Was ist, Clarissa?«

Clarissa blieb neben dem Regal mit dem Geschirr stehen und versuchte ihre Gefühle in den Griff zu bekommen. »In der Zeitung steht, dass Alex … dass seine Leiche angeschwemmt wurde. Sie … Er muss ziemlich furchtbar ausgesehen haben … Die Haie haben ihn wohl …« Sie schniefte leise. »Anscheinend hab ich ihn doch verloren ... So wie du deinen Luther ... Obwohl ... Obwohl ...«

»Du hoffst immer noch?«

Sie nahm das Taschentuch, das Dolly ihr reichte, und wischte sich die Tränen aus den Augen. »Ich hab ihn gesehen, Dolly. Ich dachte zumindest, ich hätte ihn gesehen ... In der Neujahrsnacht auf dem Pass ... Und in der Hütte war das Holz so gestapelt, wie er's am liebsten hatte ... Und gestern ...« Sie berichtete, wie sie dem Unbekannten auf dem Hundeschlitten gefolgt war. Ich weiß, das klingt alles sehr unwahrscheinlich, und ich bilde mir sicher nur was ein ...«

»Dolly! Die Biskuits sind alle!«, schallte es von draußen herein.

»Hey, Dolly! Quatschen könnt ihr später!«, rief ein anderer.

»Ich komme gleich!«, rief sie zurück und füllte eine Schüssel mit warmen Biskuits aus der Backform. Und zu Clarissa: »Ich hoffe doch, du bleibst länger. Du könntest mir beim Kochen und Bedienen helfen. Das Roadhouse gehört einer alten Dame, sie wohnt im ersten Stock und schläft die meiste Zeit. Wenn ich mit der Arbeit zurechtkomme, vermacht sie es mir vielleicht.« Der Gedanke gefiel ihr anscheinend. »Stell dir vor ... Wir beide im eigenen Lokal.«

»Ehrlich gesagt, hatte ich gehofft, dass du so was sagen würdest. Ich bin nämlich restlos pleite. Der Indianer, der mich über den Pass führen sollte, hat mir mein ganzes Gold gestohlen. Ich habe nur noch die Sachen in meinem Rucksack. Und das ist nicht das Einzige, was mir unterwegs passiert ist. Erzähle ich dir alles nachher. Hast du auch einen Platz zum Schlafen für mich?«

»Und ob«, antwortete Dolly. »Willst du auch was essen?«

Clarissa hatte tatsächlich einen Bärenhunger und setzte sich neben den Mountie an einen der runden Tische. Außer ihr und Sherburne saßen noch drei Männer am Tisch, alles Goldgräber, wie sie erkannte, als sie ihr etwas schüchtern zunickten und gleich anschließend über die riesigen Nuggets sprachen, die sie im Frühjahr zu finden hofften. Jeder Goldsucher hoffte auf den Riesennugget oder die Goldader, das hatte sie schon in Skaguay mitbekommen.

Der Älteste der drei, ein langhaariger Mann, der mit seinem verwitterten Gesicht beinahe wie ein Indianer aussah, kaute genüsslich. »Das Erste, was ich mir leisten werde, ist ein heißes Bad, so mit allem Drum und Dran. Viel Schaum, der ist am wichtigsten, und Lavendel muss ins Wasser, unbedingt!«

Die beiden anderen, wesentlich jünger, lachten spöttisch.

»Hast es auch nötig«, sagte einer von ihnen, ein hagerer Bursche, dem mehrere Zähne fehlten. »Und wozu soll das gut sein, wenn du wie ein indischer Sultan duftest? Für die Täubchen in den Zelten am Stadtrand bist du zu alt, und aus dem Saloon werfen sie dich raus, weil sie denken ...« Ihm fiel gerade noch rechtzeitig ein, dass eine Dame am Tisch saß. »Du weißt schon.«

»Besser zehn Jahre zu alt als ohne Schneidezähne«, konterte der Alte und griff nach seinem Bier. »Auf die Damen!«, rief er und prostete Clarissa zu.

»Auf die Damen!«, wiederholte auch Sherburne.

Damit war ihr Bedarf an Unterhaltung erst einmal gedeckt, und da auch Clarissa und der Mountie mit Essen beschäftigt waren, kehrte Stille am Tisch ein. Nur, um wenige Minuten später von dem Jungen unterbrochen zu werden.

»Habt ihr schon gehört?«, lispelte er. »Irgendwo am Klondike soll sich eine Diebesbande eingenistet haben. Sie sollen den Schotten am Boulder Creek überfallen und ihm einen großen Nugget abgenommen haben. Das restliche Gold hatte er zum Glück auf die Bank gebracht. Sie haben ihm eins mit der Schaufel über die Rübe gegeben. Dachten wahrscheinlich, er wäre tot, aber er lebte noch und hatte großen Dusel, weil der Mann, der ihn fand, ein Arzt war.«

»Glück muss der Mensch haben«, sagte der Alte.

»Und eins von den Täubchen, die dicke Ethel, haben sie auch überfallen. Sie sagt jedenfalls, dass es die Bande war. Gut möglich, dass sie die ganze Sache nur erfunden hat, um das Geld nicht mit ihrem …« Er blickte Clarissa vorsichtig an. »… mit ihrem Freund teilen zu müssen. Bisher haben sie nur Goldsucher überfallen. Am Klondike River, am Bonanza Creek … Aber so richtig reich sind sie dadurch nicht geworden. Wären auch schön blöd, die Männer, die was gefunden haben, wenn sie ihr Gold nicht auf die Bank bringen würden.«

»Aber umgebracht haben sie noch keinen. Bekamen es wahrscheinlich mit der Angst zu tun, als die Rede von einer Bürgerwehr aufkam. Erinnert ihr euch noch an Montana?« Der Alte winkte ab. »Natürlich nicht, da wart ihr ja noch gar nicht auf der Welt. Da landete mal ein Sheriff am Galgen, weil er gemeinsame Sache mit einigen Killern machte.« Er blickte den Mountie an. »Könnte hier nicht passieren, stimmt's, Officer? Mounties machen keine krummen Sachen, und der Bande wird's auch bald an den Kragen gehen.«

Sherburne hatte interessiert zugehört. Er hatte zwar die Berichte seiner Kollegen gelesen und wusste von den Überfällen, war aber stets bemüht, sich selbst ein Bild von der Lage zu machen. »Weiß jemand, wie sie aussehen?«

»Die Schurken?« Der Alte zuckte die Achseln. »Drei sollen es sein.«

»Zwei Bärtige sollen dabei sein«, wusste der Junge, der noch nichts gesagt hatte. Seine Stimme war so hell, dass er sicher absichtlich schwieg. »Aber bärtig sind hier fast alle.« Er griff sich an den dünnen Stoppelbart. »Der Dritte ist ein Indianer, sagen sie. Aber das weiß ich alles nur vom Hörensagen.«

»Und niemand weiß, wo sie sich verstecken?«

Der Alte hatte aufgegessen und spülte den letzten Bissen mit Bier herunter. »In einer der Hütten wahrscheinlich ... Gibt ja genug in der Gegend. Eigentlich müssten Ihre Leute sie längst gefunden haben.« Er stellte sein Bierglas auf den Tisch. »Na ja, mir soll's egal sein, die einzigen Nuggets, die ich je gefunden habe, waren gerade mal dreißig Dollar wert, und die sind auch längst weg. Bei mir sind ein paar Hosenknöpfe zu holen, mehr hab ich leider nicht.«

Clarissa dachte an die beiden bärtigen Männer, die das Hotel in Skaguay bewacht hatten, und den Indianer, der mit ihrem Gold geflohen und von seinem Stamm ausgestoßen worden war, wagte ihren Verdacht aber nicht auszusprechen. Der junge Goldsucher hatte recht, in dieser Wildnis lebten fast nur bärtige Männer, und Indianer, die bereit waren, sich auf diese Weise an den Weißen zu rächen, gab es sicher auch genug. Sie hätte sich nur lächerlich gemacht und genau diese Binsenweisheit von den Goldsuchern zu hören bekommen.

Und doch … Der Gedanke war nicht von der Hand zu weisen.

Der Abschied von Sherburne fiel so knapp und nüchtern aus, dass ihr der Mountie fast ein wenig leidtat. Er lächelte tapfer gegen seine Niedergeschlagenheit an, als er sagte: »Es war mir eine Ehre, Ihre Bekanntschaft zu machen, Clarissa. Sie sind eine beeindruckende Frau, und ich bin wirklich froh, dass es keinen Haftbefehl mehr gegen Sie gibt … Auf Wiedersehen, Ma'am!«

Sie blickte ihm nach, bis er mit seinem Schlitten zwischen den Bäumen verschwunden war, und kehrte in die Küche zurück, um Dolly beim Abwasch zu helfen. Es gab eine Menge zu erzählen, und ihre Freundin brannte bereits vor Neugier. »Es begann damit, dass dieser Fremde in Skaguay auftauchte …«

38

Clarissa und Dolly teilten sich die Arbeit. Die Engländerin, die sich bereits über etliche Stammgäste freuen durfte, darunter auch einige Männer, die Gold gefunden hatten und großzügige Trinkgelder zahlten, kochte, bediente und blieb die Ansprechpartnerin der Gäste. Ihre offene Art und ihr englischer Dialekt kamen bei den Gästen gut an. Clarissa half in der Küche und beim Bedienen, wenn besonders viele Gäste zum Essen kamen, übernahm die Hausarbeit und kümmerte sich um die Besitzerin, die gebrechliche Aunt Millie, im ersten Stock.

»Wir Frauen müssen zusammenhalten«, sagte sie, als Clarissa ihr den Kaffee brachte. Die alte Dame, die nicht mehr aus dem Haus ging und inzwischen schon zu schwach zum Arbeiten war, stammte aus New York. Sie mochte ihren Kaffee schwarz und stark, sehr zum Missfallen ihres Arztes, der alle vier Wochen vorbeischaute und sich jedes Mal wunderte, dass sie noch am Leben war. »Schlimm genug, dass die Männer in Dawson das Sagen haben. Man sieht ja, was dabei rauskommt. Jeden Freitag und Samstag schlagen sie sich in den Saloons die Köpfe ein, und die leichten Mädchen kommen kaum mit der Arbeit nach. Wenn die Mounties nicht wären, gäbe es wahrscheinlich Tote. Nein, meine

Liebe, hier lassen wir nur Männer rein, die sich anständig benehmen und bezahlen können, und das Kommando behalten wir.«

Clarissa setzte sich jeden Morgen zu der alten Dame, bevor sie ihr beim Waschen und Anziehen half. Aunt Millie, die eigentlich Mildred Pierce hieß, plauderte gern, besonders morgens, wenn sie noch munter war.

»Hab ich Ihnen schon gesagt, wie sehr ich mich freue, dass Sie zu uns gestoßen sind?« Aunt Millie kostete ihren Kaffee und nickte zufrieden. »Ich habe immer gehofft, mal zwei so fähige Frauen wie Sie und Dolly zu finden. Lieber überlasse ich Ihnen den Laden umsonst, als ihn einem feinen Pinkel wie diesem Ralston zu überlassen. Stellen Sie sich vor, der wollte einen Saloon aus meinem Roadhouse machen und leichte Mädchen herholen. Und wenn er drei Mal einen Royal Flush und mir ein halbes Vermögen geboten hätte, würde ich nicht zugreifen. Was will ich noch mit dem vielen Geld?«

»Ralston? Sam Ralston?«, fragte sie verwundert.

»Sie kennen den Burschen? Seien Sie bloß vorsichtig, auf einen vornehmen Pinkel wie den haben wir hier oben gerade noch gewartet. Ob Sie's glauben oder nicht, ich war schon beim großen Goldrausch in Kalifornien dabei, ist runde fünfzig Jahre her, und da ging nur noch bergab, als Burschen wie dieser Ralston auftauchten. Freundlich, hilfsbereit, smart, aber aalglatt!«

Clarissa bekam den Spieler nicht mehr zu Gesicht. Sie ging vollkommen in ihrer Arbeit auf, das Beste, was sie tun konnte, um die quälende Hoffnung nicht übermächtig werden zu lassen. Sie lebte von einem Tag auf den anderen und eiferte Dolly nach, die nach demselben Rezept lebte und den Schmerz über den Tod ihres Mannes so weit verdrängt hatte, dass sie schon wieder lachen konnte. Irgendwann einmal, so hoffte sie, würde auch sie an Alex denken können, ohne in Tränen auszubrechen.

Es war bereits Anfang März, und noch immer fegten heftige Schneestürme über das Land, als ein alter Bekannter das Roadhouse betrat. »Ich hab gehört, hier soll es den besten Kaffee zwischen Dawson und dem Nordpol geben!«

Clarissa und Dolly, die gerade in der Küche aufräumten, erkannten die Stimme sofort. »Fitz!«, riefen beide gleichzeitig. Sie liefen in den Gastraum und begrüßten den alten Goldsucher, der sich ächzend aus seinem dicken Fellmantel schälte und Pelzmütze und Handschuhe auf einen Tisch warf.

»Clarissa! Dolly! Ich hab schon gehört, dass Sie den Laden übernommen haben. Ich hab ein bisschen Glück gehabt an einem Bach, den keiner auf der Rechnung hatte, und dachte mir, ich opfere einen Nugget für ein gutes Frühstück.«

»Unsinn! Sie sind natürlich eingeladen!«, sagte Dolly.

Der Goldsucher grinste. »Wenn das so ist, bringen Sie mir eine Kanne Kaffee und ein halbes Dutzend Pfannkuchen mit Sirup. Aber vorher zeige ich Ihnen noch meinen neuen Hundeschlitten. Hab ich mir erst vor ein paar Tagen zugelegt, um möglichst schnell von hier wegzukommen. Besonders gut umgehen kann ich damit nicht, aber bis Skaguay werde ich wohl kommen.«

»Zu Buchanan? Sie wissen, was Sie ihr versprochen haben?«

»Dass ich sie heirate? Und ob! Ich hab die Nase voll vom ewigen Herumziehen.« Er grinste über beide Backen. »Wenn

Buchanan will, helfe ich ihr sogar beim Spülen. Nicht, dass sie mir noch einen anderen Stinker heiratet.«

Er öffnete die Tür und zeigte ihnen seinen neuen Schlitten. Die Hunde machten keinen besonders schnellen und ausdauernden Eindruck, erkannte Clarissa sofort, aber Fitz war auch kein Fallensteller und brauchte den Schlitten nur für die Rückfahrt und gelegentliche Jagdausflüge. »Hab ich dem katholischen Missionar abgekauft«, erklärte er, »der Leithund heißt Moses.«

Die beiden Frauen servierten dem Goldsucher sein verspätetes Frühstück. Immerhin war es schon nach zehn, und er war der einzige Gast, und sie setzten sich zu ihm. »Ich hab einige Mounties getroffen«, berichtete er, während er genüsslich auf einem Bissen kaute, »einen Inspector und drei Constables. Sie waren hinter der Diebesbande her, die hier ihr Unwesen treiben soll. Zwei Bärtige und ein Indianer. Wenn's nicht so viele Bärtige am Klondike gäbe, hätte ich auf die Galgenvögel aus Skaguay getippt. Aber weit werden sie nicht kommen, die Mounties waren ihnen dicht auf der Spur.« Er spülte den Bissen mit Kaffee hinunter. »Keine Ahnung, wer der Indianer sein könnte.«

»Der Schurke, der mir meine Ersparnisse gestohlen hat«, wusste Clarissa zu berichten. Sie erzählte von dem heimtückischen Überfall in den Bergen. »Ein Inspector, sagen Sie?« Sie beschrieb Sherburne, und der Goldsucher nickte. »Wo soll sich die Bande denn versteckt haben? Etwa hier in der Nähe?«

»Ein paar Meilen nördlich von hier, aber keine Angst …« Er trank einen Schluck Kaffee. »Die Mounties waren schwer bewaffnet … Die werden bestimmt mit ihnen fertig. Übrigens soll noch ein vierter Mann bei ihnen sein.«

»Ein Vierter? Weiß man, wer er ist?«

»Das haben mich die Mounties auch gefragt, aber ich hab keine Ahnung. Er soll eine Vorliebe für Dosenpfirsiche haben. Der Inspector sagt, in den Überresten des Lagerfeuers, auf das sie gestoßen waren, lag eine leere Konservendose. Mit dem Messer geöffnet, das machen nur Fallensteller.«

Clarissa blieb fast das Herz stehen. Auch Alex hatte eine Vorliebe für Dosenpfirsiche, und sie hatte ihn oft genug eine Dose mit dem Messer öffnen sehen. »Alex …«, flüsterte sie. »… Aber das ist doch unmöglich!« Sie sprang auf und wandte sich an den Goldsucher. »Kann ich mir Ihren Schlitten ausleihen, Fitz?« Ohne seine Antwort abzuwarten, rannte sie bereits die Treppe hinauf. »Pack mir etwas Proviant ein, Dolly!«, rief sie über die Schulter. »Und eine Feldflasche mit heißem Tee! Ich glaube, Alex treibt sich da draußen rum.«

»Alex? Aber …«

Clarissa rannte in ihr Zimmer und zog sich rasch ihre Wintersachen an. Es muss Alex sein, schoss es ihr durch den Kopf: Der Holzstapel, der Schlitten vor dem Gemischtwarenladen, die Pfirsichdose … So viele Zufälle kann es doch gar nicht geben! Sie schlüpfte in ihre Jacke, spürte den Revolver in der rechten Tasche, zog ihre Stiefel an und stülpte sich die Mütze über die Haare. Beim Runterlaufen wickelte sie sich den Schal um den Hals und zog die Handschuhe an. »Ich bilde mir nichts ein«, sagte sie, als sie die ungläubigen Gesichter ihrer Freundin und des Goldsuchers sah. »Und wenn … Ich muss es wissen!«

Dolly reichte ihr den Proviantbeutel. Ihre Miene war betrübt, als wüsste sie schon jetzt, dass Clarissa eine Enttäuschung erleben würde. »Pass gut auf dich auf, hörst du? Heute Abend soll es Sturm geben. Könnte sein, dass einer dieser schweren Blizzards kommt, von denen Aunt Millie so oft redet.«

»Moses ist ein bisschen schwer von Begriff«, warnte Fitz.

Clarissa hatte bereits die Tür geöffnet und lief nach draußen. In Windeseile verstaute sie den Proviantbeutel, zog den Anker aus dem Schnee und trieb die Hunde an. »Giddy-up! Go! Go! Wollt ihr wohl laufen? Stell dich nicht so an, Moses! Ich will dich laufen sehen, okay? Nach Norden, Moses, vorwärts!«

Fitz hatte recht, sein Leithund war tatsächlich ein wenig schwer von Begriff, und es dauerte eine ganze Weile, bis sie ihn einigermaßen unter Kontrolle bekam. Die anderen Hunde waren nicht viel klüger. Reaktionsschnell und ausdauernd genug für einen Missionar, aber nicht für einen Fallensteller, der in der Wildnis auf sie angewiesen wäre. Solange sie auf der breiten Wagenstraße blieben, kam sie gut voran, aber schon bei den Schneewehen, die ihnen gelegentlich den Weg versperrten, taten sich die Huskys schwer, und sie musste ständig ihre Kommandos wiederholen, um sie auf Kurs zu halten.

»Vorwärts, Moses! Nicht schlappmachen! Das kannst du besser!«

Moses gab sich große Mühe, war aber nicht in der Lage, das Tempo zu beschleunigen. Kaum zog er etwas an, blieben die beiden Hunde hinter ihm zurück, und der Schlitten geriet ins Stocken. Clarissa fand sich damit ab, obwohl sie drauf brannte, den geheimnisvollen Mann einzuholen, der die Pfirsichdose in der Asche seines Lagerfeuers zurückgelassen hatte. Es konnte nur Alex sein, sagte sie sich, er musste es einfach sein. Und er machte auf keinen Fall gemeinsame Sache mit den Schurken, darüber brauchte sie gar nicht nachzudenken. Alex war über jeden Verdacht erhaben. Vielleicht war er den drei Männern begegnet, aber auf keinen Fall hatte er etwas mit den Diebstählen zu tun. Warum auch? Er machte sich nichts aus Gold.

Ungefähr zwei Meilen nordwestlich des Roadhouse erreichte sie eine Abzweigung. Ein schmaler Trail bog von der Wagenstraße ab und führte durch einen dichten Bestand von Schwarzfichten nach Norden. Sie hielt den Schlitten an. Frische Spuren zweigten von der Wagenstraße ab und führten über den Trail in das Wäldchen. War Alex, wenn er es war, hier abgebogen? Hatten die Mounties ihre Hunde nach Norden getrieben? Oder war sie der Diebesbande auf den Fersen und stand plötzlich allein vor den Männern? Sie würden bestimmt nicht zimperlich mit ihr umgehen, vor allem nicht der Indianer, der sie schon einmal allein in den Bergen zurückgelassen hatte. Diesmal würde er dafür sorgen, dass sie die Wildnis auf keinen Fall mehr verließ.

Ohne weiter nachzudenken, trieb sie die Hunde auf den schmalen Trail. In dem tieferen Schnee kamen sie noch langsamer voran, und sie war gezwungen, mehrmals vom Trittbrett zu steigen und den Schlitten anzuschieben. »Vorwärts, Moses!«, rief sie. »Streng dich ein bisschen an!« Ihr waren nicht die dunklen Wolken entgangen, die sich im Norden zusammenbrauten und einen heftigen Blizzard ankündigten. Viel Zeit blieb ihr nicht mehr. Eine verantwortungsvolle Musherin wäre umgekehrt, um sich und die Hunde in Sicherheit zu bringen. Ein Schneesturm in dieser abgelegenen Wildnis konnte tödlich sein.

Doch sie trieb die Hunde weiter voran, folgte den Spuren durch den lichten Fichtenwald und erreichte den Rand eines lang gestreckten Tals, das von einem Nebenfluss des Yukon gebildet und zu beiden Seiten von zerklüfteten Bergen begrenzt wurde. Wieder hielt sie den Schlitten an. Ungefähr eine halbe Meile von ihr entfernt am Flussufer hatten die Mounties die Diebesbande gestellt. Auch aus der Ferne erkannte sie Sherburne. Er überwachte mit gezogenem Revolver, wie seine Constables den drei Männern die Handschellen anlegten. Die beiden Bärtigen und der Indianer … Alex war nicht dabei.

Entschlossen trieb sie die Hunde ins Tal hinab. Moses freute sich, dass es endlich wieder bergab ging und lief etwas flotter, witterte wohl auch die anderen Huskys, die bereits aufgeregt jaulten. »Ich bin's … Clarissa!«, rief sie schon von Weitem. Sie verankerte den Schlitten in angemessener Entfernung und lief zu Sherburne, der hastig seine Waffe wegsteckte, als er sie erkannte.

»Clarissa! Was tun Sie denn hier?«

»Paul!«, erwiderte sie nur. Sie musterte die drei Gefangenen, die beiden Bärtigen und den Indianer. Eigentlich sollte sie das Bedürfnis verspüren, sie zu ohrfeigen oder wenigstens vor ihnen auszuspucken, aber sie tat keines von beidem und blickte sie nur verächtlich an. »Ich kenne die Männer«, sagte sie zu Sherburne. »Die beiden Bärtigen gehörten zu Soapy Smith' Bande. Der Indianer heißt Tommy … Er hat mir das Gold gestohlen und mich in der Wildnis zurückgelassen.« Sie blickte Sherburne an. »Wenn Sie mich nicht gerettet hätten, wäre ich wahrscheinlich erfroren. Sie gehören alle drei ins Gefängnis.«

»Und da kommen sie auch hin«, versprach Sherburne. Er befahl seinen Constables mit einem Kopfnicken, die Gefangenen auf die Schlitten zu binden, und nickte zufrieden, als sie seinen Befehl ausführten. »Sie werden bei der Verhandlung als Zeugin aussagen müssen, Clarissa. Ich hoffe, Sie haben nichts dagegen. Ich gebe Ihnen rechtzeitig Bescheid.« Er blickte auf die Gefangenen, die wohl nicht damit gerechnet hatten, dass man sie so schnell fangen würde, und trotzig schwiegen. »Aber jetzt kehren wir besser um.« Er lächelte.« Ich denke, wir haben uns einen Kaffee im Roadhouse verdient.«

»Den bekommen Sie bei Dolly, Paul. Ich muss weiter.«

»Bei dem Wetter?« Er deutete zum nördlichen Ende des Tals, wo sich die dunklen Wolken bereits über dem vereisten Fluss ballten. »Wir sind jetzt schon spät dran. Wenn wir die Galgenvögel nicht erwischt hätten, wären wir schon längst auf dem Rückweg. Der Sturm kann jeden Moment losgehen!«

»Ich muss. Der vierte Mann … Der mit der Pfirsichdose …«

»Irgendein Fallensteller … Der gehört nicht dazu.«

»Alex«, sagte sie. »Ich glaube, es ist Alex.«

»Alex … Ihr Mann?«

Sie lief zu ihrem Schlitten zurück und hatte bereits die Hunde angetrieben, als Sherburne ihr nachrief: »Aber das ist unmöglich! Sie haben doch die Meldung gelesen. Kommen

Sie zurück, Clarissa! Selbst wenn er es wäre … Sie dürfen jetzt nicht weiterfahren. Das ist viel zu gefährlich! Bleiben Sie hier!«

Clarissa hörte nicht auf ihn. Den Blick auf die schroffen Berge gerichtet, fuhr sie an ihm und den anderen Mounties vorbei und lenkte die Hunde auf den vereisten Fluss. »Vorwärts, Moses! Weiter! Zeig endlich, was du kannst!«

»Clarissa!«, rief Sherburne ein letztes Mal.

39

Clarissa fuhr der schwarzen Wolkenwand entgegen, die sich drohend über den Bergen zusammenbraute. Sie folgte dem schmalen Trail, einem alten Indianerpfad, der auf der anderen Seite des Flusses nach Norden führte und nach ungefähr einer Meile nach Nordosten abbog und zu den Bergen anstieg.

Die Hunde waren wenig begeistert von ihrer Absicht, in die Berge zu fahren. Sie spürten wohl auch den nahenden Blizzard, blieben einmal sogar stehen und liefen erst weiter, als Clarissa einen wüsten Fluch ausstieß. Sie war ungeduldig und wollte den winzigen Funken Hoffnung, der während der vergangenen Stunden aufgeflackert war, nicht erlöschen lassen und den Fallensteller unter allen Umständen aufspüren, selbst wenn sie sich geirrt haben sollte. Sie brauchte Gewissheit und musste den Mann unbedingt sehen. Weder ein Blizzard noch ihre unwilligen Huskys würden sie aufhalten.

»Weiter! Weiter!«, feuerte sie die Hunde an.

Sie war längst vom Trittbrett gestiegen und schob den Schlitten an, half den Hunden bei dem steilen Anstieg, der selbst für ein erfahrenes Gespann schwierig gewesen wäre. Wie riesige Monumente ragten die Felsen vor ihr in den

Himmel, düster und grau in dem schwindenden Licht, und die steilen Gletscher und Felswände der Berge, die sich vor ihr aus dem Schnee erhoben, waren nur noch als riesige dunkle Schatten zu erkennen. Die Natur zeigte ihr bedrohliches Gesicht, eine eindeutige Warnung, sofort umzukehren und einen sicheren Unterschlupf aufzusuchen, doch sie war plötzlich wie besessen von ihrer Idee, Alex wiederzutreffen. Sie hatte so große Angst, ihn wieder aus den Augen zu verlieren, dass sie die Hunde stets von Neuem antrieb. Weiter, nur weiter, irgendwo muss der verdammte Kerl doch sein. Sie schimpfte wie ein Maultiertreiber, schrie die Angst zu versagen mit wilden Flüchen hinaus.

Mit vereinten Kräften schafften sie die Steigung und erreichten einen Hügelkamm. Dahinter wand sich der Trail in ein anderes Tal hinab, das keilförmig in die Berge hineinragte und in einer dunklen Schlucht endete. Nur an den Weiden, die ihn säumten, war ein zugefrorener Bach zu erkennen, der von den Gletschern herabfloss und zum größten Teil von einer dicken Schneeschicht bedeckt wurde. Am östlichen Ende des Tales hob sich dichter Wald gegen den hellen Schnee ab und verschmolz in der Ferne mit den schwarzen Schatten, die von den steilen Berghängen in das Tal hinabreichten.

Die Blockhütte entdeckte sie erst, als sie ihren Blick noch einmal über den Waldrand gleiten ließ und dem Flug eines Raben folgte, der sich auf dem Giebeldach der Hütte niederließ und gleich darauf mit flatterndem Flügelschlag zwischen den Felsen verschwand. Eine der Hütten, die Fallensteller für sich und ihre Kollegen errichteten, um während einer langen Fahrt oder eines Sturms ein Dach über dem Kopf zu haben? Die Bleibe eines Goldsuchers, der sich während des Winters als Jäger betätigte? Oder … »Alex!«, flüsterte sie.

Von neuem Mut beseelt, trieb sie die Hunde an. »Genug ausgeruht! Es geht weiter!«, rief sie. »Wollt ihr wohl laufen, ihr faulen Biester? Jetzt geht es nur noch bergab, also keine Müdigkeit vortäuschen. Na, los! Nur noch bis zu der Hütte da unten, dann haben wir es geschafft! Vorwärts … Giddy-up … Go!«

Die Hunde spürten, dass sie es ernst meinte, und verschärften das Tempo. Die Hoffnung, sich während des Sturms im tiefen Schnee vor der Blockhütte eingraben zu können, war so verlockend, dass sie alles aus sich herausholten. Mit kräftigen Schritten zogen sie den Schlitten über den gewundenen Trail ins Tal hinunter. Der eisige Wind, der immer schärfer und schneidender wurde, verriet ihnen, dass der Blizzard unmittelbar bevorstand, und sie wollten ihr Ziel vorher unbedingt erreichen. Clarissa blieb auf dem Trittbrett und hatte alle Mühe, bei der schlingernden Fahrt die Balance zu halten. Aber sie bremste nicht, im Gegenteil, sie feuerte die Hunde auch weiterhin an, weiter … nur weiter!

Der Sturm kam früher als erwartet und schlug mit einer solchen Macht zu, dass Clarissa vom Trittbrett geschleudert wurde. Sekundenlang blieb sie orientierungslos, bekam den Schlitten nur wieder zu fassen, weil auch die Hunde zur Seite geschleudert wurden und er direkt vor ihnen landete. Mit einer Hand packte sie den Haltegriff und wurde mitgezogen, als das Gespann und der Schlitten vom Trail getrieben wurden und über den verschneiten Abhang in die

Tiefe rutschten. Wie in einer Lawine schnappte Clarissa nach Luft, überall war plötzlich Schnee, schwappte in dichten Wehen über sie und schien sie ersticken zu wollen. Das Rauschen des Windes war zu einem Dröhnen angewachsen, als würde ein schwerer Güterzug durch das Tal rattern, und der Wind war so stark, dass sie kaum Luft bekam. Dichte Flocken wirbelten durch die Luft und ließen die Welt um sie herum dunkel erscheinen.

Weiter unten krachte der Schlitten wieder auf den Trail, stand für einen Moment auf nur einer Kufe und kippte endlich auch mit der zweiten auf den Schnee. Atemlos zog sie sich auf das Trittbrett hinauf. Sie bekam die andere Hand an die Haltestange und klammerte sich wie eine Ertrinkende daran. Die Hunde hatten jede Orientierung verloren, taumelten und stolperten über den Trail, rutschten wieder ab und landeten wieder auf dem Weg. Wie ein Schiff, das sein Ruder verloren hatte, trieben sie hilflos in einem weißen Meer, das schäumende Wogen über ihnen einstürzen ließ und sie immer weiter vom rettenden Ufer wegzog. Sie waren zu einem Spielball des Windgeistes geworden, den die Indianer so fürchteten, und waren seinen unberechenbaren Launen hilflos ausgeliefert, schlingerten ihrem Schicksal entgegen.

Als der Wind für einen Augenblick nachließ, nur für einen winzigen Augenblick, und sie erkannte, dass der Trail zum Blockhaus nur wenige Schritte vor ihnen verlief, schob sie erneut den Schlitten an und schrie: »Vorwärts! Vorwärts! Ihr wollt euch doch von dem bisschen Wind nicht unterkriegen lassen? Weiter! Wir haben es gleich geschafft, Moses! Wir schaffen das, verdammt!« Sie schrie aus Leibeskräften und wusste doch nicht, ob die Huskys sie hörten, so laut und unheilvoll dröhnte der tobende Wind in ihren Ohren.

Ihr Glück war, dass der Wind etwas gedreht hatte und jetzt von hinten kam und sie unbarmherzig anschob, als könnte er sie nicht schnell genug aus dem Weg bekommen. Der Schlitten schlingerte von einer Seite zur anderen und polterte über das Eis, das sich an manchen Stellen unter dem Schnee verbarg. Sie wusste nicht mehr, ob sie noch auf dem Trail oder auf einem umliegenden Hügel gelandet waren und war rettungslos in dem Flockenwirbel verloren, der sie nicht einmal die Hand vor Augen erkennen ließ. Es war dunkel, stockdunkel.

Als sie ein heftiger Windstoß vom Trittbrett riss und sie mit den Beinen im Schnee landete, blieben ihre Hände an der Haltestange. Sie hielt sich eisern fest und wurde von den Hunden mitgeschleift, hatte zu viel Kraft eingebüßt, um sich noch einmal auf das Trittbrett ziehen zu können. Bitte, bitte, lasst mich nicht hier draußen liegen, flehte sie in Gedanken und sah plötzlich die gelben Augen ihres alten Freundes in dem Flockenwirbel auftauchen. »Bones! Bones! Du musst uns helfen!«, rief sie und hatte keine Ahnung, ob er sie hörte.

Gleich darauf verglühten die gelben Augen wieder, doch im nächsten Augenblick tauchte Bones als dunkler Schatten neben den Hunden auf, trieb sie mal nach links, dann wieder nach rechts, blieb stehen und drehte sich nach Clarissa um, bis er sicher sein konnte, dass sie sich an dem Schlitten festhielt und nicht im Schnee zurückblieb. Der Anblick des Wolfes gab ihr neue Kraft, die selbst dann noch anhielt, als er plötzlich wieder verschwunden war, und sie scheinbar orientierungslos zurückblieb. Dann tauchte wie durch ein Wunder die Hütte vor ihren Augen auf, und sie fanden dicht bei einer Seitenwand eine einigermaßen windgeschützte Stelle. Sie löste die Hunde von der Hauptleine und beobachtete zufrieden, wie sie sich sofort in den Schnee gruben, wie es Huskys immer taten, wenn ein Sturm tobte oder es ihnen zu kalt wurde.

Benommen hangelte sie sich an der Wand entlang. Sie zog die Tür auf, brauchte beide Hände dazu, um gegen den Wind anzukommen, wurde mit dem Wind in die Hütte gedrängt und schaffte es nur mit letzter Kraft, sie wieder ins Schloss zu drücken. Stöhnend sank sie auf den Bretterboden und blieb liegen. »Danke, Bones!«, flüsterte sie, ohne zu wissen, ob sie ihn tatsächlich gesehen oder sich den Wolf nur eingebildet hatte. Aber was machte das schon für einen Unterschied? Er war ein Geisterwolf, oder etwa nicht? Sie grinste flüchtig, als sie daran dachte, was wohl Alex dazu sagen würde, dann fielen ihr die Augen zu, und sie schlief ein.

Als sie endlich aufwachte und die Kraft fand, sich vom Boden hochzustemmen, hatte sie keine Ahnung, wie lange sie geschlafen hatte. Seufzend zog sie sich auf einen Stuhl. Sie klopfte sich den Schnee aus den Kleidern, zog ihre Mütze und die Handschuhe aus und sah im trüben Dämmerlicht eine Öllampe auf dem Tisch stehen. Mit einem Streichholz aus ihrer Notration, die wasserdicht in ihrer Anoraktasche verpackt gewesen war, entzündete sie den Docht und drehte ihn hoch. Im flackernden Licht erkannte sie ein einfaches Bett, einen Tisch, zwei Stühle, eine Kiste mit Vorräten, darunter zwei Dosen Pfirsiche, und ein paar Geräte. Mehr gab es in der bescheiden eingerichteten Hütte nicht. Neben dem

Ofen, in dem immer noch Glut brannte, war Holz gestapelt. Ein Lächeln kroch über ihr Gesicht, als sie sah, wie es geschnitten war. »Das kann kein Zufall sein!«, flüsterte sie. »Alex … Du bist hier, nicht wahr?«

Aber die Hütte war leer und nichts wies darauf hin, wann der Bewohner zurückkommen würde. Sicher war er unterwegs gewesen und vom Sturm überrascht worden. Wenn es wirklich Alex war, hatte er sich bestimmt einen sicheren Platz gesucht, eine Höhle oder einen dichten Wald, und den Blizzard dort abgewartet. Lange konnte er noch nicht weg sein. Sie glaubte sogar, ihn spüren zu können, seinen Geruch in die Nase zu bekommen, wie ein Tier, das eine Witterung aufnimmt. Sie sah in der Kiste nach und suchte auf dem Bett, fand aber nichts, das sie an ihn erinnerte. Eine Blockhütte wie jede andere, eine Unterkunft, wie man sie aufsuchte, wenn man zu lange in der Wildnis unterwegs war. Es gab sicher mehr Fallensteller, die das Brennholz auf diese Weise schnitten und gerne Dosenpfirsiche aßen, sie machte sich etwas vor.

Sie legte Holz nach und wärmte ihre Hände über dem Ofen. Erst jetzt fiel ihr auf, dass der Wind nicht mehr ums Haus tobte. Das Unwetter war vorüber. Sie trat vor die Tür und sah sich einer Stille gegenüber, die so tief und vollkommen war, dass man sie beinahe greifen konnte. Wie erstarrt breitete sich der Schnee vor ihren Augen aus, und selbst die Hunde schienen sich der feierlichen Stimmung bewusst zu sein und verhielten sich auffällig still. Vielleicht waren sie aber auch nur müde und erschöpft von der ungewohnten Anstrengung. Der Missionar hatte sie bestimmt nicht zu solchen Fahrten gezwungen.

Das Heulen eines Wolfes durchbrach die Stille und verhallte über dem Tal, aber es klang nicht bedrohlich, eher freudig und aufgeregt, und Clarissa spürte plötzlich, wie ein warmer Schauer über ihre Haut kroch, ein Gefühl, das sie nur in den wenigen Augenblicken ausnahmslosen Glücks empfand, und als sie das Scharren von Schlittenkufen vernahm und ein Fallensteller auf seinem Schlitten auf die Lichtung gefahren kam, wusste sie auch, was sie bewegte.

»Alex!«, flüsterte sie und rief dann laut: »Alex! Alex!«

»Clarissa!« Alex hielt den Schlitten an und war einen Moment unfähig, sich zu bewegen, dann stieg er vom Trittbrett und lief auf sie zu, zuerst langsam und dann immer schneller, bis sie sich in den Armen lagen und die vertraute Wärme spürten und sich küssten und liebkosten, als blieben ihnen nur wenige Minuten. »Clarissa! Clarissa! Und ich dachte … Oh mein Gott!«

»Was dachtest du, Alex? Dass ich dich nicht mehr liebe?«

»Ich dachte …« Er küsste sie nach jedem dritten Wort. »Ich dachte, du hättest mich aufgegeben und wärst mit diesem Mountie … Ich hab euch zusammen gesehen … Ein stattlicher Mann, der dir vielleicht mehr bieten könnte … Ich dachte, du hättest mich vergessen und … und würdest mit ihm …« Er blickte sie betroffen an. »Aber das stimmt nicht, Clarissa, nicht wahr? Das stimmt nicht. Du liebst mich immer noch … Wie konnte ich nur so dumm sein! Ich wollte mich verstecken und dir deine neue Zukunft nicht zerstören … Oh ich …«

Sie verschloss seine Lippen mit einem weiteren Kuss, umarmte ihn so fest sie konnte. »Wie kannst du nur so was denken? Ich würde dich niemals aufgeben, Alex! Selbst als in der Zeitung stand, dass eine Leiche angeschwemmt wurde, wusste ich ... ahnte ich, dass du noch am Leben bist. Paul ... der Inspector ist ein Freund ... Er hat mir gesagt, dass Frank Whittler im Gefängnis sitzt. Ein Bestechungsskandal ... Er kann uns nicht mehr gefährlich werden. Ist das nicht wunderbar, Alex? Die Zukunft gehört uns! Ich liebe nur dich, Alex, ich liebe dich über alles ...« Sie küsste ihn wieder und hörte einen guten Freund hinter seinem Rücken jaulen. »Smoky ... Mein Gott, ... Jetzt hätte ich dich beinahe übersehen!« Sie beugte sich zu dem Husky hinunter, nahm ihn in die Arme und drückte ihn fest, ging zu den anderen Hunden und begrüßte jeden persönlich. »Schön, dass ihr wieder da seid! Ich hab euch vermisst, wisst ihr das?«

Sie kehrte zu Alex zurück und ging mit ihm ins Haus. »Wo bist du nur gewesen, Alex? Was ist damals passiert?« Sie nahm ihm die Fellmütze und die Handschuhe ab und warf sie auf den Tisch. »Einer deiner Stiefel lag auf den Klippen, und alle dachten, du wärst tot! Mary Redfeathers Söhne haben monatelang nach dir gesucht. Ich musste fliehen ... Vor Frank Whittler und einem Kopfgeldjäger, den er auf mich angesetzt hatte. Was ist Furchtbares passiert?«

»Den Stiefel hab ich beim Kampf verloren«, begann er und erzählte eine so unglaubliche Geschichte, die ohne Weiteres auch in eines ihrer Buffalo-Bill-Hefte gepasst hätte, wären die Männer, die Alex damals überfallen hatten, aus dem amerikanischen Westen gekommen. Sie stammten jedoch aus England und gehörten zur Besatzung der Seaflower, eines Viermasters, der als Handelsschiff getarnt war und von England nach Amerika und China fuhr und nicht nur Seidenballen, Porzellan und Tee, sondern auch riesige Mengen

Opium an Bord hatte. »Ich hatte mich aus meinem Krankenzimmer geschlichen, um zu sehen, ob ich schon wieder allein auf den Beinen stehen kann, als diese drei Engländer auftauchten«, berichtete Alex. »Sie schlugen mich bewusstlos und schleppten mich auf ihr verdammtes Schiff. Als ich aufwachte, waren wir schon nach Shanghai unterwegs. Ich musste schuften wie ein Kuli, und wenn ich nicht spurte, haben sie mir mit einem Knüppel eins übergebraten.« Er griff sich an den linken Oberarm. »In Shanghai bekam ich es mit einem Chinesen zu tun, einem gewissen Huang, der war Oberhaupt der Grünen Bande, einer Verbrecherbande, und ich wäre inzwischen wahrscheinlich längst tot, wenn es mir nicht gelungen wäre, einen Batzen Gold zu stehlen und mich als blinder Passagier auf ein amerikanisches Schiff zu schleichen. Der Kapitän nahm mir das ganze Gold für die Überfahrt ab, obwohl ich dafür das halbe Schiff hätte kaufen können, aber das war mir egal. Ich wollte zu dir zurück.« Er berichtete, wie er nach Port Essington gekommen und mit dem Hundeschlitten über den Landweg bis nach Dawson City gefahren war. »Das ist alles«, sagte er grinsend.

»Oh Alex«, erwiderte Clarissa, »das ist ja furchtbar. China … Das liegt …«

»… am Ende der Welt«, ergänzte Alex. Er konnte schon wieder lachen. »Aber das Paradies, das ist hier bei dir!« Draußen brannte der Himmel, und das Nordlicht flackerte in bunten Mustern über ihre Körper, als sie sich in den Armen hielten, und Clarissa immer nur das eine Wort flüsterte: »Oh Alex!«